# 婚姻治疗师

第2部

怀旧船长 著

浙江出版联合集团
浙江文艺出版社
读蜜传媒

北京读蜜文化传媒有限公司
策划

读一页书，舔一口蜜

# 目 录 Contents

## 前情提要

《婚姻治疗师》系列长篇小说第一部说到，留美心理学博士戚晏容婚姻失败，身心俱疲，静休几年之后，创办中途岛婚姻治疗中心，期望救人救己。不久，曾经获她帮助的美女医生叶枫琴毅然加入，誓要与之并肩度过艰难的草创期。

一个偶然的契机，经由中途岛顾问宋时鱼介绍，前霸道总裁屠百药加盟，“婚姻治疗师”铁三角班底成型。屠百药力主公司从北京 CBD 搬到大运河森林公园，高举“婚姻治疗师”招牌，一时间，八方“病人”纷至沓来。

小家小户、鸡毛蒜皮的“婚姻病案”好办，可是一群富豪客户，带着种种棘手问题前来，各个都像“踢馆”的，每个案例背后都有令人瞠目结舌的隐情：

豪门贵妇自称被专横霸道的丈夫软禁并家暴，天价酬劳，只求闪离；建材老板外遇誓要离婚，担任董事长的妻子不肯，自杀未遂之后，为挽回丈夫，杀心四起；地产老总貌美妻子离奇失踪，毫无线索，高价限时寻人，不准拒单；高冷美艳的珠宝商自称遇到了用任何手段都无法解决的难题，随时准备死在治疗中心……

铁三角抽丝剥茧，珠宝商的隐痛逐渐浮出水面，谁料派去秘密调查此案的宋时鱼失踪，其妻孔爱佳带着他人快递到家的一条死鱼上中途岛要人。暗语“送死鱼”昭示的凶险不言自明，“婚姻治疗师”铁三角又将何去何从？

# 055 | 谢雯失踪

深夜，戚晏容再次被那个不期而至的可怕梦魇惊醒。她拿起手机，发现正是夜里一点，习惯性地打开微信，看到一条叶天才发来的信息。

> 戚博士您好，我刚回纽约。这次回国匆忙，聚会很开心！本想趁机与您单独聊聊，但可惜喝醉了。蒋一方先生在深圳做金融和投资，从数据上来看表现良好，但仍然不能获得大摩的投资，不才找到美国纽约新风向金融公司，双方合作。现在本人担任双方的顾问，如果博士觉得不妥，我随时可以撤出。

戚晏容并非心胸狭窄之人。前夫除了行为极端给自己造成心理恐惧外，确也是位干才，不能因为离婚就干涉人家的正常业务。况且，叶天才牵线搭桥并担任顾问,可能也有利益。戚晏容对金融一无所知,就回复：天才，你们的专业我不懂，你不必问我，按你自己的意愿做就好。

叶天才很快回复：戚医生，您那个婚姻治疗项目其实也挺好，在美国这样的机构不少，但在国内还处于起步阶段。如果需要我做什么，请随时吩咐。

戚晏容谢了他。她知道，即使在美国，婚姻治疗项目也不会引起投行的注意，毕竟是个小项目，那些资源属于远水。当前的问题，是要解决谢雯、白净这两位棘手的顾客。尤其是宋时鱼生死不明，若有差池，她无法向孔爱佳交代。

她坐了起来。这几天事多，她就在中途岛宿舍与叶枫琴同住一屋。

可是，对铺被窝没人。屋外寒风呼啸，愈加衬出这个小院的安静。她今晚头疼，十一点就在叶枫琴的照顾下入睡了，那叶枫琴哪儿去了？

这小妮子在变化。戚晏容性情内向，不像屠百药那样容易表露情绪，但心头是明白的。叶枫琴在自己创业时加入，不完全是她宣称的那样“完全是因为晏容姐”，而是她当时失恋无助，想死的心都有。叶枫琴的前任是大学同班同学，一起待了五年，为了男友她放弃在市区医院工作的机会，到了郊区医院。然而男友是个凤凰男，后来财迷心窍，居然同一名年龄大得多的富婆回了山东。叶枫琴受了巨大打击，精神一蹶不振，是戚晏容在治疗她的过程中让她感到这位姐姐如同母亲一样贴心。恰逢戚公司人员紧缺，正需用人之际，叶枫琴考虑到自身受到帮助的效果，决心先使自己强大起来，加上眼下的机会有很大的潜在市场，因此才决定跟着她创业。

三年多来，叶枫琴兢兢业业，紧闭情感大门，不再相信爱情。但是，戚晏容还是发现了，这个姑娘表面大大咧咧，实际上心眼不少。屠百药刚来时，她一个劲地反对，不久又产生了一点小崇拜，在不同情况下称屠百药“老大”“屠夫”“屠总”“屠老师”，显露了她那种“欲说还休”的隐秘心理。就连刘成双都瞧了出来，有一次在与戚晏容聊天时说：“博士再不动手，我看屠老师有可能被小叶征服哦。”戚晏容只是笑笑。

戚晏容佩服屠百药的洞见力，但也仅止于战友情谊。也许是曾经沧海吧，她略带苦涩地想，单论长相才华，前夫蒋一方不知比屠百药强多少倍，可是……有时候她想，小叶子毕竟局限于这个小圈子里坐井观天。若某一天她能跳出来看世界，或许这个院子里的男人均难入其法眼。这一点，戚晏容非常清楚——叶枫琴的机敏和才华远在自己之上，长相也在自己之上……

她忽然冒出个念头，叶枫琴会不会找屠百药聊天去了？不过以她对屠百药的了解，纵使聊天也只能在办公室。她慢慢穿上外套，准备过去看看。

办公室里没有人，灯也是关着的。

戚晏容开了灯，坐到办公桌前。她一向磊落，不会胡乱猜测更不会着急去“发现”他们去了哪里。如果有私事不想告诉自己，也是他们的自由。

正在这时，外面传来了脚步声。屠百药一身寒气，满脸疲惫地进来了。

“屠老师，您还没休息？”戚晏容从未在他眼里看到这种深深的挫败感。

“枫琴呢？”屠百药搓了搓脸，坐下来。

“没在宿舍，我还以为在办公室。”

屠百药正起身要去找她，门被推开，叶枫琴走了进来。戚晏容从门缝里往外一看，一个身影闪了一下。是刘刚。

“你到哪儿去了？”戚晏容问。

“上……上厕所。”叶枫琴面露尴尬，笑了一下。

“上厕所还要刘刚陪着哪？”戚晏容感觉不太正常，但没有表露出来，反倒打趣叶枫琴。

叶枫琴挤眉弄眼地笑了笑，道：“姐不会认为我跟刘刚在寒风里谈恋爱吧？没错，刚才是他。咱那厕所，姐知道，风一刮怪吓人的。碰巧刘刚巡夜，本姑娘让他站会儿岗，没事吧？”

屠百药根本没听见她俩在说什么，径自颓然坐下，说：“你俩别说了，火烧到眉毛了！谢雯不见了！”

戚叶二人对视一眼，坐下静听。

晚十一点，戚叶二人回宿舍休息。屠百药在办公室点了支烟，静思宋时鱼失踪一事。宋时鱼是恩人，更是胜过亲兄弟的刎颈之交，他处事干练精明，原本是想让他打前站，不料一去如泥牛入海。下午，他好不容易才把爱佳哄回家。想着一家四口因自己受到牵连，颇为心塞，然而思来想去，没有好招，甚至连头绪都没有。

正在这时，有人轻轻敲门。开门一看，是谢雯。她穿着刚来时的羽绒服，说想请屠老师出去走走。

屠百药穿上大衣，领着谢雯到了大运河森林公园。说是散步，其实是私聊。以谢雯的聪明，自然知道屠百药想了解什么情况。但屠百药除了知道基本情况外，并没有收获更多对处理这起案件特别有用的信息。

大致掌握的基本情况是这样：谢雯，女，三十四岁，北京本地富豪。爷爷谢玄曾任著名大学校长、教育家；父亲谢夔系著名实业家，全国政协委员；母亲萧然是珠宝文物鉴定专家。谢雯在二十六岁时结过一次婚，丈夫李浩然是高校老师，在谢雯二十八岁那年死于车祸。同年，父母患病并先后去世。谢雯伤心过度，认为是自身做善事不够，不仅加大了慈善投入，还亲身到以智障儿童为主要生源的智光特殊儿童学校做义工。在那里，谢雯认识了同是做义工的修理，一年后与他结婚，逐渐将生意交给他打理。五年来，修理不仅将谢雯原有的生意做强做大，同时也倾心慈善，成为社会知名的慈善家。

这些情况，就算谢雯不讲，屠百药也已通过那封匿名邮件了解得差不多。但他还是感谢谢雯如此坦诚，表示只要她愿意配合，必尽全力助她回归正常生活，同时也把宋时鱼突然失踪的事情讲了，希望谢雯提供其夫修理的相关信息，他好着手调查。谢雯说，自己是在北京朝阳区一家名叫“智光”的特殊儿童学校认识修理的……正说着，她突然蹲在运河边的骑行道上。屠百药上前询问，谢雯说肚子有些疼，看样子要上厕所。月黑风高，公园厕所有限，对此地了如指掌的屠百药干脆建议谢雯到后面的树林里解决。情况紧急，谢雯没有再三踌躇，接过屠百药递来的一小包纸巾就往树林深处跑。

屠百药在河边的骑行道上抽烟等着，一连抽了两支烟，不见人回。屠百药感觉不对，高声呼唤，却终无人应。他急忙拔腿冲进树林，然而整个树林除了寒风呼啸之声，没有人影。

“老大，你是说谢雯失踪了？”叶枫琴脸色变了变。一个大活人，居然在一个大男人的眼皮底下消失，而且这个男人是精明的屠百药。

“说是失踪并不一定妥当。”戚晏容双眉微蹙，抢先回答，“或许，是她自己走的也说不定。”

“这个园子，说是森林公园，多半是人工种的树，绝对没有野兽啊。”叶枫琴还在浮想联翩，“会不会是哪个歹徒把她绑架了？”

眼前的两人左一句右一句，屠百药只是微蹙眉头，没有说话。

“要不要报警啊？”叶枫琴在屋里来回踱步，似乎比屠戚二人还要着急。

“我看报警也可以。”戚晏容看着屠百药，似在征求意见，“毕竟是在我们中途岛住了挺长时间，若有什么不测我们也要担责任。”

叶枫琴停下脚步，连连附和：“但是谢雯只身前来，洗漱用品和换洗衣服都是我给她找的，咱们说不清楚啊。”

屠百药掐灭了烟。“你们遇到事情，总想着报案。报失踪案要在人失去联系二十四小时以上，而且如果不能提供足够的证据，一般不予立案。谢雯在半途上厕所本有蹊跷。我思来想去，只有两种可能：或是假装肚子疼离开，或是确实到林中解决内急却意外被跟踪者绑架了。”

对于案件推理这些事，戚叶二人并不擅长。叶枫琴忍不住问：“谢雯本来身无长物，想离开何必这样做？直接打个招呼就是了，咱们待她也不错啊。”

戚晏容却不认同，问：“屠老师，她说肚子疼之前，你是不是说了什么让她有所触动的内容？”

屠百药摇摇头：“你俩都清楚，对于现在的谢雯而言，我只是试探性随意聊天，不可能问及她不愿回答的问题。”

“她在说肚子疼之前，有没有什么异常举动呢？”戚晏容问。

“似乎一切正常。”屠百药使劲回忆，“刚聊到她在‘智光’认识丈夫修理时，她好像看过一次表。”

叶枫琴一拍大腿，站了起来，“这就对了！”

“看表有什么对不对的？”屠百药感到奇怪。

“老大，这就是你的疏忽了。”叶枫琴目光发亮，“你老人家不近女色，没有对谢雯近距离观察。她腕上的手表可不是普通手表，而是最新的智能手表，不仅有手表功能，还能上网、购物、导航、拍照、录音、视频等，反正手机和互联网的功能全有。”

屠百药鹰眼亮了一下，站起来说：“谢谢枫琴提醒。看来是我思维局限了。那天，我还请戚博士把U盘交给叶天才带回美国，实际上完全可以网络传输。惭愧。”

戚晏容安慰他：“屠老师，不必自责。无论谢雯是自己走还是有人带她走，在于她的内心已有决断。”

屠百药宽慰地一笑，对叶枫琴说：“小叶子，咱们真的要好好跟戚博士学习，她总能一针见血找到症结所在。”

叶枫琴既高兴又难过。屠百药用“咱们”显然没把自己当外人，但又对他总把自己作为戚晏容的陪衬耿耿于怀。不过，现在的她逐渐学会了喜怒不形于色。“那是，姐姐是坛老酒，时间越长醇香越浓。”她笑了起来，“但是，我觉得谢雯这件事无论是她自己离开还是别人带走她，都跟我们关系不大。”

屠百药踱了几步，说：“枫琴是不是认为咱们在管闲事？难道宋时鱼的失踪也与咱们无关？戚博士是不是也认为应该就此放手？”

戚晏容犹疑片刻，笃定地说：“屠老师，我没你有阅历，咱们和宋总的关系也绝不能说是管闲事。但是，照我认为只要我们放手，宋总就会平安回来。”

叶枫琴附和道：“我也这么认为。送孔女士死鱼，让谢雯中途撤出，大概就是这个修先生做的手脚。说穿了，这毕竟是修理和谢雯的家事。”

屠百药重新坐下，又点了根烟，深吸了几口：“你们说得都对。事实上对方对咱们可能已了如指掌，可咱们对对方几乎一无所知。不过，谢雯一直不敢讲原因，不仅是担心她自身安危，而且也顾虑到咱们的安全。”

戚晏容和叶枫琴点头。

“如果就此止步，咱们的职业生涯就会蒙羞！”屠百药提高了声音，“枫琴，中途岛就交给你了。过两天，我与戚博士去一下这个智光学校。对了，赶紧给我弄块智能手表。”

三天后，在位于北京朝阳区平房乡的智光儿童学校，校长董淑华女士热情接待了戚晏容大夫。董淑华不到五十岁，身材矮小，满头华发。可见，为残障儿童教育事业熬尽心血。

戚晏容是通过大学同学联系到智光学校的。智光学校系民办，专收特殊儿童，几乎靠社会捐助办学，现有学生七十八人，场地租用了一个废弃院落，教职工多为义工，其中有四位大鼻子老外。戚晏容和屠百药随董校长参观完，心头略感沉重。这些儿童眼神很空洞，多半口水流出来也不知道去擦。

戚晏容原本在电话里表示每半年来做一次义工，主要是通过专业手段对孩子们进行医学检查，但看到这个样子，主动提出每三个月来一次。屠百药当场表示中途岛捐助十万元。董淑华十分感动，请到办公室上茶招待。

好事要做，事情也要办。戚晏容同屠百药相处一年，逐渐改变了原有思维，以关心智障儿童成长为出发点，逐渐聊到义工们的事迹，最终引出了修理和谢雯的故事。实际上，董校长每遇重要来访客人，就算不问，她也会讲修谢二人的故事。这个故事的确称得上传奇。

六年前，珠宝商人谢雯遭逢变故，丈夫、父母先后在半年内去世，让她心灰意冷，在报纸上看到教师出身的董淑华苦心经营智光十余年，不仅资助智光五十万元，还主动请缨当义工，要董校长派给她一个最难的活儿。董淑华就把五岁的小玉娇给她带。

小玉娇名叫李玉娇，父亲因贩毒身在牢中，母亲至今下落不明。这个孩子在三岁以后就没再说过一句完整的话。医院检查认为她智商在70以下,还有严重的自闭症。别的孩子听到音乐会靠近,她则傻呆呆地坐着。送到智光一年，无法数清10以内的数字，经常大小便直接拉在教室里，气哭过五位老师。

谢雯是个很有教养、脾气又好的人，极有耐心，接管小玉娇后倾注了大量心血，但三个月过去丝毫没有进展。谢雯也不急，仍然耐心引导和训练，把小玉娇当作自己的孩子，每晚都挨着她睡。一天晚上，谢雯被钻心的疼痛惊醒，开灯一看，满床是血。小玉娇手里拿着一把水果刀，在她腰上扎了一下。谢雯才回忆起白天削水果时，她耐心地教小玉娇削苹果，这个五岁的女孩居然一下子学会了拿刀。但她是如何把刀带进宿舍而没被发现的？谢雯不知道。不过，从那时起，谢雯吓破了胆，坚决不跟小玉娇同床了。

这是谢雯遇到的一个挫折。她想过放弃，但最终还是坚持下来。入秋后的一天，一个高大帅气的男人修理走进智光学校。他的到来，改变了智光学校，也改变了小玉娇和谢雯。

# 056 | 伟大的义工

谈到修理，董淑华眼里满是尊敬之色。细心的戚晏容发现，这种眼神的变化足见在她的心目中，修理的位置实在谢雯之上。

直到这时，屠百药才开口："董校长，这位修先生我也略有耳闻，是位大善人。您怎么评价他的事迹呢？"

董淑华身子坐得越发笔直，缓慢地说："修先生是一位伟大的义工！"

这句话让戚晏容内心一震。"伟大"这个词，她已经多年没有听人说过。

屠百药不动声色地接着问："有什么事迹能够证明修先生的伟大吗？"

董淑华笑了笑，用教师特有的语调说："真正的伟大是一颗忘我之心。修先生这几年的事迹只要在网络上搜索都有。这里我只讲一件事，就是小玉娇的事。"

屠戚二人同时颔首，洗耳恭听。

接下来的讲述，饱含着董淑华个人强烈的感情色彩，细节的描述甚至让戚晏容觉得这些事仿佛就发生在昨天。

那是一个下着小雨的秋日，董淑华接到传达室电话，说一位先生要见她。在传达室，董淑华见到了瘦削的修理。他提了一个防水旅行包，说要来做义工。董淑华接待过不少义工，虽无明确考核指标，但多数义工都有其专长，诸如绘画、音乐、手工、护理等。修理没有专长，表示愿意听董校长的指派做任何工作。

董淑华看了他的所有证件及简历：三十五岁，新疆石河子人，南方某大学MBA学位，做过大学老师和职业经理人，只因厌倦商场想从事公益活动，在报上看到智光学校的报道后毅然前来。董淑华一开始不知道让他做什么工作好，只是客气地请他住下。修理也没再纠结做什么工作，次日开始自己找活干。他先是把厕所清理得一尘不染，再把遗落在院墙外装修时剩下的沙子搬到院中，花了三天做成了一个供孩子们玩耍的沙坑。他会木工，为孩子们做了挖沙土的小木铲、木桶，还别出心裁在院子的东南角开辟了一个小菜园。来了不到一周，他就修好了被孩子们弄坏的床铺、马桶，改造了下水道，不知用什么方法让邻居那个开花房的湖南妹子赠送了十几棵绿植和七盆花。他做这些细小工作时非常专注，心无旁骛，常常一个人干到深夜，一天不说几句话。很快，院里所有的教职工都开始注意他。因为，除了做训练孩子这个最核心的工作之外，其他的工作在他手中几近完美。

有一天早上，谢雯带着小玉娇去挖沙子。自从修理弄好了沙坑，小玉娇竟然迷上了挖沙子这个活动，有时天黑了都不离开这个地方。这孩子闷不吭声，但手中的木刀下得又快又狠，似乎只有使劲儿戳才能获得快乐。谢雯虽有耐心，但不明白重复一个动作对一个孩子有什么意义，就站在旁边看。小玉娇开始是往沙土里戳，见谢雯不理她，突然掉转木刀往她的脚脖子上戳。谢雯的惊叫声引来了董淑华和几个教职工，其中就有修理。

谢雯的惊叫声吓着了小玉娇，她一脸无辜，眼神里略带困惑。谢雯腰上的伤刚好，脚上虽没被戳破，但很快红肿。修理像随时准备了药品一样，从口袋里掏出碘酒和棉签，给谢雯消毒。然后，他微笑着接过木刀，开始挖沙。他先将沙地挖出一条“河流”的形状，再把小木桶放在这道小沟里，把沙土弄潮湿，覆盖上去拍紧，最后一抽小木桶，就成了一座小拱桥。谢雯和董淑华第一次发现，流着鼻涕的小玉娇眼睛里亮了亮。旁边围观的孩子们也都像发现了宝藏一样，有笑的，有呆的，有伸手上来摸的。从事多年特殊儿童教育工作的董淑华感觉到修理最突出的才能可能是训练孩子。她当即提出，要谢雯把小玉娇交给修理训练。谢雯不想放弃，表示可以请修先生一起训练小玉娇。

最令董淑华和谢雯头痛的是小玉娇的暴力倾向。修理接手工作后，与谢雯和董淑华交流过，他并不认为这是暴力，而是小玉娇独有的交流方式。无论用真刀还是木刀，小玉娇只是想让谢雯感知她的存在，所以归根结底还是要解决交流问题。谢雯不服，认为天底下没有这种交流方式。修理没有过多解释，而是向董淑华要了一根缝衣针，把小玉娇带到一个封闭的房间，请董谢二人留心观察。整个上午，修理只教小玉娇一个动作,就是用针扎他的小腿,直到把他的小腿扎得鲜血淋漓。每扎一针，修理脸部肌肉都在抽动，但小玉娇却开心似的呵呵直笑。第二天，还是在原地，还是那根缝衣针。但这个上午，修理没再让小玉娇扎他一下，而是反过来扎小玉娇的小腿。小玉娇挣扎着不让扎，修理把自己的裤腿撩起来给她看小腿的伤口，然后举着针照着她相应的位置往下扎。小玉娇泪水长流，几度想逃跑，却被修理控制住，直至把这一针缓缓扎完。扎完拔针，修理再为她抹了药水。整个过程，他没有说一个字。

之后的半个月，大家似乎忘了这件事，小玉娇也没再有过这种直接扎人的行为，不过挖沙子仍然很用力。让董淑华欣慰的是，这半个月来小玉娇喜欢上了一只小鸡。小鸡是修理从外头的市场上买来的，修理花了三天教会了小玉娇喂它食物。若不是修理强行干涉，小玉娇会把小鸡抱到小床上一起睡觉。

一天，修理把小玉娇和董淑华、谢雯带到院墙东南角，给了小玉娇一把水果刀，示意她往小鸡身上戳。小玉娇犹豫了好久，还是戳了一下，小鸡流了血，不停地挣扎，扑腾起灰土。修理再让小玉娇戳。小玉娇却扔下刀，把小鸡抱在怀里。修理让小玉娇给小鸡抹上药，然后一遍一遍地重复：玉娇，你不能伤害你的朋友……

董淑华讲到这里，屠百药感觉手心微微沁汗。这个故事听起来波澜不惊，但对屠百药而言却胜过任何恐怖片。修理采取的这些治疗方法，一出手就见了高低，是自己远远不及的。

戚晏容叹息道："修先生不仅能创造性地开展心理治疗，还有超乎常人的耐心，实在令人敬佩！"

"真正令人敬佩的事迹还在后头。"董淑华眼里闪过一道光亮，继续讲述。

从那以后，小玉娇更加亲近修理而非谢雯。谢雯在训练小玉娇时多用言教，修理则多用身教。为了教会小玉娇数字，修理在沙地上写，在纸上写，用短棍、树枝甚至用自己的身体摆成各种数字，上百遍重复读音。半个月后，小玉娇开始跟着发音。一个月后，小玉娇能用含混不清的声音读完1到10的数字。三个月后，小玉娇能说完一句完整的话。半年后，小玉娇能进行简单的语言交流。

而在这冬去春来的日子里，谢雯通过配合修理训练小玉娇，逐渐对他产生了感情，最后发展成夫妻。小玉娇在修理与谢雯婚后也离开智光，进入普通的私立学校上学。

屠百药在董淑华讲完这个故事后问："董校长，这位修先生的确非常伟大。恰好我们也在做心理治疗，想请您帮我们联系一下，以便我们当面向修先生请教。"

董淑华当场就答应了，把自己的联系电话和修理的地址给了二人。

修理在东三环的毓秀豪庭接待了来访的屠百药和戚晏容。毓秀豪庭并非大厦，灰顶红墙，颇具英伦风格。这座只有十层的小楼有几十年的历史，可商住两用，几家隐秘的公司在此地办公。谢雯的金枝饰品公司就在这里，一二层是员工办公室，三层是总裁办公室和会议室、图书室和接待室。

进入楼内，戚晏容嗅到了一股沉郁的木香。四下安静得没有一丝声响。象牙白的楼梯呈螺旋状，楼梯口站着一个穿灰色亚麻衬衫的男人。

他大概一米七五，身材瘦削，一张发白的长脸，似乎没有表情，但双眼透着一股深藏不露的深邃，的确像宋时鱼所言的那样“眼睛后面似乎还有一双眼睛”。特别是，他的耳朵长得稀奇，天轮上耸，有点像电影里的外星人耳形。

“欢迎戚博士和屠先生光临。”那个男人伸出指甲修剪得极为精致的白净右手，依次与戚屠二人相握。“我是修理。”

寒暄之后，二人随修理进了他宽敞的办公室。这里的陈设极其简单，除了全红木办公用具，就是一面墙的书籍，现代化办公设备如电脑、传真、视频等均无踪影。办公桌上是一部老式电话，连一张纸都没有。窗户一律从里面焊接了铁栏。另一面墙上挂满了各种锦旗、奖状，书架上有十几个奖杯。这些都是修理从事慈善活动的证明。

修理请客人坐下，转身进了办公室右侧的洗手间，洗了手，再从柜子里取出武夷正山小种红茶，搬出精巧的红木茶盘轻放在茶几上，用电磁壶烧开纯净水，再取出三只略显粗糙的青花茶碗，漫不经心地为二人上茶，也为自己倒了一杯，再搬了把小凳子坐在茶几对面。

屠百药进屋后一直没说话。在路上，他请戚晏容主谈，自己尽量不说话。这会儿，他站起身来，像在博物馆里看展览一样，近距离地观赏那些写满溢美之词的陈列品。修理任他看，也不打扰。

戚晏容边品茶，边向修理请教如何能将小玉娇这样的自闭儿童训练出来。修理认真听完，谦虚地说：“戚博士客气了。实际上这些都是董校长的夸奖，我哪有这么神？我只不过花了点时间认认真真陪孩子而已。”

“修先生，我们是诚心求教，还请不吝赐教。”戚晏容微笑道，“据董校长讲，智光学校目前仍然采用您建立的模式，用行为训练的方式与智障儿童建立心灵的沟通渠道，效果很好。我虽学医，但实践有限，所以真诚请您指点。”

修理保持着一成不变的微笑继续上茶，半晌才说：“戚博士既然礼贤下士，修某要是不坦诚相待，就显得见外了。我不懂心理学，更不懂医，但我认为世上并不存在智障之说。”

这时屠百药看完那些奖品，回座饮茶。

修理起身，回到办公桌前，拉开抽屉，取出一张成绩单复印件，递给戚晏容。戚屠二人一看，是光耀国际学校小学部六年级学生李玉娇的期末考试成绩。除却语文一科是98分，其他成绩都是满分。

“小玉娇现在的成绩是年级第二，如果明年发挥正常，可以升入中学部。”修理微笑着说。戚晏容明白，修理只说了半句话，另外半句省略了，那就是这个孩子曾经被认定为智商70以下，还有暴力倾向。随着思维的深入拓展，戚晏容变得越来越敏锐。她突然有些明白修理的“可怕”。这个可怕并不是他能打能杀，而是他的心机深沉如海，但看上去却如同平静的湖。

“可是……可是很多人仍然认为有智障存在。”戚晏容觉得自己在修理面前，不由自主地有些紧张。

“人们缺乏耐心。”修理叹了口气，“特别在这个急匆匆的时代，人们为了摆脱麻烦，就找了很多借口。如此而已。”

戚晏容点了点头，“修先生不怕麻烦且有足够的耐心，但是儿童心理治疗不那么简单，恐怕还是有不愿意告诉我们的独家秘方吧？”

“真的没那么复杂。”修理仍然保持着微笑，“不过，如果一定要找个关键词，我想就是‘防御’二字。”

戚晏容“嗯”了一声，表示很有兴趣。

“怎么说呢？”修理突然有些作难的样子，皱眉看着窗外的高楼，“戚博士请看，外头那些高楼，被分隔成一个个的小房间，这就是防御。人们害怕自己的所谓隐私被人知道，害怕钱财被人拿走，害怕人身安全受到威胁，所以纷纷把自己关进现代小火柴盒里；孩子们不愿说话，不想动，怕受伤害，所以把心门关闭。心门紧锁，如何会有智力的表现？”

戚晏容狠狠点头。她打心底认同修理的观点。

一直没说话的屠百药此时突然发话：“修先生认为，谢雯女士的心门是关闭还是开放？”

话锋陡转，戚晏容心下暗道不妙。对于第一次面见的访客而言，直接谈到对方的家人且提出质问非常不礼貌。

然而修理却若无其事地把目光向屠百药移过来，认真回答：“是关闭的。”

“修先生既然能将小玉娇这样的自闭儿童训练成成绩优异的好学生，难道不能打开谢女士的心门？”屠百药紧紧追问。

“不能。”修理回答很果断。

“为什么？”屠百药盯着他的眼睛。

“真正的疯子，如同一块顽石，没有门。”他没有回避屠百药的眼神。

“修先生是说，谢女士是疯子？”戚晏容发问。

“不是我说的，是权威医学专家的鉴定。”修理收起微笑静静注视着戚晏容，两三秒后哈哈一笑，再次起身，从保险柜里找出一份医学鉴定书递给戚晏容，“当然，医学术语不叫‘疯子’，而称之为‘精神障碍’。”

戚晏容被修理注视得心里有些发毛，让她恍然看到前夫的双眼。直至修理将鉴定书递到眼前，她才缓过神来，接过查看。是半年前北京天云医院出具的，具体鉴定内容是“未分化型精神分裂症”。一般而言，精神分裂症有单纯型、青春型、紧张型和偏执型四种，未分化型指有明显的妄想、幻觉、思维散漫和行为紊乱等多种精神症状，难以归到四种之中。

她快速扫过上面所有内容，就把鉴定书还给修理。她在医院工作过，鉴定书是真的。

屠百药仍然有些固执地说：“任何鉴定都难免有误。修先生说谢女士是疯子，我不信。”

修理没有与他争辩，轻声对他们说：“二位请跟我来。”

屠戚二人起身，跟着修理走向办公室左边的那道门。

门被打开，里间是一个面积比办公室更大的房间。面容冷漠的谢雯斜靠在床上，对三人的进入毫无反应。

# 057 ｜谢疯子

戚晏容进入房间时闻到了一种类似粪便的味儿，但又没有发现洗手间。厚厚的窗帘拉得很严实，大白天仍然开着灯。房间里没有沙发，只有两把宽大的红木椅子和一张能睡四个人的大床。家具、用具很少，但有一个特点——都是圆角。修理大约是看出戚晏容注意到了这一点，叹息道："戚博士大约看出来了，我的办公室和居所连在一起，不能有任何锐器。"他说着，走到窗边拉开了厚窗帘。光线倾泻而入，窗口如同隔壁的办公室一样焊接了铁栏。

这一切，表明修理是在防止患有精神病的妻子自伤。

面容憔悴惨淡的谢雯斜靠高枕，似乎根本不认识来人。屠百药看了看她的右腕。那里果然有一块方形的智能手表。这一点，与她在运河公园失踪前一致。他几次看谢雯，但这个睁着眼睛的女人如同冻结在冰雪里，一动不动。

修理走近大床，把一条毛毯展开，轻轻地搭在谢雯身上，俯身吻了一下妻子的额头。随后，他关掉最亮的那盏灯，默默转身，请客人回座。

戚晏容注意到他关门的动作极其轻柔，几乎听不到锁舌的撞击声。

"看来，做一位精神病人的丈夫真不容易。"屠百药说。

"是这样。"修理低头坐下，把十指绞在一起，长长叹息道，"自从雯雯发病后，我不敢离开这里一步，但也无能为力。戚博士还向我请教如何打开别人的心门，这让我无比惭愧。"

"这，恐怕就是'医者不能自医'的命数吧。"屠百药也跟着叹息。

戚晏容还想问点什么，屠百药却起身说："修先生，今天我们来，除了请教如何治病，还有个不情之请。”

“请讲。”修理也起身，“但凡修某能力所及，一定全力以赴。”

“我有一个好朋友叫宋时鱼，前几天突然联系不上了。”屠百药盯着他的眼睛，“修先生是社会名人，资源和信息断非我等能比，所以想请您帮忙找一下。”

戚晏容的心提了上来。她想，屠百药太过直接，恐怕修理会断然拒绝。

让她没想到的是，神态自若的修理微笑着问道：“屠先生这位姓宋的朋友，遇到什么麻烦了吗？”

“不一定是遇到麻烦，有可能是他自己找的麻烦。”屠百药也镇定自若。

“这就好办了。”修理依然在微笑，“只要停止找麻烦，就不会有麻烦，何须我帮忙呢？”

屠百药伸手与他一握：“明白。那就谢谢修先生了。告辞。”

修理一直送到楼梯口，直到看着屠戚二人离开大门，才转身回办公室，关上房门，再进入里间，眼神突然变得森冷。

他粗鲁地把谢雯从床上拽下来，拖到椅子上，从裤袋里掏出尼龙套，将谢雯双手绑在扶手上。这是他在网上订的，不伤手，也柔软，但无法挣脱。谢雯像木头人似的任他摆布。绑完，他打火点了根烟，冷冷地对谢雯说：“算你识相！你要还是待在通州那个破地方，连这两个人也别想活！”

谢雯没有说话，表情仍然像冰冷的木头。

“要想玉娇健康成长，就不要再动任何心思！”修理恶狠狠地说，“你能想出来的招儿，我十五岁前全都想过了。”

说完这句话，他转身甩门回到办公室，坐在办公桌前，拿起电话，迅速地拨了一个号码。

电话通了。“放了姓宋的。”他简洁下令。

雾霾很重。城市干道上的车如同蜗牛般移动。

屠百药打开车载净化器，看了一眼沉默的戚晏容：“你是不是觉得我们应该多待一会儿？”

“好像多待一会儿也不会有什么收获吧？”

“可能会有，也可能没有。”屠百药将车慢慢挪出主干道，向一个胡同驶去。

“我们要回去吗？”

“暂时不回。”屠百药边小心开车边说，“你从专业的角度看，修理是个什么样的人？”

“他隐藏很深，我暂时不作判断。”戚晏容说，“要讲识人，还是宋总厉害。”

“可惜时鱼不知在哪儿。”

“我一直在想，宋总是不是遇到了危险？”

“目前来看他应该没有生命危险。”屠百药轻嘘了一口气，“今天的意外，是看到了谢雯。谢雯安然回来，已经说明她甘愿做一个疯子。她甘愿做疯子，宋时鱼和我们就不会有任何麻烦。”

“你是说，只要我们放弃对谢雯的治疗，修理就不会再追究？”

“应该是这样。”屠百药把车开出胡同口，打开了导航。“待会儿，咱们去见一个人。”

光耀国际学校位于朝阳区红领巾公园东侧，是一所寄宿制中小学校。它的旁边是光华国际学校。这两所学校被称为姐妹学校，据说是同一个老板开的，都拉着堪比监狱围墙的铁丝网，摄像头随处可见。

屠百药把车开到两校之间的马路上。戚晏容左右打量，说：“这种学校，普通人上不起。”

“荣坤的侄儿上的就是这种学校。”屠百药不以为然地说，“小军是上不起的。所谓贵族学校，贵族倒未必，贵倒是真的。”

“屠老师记性真好，只看了一眼就记住了小玉娇的学校。”戚晏容言语间流露出敬佩之意，“但是，我们以什么名义见她呢？”

“以她父母的名义。”屠百药将车停在马路边，示意戚晏容下车。

戚晏容跟着锁好车的屠百药往校门走，有些不解地说：“可是我们不是小玉娇的父母啊。”

屠百药突然笑了：“博士啊，要教会你使诈，恐怕得下个世纪。”

戚晏容没有再问，跟着屠百药进了传达室。

屠百药说明来意，传达室的保安打电话给校办。校办通知了小学部六年级三班。三班的生活老师是一个矮胖的中年女人。她像企鹅一样步履蹒跚地进了传达室，盯着二人说：“李玉娇同学的父母？从来没见过啊。”

屠百药有些生气地说：“老师，您什么意思？父母来探望下孩子都不行吗？况且我们打过电话。”

“我们没有接到预约电话。”胖老师仍然一脸狐疑。

“早上打的，是张老师接的电话。”屠百药有些生气了，“你们这样对待家长，我们要投诉！”

“您贵姓？”胖老师还是要搞清楚。

“我是玉娇的父亲！”屠百药气呼呼地站起来，“你叫张老师出来。”

“张老师下午有事出去了。”胖老师见屠百药真的生气了，赶紧说，“这样吧，我去把李玉娇叫出来。”

胖老师走后，屠百药看着智能手表。

八分钟后，胖老师领着一个穿红色羽绒服的小女孩进了传达室。小女孩十一二岁，双眼皮大眼睛，皮肤粉嫩，鼻子两边有一些淡淡的雀斑，嘴唇紧闭，显示出一种倔强。

小女孩看着两个陌生人，回头告诉胖老师：“徐老师，这两个人我不认识。”

胖老师把手叉在腰上：“两位，怎么回事？”

屠百药右手扶了下左腕上的表盘：“你们这是光华国际学校吗？”

胖老师冷笑一声：“对面！找错学校了！”说罢，牵着小女孩的手，推门出去了。

屠百药和戚晏容出来。保安关门时嘟哝了一句："神经病！认识中国字儿吗？"

在车上，戚晏容忍不住笑了："屠老师，你真能蒙。你怎么知道李玉娇的老师里有姓张的？"

"几乎每个学校都有张老师。"屠百药笑道，"反正说戚老师、屠老师，基本要搞错。但只要说张老师、李老师、王老师，就错不了。"

戚晏容突然觉得身旁这个硬邦邦的男人有些可爱。她想，如果自己真的有一个孩子在上学，她同丈夫一起来看孩子，即使雾霾再重，心里也会有无限阳光。

想起在万桐公墓的那个危险的雨夜，戚晏容脑海里再次浮现屠百药痛苦颤抖的情形。如果他的儿子阿诚还在世，是不是也会在这种被铁丝网隔离的贵族学校上学？那么，他紧锁的眉头会不会舒展开？哎，可惜自己没有过孩子，纵使在教科书里看过千百种儿童诊治案例，还是缺乏那种切身的体会。

"你有过孩子吗？"屠百药把车开向京通快速，看来是要回中途岛。

"你说什么？"戚晏容脸皮微微发热。她觉得今天遇到的人似乎都有精神问题。屠百药明知道她没有孩子，还发这种神经。

"我是问，你怀过孩子吗？"屠百药接着问。

"没有。"戚晏容侧脸看着屠百药，见他一脸严肃，料想他这样问是有原因的。"这有什么关系吗？"

"当然有关系。"屠百药加大了油门，"怀过孩子的人，眼神不一样。"

戚晏容把安全带提了一下，略微侧身，表示在听。

"你看孩子的时候，虽然眼神里也有爱，但那是礼节和职业的需要。"屠百药看了她一眼，"我不懂医，但我观察过很多女性。一个女人的身体里有过生命成长，必然会对她的一生产生重大影响。这种变化是生理上的，更是心理上的，最突出的表征就是神态中有母亲独有的爱。这种爱会从眼神里不自觉地流溢出来。”

“你的观点挺有意思，但是这种感觉你是如何识别的？”

屠百药看着车窗外的雾霾：“不好识别。因为这种独有的爱如同太阳一样，无论是四季变幻，还是白天黑夜，或是雨雾阴晴，太阳本身是存在的。”

戚晏容明白他的意思，但觉得他说得越来越玄。“这个比方虽然打得好，但还是太抽象了。”

“那我就说说咱们都熟悉的人：鞠晟、枫琴、白净，都没有怀过孩子，所以她们的眼神里没有这种被固化了的母性。刘成双怀过孩子但打掉了，所以她的眼神里有一点点，但不彻底和纯粹。”屠百药看了她一眼，“至于你，有大爱，但也不能说你有母性。”

“母性是女性与生俱来的，是天性。”戚晏容笑着摇摇头。

“是。但我讲的是被固化了的母性，而不是天性。”屠百药解释道，“我讲这个意思，是我觉得谢雯的眼神虽然淡漠，但是里头有固化的母性。”

戚晏容内心一震，顾不上与屠百药再围绕母性的概念进行辩论。“难道你的意思是，谢雯曾经生过孩子？”

“不仅生过孩子，还极有可能是小玉娇的母亲。”

屠百药极为自信的推测着实让戚晏容心中一惊。“这……怎么可能？”

“你知道，我们今天去见小玉娇，就是要看看她长什么样。”

“可是，她与谢雯长得并不像。”

“可是有一点很像，就是她们脸颊处都长着淡淡的雀斑。”

“仅凭这一点不能说明问题啊。”

“在同一位置长雀斑，就算是巧合吧。”屠百药说，“还有，你注意到没有，谢雯和小玉娇的嘴都很小，并有一个共同的特点，就是抿着，带着一种倔强。”

戚晏容闭上眼睛，将谢雯和小玉娇的容貌在心头比对了一下，确实隐约有几分相似。

“一般情况，女孩子的重要特征，如脸型、眼睛、鼻子，像父亲的多一些。但是，随着孩子长大，就会越来越像母亲。小玉娇才十一岁，还看不出来。”

“董校长不是说过，小玉娇的父亲因胁迫他人吸毒贩毒坐牢，母亲走失了吗？”

“博士啊，真实的信息并不一定是看到的、听到的，还有可能是想到的。我现在问你几个问题，请你回答我。”

戚晏容等他发问。

“首先，你见过或听说过一个父亲贩毒、母亲走失的女孩一直在上贵族学校吗？”

戚晏容摇头。

“第二，如果你去做义工，被帮助对象拿刀捅过，你会始终不离不弃吗？”

戚晏容摇头。

“第三，就算你不想放弃帮助对象，可是更有效的训练老师接手了你的工作，你仍然会坚持吗？”

戚晏容摇头。

“最后一个问题，如果你要带着孩子嫁人，你会嫁给一个不爱你孩子的男人吗？”

戚晏容摇头。

屠百药不说话了。

“可是，这些都只是你的假设啊。”戚晏容仍然觉得缺少依据。

“马上就到家了。”屠百药笑道，“就算这些都不成立，但有一点是可以成立的。”

“哪一点？”

“也就是我要问的第五个问题：你会将一个非亲非故的女孩的照片放在小金佛里，然后日夜吊在脖子上吗？”

“除非我是疯子。”戚晏容再次摇头。

# 058 | 过年关

屠戚二人回到中途岛，就见刘刚哨兵似的站在院门口。经屠百药询问，得知这段时间并未发生什么事情。

屠百药进了院门，见荣坤从办公室出来。叶枫琴用比平时高八度的嗓门对荣坤嚷嚷："荣总，不要总来办公室打电话，别的客人怎么办？"

荣坤笑嘻嘻地说："下不为例，下不为例。哦，屠总、戚博士回来了，看来我该写检查了。"

屠百药说："枫琴啊，荣总现在状态不错，打个电话就打吧。"

荣坤赔着笑脸说："规矩还得遵守，下不为例。"便回宿舍去了。

戚晏容进了办公室，嗅到一股烟味。看来，这荣坤不仅打了电话，还在这里抽了烟。她瞥了一眼垃圾桶，里头果然有两根淋湿了的烟蒂和几片茶叶，显然是刚用茶水浇灭的。

屠百药顾不上这些细节，把智能手表摘下来，调出了小玉娇的图片，递给叶枫琴："你看，这女孩像谁？"

叶枫琴刚才还有些紧张，现在把两只眼珠挤向鼻子，认真看图片。研究了一会儿，她纳闷地摇摇头说："谁也不像啊。老大，这小女孩是谁？"

"你再想想。"屠百药坐下，跷起了二郎腿，"提示一下，想想这孩子六七年前的样子。"

叶枫琴皱眉苦思，突然"啊"了一声，说："这不就是谢雯小金佛里的那个女孩吗？长大了？长大了！"

戚晏容满意地笑笑，说："枫琴，如果你确定，那么今天我们就有重大突破。"

屠百药起身道："听你姐好好讲讲吧，我去看一下白净。"

白净斜靠在床上，对敲门进来的屠百药说："老帅哥，今天有空亲自来给我做治疗？"

屠百药把门关严，坐在她对铺的床沿上，掏出烟，递给她一支："治疗个鬼，是找你一起'吸毒'来了。"

白净坐起来接过烟叼在嘴里，熟练地迎上了屠百药伸过来的打火机火苗，深吸了一口，纤长的手指轻弹着烟支。"老屠够哥们儿。但是治疗这一套，你就免了吧。戚博士治疗了几次，没用的，真的别费劲了。"

屠百药点点头："我又不是大夫，治什么病？况且你也没病。"说罢静静吸烟。

白净按捺不住，只吸了半根就把烟掐灭了，"你是想问我谢雯的事儿吧？"

屠百药笑了，"在聪明的女人面前，男人只能老实。"

白净咯咯地笑起来，"你真以为我与谢雯住了这么久，有什么秘密？靠，我只喜欢男人，对女人没兴趣。再说，你那么精明，还能不知道谢雯才是真正的聪明人？"

屠百药脸上浮现了然的笑容，慢悠悠地正色说："净净，谢雯处在危险当中。她突然离开，难道事先没跟你提过？"

"她怎么会跟我说？"白净摊了摊手，"再说，我对别人的事也不感兴趣，死活与我有毛关系？"

屠百药脸上的笑容意味深长："我知道你这个人嘴紧，不说别人的事，也不参与别人的是非。我只问你一件事，你不必回答。如果我说对了，你就点头。不对，就摇头。怎么样？"

白净妩媚的眼睛眨了眨："好啊。"

"谢雯晚上有时候会做噩梦对吧？"

白净点头。

“她是不是总喊一个人的名字？”

白净瞬时睁大眼睛，重重点头。屠百药突然伸出手，把她的手拉过来，在她手心里写了两个字，只见白净的瞳孔突然放大。

屠百药回到办公室时，戚晏容基本把情况给叶枫琴讲完了。

屠百药倒了一杯姜红茶，慢慢地喝着边把刚才与白净交流的事儿讲了。叶枫琴听得有点头晕，说：“大哥大姐，你们说的这些信息量太大，有点儿乱，情理上也不通。”

屠百药没回答她。他把一直闲着的白板撑好，招手让叶枫琴过去。“你有什么问题，写出来更直观。”

叶枫琴拿起记号笔，写了几个问题：

1. 如果谢雯真的有个女儿，为什么要瞒着？

2. 谢雯三十四岁，李玉娇十二岁，谢雯如怀孕则是二十一岁，这个年龄在上大学，没人知道吗？

3. 谢雯既然生于世家，家教一定很严，怎么可能这么早就生孩子？

4. 李玉娇有明确的父母关系，只是父亲坐牢母亲失踪，难道他们收养了别人的孩子？

5. 修谢夫妇在小玉娇身上下了苦功，修理花的心血更大，难道说他也是小玉娇的父亲？

6. 谢李是不是母女关系与此案有关吗？

叶枫琴写满了小白板，回身看着屠戚二人。

“枫琴提的问题都很好。”屠百药笑道，“戚博士有什么意见？”

戚晏容抱着胳膊说：“关键是第六点。”

叶枫琴说：“还有很多，写不下了。其实一开始我们关注的是谢雯的婚姻问题，结果你们却去调查一个小女孩，是不是路子走得有点偏？”

屠百药沉思良久，说：“现在我来回答你的问题。第一条，秘密之事，必有难言之隐；第二条，二十一岁怀孕并不稀奇，挺着肚子上学当然容易被发现，但你怎么知道她当时一定在上学？第三条，也许正因为家教过严才导致谢雯叛逆犯错；第四条，小玉娇法律关系上的父母也许并不是生身父母；第五条，修理在小玉娇身上花费巨大心血可能另有图谋；第六条，戚博士说得对，自然是此案最关键的因素，也可能是突破点。如果能证实谢李是母女关系，那么此案就迎刃而解。”

叶枫琴喃喃说道：“可是咱们不是查案的啊，我们是在做婚姻治疗。”

“我想，屠老师的意思是要弄清谢雯婚姻问题的根源。”戚晏容说，“婚姻问题只是结果。搞不清来龙去脉，是无法治愈的。”

屠百药坐下，叹了口气：“其实现在这些都不重要了。因为谢雯从来没有请我们做治疗，宋时鱼还失联了。所以，我明确对修理表示不再找麻烦，我想时鱼就会平安归来。只要时鱼回来，我们就不必管这件事了。”

“老大，这可不是你的风格。”叶枫琴似乎有些急了，“当初，我们都不愿管牛白夫妻的事儿，你要管；如今，谢雯在咱们这里白住这么久，你却不管了。”

“有句话叫‘民不举官不究’，况且咱们还不是官。”屠百药摆摆手，“主动帮助别人是美德，但强行施助就是罪恶。”

戚晏容说：“屠老师说的有理。依目前状况，我看还是多一事莫如少一事。”

叶枫琴张了张嘴想说话，但终是没出声。

果然不出屠百药所料，到了傍晚时分，宋时鱼到了中途岛。

进门的时候，宋时鱼满脸菜色，走路都在打晃，衬衣领上厚厚一层油，裤腿也破了，活脱脱一个乞丐。屠百药把他领到食堂，陈让赶紧给他做了一盘蛋炒饭。宋时鱼狼吞虎咽完毕，又要了两个苹果吃了。正好白净到食堂要苹果吃。她悄悄问叶枫琴，怎么宋总像个饿鬼似的。叶枫琴正儿八经地回答，出长差回来饿坏了。

其实叶枫琴比白净还好奇。她几次都想问宋时鱼前因后果，终于还是忍住了。屠戚二人一点也不着急。屠百药在宋时鱼吃饱喝足后还陪他洗了个澡，弄身干净衣服让他换了，把自己的呢子大衣给他穿上，让刘刚开车送他回家。

叶枫琴大为不解。她忍不住问："老大，宋总回来了，咱们总得知道究竟是怎么一回事呀，怎么让他走了？"

"爱佳更希望他早点回家。"屠百药说，"人平安就好，况且咱们并不打算管谢雯的事了。此事就这样吧。"

年关将至，雪又在下。中途岛的住客们，除了牛兴、白净、荣坤等确实需要在此调理的，大部分人都希望回家过年。屠百药与戚叶二人商议，列出了名单，请他们过完年后再来。

屠百药要回成都看望故旧。这也是人之常情。他在父母去世后没回过成都。叶枫琴要帮他订票，屠百药说探亲不算公差，自己已经订好票。于是次日清晨，由刘刚开车送到首都机场 T3 航站楼，戚晏容代表中途岛成员陪送。

屠百药进入机场大厅后，对着智能手表说了两句话。不多时，宋时鱼就拎着包出现了。二人并没有前往成都，而是上了国航 1477 航班。这是一班飞往乌鲁木齐的飞机。

腊月二十九，叶枫琴在妈妈催促下也回丹东老家过年。荣坤软磨硬泡，戚晏容也只得放他回家过年。牛兴去找白净，被骂了个狗血淋头，只好自个儿回去。刘刚在网上抢到了火车票，也打包回了家。

大年三十这天，赵娟回家准备过年，中途岛只剩下戚晏容、陈让、白净。陈让忙活了半天，准备了一大桌子饭菜。到了晚间，请戚白二人吃年夜饭。

陈让今天破天荒穿了西装，给两位女士斟上红酒，举杯说道："戚博士，白、白女士，咱们无家，可可归，要么么就有家，难回，所以就就在这里，过年。祝祝祝二位，新年快乐。"

本来场面冷清，在这个万家团聚的日子更显落寞，但陈让一结巴，白净忍不住笑得酒杯乱晃："陈师傅，您一说话，我就想笑。对不起，不是因为您结巴，是觉得太好玩了。"

陈让不好意思地挠挠头，说："结巴，不好笑。巴结，才好笑。"

白净看着一脸安静的戚晏容："博士，您不觉得陈师傅特好玩吗？"

戚晏容微微一笑，说："陈师傅是有大智慧的人，什么都看得开。咱们的赵娟，自从做了陈师傅的徒弟，整个人的状态都变好了。所以陈师傅也是治疗师。"

白净好奇地问："陈师傅以前是做什么的？"

陈让说："在寺、寺、寺庙，做——饭。"

"怪不得饭菜这么可口！"白净眼睛一亮，"自从在你们这里住下来，就不想走，多半是因为这饭菜。陈师傅以前在哪个寺庙？"

陈让说："峨眉山、山里，的寺庙。"

白净放下酒杯，正色问道："能讲讲寺庙里的生活吗？"

陈让一副稀松平常的表情，说："没、没、没啥，好讲。寺庙，就、就是，素——食念、念经，打、打、打坐看云。"

"看云？"白净觉得这个词儿特别悦耳，"这年头，还有云可看？"

陈让略有些得意："山高路、路、路远，人、人稀，云多，随——便看。"

白净一脸神往的表情："哎呀，此生如果能到这种地方生活，就不枉一世。"

远处传来了鞭炮声。戚晏容向来不擅长调动气氛，只是静静地听陈让和白净聊天。白净今晚的话特别多，酒喝得特别多。戚陈二人只饮一杯，白净一人就喝了快一瓶，喝到后来有些胡话。戚晏容知道她快醉了，便扶她回宿舍休息。

戚晏容本想回家，但回去也是一个人，加之中途岛也需要值班，特别是白净，万一闹出什么事来麻烦。于是打开电脑，调阅客户资料。突然，手机“叮”的响了一声。打开微信一看，是屠百药发来的新年祝福：晏容老师春节快乐！

戚晏容心头一暖。这是屠夫第一次这样称呼自己。虽然，他还是礼节性地加了“老师”二字，但比称呼“戚博士”要亲切得多。这是一次跨越性的变化，让她在这个孤寂的除夕夜涌起一种莫名的幸福。她闭上眼，想了好一会儿，才回复：屠大哥春节快乐！

发完，她听见自己的心加速跃动的声音。屠百药比她大八岁，称呼“大哥”并无不妥，叶枫琴就随时称“老大”“大哥”甚至“屠夫”。就算在大街上，路人也可以称年长的男人叫大哥。戚晏容从来没有称呼过谁叫“大哥”，可是她心底需要一个大哥。她出生在秦淮河畔的一个工人家庭，父亲在她七岁时与母亲离婚，跟着一个妖艳的四婚女人去了海南，从此再无联系。母亲没有再嫁，含辛茹苦供她上完大学和研究生，在她能挣钱孝敬的时候脑梗去世。她那时在美国，连见母亲最后一面的愿望都没有达成，成为终身遗憾。那年她二十七岁，刚嫁给蒋一方不久，婚后两个月竟发现，这个表面温文尔雅内心粗野狂暴的男人有时是模范丈夫，有时是披着画皮的恶魔，用无穷无尽的花样虐待她……在请了律师状告蒋一方以后，法庭上居然拿不出有力证据。最终，戚晏容经过艰苦的努力，终于在三十二岁那年成功离婚。

在戚晏容的心中，男人分为两种。一种是真病人，另一种是伪病人。真病人如荣坤、牛兴、张志钢之流，有深刻的社会根源；伪病人就是父亲、蒋一方、修理这类，他们实为天分极高的演员。屠百药是哪一类？她现在还没有特别明确的答案。

总之，她对男人丧失了兴趣，性趣之门也早已紧锁。她下功夫学过生理学，解剖过男尸，在专业上她理性看待生理问题，但在心理上她接受不了男人的“脏”。这种脏，是生理和心理的叠加。虽然，她从不拒绝男病人的求助，但那是工作。要让她接受一个男人，难比登天。所以，当叶枫琴屡次拿屠百药与她开玩笑时，她都觉得很无聊。

不过，在这个被密集的鞭炮声烘托出的孤寂之夜，她用指尖在手机屏幕上写下“大哥”二字时，不得不承认心灵深处仍然潜藏着对力量和安全的渴望。屠百药走进她生活的三百个日夜，已经给了她这种安定的气场。这种气场如同阳光驱散黑暗，将那个可怕的梦远远隔离。

手机又“叮”的响了一下。她回过神来，无限期盼屠百药与她聊天。然而却是叶天才发来的微信：戚医生新年快乐！我在纽约，白纯已经联系上。她期待与您联系，方便让她加您微信吗？

戚晏容精神一振，马上回复：方便。谢谢天才，祝春节愉快！

戚晏容通过了白纯的添加好友申请，收到的第一句话是：戚博士，能联系上我妹妹吗？我要跟她说话。戚晏容回复：好的，我先联系她。

她并没有马上去告诉白净。她深知白净的心结在姐姐那里。若是贸然联系，可能会适得其反。想了许久，她才披上大衣，到了白净的房间外，刚想敲门，就听到里头有说话声。

只听到陈让结结巴巴的声音隐约传出：“你，真的，好，柔软……”戚晏容心头一跳，把敲门的手停在半空，侧耳再听。白净“啊”地叫了一声，似乎是咬着牙说：“你，再用点力！”戚晏容透过拉上的薄帘，果见灯影里二人紧贴在一起，不禁心头火起。

## 059 | 不是你的错

但是，她冷静下来一想，陈让不至于是这样的人。

于是她咳嗽了一声："白女士在吗？"

白净在里头说："博士请进。"

戚晏容推开门，见白净盘腿坐在床上，陈让站在床边。戚晏容不禁暗自惭愧，因为陈让的西装扣子扣得紧紧的。他在为白净纠正"双盘式"打坐姿势。

白净从小练习舞蹈，自然很容易就把动作做到位。然而陈让较真，连细微的误差都不放过。不过，戚晏容仍然寒了脸对陈让说："陈师傅，我找白女士有事儿。"

陈让张嘴想说什么，终于沉默地走了出去。门关上后，白净把腿放下来，笑道："博士想多了，陈师傅虽是男性，但不近女色，你不必担心我会勾引他。"

戚晏容认真地说："大晚上的，一个男人与一个女人在一间屋里，传出去总是不好。陈师傅倒无所谓，你是有丈夫的人。"

白净哼了一声："我才不在乎牛兴那个王八蛋呢。"

戚晏容迟疑着说："或许，有一个人你会在乎。"

"谁？"

"白纯。"戚晏容盯着她的眼睛。

白净的眼神瞬间黯淡下去。房间里的暖气很热，但她下意识地抓起床头的外衣披上。过了好一会儿，她说："我不认识这个人。"

"她就在我的微信上，想跟你说说话。"戚晏容把手机拿出来。

“我说了，我不认识这个人！”白净突然尖声吼叫起来，拉开被窝，一头扎了进去。

戚晏容只好道了声晚安，轻轻地带上了门。

回到办公室，戚晏容回复白纯：她已经睡下了。过了几分钟，白纯才回复：我知道，她不愿见我，谢谢您博士。戚晏容回复：可能需要时间，她需要您的帮助，春节愉快！

白纯没有再回复信息。其他拜年的微信和手机短信也极少。戚晏容想回宿舍休息，但毫无困意，就找了本荣格的书看。刚翻了几页，就听到敲门声。白净在外头说：“博士睡了吗？”

戚晏容请她进来。白净披了件睡袍，冻得小脸发红。“我姐呢？我要跟她说话。”

戚晏容搬了把椅子扶她坐下，说道：“我认为你现在的状态，还不适合与你姐说话。”白净一把抱住戚晏容，呜呜地哭了起来。

戚晏容轻轻地抚着她的头发，说：“很多事，急不得。”白净哭了一会儿，放开戚晏容，说：“晏容姐费心了。我知道你是通过那个叶天才联系上我姐姐的……”

戚晏容轻声说：“其实是屠老师想的办法，他为你的事操了很多心。”

“晏容姐姐，你愿意做我的姐姐吗？”白净抬起泪眼，看着戚晏容。

“愿意。”了解过这个女孩的身世经历，抛开职业本能之外，戚晏容对这个美丽又脆弱的姑娘很是心疼，“其实……其实我一直希望有个妹妹。”

“姐姐……”白净扑上来抱住了她，手指很用力地扣紧她的肩膀。

暖气很烫，灯光很柔和。中途岛2号治疗室，白净躺在洁白的床铺上，戚晏容坐在她的身旁。

白净终于从内心里愿意接受戚晏容的治疗。戚晏容让她侧身屈体躺好，双目微闭，用食指轻轻塞住耳孔，放松身体，自然呼吸。这样过了十五分钟，戚晏容把她触醒。

白净感觉自己快睡着了，问：“姐，这也算催眠术？”

戚晏容摇摇头：“这不算催眠术，是中国武术中养气的一种，有助于养精、安神和睡眠。我曾长期失眠，但练习这种方法后得到了改善。”

白净眨巴着眼睛，“姐姐懂的真多。”

戚晏容脸上的祥和破裂出些许阴影：“这是我前夫教给我的。”

白净却浑然未觉，目光停在白色的天花板上，颇有兴味地说：“看来这位前姐夫真是厉害啊。”

戚晏容有些后悔提起这个人，却只能镇定地回答：“他是美籍华人，在美国长大，但对中国武术很有研究。”

白净坐起，“是不是很帅？很有才华？很 man?”

戚晏容点头。

白净继续追问：“比屠老师还帅？还厉害？”

戚晏容无奈地说道：“若只论长相和手段，屠老师可能不如他。”

白净瞪大眼睛，一副打破砂锅问到底的样子：“那你们为什么离婚？”

戚晏容面容煞白，咬着牙挤出一句：“因为他一半是天使，一半是魔鬼。”

白净有些后悔，却更是好奇，略小声地问：“比牛兴还王八蛋？”

戚晏容好半天未出声，再开口时语调带着恐惧的起伏：“牛总比他更像一个‘人’。”

白净扭过身子紧握住戚晏容的双手，睁圆眼睛说：“原来姐姐眼里的深度恐惧，是来自这个人！姐姐是心理医生，难道还斗不过他？”

戚晏容惨然笑道：“世上所有的医生都不可能包治百病，尤其是自己的病。我前夫集屠老师的聪明、牛总的变态、荣总的手段和修理的阴谋于一身，我在他面前就是条放在砧板上的鱼。”

白净眼里渐渐染上恐惧之色，“世上真的有这种人？”

戚晏容叹了口气：“事实上，世界上所有生物都是相生相克吧。有我这种人，就会有他这种人。就如同这世上有羊就有狼、有兔就有鹰、有鼠就有猫一样。自然界物种有天敌，人世间情感也有生态。自然物种没有天敌就会无序发展破坏平衡，人类情感没有惨痛也会变得索然无味。人们都想着获得美满的情感，男人想拥有美丽、善良、聪明、多情、温柔、贞洁、体贴而又甘愿付出的女人，而女人则希望拥有高大、帅气、勇敢、坚强、睿智、节制、宽容而又敢于担当的男人，但是世间哪有十全十美的人呢？都不过是内心的欲望罢了。”

白净听得直了眼。半晌，她说：“姐姐，说真的，我以前根本不相信你能治疗心理病，但是今晚我不得不从心底敬佩你！谢雯姐若是了解你的能力，就不会缩回原来的恐惧之中。”

“我知道你与谢雯有过深聊，但是你现在需要先解决自己的问题。”

“我也不知道为什么会变成今天这个样子……姐姐，说句掏心的话，我从小到大，只想跳舞，既不想大富大贵，也不想变成一个放荡的女人……可是生活就如同一辆没有刹车的车子，上去就下不来了。”

戚晏容反握住她的手，说：“同是天涯沦落人。我七岁那年，爸爸跟着一个女人去了海南，我在学校里一直被嘲笑没有父亲。我一直渴望有个父亲，因为我感到天空有一半是黑的。母亲被抛弃后很伤心，但不在我面前表露出来。有人给她介绍对象，她太过担心我受欺侮就没有再嫁。她是服装厂的版师，但是为了贴补家用她回家后还要收衣服做，有些男人借做衣服为名晚上进了家里就不想走，有一次我看到一个男人伸手去摸母亲，母亲拿起剪刀扎得他夺路而逃，那天晚上母亲一直在流泪……后来，母亲为了避免男人们的骚扰，就把缝纫机搬到堂屋里，开着门做工，冬天也是一样，手脚都长了冻疮。所以，我从小就胆小、沉默，没有安全感。”

白净情绪逐渐稳定下来，抽出一只手轻轻拍了拍戚晏容的背，轻声问：“妈妈现在还好吗？”

戚晏容似乎依旧沉浸在儿时的阴影中，喃喃道：“她去世快十年了，患了脑梗，才五十一岁。但她的话常常响在耳畔。她总是说，做女人不容易，但得有个女人的样子。我想，女人的样子应该就是不能让人看扁了。”

白净垂下头：“我妈妈也走得早，她临终时只有我在身边。她眼泪汪汪地拉着我的手，求我照顾好姐姐……她说，纯纯性格内向，不太会与人打交道，怕她将来进入社会吃亏。我答应妈妈，就是不要性命也要照顾好姐姐……哎，不说了，姐姐可能也有自己的苦衷吧，她至今都还未婚。”

戚晏容似乎对白家姐妹的过往逐渐清晰起来，劝解道：“净净，你必须明白一件事——其实你姐姐内心一直在煎熬。你为她做的一切，她比谁都清楚，只是她不敢面对，所以选择了与你断绝关系来隔离这种负罪感。”

白净一把抓住戚晏容的手，急切地问：“你们……你们对我们的事到底了解多少？”

戚晏容拍拍她的手背，说：“我们要治疗你，就得知道前因后果。请原谅，我和屠老师、叶医生对你与白纯的情况作了一些了解，你姐姐也是听了录音之后才在今晚与我联系的。”

白净愕然：“什么录音？”

戚晏容从衣袋里取出录音笔，找到叶枫琴录的那一段，揿下播放键。

白净听着，越听身体越僵直，最后如同冻僵了一般，连眼珠都停止了转动。

戚晏容站起，轻轻地说：“这不是你的错。”

白净充耳不闻。

戚晏容走近她，笃定地重复了一遍：“净净，这不是你的错。”

白净的手指动了一下，突然尖声叫嚷着挥舞起手臂：“滚开！”

戚晏容继续向她靠近，“净净，这不是你的错。”

白净突然跳下病床，跑到东南墙角，双手抱头蹲了下来，不停地发抖。

戚晏容慢慢走近她，仍然重复：“净净，这不是你的错。”

白净躲不过，向戚晏容跪了下来，扬起盛满泪水的眼睛，嘶声道："求你……别说了……"

戚晏容蹲下身，张开双臂，说："净净，这不是你的错！"

白净全身颤抖得无法自制，终于扑进戚晏容张开的双臂里，伏在她的肩膀上放声大哭："妈妈……妈妈……"她好像在喊已经去世的母亲，又似乎把戚晏容当成了妈妈。

她的哭声撕心裂肺，如同狂暴的山洪，把远处的鞭炮声压了下去。戚晏容只是紧紧地抱住她，再也不说一个字。

渐渐地，白净的声变低了，身体颤抖的频率也逐渐变小。也不知道过了多长时间，戚晏容感觉自己的腿有些麻了，白净才站了起来。

戚晏容扶她坐在病床上，用湿纸巾给她擦去脸上交错纵横的泪痕，连同脖颈上残留的鼻涕。白净仍然目光呆滞，嘴里低声念叨着："姐姐，我感觉我很脏。"

"为什么？"戚晏容把凳子挪了挪，坐在她的对面。

"你知道，我与很多男人上过床。我的身体早就脏透了，我洗不干净，我每次洗澡都要洗一两个小时，还是觉得脏……我恨不得把自己剁碎，放进火里焚烧。"

戚晏容没有接她的话头，轻声说："你把衣服都脱了吧。"

白净一时仍未回神，本能地错愕道："为什么？"

戚晏容温柔地说："请你相信我。现在就我们俩，你就照办吧。"

白净没再犹豫，慢慢开始脱衣服。温和的灯光下，白净的身体洁白如玉。戚晏容看过很多女病人的裸体，但她不得不承认这是她看到的最完美的身体。那柔和的曲线，完全符合人体最佳比例，也难怪男人们见了白净就会像苍蝇一样猛扑上来。

戚晏容让她躺平，闭上眼睛。白净照做。不多时，白净感到胸脯上一阵凉意袭来。她不由得睁眼坐起，一看，原来戚晏容拿着一支很粗的记号笔在她的左胸上涂抹出黑黑的一片。

“姐，你这是干什么？”白净觉得那一片黑色的墨水好脏好难看。

“这是什么？”戚晏容问。

“黑墨水。”

“它为什么会涂到你身上？”

“是你涂的。”

“我经过你同意吗？”

“没有。”

“现在该怎么办？”

“擦掉。”

戚晏容把湿纸巾递给她。白净很快将墨迹擦净。

戚晏容示意她再躺下，再闭上眼。白净照做。突然，她感觉左手被握紧，随后右手也被握紧，接着脚脖子也被什么东西绑住了。她强忍着告诉自己相信戚晏容，待睁开眼时，发现自己的四肢已被戚晏容用布带绑住了。

## 060 | 修理的心机

“姐，你这……”

戚晏容没回答她，用记号笔在她平坦的小腹上画着。画完，她问白净：“现在该怎么办？”

白净挣扎了几下。虽然戚晏容绑得不太紧，但仍然无法挣脱。她有些急了：“姐姐，你到底是什么意思？”

戚晏容不答反问：“如果我去弄些粪便抹在你身上，你有什么办法？”

白净使劲摆头。

戚晏容俯下身体，注视着白净的双眼，好似能参透其中的一切，“人本身就是一个无助的生物。譬如，地震来了，台风来了，海啸来了，如果我们遇到，有可能死，有可能伤。我们遇到欺骗、暴力、侮辱，也是不可预知的外力强加在我们身上。我刚才在你身上抹脏东西，开始是骗你闭上眼；第二次，也是骗你。因为你信任我，所以不自觉地陷入这种摆布，但你无力反抗。”

白净听着。戚晏容先给她解开四肢上的布带，再用湿纸巾给她擦掉小腹上的污迹。“现在，你还感觉脏吗？”

白净坐起来，低头看看胸脯，看看小腹，有些迷惑地说：“污迹是看不到了，但还是感觉脏。”

戚晏容没说话，拿了一个纸杯，让她吐几口唾沫。白净照做了。戚晏容把杯子送到她嘴边，让她喝下去。白净使劲摇头。

戚晏容放下杯子，说：“你看，当唾液在我们的嘴里时，不会觉得脏。但是吐出来再喝进嘴，就非常恶心对吧？我们排出的大小便、各种体液，原来在身体里时我们感觉不到脏，一旦排出就觉得脏。这是完全正常的。同样，外界的脏，如男人的精液、唾液、汗水、气味，我们女人也会觉得脏，但如果这个男人我们喜欢，就不会觉得。其间的区别完全是心理作用。”

白净认真听着，若有所悟。

戚晏容把衣服给她，让她穿上。“净净，你想明白了吗？”

“还是有些不太明白。姐姐刚才说是骗我，实际上是为了治疗。但那些……男人，为什么要骗我？”

“因为你太漂亮，他们担心正常的交往途径无法实现他们的目的，所以只能骗。”

“这有意思吗？”

“对一个心灵肮脏的人而言，采取卑劣的手段，不过是想掩饰内心的虚弱和自卑。”

“心灵的肮脏怎样才能判断？身体的脏很容易看出来或感觉出来，但心灵的脏似乎不好分辨。”

“一颗恶的心，就是脏的心。作恶，算计，害人，欺骗，就是不断往心灵上抹毒。这些看不见的毒素时间长了，就会形成一颗扭曲的心。”

“可是，我觉得那些阴险恶毒的人，还是特有钱，还是活得好好的。”白净叹息道，“都说举头三尺有神明，可是神明为什么没有惩罚他们？”

“事实上已经惩罚了他们。一颗邪恶的心，就如同一块腐烂的肉上布满了蛆虫。一颗被噬咬的心，本身就在炼狱里煎熬，还有什么惩罚比这个更严酷？”

白净呆了半晌，突然说：“姐姐，能不能把手机给我，我想跟我姐聊天。”

戚晏容把微信打开，交给她，然后关上门，出去了。

屋外寒风呼啸。夜已深，零星的鞭炮声从远处传来。

新的一年开始了。

白净与姐姐白纯微信聊了些什么，戚晏容不得而知。当白净在两个小时后到办公室找她时，双目红肿得像核桃。戚晏容打开微信，什么也没有。看来，白净聊完后把内容全部删了。

大年初一，戚晏容没料到修理会来拜年。

修理穿着一件灰色的呢子大衣，从一辆大众辉腾里出来，从后备厢里取出一箱年货。当时戚晏容正在厨房帮陈让煮饺子，是白净开的门。白净见过的有钱人多，知道辉腾这车容易被误认为帕萨特，但实际上比普通奔驰宝马还贵，是那些假装“低调”的有钱人开的。

修理看到白净，并没有像第一次见到她的多数男人那样眼睛不能动。他神色淡漠地问白净：“请问戚博士在吗？”白净就朝小院里喊了一声。

戚晏容把修理迎进办公室。修理先送上了那箱年货，再从大皮包里取出一个牛皮纸袋，里头塞得鼓鼓的。“戚博士，我家谢雯在你们这儿住了挺长时间，这是食宿费，请收下。”

戚晏容以因己方缘故致治疗中断推辞。修理说：“戚博士要是见外就不好了。谢雯也是几天前才告诉我到你们这儿来住过。幸好是到你们这儿来，要是真的走失了就很麻烦。今天来，一是拜年，二是感谢。”

戚晏容只好收下。正要给修理看座上茶，修理却说：“戚博士，大过年的都挺忙，我就不打扰了。”戚晏容只好和白净送他到大门口。

在上车前，戚晏容关切地问：“谢女士好些了吗？”修理愁云笼罩，长叹口气仿佛能拨云见日，最终无奈地说：“博士啊，我倒是希望她早点好起来，但是她这个病看遍了各大医院，越来越厉害。”

修理走后，戚晏容和白净回到办公室。白净说：“我看这个修先生彬彬有礼，眉宇间也有忧色，不像是坏人啊。”

若是以前，戚晏容也会附和白净。然而自从与屠百药共事以来，戚晏容对人的看法有了变化。形貌与个性、心理有统一的地方，不过对那些受过专业训练或是心机深沉的人而言就不太适用。所以，她没有直接回应白净，略带打趣地说："要论长相，牛总看上去就很憨厚。"

白净立时闭了上嘴巴。

戚晏容打开礼物包装，是一份冬虫夏草、一袋东阿阿胶和一块智能手表。再打开牛皮纸袋，是十捆捆扎得刀切般整齐的人民币，一看就是十万元。

"啊哟，这个修老板果真舍得。"白净笑道，"牛胖子平时吆五喝六，但过年也没给人送这么贵重的礼品。"

戚晏容把礼品放进柜子，再把钱锁进保险柜。

白净坐下，寻思了良久才说："姐姐，本来呢，我这人不愿说别人的是非，更不想管闲事。但看这修总的举动，是想封你们的口啊。"

"为什么？"

"要是雯姐有精神病，那全世界都是疯子。"白净今天的眼睛很亮，好像昨夜睡得很好。"她跟我住一屋，其实是聊天了的。但她让我保密，我就没说。"

戚晏容笑道："放心，妹妹，我不会强人所难。"

"姐姐昨晚让我心头敞亮了，我突然觉得以前的很多观念是不对的。雯姐的弱点，就是害怕别人知道她的事。可是她越是隐瞒，就越痛苦，别人也越是掐住她的弱点。譬如我，以前总是以为我犯的错误只有少数人知道，后来发现几乎认识我的人都知道。我就是那个捂着耳朵去偷铃铛的人，雯姐也是。"

戚晏容一下站起，扶着她的肩膀说："你真的很聪明、很有悟性！"

"我有吗？"白净以前曾被老师夸奖过有舞蹈天分，进入社会后屡被夸赞长得漂亮，但她的智力从来没有被人夸奖过。

"太有了！"

白净兴奋地在戚晏容左腮上亲了一口，说："姐姐，为什么以前没有发现你这么可爱？"

戚晏容乐了："我也是刚发现你特别聪明可爱。"

白净叹道："如果人与人之间的相处，多一些宽容和理解，该多好呢？就说那个修总，雯姐这样的老婆到哪儿去找？可他就是偏往邪路上走。"

"你怎么知道他往邪路上走？"

"凭我自己的分析。"白净笑道，"姐姐既然夸我聪明，我必须得聪明一回。"

然而白净接下来的讲述，着实让戚晏容吃了一惊，同时也不得不佩服屠百药的直觉与推理。为了将来能让屠叶二人了解这次谈话，戚晏容早早按下了藏在办公桌下的录音机的按钮。

白净与谢雯在小屋里待着，时间长了自然有交流。谢雯总是拿出小金佛看里头的照片，白净就问她是谁。谢雯一开始说这个小女孩是在学校做义工时收养的，后来白净几次听到她在梦中呼喊着玉娇的名字，就直言收养的孩子绝不会如此牵挂。谢雯有一晚失眠，终于把秘密告诉了白净，并让她发誓保密。

原来，谢雯家道深远，又是独女，家教甚严。中学期间，她因长相出众被男生追求，父母知道后强行转学。谢雯表面顺从，内心强烈反抗。父母为了让她专心学业，私下与老师达成协议予以监督。谢雯上大学之后，环境相对宽松，但父母仍然私下雇人监视。那时网络刚刚兴起，谢雯自然知道父母看得严，就通过网络交友，很快坠入爱河，与一名程序员在中关村同居了。父母知道后，以自杀要挟，谢雯只好与那名程序员断绝关系，不久发现怀孕，十分害怕，不想让父母知道，私自办理了休学，等父母发现时胎儿已经七个月大。父母气得发疯，不过也无可奈何，只得让谢雯把孩子悄悄生下来。为了让女儿继续学业，父母花重金为小玉娇找了下家，在孩子出生三天后找到了一对无法怀孕的小夫妻，随后帮助他们办理了合法手续。谢雯当时差点自杀，精神接近崩溃，但父母就是不告诉她谁收养了孩子。她冷静下来，也逐渐明白了父母的苦心，接受了现实后，发愤图强，后来继承了父亲的事业，用做公益的方式“赎罪”，在西部贫困地区开办了很多学校。直到有一天，父母出了车祸，父亲当场死亡，母亲在临终前将孩子的下落告诉她。她找到这家人时，孩子的养父因贩毒入狱，养母不知去向，是好心人把孩子送到了智光特殊儿童学校。

谢雯在那个晚上哭得撕心裂肺。她没有料到出生三天就离开妈妈的孩子会变成智障儿童。她的世界轰然坍塌，所有的财富对她都不再重要，只要小玉娇能够活得像个普通孩子。于是她以做义工的名义到了智光学校，希望通过自己的努力唤醒女儿。然而她并没有这方面的能力，用尽心血仍然不见起色。在她就要绝望的时候，修理闯入她的生活，奇迹般使小玉娇恢复了心智。事后谢雯才逐步了解到，自己父母虽然在玉娇身上花了很多钱，但玉娇的养父母利令智昏，不仅不照料，甚至虐待她，致使玉娇从小心灵受到极大创伤，才会自闭和抑郁，被误诊为智障。

修理训练小玉娇所付出的爱心深深打动了谢雯。谢雯多么希望小玉娇有个像修理一样的父亲。于是顺理成章嫁给修理。婚后，谢雯还发现修理有经商才能，加之热心公益，就逐渐把珠宝生意和公益项目交给修理打理，自己则把小玉娇接出智光学校悉心照料，随后送她上了私立学校。然而短短几年时间，修理逐渐掌控了谢雯的公司，对旗下分支机构也安插了人手，高调宣传自己，把自己包装成慈善家，对谢雯实施冷暴力，还私下吸毒。谢雯惊觉后开始“反击”，但她发现无论是公司还是公益项目的骨干都心向修理，小玉娇也更听修理的话。谢雯这才醒悟：修理是有预谋的，她如同关进瓶子里的昆虫一样无助。而最可怕的是，在修理的策划下，她居然成了一名精神病人……

白净讲完，对戚晏容说：“我不认识雯姐前，以为我是天下最悲惨的人。认识她以后，我才感觉还有人生活在真正的地狱。我得承认，我现在落到这步田地是生活对我的惩罚，但雯姐那么善良，却受到最严酷的惩罚，实在太残忍了。”

“难道她没试图用法律武器保护自己？”戚晏容问。

“法律？”白净睁圆杏眼，“下一步可能是法律问题。据雯姐说，修理正以妻子患重度精神病而向法院申请离婚。离婚，雯姐并不怕，甚至失去财产也不怕，但是她怕失去小玉娇。她现在无法对小玉娇说自己是亲生母亲，就算说了小玉娇也不相信。现在小玉娇只相信修理的话，认为雯姐是疯子。所以，雯姐在多重压力之下，真的抑郁了。”

戚晏容叹道：“这一切，都是谢雯年轻时一念之差造成的后患。这个修先生，心机恐怕比舒笑娥还要深沉。”

## 061 | 迷雾

大年初八，不仅中途岛成员全部到齐，连那些请假回家过年的客户都到齐了。中途岛又恢复了原有的节奏。

然而戚晏容总感到有些怪异。

首先是屠百药，回来后话很少，似乎怀有心事。他是大年初七晚上一个人回来的，也没有找戚晏容单独聊聊，甚至对一向关心的中途岛住客也都只是打个招呼，好像过年这十来天根本不存在一样。只是有一个变化，他把刘刚、荣坤、牛兴等人集中在 1 号诊室，教他们如何调理自己的“元阳”。

然后是叶枫琴，探家后似乎提不起精神，偶尔还打哈欠。戚晏容关切地问及她回家后如何孝敬父母，叶枫琴反问屠夫不是说了不能愚孝吗？爸妈身体尚好，就是催着自己找对象。老同学们则各自炫富晒幸福，总旁敲侧击问在北京买房没有，让人很无语。

第三个是刘刚，归来后似乎也没以前那么勤快了。有次早上他带领客户们跑操还迟到了。只有陈让和赵娟仍然一如既往，勤勤恳恳。不过，屠百药似乎对这些细微的变化毫无察觉，上班时间居然在电脑上下起了围棋。

戚晏容本是个不多事的人。现在的中途岛毕竟有了存粮，不像过去那样成天焦心资金之事。春节后，也有三名客户前来治疗，因是普通的家庭问题，价格也在十万以内，完全由叶枫琴协助她处理，屠百药也不过问。

正月十五，雨夹雪，能见度极低。屠百药打算去看望宋时鱼，让叶枫琴看家，戚晏容陪同前往。

车子开出院门，戚晏容说："屠老师，我这段时间感觉有些怪怪的。"于是讲述了自己的疑惑。

屠百药笑道："先前我还以为你不太关注这些细微的东西，看来你挺敏锐。不过，大年三十你叫大哥，今天怎么不叫了？"

戚晏容脸色微红，只好回应道："称呼嘛，书面与口头还是不一样的。"

"其实很多事情是一个道理，在不同的平台表现不一样。譬如网上说话相对随意，但真正面对面就不得不考虑周全了。你可能认为我这一段很闲，但我告诉你，这段时间我忙得连自己姓什么都忘了。"

"原来你还是没有放弃谢雯的事情。"

"见了时鱼再说吧。"

这次与宋时鱼见面，是在北运河边一家安静的餐厅。屠戚二人到达时，宋时鱼已经等候多时。

位于三楼的包房很小。服务生上了茶点后闭门离开。屠百药居中一坐，对戚晏容说："戚博士，这个春节前后，我和时鱼差不多都在路上奔波，光差旅费就花了十来万。"

戚晏容微笑道："我就知道屠老师和宋总不会放下谢雯的事儿。但是花了这么多钱，为什么不报销呢？"

"这个得问宋总。"屠百药看着一直低头喝茶的宋时鱼，"我现在啊，几乎成了他的跟班。"

"我不想除了二位之外有其他人知道。"宋时鱼抬眼看着戚晏容，"很不好意思，包括你的小姐妹小叶。"

戚晏容向来视叶枫琴为亲妹妹，恐怕宋时鱼此举有他难言的道理。因此，她只是认可地点了点头。宋时鱼突然撩起衣衫。戚晏容看见，他的胸脯有几道伤口，现在已经结痂，但还没有复原。

“我差点老命都丢了，身上大大小小的伤有十几处，都是这个修理找人修理的。”宋时鱼说这个结果时，也不忘幽自己一默。接着，他讲述了自己的遭遇。

宋时鱼答应屠百药前去查修理和谢雯的事后，特别小心。修理这个人，他早就在媒体上看到过，却也没太留意。屠百药郑重其事委托他打前站，他自然当成自己的事来办。一开始，他运用多年的资源多方打探，基本形成了阶段性结论：首先，修理是个深藏不露的人，社交广泛但无人知道他的底细；第二，修理是个经商能手和表演高手，具有极强的组织和控制能力，虽出入高级会所但从不与明星名人亲密接触，绝无绯闻；第三，他帮助过许多人，包括有才能的媒体人员、科技人员、律师和涉黑人员，但与达官贵人无涉；第四，他与谢雯结婚后收养曾有智力障碍的问题儿童李玉娇，五年前谢雯将总公司以及下属企业的经营权授予修理，修理只用三年时间便几乎换成了自己的人，架空了谢雯；第五，他不吸烟、不喝酒、不嫖不赌，几乎没有缺点。

然而宋时鱼是相人专家，深知一个人不可能没有缺点，也不可能没有失误。修理越是表现得完美无缺，越有可能包藏祸心，其目的有可能是屠百药预料的那样，想鲸吞谢雯十数亿资产。宋时鱼通过一个从事地下调查工作的朋友，了解到修理喜欢到什刹海的孔乙己酒家吃绍兴臭豆腐，觉得还是现场给这位神秘人物看看相再说。他本是想去碰碰运气，不料当晚竟碰到修理。

修理只身一人，身穿普通的灰色羽绒服，坐在酒店散客厅的东北角落，慢慢地品尝青灰色的小块臭豆腐，杯子里却只盛了白开水。宋时鱼走过去，问他能不能坐下，修理看都没看他，就说，如果你是宋先生，就请坐。宋时鱼虽然有点吃惊，但还是坐下了。他换了几个话题，想从修理那儿套出点料。但是修理似乎对他完全了解，根本不理他。吃完后，他拿起纸巾轻轻擦嘴，说宋先生还是回家吧，不要瞎折腾。宋时鱼笑笑说我看你人中发青，山根发暗，恐怕不久有灾。修理反问：宋先生满面红光，就没有灾吗？

修理走后，宋时鱼也要了一份臭豆腐，一瓶“小二”，但即使在烈酒的压制下仍然闻不了那个味儿，最后只好点了别的菜换上。他没有开车，一连喝了两瓶“小二”身上才暖和起来，出了酒店，走到马路边拦出租车。一个穿黑色羽绒服的中年男子过来问他要不要坐车，宋时鱼下意识拒绝。那人抢步挡住他的去路，停在一旁的“黑车”里突然钻出来一个人。宋时鱼还没明白过来，感觉腰间一麻，就失去了知觉。

宋时鱼醒来时，发现自己躺在一间昏暗的地下室。算计他的人是用高压电棍击晕了他，把他扶上车后不知用什么方法使他一直未醒。他的手腕脚踝都被拴着，浑身酸痛，血迹未干，显然是挨了一顿暴揍。他像狗一样被拴在地下室后，无人跟他说话。每天有个戴着口罩的人会送来不至于让他饿死渴死的食物和水，大小便也只能解决在墙角的大塑料盆里。宋时鱼是吃过大苦的人，既不喊也不叫，加之知道这是修理的手段，只是静静苦熬。

一个星期后，他头上被套了黑布套，解开了铁链，手脚被绳索绑住，被两个人扛出了臭气熏天的地下室，塞入一辆车里。车开到不知什么地方停了，他被扔到一个垃圾站，但是手上绑得并不太紧，只用几分钟就解开了。他扯掉头套一看，身边放着一个黑色塑料袋，里边装着他的手机、手表、钱包、证件等随身用品，完好如初。

讲到这儿，宋时鱼喝了口茶，看着戚晏容：“戚博士有什么看法？”

戚晏容问出心中所想：“按宋总的讲述，修理是早就料到你会去找他？”

宋时鱼回答：“应该是这样。因为我都是秘密探访的，就算修理爱吃臭豆腐，怎么那么巧，我去孔乙己酒家时他正好也在？我出来时他就派人收拾我？”

戚晏容蛾眉紧蹙："宋总的意思是，咱们中途岛有内鬼？"

"我认为没有，但时鱼说有可能。这个目前不能确定。不过我这人大大咧咧惯了，这回时鱼兄弟被绑架控制，很危险。也许正是这个原因，谢雯才在大运河公园趁机甩开我们离开，很可能她的智能手表上显示了修理发的信息。但是，直到修理确定我们不再'管闲事'后才放了时鱼。更重要的是，我们后来的调查足以证明修理不仅是个骗子，更是罪犯。"

这话让戚晏容大吃一惊。

宋时鱼回到中途岛后，在洗澡的当儿与屠百药交换了意见，认为现在谢雯的事情，中途岛在明，修理在暗，停止对谢雯的帮助是必须的，但是得考虑用其他方式进一步调查，不然这哑巴亏就白吃了。屠百药劝说宋时鱼作罢，万一有何不测他无法面对刚生了二胎的孔爱佳。宋时鱼瞪了他一眼，说你就不要装了，我出这口恶气尚在其次，但依你老兄不到黄河心不死的个性是不会放弃的，再说，这个温和善良的女客户受到摆布和控制是严重的婚姻问题，此事处理不好中途岛难有前途。

于是二人在洗澡间哗哗的水龙头下商议，趁过年这段时间，二人结伴彻查修理的老底。

屠宋二人先是到了乌鲁木齐，再去了修理的户籍所在地石河子市。宋时鱼私下请公安系统的朋友，调出了修理的户籍档案，信息显示他是外地迁入的，并非土生土长的石河子人。户籍迁入时间是七年前，迁入地是云南文山市，理由是在石河子购房。经查，在石河子，修理名下并没有商品房。

二人赶紧从石河子回乌鲁木齐，再乘飞机到昆明，转乘汽车到了文山。当地派出所根本不接待，宋时鱼只好再麻烦朋友，几经周折，户籍民警才答应查。查了半天，没有修理户籍迁出的存根。

屠宋二人傻了眼。难道这个修理是天上掉下来的？二人住在宾馆里，一连抽了两包烟，还是没想出办法。宋时鱼分析，修理可能是个假名，既不是文山人也非石河子人。在前些年政法系统比较混乱的时候，很可能是通过关系花钱办的户口。屠百药亦认为有这种可能，舒笑娥的事情就说明当年牛兴找人在偏远地区办户口是可能的。既然身份信息是假的，那么什么南方某大学 MBA 学位、大学老师、职业经理人等都无须再查。关键在于，他究竟是谁？

宋时鱼认为，不管修理是谁，盯上谢雯才是关键中的关键，因为他花在谢雯身上的精力最多。屠百药说，可能因为谢雯有钱，修理为谋财盯上了她。宋时鱼并不同意，有钱的人已然很多，修理去盯别人很难奏效。屠百药猛然一拍大腿：说来说去，还是孩子！他拿出纸笔，迅速写了几条分析意见：

修理是因孩子才接触到谢雯并逐步感化她的；

在谢雯逐渐感受到修理的阴谋后仍然不敢轻举妄动，主要是顾忌孩子；

修理是如何知道谢雯在智光学校做义工的？他是怎么知道谢雯私生女的秘密的？

写完，他在第三条上划了一道横杠。

宋时鱼思考良久，道：如果我是小玉娇的养父母，自然知道我养的孩子是谁生的。屠百药同意。他在与戚晏容探访的过程中，忽略掉了李玉娇的养父母。当时只知道小玉娇的养父因贩毒进了监狱，养母失踪，才被智光学校收留。而知道谢雯是小玉娇生母的人除了谢雯自己之外，就是她的父母和小玉娇的养父母。谢雯的父母已经过世，小玉娇养母失踪，知道这个情况的当然就只有小玉娇养父一人。

看来，关键点在小玉娇养父那里。屠百药当即给智光学校校长董淑华打电话拜年，东拉西扯了几句，然后转而问小玉娇的情况，说希望能帮到小玉娇。董淑华说小玉娇离开智光后很好，有修先生和谢女士照顾，早就办理了收养手续。屠百药问及小玉娇父母的意愿时，董淑华说，小玉娇的母亲已经失踪，父亲在监狱里，收养当然合法。屠百药便说毕竟是父母，打算去看看小玉娇的父亲。董淑华愣了一下，说李新明曾因贩毒情节特别严重，判了十九年，她曾带小玉娇去看过一次，但小玉娇特别不愿意，她后来没有再去。屠百药问监狱名称，董淑华说在房山的第九看守所。屠百药又说，北京这样的首善之都贩毒很难啊，小玉娇的父亲怎么会因此坐牢？董淑华说，她也不太清楚，好像是云南那边来的货，对，是缅甸边境那个金三角。

屠百药把“李新明”这个名字记了下来。宋时鱼就要回京通过警方熟人去找这个人，屠百药却有了另外的想法。他认为，既然毒品来源于金三角，说不定负责缉毒的云南省边防总队能查到李新明的信息。如果修理是从李新明处知道小玉娇的事情，那么二人一定有关，说不定修理还是个毒贩！

这个假设让宋时鱼也吃了一惊。

## 062 | 骗婚犯?

但是，李新明的犯罪信息涉及公安系统机密，就算托人也无法得知。屠百药却来了兴致，收拾东西退房，直奔位于昆明市滇池边的云南省边防总队。

接待屠百药的是他的老战友向国华大校。这位当年与屠百药一起摸爬滚打的军人声若洪钟，在得知屠百药想查当年毒贩档案的请求后直摆手说，老战友啊，你现在是地方百姓，既非军人也不是警察，不合规矩。屠百药无奈，只得住在部队招待所。

晚间，向国华请屠宋二人吃饭时，屠百药说，老战友，我知道咱老百姓查这些不合规矩，但是老百姓是否有举报的权利？向国华说我们抓捕毒贩，当然得靠老百姓配合啊，当年咱们在边境抓捕毒犯，不也靠老百姓提供线索吗？屠百药点头说，现在有个犯罪分子，当年贩毒潜逃后化名修理，现在摇身一变成了富人和慈善家，你们管不管呢？宋时鱼知道这完全是屠百药瞎蒙，但也不能说破。向国华一听，来了精神，说你有证据吗，屠百药便把用智能手表在修理办公室拍的照片拿出来给他看。向国华看了许久，说这个人看上去温文尔雅，怎么会是毒贩？屠百药便把修理身份来源不明的事情讲了，说这个人与你们抓到的李新明有关联，现在李新明在北京服刑，但这个人却逃掉了。

向国华半信半疑，打电话叫了一位少校来，让他去查李新明的信息。三人接着喝酒。大概过了一个小时，少校前来汇报：李新明的确在北京服刑，也到过金三角和普洱地区，但并不是边防武警抓住的，而是在北京落网的，当时是一个叫汪秀力的毒贩供出来的。向国华问这个汪秀力在哪儿，少校说，这个人在从普洱押往昆明的途中从车上跳下悬崖，但是尸体没有找到。向国华马上拿出电话打到普洱支队，要求再查这个汪秀力，并让少校把屠百药拍的照片拿去与电脑里留存的汪犯照片比对。

宋时鱼听得直惊心。如果屠百药的猜想成立，汪秀力和修理是同一人，那么不仅能彻底解救谢雯，还能协助公安机关破获重案！但是，世上真有这么巧的事吗？

少校离开后，向国华询问屠百药妻子的情况，屠百药没吱声，起身上洗手间去了。向国华察觉有异，看向宋时鱼，宋时鱼见屠百药躲开，料想屠百药不愿重提此事，忙说：领导您别问了，嫂夫人和屠兄离了……

向国华拍了一下桌子，说："怎么可能！全天下的夫妻离婚我都信，但是百药和阳柳离婚，打死我也不信！"

宋时鱼知道屠百药夫妻离婚之事，但对他们的过去一无所知，看来屠百药这位老战友一清二楚，于是小声问个究竟。向国华点了支烟，叹息一声，开始讲了屠阳二人的往事。

当年，屠百药所在的特种侦察部队在云南边境执行任务。向国华是上尉，屠百药是中尉，还是重庆医科大学军医学员的阳柳来部队实习，很快就与屠百药坠入情网。有一次出任务，屠百药带领五名侦察兵追踪毒贩，结果行踪暴露，寡不敌众，两名队员当场牺牲，三名队员重伤回队，屠百药却下落不明。特侦大队派出大队人马搜寻，深入丛林。山深林密，又连天降雨，搜索了一天毫无结果。部队决定返回营地，可是阳柳就是不回，被领导强行拉上车。等回部队集合，才发现少了阳柳，但已是第二天早上了。部队领导非常生气，不得不重新派一个小队返回搜寻。第二天傍晚，在离战斗地偏东十公里处找到了屠阳二人。

原来阳柳趁着雨夜悄悄下车，独自搜寻屠百药。也许是上天垂怜，她第二天上午在一条小溪边发现了一点血迹，结果在溪边的一个树洞里发现身中三枪、早已昏迷的屠百药。若非阳柳及时施救，就算部队找到屠百药，也已不能复生。而阳柳虽救了人，却违反了部队规定，实习未完被退回学校。但是，这种救命的恩情让屠百药终生难忘，随后就是有情人终成眷属的故事。

向国华讲完，宋时鱼也叹息一声。屠百药上完洗手间回来，眼睛有点红。向宋二人见了，欲言又止。

不多时，少校拿了一页彩打的纸交给向国华。向国华看后犹豫了一下，还是交给了屠百药。屠百药强打精神，拿起来与宋时鱼一起看。A4纸上并排的两张图片并不是一个人。宋时鱼眼快，看了纸上的文字：

汪秀力，男，汉，1975年3月7日生，身高1.76米，浙江省绍兴市新昌县新林乡汪家村人，初中文化程度，服过兵役，于1997年开始在广西、云南一带贩毒，系金三角地区惯犯，主要从事海洛因、冰毒、吗啡、大麻、可卡因等国家管制毒品犯罪活动，数量特别巨大，建有走私和运往内地的贩卖网络。2008年4月6日，汪犯被普洱支队官兵围捕，在押住昆明途中跳下悬崖失踪，生死未明。

从照片来看，二者的确面貌不一。汪秀力脸胖，修理脸颊瘦削；汪秀力单眼皮，修理双眼皮。但屠百药看了半晌，肯定地对向国华说，就是他！这两张脸，其实就是一个人！

向国华在边防一线缉毒多年，眼神自然犀利。他摇头说，特征不一样，根本不是一个人。屠百药笑道，老战友啊，现在的整容技术很厉害，电影《变脸》里那种技术已经不算什么了，但是千变万化，他的耳朵变不了，请看，这两张照片的耳朵是一样的，特别是耳朵天轮部分向上耸起，像电影里的外星人。向宋二人一看，果然。

正在这时，普洱支队打电话来汇报，向国华嗯哦了几下就挂了。屠百药接着分析，脸庞可以减肥、换皮，所以他的脸看上去没有表情；单眼皮可以割成双眼皮；正是因为是逃犯才花心思改户籍；化名叫“修理”，与原名“秀力”谐音，试想谁会起这么个奇怪的名字？为了使向国华更进一步了解，屠百药简略介绍了谢雯被修理控制的事，认为汪秀力既然供出李新明，说明他俩来往很密切，也知道谢雯的事，从而实施了骗婚计划。

宋时鱼也将自己被绑架和非法拘禁的过程对向国华讲了，还特别谈到修理好吃绍兴臭豆腐，而汪秀力正是绍兴人。向国华命少校把这些细节记录下来，末了说，感谢二位提供这些线索，但是法律上需要更深入的调查取证才能实施抓捕，我们会保持与二位的联系，时机成熟再采取行动，如果真是汪秀力他就算跑到非洲也能抓回来。

于是屠宋二人回京。

茶换了两次，屠宋二人才把整个过程讲完，只是隐去了向国华讲屠阳二人情史一节。戚晏容只是安静地听着。她不明白屠宋二人为什么要专门找个地方对她讲明原委，这完全不像屠百药做事的风格。至于修理究竟是不是汪秀力，只有警方才能说了算。修理现在仍然是慈善家，并无明显的犯罪迹象，就算宋时鱼被绑架这样的事，都无法证实是修理所为。

屠百药看着戚晏容：“你还有什么看法？”

戚晏容点点头说：“虽然屠老师和宋总费了很多周折，但目前来看还是不能确定修理就是罪犯。”

宋时鱼点头道：“的确不能，所以只有等。”

戚晏容问：“等什么？”

宋时鱼说：“等修理犯错误。”

戚晏容说：“宋总，如果修汪是同一人，那么他犯错误的概率就很低。他所做的一切，差不多是天衣无缝。”

屠百药说：“所以我俩才把你请出来，看看你有什么办法能让修理露出马脚。”

“我？”戚晏容一笑，“我哪有什么点子？枫琴的点子也比我多。”

见屠百药欲言又止，戚晏容干脆直说了：“二位老师，为什么这件事要瞒着枫琴呢？她是中途岛的重要成员，贡献也很大啊。”

“这事，跟老屠没关系，是我自作主张，请博士谅解。”宋时鱼站起来，从裤袋里摸出一张明信片递给戚晏容。戚晏容一看，这张明信片很精致，印着卡通花纹，上面写了一句话：宋毓川小朋友春节愉快！没有具名。

戚晏容心下骇然，这是修理寄给宋时鱼的小儿子的。孩子才几个月大，根本不识字，修理此举意在继续警告宋时鱼别多管闲事，否则将对其孩子不利。联想到大年初一修理来“拜年”，恐怕也是探虚实和封口。

“抱歉，这事给宋总添麻烦了。”戚晏容把明信片还给宋时鱼。

屠百药点了根烟，深吸几口，说道：“这事轮不到你道歉，是我惹的麻烦。种种迹象表明，修理是真正的黑社会。他不仅拥有谢雯的财富，可能还掌控着以前的毒品网络，所以我们必须摆出放弃谢雯案的姿态，知道的人越少越好。”

戚晏容说：“其实谢雯也没找我们，再说他们的事也不算婚姻治疗，我想修理是不会疑心我们再管闲事的。”

“我们的确没有理由管闲事。”宋时鱼认同，“但是从修理的角度来看仍须防备我们。他能建立贩毒网络，从武装押送中逃脱，还能治疗小玉娇的心灵创伤，短短几年掌控了谢雯的产业并发展慈善事业，足以证明此人情商智商都极高，心理素质也极好。所以，我才建议老屠必须做出完全放弃谢雯的样子，并且只限我们三人知道。”

屠百药说：“我知道博士对小叶的感情，我也挺看好小叶，但时鱼坚持自己的看法，认为小叶隐藏了秘密。”

“这怎么可能？我们几乎天天在一起，她不会做对中途岛不利的事。”戚晏容从情感上还是无法接受把叶枫琴排斥在外。

宋时鱼冷笑：“人是最易变的动物，如果诱惑足够大，一切都难说。我家住在哪里，家里有什么人，孩子叫什么，修理怎么会知道？中途岛的人也只有你们三个知道，难道你和老屠会告诉修理？”

“不过，我们就算怀疑小叶，也得拿出证据的。”戚晏容极力保持冷静。

“好了好了，鉴于修理的危险系数很高，我们还是将知情人的范围缩小更好。”屠百药打断二人的争论，“我们也没有说一定是小叶泄密，但是当前情况下只能这样。现在我俩着急，得请博士想个招儿，让修理犯错误。”

然而此刻，戚晏容脑袋一片空白。她趁此机会把白净对谢雯的描述录音播放了一遍。屠宋二人听了，都认为这里头有修理的阴谋，甚至谢雯的父母、前夫之死都与修理有关。

宋时鱼说：“博士，你是心理专家，而修理是社会上混出来的没有文凭的心理专家，恐怕还是得从心理方面入手。”

戚晏容依旧一筹莫展。

屠百药见状宽慰她说：“这个也不着急，可能需要一点时间，但我相信你一定能找到办法。特别是我离开的这段时间，你一人就把白净的病治好了大半，我和时鱼都很敬佩。”

戚晏容突然反问一句：“如果你们是修理，想鲸吞谢雯的财产，有什么办法？”

屠宋二人一愣。宋时鱼说：“最直接的方式就是离婚。”

屠百药说：“一直耗着也不错，实际上他已经掌控了财权，离不离婚关系不大。”

戚晏容说：“他有没有可能采取极端手段？”

宋时鱼试着推测：“把谢雯杀了？”

戚晏容说：“谢雯已经是精神病，精神病人自杀也是有可能的。”

屠宋二人都知道这个修理是有可能安排“谢雯自杀”的。以他的聪明，造成假象，成功率还是很高的。三人交换了眼神，都打了个寒战。

戚晏容站起来严肃地说：“咱们如果继续管这闲事，势必得突然袭击。如果修理真的是汪秀力，谢雯与他多待一天就多一分危险！我认为当前根本不是与修理玩心理战的时候，而是要明确通知警方修理是在逃已久的毒犯，就在今天闯入金枝公司抓捕修理。就算我们弄错了，大不了就是举报有误，挨批受罚就是了，也比这样瞎猜测强。”

屠宋二人眼里露出尊敬之色。这个文弱的女人，一旦决定做一件事，其心坚如铁石。

屠百药联系了向国华，告知他如果再不采取行动，嫌犯可能会伤害人命。向国华听后说，要是在云南可以直接抓捕，在北京得按程序来。屠百药急中生智，劝说老战友灵活对待，毕竟这个嫌犯的公司陈有大量毒品总可以查的？向国华却仍在考虑万一没有毒品，屠百药只好坦诚自己去过他办公室，当时就怀疑墙壁夹层有毒品，还在洗手间的垃圾筐里发现吸毒针头。

“我是举报人，如果没有毒品，我愿意承担一切法律责任！”屠百药掷地有声地保证道。

向国华沉默了一会儿，说：“好！你先去金枝公司，把地址发给我，我联系缉毒警察。”

在车上，戚晏容纳闷地说：“你真的肯定他在公司藏了毒品？”

“完全是瞎猜。但是我那天见他的办公室有些怪异，装修得像监狱似的，看似是怕谢雯自杀，然而他的心头比谁都清楚，谢雯没疯。但是，我左思右想，修理那么骨瘦如柴，有吸毒的嫌疑，而且谢雯与白净的聊天中也明确提到了他吸毒。反正事已至此，只好赌一把了，大不了承担举报失误的责任。”

车到修理公司附近，屠百药把车钥匙交给戚晏容，让她开车回去。戚晏容不肯，表示要与他一起去。屠百药见她眼神坚定，没再多说，打电话让跟在后面的宋时鱼回家。宋时鱼仍负隅顽抗，屠百药在电话里说：“你有老婆孩子，我们都是单身，不一样，你还是回去吧。”宋时鱼最终依言离开。

不一会儿，屠百药的手机响了，是一个陌生的号码。接起来发现是警察打来的。警察要求屠百药先上楼，他们率领武警官兵五分钟内包围目标大楼，再上楼搜查。

屠百药与戚晏容上了楼。正值傍晚，楼里的灯光有些昏暗。上楼后，屠百药见修理的办公室紧闭，就深吸了口气，并起二指敲门，没有回应。他用拳头砸门，仍然没有回应。

是不是修理和谢雯已经不在这里？正纳闷间，持枪武警已到。经领队少校同意，一名武警撬开门，另外三名冲了进去。

随后进入的屠戚二人不禁为眼前的景象惊呆，只见里间的地板上，修理和谢雯均倒在血泊之中。

## 063 | 毒蛇

事件的发展大出屠戚二人意料。三天后，公安机关的初步调查和处理结果出来了：

认定修理就是逃犯汪秀力；

金枝公司办公室搜出少量毒品；

修理试图制造谢雯自杀现场，反被谢雯击伤；

修理长期吸毒，谢雯也涉嫌吸毒；

公安机关正组织力量对修理展开深入调查；

对谢雯处以15日拘留，罚款2000元。

再复杂的案情，结果出来后就很简单。由于屠百药等人举报有功，加之戚晏容医生能帮助谢雯进行心理治疗，公安机关向屠戚二人介绍了情况，归结起来不过几百字。

七年前，从事毒品犯罪活动的汪秀力在云南边境被捕，供出了在北京的下线李新明。在押送途中，汪秀力跳下山崖受伤逃得一命，潜逃东南亚，在新加坡做了换脸手术，返回云南后通过关系弄了新的身份，再以购房名义化名修理，迁至新疆石河子上了户口。此时修理原有贩毒网络被端掉，急需用钱。他想到李新明曾与他谈过收养玉娇的事，知道谢家资财雄厚，便苦心设计了一个骗婚计划，从小玉娇入手骗得谢雯情感，进而接管金枝公司和慈善项目，成了商业大腕和慈善明星。为了掠夺谢雯的财富，汪犯以小玉娇作为要挟，胁迫谢雯吸毒和“成为精神病人”，同时收买无业人员组建了涉黑性质的犯罪团伙，宋时鱼被绑架恫吓正是其手下所为。谢雯感觉到危险，私自到中途岛戒毒和治疗心理创伤，但涉及修理的事情相当复杂，特别是孩子的问题十分棘手，故一直不敢言明。及至宋时鱼被绑架，孩子也受到威胁，谢雯不得已从运河公园返回公司住所。修理在确定外部干涉停止后，亲手制造谢雯自杀现场。然而谢雯早有提防，在修理动手时突然反击，结果二人均倒在现场。若非警方及时赶到，二人均性命难保。

屠百药进了有便衣警察把守的医院特殊病房。修理的呼吸器已经取下，头上的输液架上挂了四瓶液体，几乎不能动弹，据说他浑身上下有十几处重伤，肝、肺皆被刺穿，就算医好也是废人一个。他要求见屠百药私谈，不能录音录像。这是他招认全部罪行的唯一条件。警方同意。

便衣警察和护士都出了房间，门关上了。屠百药搬了把小椅子坐在病床边，说：“现在是称呼你修先生，还是汪先生？”

修理看着屠百药，说：“随便叫什么都可以，名字只是代号没有意义。我想不明白的是，屠先生大费周章管这闲事，对阁下有什么好处？”

屠百药耸耸肩：“人人都有病，我的毛病就是管闲事上瘾。如果你不派人把我兄弟关在地下室并下重手，可能我会放手。”

“你是怎么知道我会对谢雯动手？而且掐得那么准？”

“我并不知道，只是瞎撞的。”

修理叹息了一声：“我的错误就是以常理来判断，以为放了你那姓宋的兄弟，再补上谢雯的食宿费就没事了，谁知道你连过年都不好好过，四处打探我的情况。你的确是个疯子！”

“我决定要办一件事而没办成时，焦虑得吃不下睡不着。”

“我现在明白为什么阳柳要与你离婚。你这样的人，谁嫁给你都是一场噩梦。”

“谢雯嫁给你是美梦吧？”

修理突然笑出声，可脸上依然没有表情，他的笑显得很别扭。“对谢雯而言当然是噩梦，但对我同样可怕。你能了解一个男人结婚后却不能碰老婆的痛苦吗？”

屠百药点头，因为当年阳柳决定离婚后也不让他碰半根指头，这很伤人，也是一种冷暴力。

“其实你不了解。阳柳跟你那是闹别扭，而谢雯却是一条死蛇！懂吗？死蛇！”修理眼里盛满恐怖，“当你发现你在干一条死蛇时，你会恐惧！你会厌恶你自己，你会觉得自己很龌龊，很恶心！无论你在外头有多风光，但是你在家里就是妻子眼里的畜生！你们都认为我可怕，但是谢雯才真正可怕。她鄙视我，她不做任何反抗，她就是一条浑身僵硬的死蛇！没错，想杀她的念头已经很久了。我既要钱财，也要她的命！”说到最后，他体力不支，只剩牙关咬得咯咯作响。

屠百药一直以为自己的心理强大，但此时不由得浑身泛起一层鸡皮疙瘩。

听到修理咬牙切齿的声音，屠百药发现自己其实根本不了解婚姻。有很多杀妻、杀夫案，根本原因还真不是钱财，而是无法解释清楚的心理原因。

他问修理：“难道当初你在智光学校结识谢雯，真的只是为了骗婚？”

“那时是为了她的钱财。”修理闭上眼睛，好一会儿才睁开，“但后来我发现，根本原因是我迷恋她的身体。你知道，她是个美人，每次见到她我都恨不得把她揉进自己身体！但是她和我结婚完全是因为玉娇，她并不爱我。我要她全心全意地爱我，但是我们却背道而驰，越行越远！本来我想好好跟她过日子，创造财富，从事公益，教育玉娇，但她的心从来没有接纳过我，她的冷漠和不屑就像毒蛇的牙齿，咬得我吃不好睡不着！”

“你又要巨额的资财，又要美人的心，还要好的名声，你是不是要得太多了？”

修理没有回答他的问题。

“无论如何，我很敬佩你。你能把小玉娇从一个自闭的儿童变成正常的孩子，而且成绩还那么好，花了不少心血。”

修理叹息了一声说：“孩子总是无辜的。我是做过很多坏事，但我对玉娇是真心的。我让她活回自己，小玉娇也让我活得像个人。我做过坏事，但也做过好事。我从事慈善事业，是真心的，我也想赎回我的罪……”

“我相信。你的本事比我们的都大，更比谢雯的大。你能把金枝公司做得风生水起，凭的是真本事。”

修理眼神里露出了感激的神色。良久，他才说：“今天请你来，就是要告诉你一个秘密。玉娇，其实是我的孩子……”

屠百药内心一震。纵使他再有想象力，也无法想到会是这样！

“一个人再有公益心，都无法在别人的孩子身上花那么大的心血。只有天然的父女基因，才会真正奏效。屠先生，你也不要多想，事情很简单：十二年前，我在偶然的机会见到了谢雯，就深深迷恋上了她，但我知道以我当时的身份无法追求到她，所以我设计迷奸了她，没料到她竟然怀了孕，生下了玉娇，我知道后让李新明找到谢雯父母收养了玉娇。后来的事，你都知道了。”

“你招出李新明，是因为这对夫妻对小玉娇不好，虐待她对吧？”

修理咬了咬牙：“你认为我会那么轻易被抓住？我让武警抓我就是为了招出李新明，让这王八蛋进去！他收了谢雯父母的钱，还有我的好处，却把一个聪明无辜的孩子弄自闭！我岂能饶他！”

“或许，他的老婆失踪也与你有关？”

修理嘿嘿笑了两声：“一个虐待儿童的恶妇，我能让她活着吗？”

屠百药紧盯他的眼睛：“看来，谢雯前夫李浩然和父母亲均在同一年出了车祸而亡，并不是巧合？”

修理缓缓地说：“天下哪有那么多巧合的事呢？”

屠百药张了张嘴，没再问下去，他将脸埋在掌中，深深地吸了口气。很显然，修理为了独占谢家的财产，机关算尽！他说谢雯的冷暴力是毒蛇，他才是条真正的毒蛇！

“谢雯知道这些吗？”

“她不知道。”

“也许她没有证据，但我们男人是不可能真正了解女人的。你做了那么多伤害她的事情，如果她没有一点感知，说明她不是女人。”

“也许……”修理的声音渐渐变得疲惫，“也许她有感觉吧，不然她怎么会不让我碰她……但是……这些事情都已经结束了。现在，真正知道真相的人，只有你我……”

“那你为什么要让我知道？”屠百药松开手，去看他的表情。

“因为我相信你不会说出去，也不会不管小玉娇……拜托了……”修理的声音渐渐变小，眼神黯淡下去，两秒后浑身剧烈抽搐起来。屠百药大惊，起身扑过去一看，修理的瞳孔逐渐放大。

他赶紧跑出房间叫医生护士。两名便衣警察飞奔进门……

中途岛。夜已深。

屠百药颓然坐在办公桌前，目光变得呆滞。谢雯和修理一案，虽全盘获胜，但终于还是没保住修理的性命。修理事先在牙缝里藏了足量氰化物随时准备自我了断，医生赶到时已停止心跳。

他一直纠结，要不要把修理临死前说的真相告诉戚晏容和谢雯。

倘若谢雯知道当年迷奸自己的人是修理且是孩子的生父，还谋杀了自己的前夫和父母，一定会精神崩溃。小玉娇如果知道这些事，可能会诱发已经平复的精神创伤，长大后如果知道父亲是这样的人，一生可能都有阴影。于是屠百药决定把这个秘密烂在心里。

然而，修理在死前把这个秘密告诉屠百药，其用心极为险毒：作为唯一的知情者，若公诸世人将违反诺言，若讳莫如深则会心生恻隐。修理是社会上历练出来的心理学家，他自知罪大恶极性命难保，也知道屠百药是什么样的人，出于对屠百药的报复，他来了这一招。

这个世界上，杀人并不可怕，可怕的是将一种负担植入别人心里。屠百药丧气之处在于，他与修理斗法，看似全胜，实则完败。因为，屠百药无法忽略和忘记小玉娇。

修理的确是一条罕见的毒蛇。

至于谢雯与修理的决斗，过程并不复杂。谢雯害怕修理伤害小玉娇，自己也曾受修理诱惑吸毒，更不愿意牵连好心帮助她的屠、戚、宋、白、叶等人，故而一直装傻，任由修理摆布。修理出门前把谢雯用尼龙套绑在椅子扶手上。谢雯既不挣扎也不叫喊，像真的精神病人一样目光呆滞地坐着。后来，修理受不了谢雯直接拉在椅子上的大小便，才放开她，但也看管得很严。

正月十五这天，修理从外面回来，对绑在椅子上的谢雯说，你我缘分已尽，应当告别了。谢雯像往常一样一声不吭。修理拿出塑料手套戴好，把白床单撕下一段，站在椅子背后，套在谢雯的脖子上，说这个不疼。谢雯突然喊道，等一下，你要杀我可以，但玉娇怎么办？修理说，你放心，我会待她如亲生女儿。谢雯说，你杀我，你也跑不了。修理说，我干吗要跑？一个重度精神病患者，在自己的寓所上吊自杀，这种事情发生得太多了，警方最多怪我没尽到丈夫的看护责任。谢雯说，你明明是勒死我，怎么是我上吊？修理边用力勒边说，受力点都在咽喉上，只需等你睡过去后再吊起来就可以了，看见没有？窗户上有铁栏杆，把这布条拴在上头就可以……突然，修理感觉小腹一凉，低头一看，一把锋利的水果刀已刺进自己的身体。

修理大惊，不由得松开布条过来抢刀。谢雯绑在手上的尼龙套不知怎的全松开了。她拿水果刀在修理身上乱戳。修理声如牛吼，不顾身上喷血，一把夺过刀子，死掐谢雯的脖颈，但因身中数刀击中要害致失血虚脱，未能即刻要了谢雯的命。最终，修理重伤，谢雯力竭，双双倒在血泊之中。

# 064 | 遗嘱

正月十九，晴。

屠百药一早起来跟着跑了会儿操，被牛兴和荣坤叫住了。三人停下脚步，边走边聊。牛兴说:“屠总，你教的这几招练了不几天，小肚子疼，坤儿也有这个问题，是不是咱俩没掌握要领，走火入魔了？”

屠百药笑道：“走火入魔是练某种功夫到了较高段位才可能，我教的只是外部穴位刺激，帮助激活肾功能，哪会走火？练好了，跑马还差不多。”

荣坤笑道:“跑马是十几二十啷当岁的事儿，马都没了，还跑个蛋啊。”

屠百药说：“你随便反复按擦身体哪个部位都会疼，这是正常的，半个月后就不会疼了。”

这段时间，牛兴气色明显好转，也发现白净有了明显变化，心头高兴。“屠总，我是打心眼里服你，净净真的好多了，我也感觉一身轻松多了，坤儿也有同样的感受。”

“这都是戚博士的功劳。早就对你们讲过，我纯属二把刀，这两下子是上不了台面的。”

荣坤笑道：“屠总啥都好，就是有时谦虚过度。你管它啥招儿呢，能管用就是好招儿。这世间啊，就是怪，马路越修越宽，却越来越堵；医院越建越多，却越多病人排长队打地铺。我看呀，屠总不如把业务扩大一下。”

屠百药心下认同，说：“二位都是企业家，还请指教。”

牛兴拍了拍肥手：“屠总一说指教，我们哥俩儿就只好闭嘴了。我俩要有真本事，自己就整好了，不会到这里来。我看坤儿说得有道理，现代人特别是女人，麻烦得很，男人们不知道她们想要什么、想干什么。我也有一些商界的朋友，最头疼的不是赚钱，而是如何与女人相处。如果屠总和戚博士整一个培训班，好好训练一下她们，婚姻情感问题就有了解决方案，也是对社会的贡献嘛。”

屠百药说：“市场需求是有，但操作起来比较困难。”

牛兴说：“如果是缺钱，咱哥儿几个可以凑一点。入股可以，拆借也行。”

荣坤说：“同意老牛的意见。说真的，现在我们找新的业务增长点也挺难，目前全世界经济都不景气，文化产品倒是抬头了，不过咱们这些大老粗也玩不来。培训女人这个事，我看行。”

屠百药说：“这样的机构全国有得是，南方竟然还有一些城市在搞‘三从四德’培训，就是要女人守规矩，学古代女人的温顺，据说生意挺火。什么世道？”

牛兴晃着肥脑袋：“这个我看有点扯淡。像我家净净，你要能把她培训成贞节烈女，你就是神仙。”

荣坤哈哈大笑：“老牛你真的笑死我了。人家净净是舞蹈家，有个性，是新时代的女性，哪能搞什么三从四德？只要不让你心头七上八下就阿弥陀佛了。”

屠百药正色道：“塑身塑形可以搞，三从四德那套还是省省吧！咱们要真搞，白老师完全可以当形体教练。女人最在乎形象，白老师身材是我见过最好的，她来教有说服力。”

牛兴说：“这是好事。她如果能教，就有了她自己的事业，也省得我心头成天挂十五个吊桶。对啦，我们都听说了谢雯的案子，咋样了？”

屠百药不以为意，说：“已经由公安机关处理，结果还不知道。牛总的事也一样，我们是无权过问的。”

三人聊着，已到中途岛门前。一辆黑色的汉兰达停在门边，下来一位戴金边眼镜的中年人，问道：“请问哪位是屠百药先生？”

“我就是。”屠百药迎上去，“请问您是？”

“我是谢雯的律师。受谢总委托，与您有事商榷。”

谢雯的律师叫刘振威，有二十五年从业经验，办事老成。屠百药把他请进办公室，介绍了戚晏容和叶枫琴，但刘律师明确说只与屠百药一人谈。屠百药显得有些尴尬，不过戚叶二人倒很大方，将1号诊室的门打开，请他们二人入内密谈。

刘律师没有废话，进屋后从公文包里取出一份文件递给屠百药。屠百药一看，原来是谢雯签署的一份遗嘱。令屠百药吃惊的是，遗嘱的监护人竟然是自己！

内容很简单：

> 鉴于本人身体原因以及可能遭遇不测，名下所有财产归养女李玉娇所有，监护人为屠百药先生。委托屠百药先生经营名下产业和项目，拥有5%的股权，刘振威律师协助执行。

签署人是谢雯，日期是1月31日。

屠百药想了一下，谢雯从大运河公园离开的日期正是1月31日。看来谢雯离开通州后就找刘律师写了这份遗嘱。但是自己与谢雯非亲非故，甚至都不算了解，她为何要这样做？再者，现在谢雯已经脱险，只是伤好后将被拘留半月，她为何要让律师来说这件事？

刘振威的话回答了他的疑惑：“屠先生，当时谢总立遗嘱是考虑可能有不测的情况发生，现在虽无性命之忧，但她仍然坚持原来的决定，特让我来告知您，征求您的意见。”说罢，拿出了法律文书。是一份股权转让协议。屠百药迅速看了文件，金枝总公司净资产约为二十五亿元，屠百药以一元的价格受让5%的股权。也就是说，屠百药只要签字，就可以坐拥上亿资产。

如果说屠百药一点都不动心，完全是假的。他经历惨败，做梦都想东山再起。当年他的公司看着大，名头也响，但他自己清楚，都是宣传造的声势，即使在最辉煌的时候净资产也不到十亿。谢雯的公司经三代苦心经营，不声不响地将门店开遍全国，屠百药的前妻阳柳只是一个并不起眼的二级代理机构就可以做到一年利润数百万，可见谢家根基之深。

见屠百药没有吱声，刘振威又说："谢总的遗嘱仍然不变，只是后来她又加了个条件：请屠先生出任金枝公司总裁，年薪另议，合理范围内谢总都没有意见。"

真是天上掉金砖，一掉一大片！屠百药脑袋有点蒙。他问："刘律师，谢总有没有跟你讲过理由？"

刘振威面无表情地说："谢总想到屠先生会有此问，让我转告您一句话：因为我相信屠老师，也因为我没有选择。"

这句话让自诩铁石心肠的屠百药鼻子发酸眼睛发胀。他知道谢雯说的不是假话。一个一生渴望真情实感的女人，却遭逢巨大的灾难，家破人亡，有女不敢认，有苦无法说，纵使有亿万财产又有何用？

但是屠百药很快让理智占了上风。"请刘律师转告谢总，感谢她的信任，但这个协议我不能签。"

刘振威没有多说。他收起文件，起身说："屠先生有什么话要我转告谢总？"

"请转告谢总，除了这事不能应承，其他的事我会尽心。"

刘律师走后，屠百药回到办公室。叶枫琴问："究竟是什么机密？搞得神神秘秘的。"

屠百药坦陈实情，他本以为他们会大吃一惊，但他们的表情出奇地冷静。

“你们不相信？”这回是他吃惊了。

“有什么不相信的？”叶枫琴一边整理文件夹一边说，“很明显，这位亿万富姐早就爱上你了。”

“纯属胡扯！”

戚晏容慢悠悠地说：“枫琴说的也并非没有道理。谢雯父母去世了，修理也死了，她虽拥有庞大产业，但也可以说是孤身一人。目前的状态，虽说修理以前的精神鉴定可能做了手脚，但她经历了生死，有些心灰意冷。这样的决定，其实也在情理之中。”

“那，是，当，然。”叶枫琴拉长了声音，“但是她的产业是祖辈留下来的，不能因为她自身的原因放弃。正好屠总以前做过大生意，又无私帮助过她，这样的股东和经理人哪里去找？”

“我不是跟你们说了嘛，我没签。即使天上真的能掉馅饼，但是真的敢吃的人也不多。”

“我建议屠老师认真考虑。”戚晏容说，“你是做大事的人，缺少的是平台。若有谢雯的平台，重振雄风是顺理成章的事。”

二人一唱一和，气得屠百药直翻鹰眼。“今天你俩是怎么啦？不损死我你们不舒服是吧？是不是你们觉得我在中途岛碍事儿想把我赶走？”

戚晏容见屠百药发了火，赶紧说：“屠老师想哪儿去了？中途岛能有今天，是您一手操持的，我们都只是配合。我们都盼望能与您一直办下去，但是谢雯既然诚心相邀，机会实在难得啊。”

叶枫琴说：“屠总，这是两回事哦。您常常跟我们讲，要通变通变，您自己怎么就拐不过弯儿来呢？入主金枝，照样可以带领我们干。甚至，金枝公司把中途岛收购了都可以，咱们还不是跟着你干？不挺好的吗？”

屠百药坐下，说：“理论上是可以，但事实上不能这么干。我不懂珠宝业务，去了之后把生意做差了，对不起谢雯。”

叶枫琴“啧啧”了两声，撇着嘴说：“瞧瞧，说是不想去，看来还是动了心。”

屠百药脸上一红。刚才这句话的确透露了自己的摇摆心理。不过他仍然嘴硬："我都拒绝人家了，还说什么。"

叶枫琴不依不饶："还'对不起谢雯'呢，嘿嘿，我看当初谢雯来我们这儿时，屠老师就动心了吧？美女富婆，现在又单身了，机会可谓千载难逢，有什么不可以呢？"

屠百药心头涌起怒气。他实在忍受不了这些酸话，腾地站起来说："我是对金枝公司动了心，但我要是对谢雯动心，我就是王八蛋！"说完，甩门出去了。

叶枫琴继续整理着文件夹，根本没理会他的怒火。"装，接着装。我才不信一个女人会把自己的公司和孩子托付给不喜欢的人呢！凭什么呀！"

戚晏容说："枫琴，你少说两句。这件事吧，把屠老师折腾得精疲力竭，他也很烦。再说，这是他个人的选择，我们不宜多说什么。"

"姐，你呀，业务水平挺高，情感水平很低。"叶枫琴仍然愤愤，"我才不怕得罪他呢！这个人在变，姐感觉出来了吗？不像当初刚来的时候了！做事神神秘秘，许多事情藏着掖着，不让我知道。"

戚晏容马上嗅出了气味不对。叶枫琴不说"我们"而说"我"，显然对屠百药不满，也对戚晏容不满。她想起宋时鱼在北运河畔茶馆里的话，不禁低下了头。对叶枫琴，她是信任的，对屠百药也是，但是她现在既不能把那些话说出来，也不想瞒着这个一直跟随自己的好妹妹。做人怎么就这么难呢？她只能暗自叹息。

叶枫琴把资料整理完，说："姐，屠夫对我有成见，无所谓。可是我对姐是赤胆忠心，比爹娘都亲，姐姐为什么连我都不相信呢？"

这话让戚晏容心头一跳。她马上说："叶子这是怎么啦？姐有什么地方做得不对吗？"

叶枫琴轻哼了一声："我再傻，这些年跟着姐姐也学了点儿皮毛吧？就说谢雯这件事，难道姐姐对妹子没有隐瞒的地方？"

"枫琴啊，我为什么要隐瞒你？"戚晏容看着她，但明显感觉自己的眼神有些飘忽，“事情的经过和结果，你是知道的呀。”

“好。”叶枫琴坐了下来，“那我问你，屠夫年前年后与宋时鱼暗自调查修理的底细，你知道不？”

“这……我也是后来才知道的。”

“屠夫为什么总是让你跟他出去，而让我留下来？”

“这……这是工作需要啊。”

“少来啦，我的好姐姐。”叶枫琴冷笑，“你俩都当我是傻子吧，啊？铁三角！哼，在你们心中从来就没有铁三角吧！”说罢，从抽屉里取出一页纸，放在戚晏容的面前。

戚晏容一看，顿时觉得视线更模糊了。叶枫琴给她的是手写的辞职书。

“叶子，你这……你这是干什么？”戚晏容有些急了，一把抓住她的肩膀。

叶枫琴甩开了她，说：“签字吧。我这个人，可以忍受任何工作压力，但绝不忍受欺骗。请姐姐看在过去交情的分上，痛快签了吧。”

“这……你……哎呀，我绝不能签。”戚晏容感觉自己从来没有这么无助，“要辞，你向屠老师辞，他是总经理。”

“我呸！”叶枫琴寒着脸，“他算老几？我不认识他！就这样吧，签我也要辞，不签我也要辞。我这就去收拾东西。”说罢，头也不回地出去了。

戚晏容傻站在办公室，感觉屋里结了一层冰。

# 065 | 辞职

叶枫琴真的走了。

看来她是早有准备，等戚晏容打电话把屠百药叫回来时，叶枫琴已经出了院门，不知去向。

屠百药坐在那里抽烟，看着戚晏容哭。他真的烦透了。女人们，究竟是怎么回事？一分钟前还嘻嘻哈哈，一分钟后就翻脸不认。以前阳柳跟他离婚也是这样，没多话，很直接。他得承认，自己并不懂女人。

有人敲门。进来的是白净。她被屠戚二人的表情怔住了，想退出去，但屠百药叫住了她，把叶枫琴辞职的事说了。

白净似乎对此事不关心。她说："我来是向二位报告，我姐要回国了。"

"好事儿呀。"屠百药把烟掐了，搬凳子请白净坐下，"你准备怎么面对她？"

戚晏容擦了眼泪。对白净的事，她最是上心。但她还不能像屠百药那样，马上能转化过来。叶枫琴的离去让她备受打击。

"我也不知道怎么面对她。"白净低下头，仿佛很害怕。

"净净，你姐回来证明她已经想通了。她欠你一个道歉，只要她道歉了，一切都会好的。人嘛，谁都不是完美的，总会犯错。"

"可是我怎么那么紧张呢？"白净感激地看着屠百药，"她回来见我，我并不需要道歉，我只是想让她知道，我不能没有她。"

戚晏容走过来，抱住白净。不多时，二人都流了眼泪。

屠百药最怕这样的场景，站起身来说："你俩聊吧，我出去一下。"

当他打开门时，白净叫住了他："屠老师，叶医生辞职多半是假辞，难道你不明白？”

屠百药站在门边，皱眉道：“假辞？为什么？”

“你呀，成天琢磨帮别人解决问题，自己的问题却不知道。”白净轻轻推开戚晏容，“叶医生闹这一出，完全是在试探你。女人，喜欢用极端的方式探底。”

屠百药没听明白。

白净急道：“还用我说得更明白吗？女人们闹，是因为她抱有希望，渴望得到回应。如果不回应，女人就认为你不重视她。叶医生突然辞职，不过是闹情绪，只要你去找她，安慰一下，就好了。”

屠百药翻了翻白眼：“她撂挑子，还要哄她？”

白净说：“她要真撂挑子，早就撂了。现在辞职，肯定有什么原因是你做得不对。你只需向她解释清楚就好了。”

屠百药叹息了一声，说：“好吧，我去跟她谈谈。但是，谁知道她去了哪儿？”

白净说：“她不是有手机嘛，打个电话，开始肯定是不接，多打几次，就联系上了。”

屠百药关门走了。白净对戚晏容说：“这个屠老师，是装的还是真不懂？”

“可能是真不懂吧。”戚晏容说，“不仅他不懂，我也不懂。”

果如白净所料，屠百药一连打了四次叶枫琴的电话，她都没接。若放在以前，他不会再打了。但随着年龄的增长和不断的挫折，他认识到不能意气用事。中途岛业务已见起色，但仍然脆弱，叶枫琴辞职将危及公司命运。

第五次，叶枫琴终于接了，但没出声。屠百药问她在哪儿。叶枫琴说烦，出来弄点酒喝。屠百药说：告诉我地儿，我也想喝酒。叶枫琴犹豫了一下，还是把地址告诉了他。

叶枫琴最近思想变化很大，脑子也比较混乱。今日此举，并非心血来潮。今年她已二十九岁，没男友，没积蓄，也没住房。特别是今年回老家看父母，中学时代的同学，十个中八个已婚、五个有娃。父亲虽然开明，但妈妈始终在唠叨，搞得这个年过得极不愉快。特别是屠百药和戚晏容居然连短信、微信都不发一个问候她，让她很难过。作为外人的张志钢、荣坤、牛兴、刘刚等人都发了短信祝福，难道屠戚二人尚不如外人？

叶枫琴在大学期间谈过两次恋爱。第一次完全是图个新鲜，对方是个花花公子，除了她还有别人，只能迅速告吹。第二次对方真情实意，是个穷小子，几乎一半时间都在校外兼职，不仅要赚取学费，还要孝敬鲁西南大山深处的父母。叶枫琴后来打听到，对方有一个弟弟正上初中，如果哥哥赚不来钱只能辍学。那时的她还比较单纯，觉得这是个有责任心的男孩子，就把自己的零花钱匀出来给了男友，一直撑到医学院毕业。男友成绩中等，毕业后在北京郊区一家医院实习。为了照顾他，叶枫琴放弃到市里医院的工作机会在此屈就。有一次，男友接待了一位来自老家省城的女病人，比他大十二岁，离异，但男友义无反顾地爱上了她，后来回省城与之结婚。叶枫琴那段时间差点崩溃，直到她得知男友的结婚对象是千万富姐时才有些明白，她与男友的爱情在现实中不堪一击。为此她得了轻度抑郁，经人介绍找到戚晏容治疗，深为这位姐姐的敬业和业务水平折服，辞了郊区医院的工作，跟着戚晏容打拼。过了两年，有知道前男友消息的人说他和那个小富婆终于还是离婚了，前男友从省城回到家乡县城医院。而那位小富婆结婚前做了财产公证，小伙子贡献了两年体力一无所获。得知这个消息的叶枫琴并没有特别的感觉，只是对残酷现实的认知更深了一层。

在中途岛工作期间，她的心是宁静的。虽然收入不高，但很充实。由于值班的时间长，基本没有接触外界的机会，社交圈子封闭，也没有再恋爱。事实上，情感如同流水，若是阻隔在一个池塘里，逐渐就变成了死水。叶枫琴身在其中，并没有意识到。直到屠百药出现，她的心湖才再次荡起涟漪。这并不是说她喜欢上了屠百药，而是出于女性天生需要男人的保护和照顾。倘若没有戚晏容，她或许毫无感觉，但是每当看到屠戚二人默契配合、出双入对，她就不好受。很多时候，她自问：难道屠夫有什么好吗？年龄大，离过婚，也没钱，长得也不算帅，一身臭毛病，还有强迫症，总是自以为是，霸道蛮横，不通商量……但是这些东西叠加在一起，就有了一些吸引力——毕竟这个男人不懦弱。

女人的潜意识里有情感竞争的因子。如果有一天，戚晏容与屠夫瓜熟蒂落，叶枫琴认为自己会后悔。她骨子里也是要强的人，她想有钱。前男友跟着一个小富婆逃跑的经验如同一枚楔入心脏的钉子，每每想起就会钻心地疼。她清楚地知道，不是自己的钱，终究靠不住，前男友的下场是最好的证明。可是靠打工，何时才能买到属于自己的房子？

她的焦虑随着年龄的增长不断叠加。然而她没有丧失信心。在与张志钢出国的过程中，她看到了自身的魅力。接触荣坤、牛兴等人后，她觉得这些所谓的有钱人并不见得聪明绝顶。从内心来讲，她还是觉得屠百药更有潜力。这个人不懂风情，但他如同花岗岩一样坚实，社会经验丰富，意志顽强，思维往往超出想象，接手的各类业务都处理得妥妥帖帖。这样的男人，至少可以保证两条：第一是不拈花惹草，第二是能赚到钱。叶枫琴更关注第二条，因为她见证了屠百药不仅能赚到钱，还能带领自己赚到钱。

然而这些想法无法对屠百药讲，更不能对戚晏容讲。不过，也不是完全没有人可以交流。荣坤就是一个非常好的交流对象。

荣坤算是她的老乡。习惯上，东北人都是老乡，语言和生活习性基本相同。荣坤刚开始入住时，叶枫琴并没有留意这个人，认为他不过就是运气好，找了个有钱的老丈人，继承了财产而已。然而随着接触的增加，她改变了这种看法。荣坤有着常人不具备的敏锐洞察力，对人的判断力甚至在屠百药之上。他是第一个看出叶枫琴具有强烈创富欲望的人，这一点屠戚二人毫无感觉。经常，叶枫琴趁着查房或探望客户，就在荣坤屋里与他多聊几句，渐渐有了好感。当然，这种好感完全是对他敏锐洞察力的敬佩，绝非男女之情。荣坤的长相气质难以让她接受，但他的思维和眼光又具有磁性。有一天，荣坤对她说，叶医生啊，你是我见过的最聪明的女人，只是没有机会，如果有，你的成就绝不在这个院里的任何人之下！叶枫琴说荣总您就忽悠吧。荣坤正色道，你且听我说来。于是他扳着手指头，像《三国演义》里的曹操一样评点“院内英雄”。他首先提到的是谢雯，说此女心静如水，端庄大气，非三代人的熏陶不能成就这样的企业家，然而过于内敛，守成有余创新不足，企业虽大只是维持罢了。继而提到牛兴，说老牛面带猪相心头敞亮，万事装傻但精明透顶，看似处处吃亏让人，实则抛砖引玉好处占尽，不过因知识结构欠缺，身陷欲望沼泽不能自拔，想成真正的企业家，难。接着，他点评张志钢刘成双夫妇，认为张是罕见的吃苦耐劳型，刘是典型的精打细算型，但二人缺乏胆识和远谋，上亿都难，不足以成大业。最后，他点评自己：思维开阔判断精准，能很好地把握商机，但同样知识不成体系，加之身体毁败精力不足，也难以成就伟业。

叶枫琴觉得他的点评切合实际，正纳闷为何没有评价屠老师和戚博士。荣坤笑着说：他俩加起来尚不如你，有啥好点评的？叶枫琴不信。荣坤说，屠百药擅长谋划，社会经验也很丰富，看问题也比较深刻，点子多也能奏效，但他表面乐观内心悲苦，进攻能力强而守卫能力不足，不放心把要事交给他人，往往事必躬亲，业务不多还好说，若是集团作战，难免顾此失彼，最多是个将才而非帅才。至于戚博士，的确是非常专业的医生和心理师，为人极具同情心和牺牲精神，但是完全没有经营才能，所以当初我老婆找她时中途岛连活下去都很困难，是老屠的到来和你的支持才起死回生。

叶枫琴大为心折，期盼荣坤对自己的点评，甚至感觉心脏要跳出喉咙口，比初次与男孩接吻还要紧张。荣坤没有及时点评她，而是给她讲韩信的故事。他说，汉朝的江山，各种书籍都说是张良的谋略、萧何的钱粮和韩信的兵马打下来的，然而项羽手下的范增智谋比张良高，楚国的钱粮也比汉王封地强，但是军事才能只有韩信最牛，所以决胜的关键靠真刀真枪的拼杀，战神韩信才是撬动整个局势的杠杆。

叶枫琴对历史书籍向来不感兴趣，只是看过为数不多的相关题材电视剧，但也认为荣坤说得有道理。不过，这是历史，与自己有什么关系呢？荣坤笑了笑，说不知你听明白没有，你就是韩信。你现在名为助理，实际就是一个兵，业务上听戚博士的，管理上听老屠的，就如同当年韩信给项羽站岗放哨一样，纵使有好的建议也没人听得进去，这是位置决定的。你们公司虽然小,也没几个人,但再大的公司做决定的就那几个人，你加入这么久，哪个决定是你做的？荣坤这句话戳中了她的死穴。屠百药就如同那个高高在上的西楚霸王，让她干这个干那个，甚至让她出卖色相“治疗”张志钢夫妇，而他则与戚晏容出双入对，真的把自己当成了守卫中途岛的哨兵！

然而她并不会因为荣坤的几句话就动心。她说，韩信是千古战神，我算什么？我就是一打杂的！荣坤不紧不慢地说，妹子，我说你经商有天分，你大概不信。别的不说，张志钢两口子的事儿，是你摆平的吧？咱这院儿里的人，谁能把这事儿摆平？要知道，张志钢虽说不是帅才，但这小子白手起家整那么大,绝对不是运气。还有,院儿里的后勤和管理，哪样不是井井有条？谁出娘胎就会做生意？都是机会加上天分啊。老哥能蒙你吗？只要你往商业方面钻一钻，将来上胡润那个女富豪榜都没啥问题。

叶枫琴听后呵呵一乐，说荣总您真有意思，越说越邪乎了。不过，我记得韩信当年在楚营不得志，才投到汉营成事儿的。我如果能赚到钱，恐怕是要投到您麾下才行啊，不过您那些业务我是一样不会，您看？荣坤连连摆手，说妹子你想多了，完全不是这样。中途岛现在还很小，但可以做大，因为情感和婚姻问题是个非常大的业务，社会发展太快了，学校又不教这些东西，导致生活中矛盾百出，完全可以根据社会需求拓展业务的。叶枫琴表示没有听懂。荣坤说，直白地说，我们这些人，包括谢雯、白净在内，如果提前解决了问题，不会落到今天这步田地。你是学医的，应该懂得高级的医学是预防而不是救治。叶枫琴说，是倒是，不过人们通常到了重病时才来治呀。荣坤说，打个比方吧，重病治疗动辄六七位数，但是提前预防只要四五位数就能解决问题。叶枫琴还是没明白。荣坤说，中途岛现在治疗的是重症，我的意思是你可以开班，老屠和博士都可以授课，也可以培训相关专业的人员，这样就可以拓展到全国甚至社区里，生意不就做大了嘛。

叶枫琴内心一震。她并不傻。荣坤为中途岛拉了几个百万治疗费的客户，看来并不是想当雷锋，而是欲取先予、另有图谋。一个精明的商家，能看到各种商机。她沉默了半晌没说话，最后她放出了一句试探：牛总、张志钢夫妇是不是也感兴趣呢？荣坤就笑了，说妹子闻一知十，我果然没看错人！

自那次深谈以后，叶枫琴仿佛看到了地平线下的太阳正跳跃着向上升起。于是她在工作上更卖力，同时与荣坤的接触更加频繁，荣坤也经常向她问一些有关屠戚二人的事儿。年后上班，荣坤跑到办公室，说看来老屠有事瞒着你呀，谢雯这事他不可能真的放手。叶枫琴开始不太相信，后来经荣坤分析，的确有这种嫌疑。叶枫琴当时就郁闷了，心想：老屠啊，我可是扒心掏肺对你，你却像防贼一样防我！她问荣坤该怎么办？荣坤说了两个字：辞职。

叶枫琴马上就明白了。通过辞职，她可以探底。如果屠百药不在乎她，早点辞了也是好事；在乎，当然是最符合她心意的结果。

## 066 | 你对我动心很重要

这是一家运河边上的小店。还未到中午，小店显得冷清。屠百药进屋后，一眼就看到了在窗边低头玩手机的叶枫琴。

屠百药脱掉羽绒服，在她对面坐下，说："手机很好玩吗？"叶枫琴没理他。屠百药又说："你说要喝酒，怎么没见酒？"叶枫琴还是没说话。屠百药又说："我也要辞职了，咱们就弄点小酒告别一下吧。"说着招了招手，让服务员上一瓶二锅头。

叶枫琴把手机放下，"你真的想好要去谢雯那里？"

"有钱赚，干吗不去？"屠百药的样子不像是开玩笑，"你不是说了嘛，谢雯变成单身了，或许我拼死追求，也有几分希望。"

叶枫琴看着他的眼睛。他的脸上写满疲惫，眼角的鱼尾纹似乎更深，鬓边的白发长势更加顽强。但是他的瞳孔仍然很亮，仿佛里头盛满了能量。

"你不怕晏容姐伤心？"

"你都不怕，我怕什么？"

叶枫琴本来就是受了荣坤的唆使才假装辞职试探屠百药的，一旦真辞职，所有付出只能付之东流。

"那你还来找我做什么？"

屠百药一眼就看出了她只是在闹情绪。"枫琴，你必须弄清楚一件事，就是当初我答应戚博士出来解决荣坤夫妇的事儿，但也明确强调我是过客，长远来看还得是你们姐妹俩的事业。至于你说我隐瞒你，不相信你，完全是误会。修理的事情现在是人死灯灭，以前他手下的亡命徒也作鸟兽散了，现在安全了。但是你知道宋总遭了多少罪？他被打得伤痕累累，在暗无天日的地下室受了一周罪，屎尿都只能拉在眼皮底下，哪怕一天你受得了吗？宋总当时去调查，只有咱们中途岛的人知道，但是如果没有泄露，修理怎么会掐得那么准？光天化日之下就把宋总绑架了。我不仅没告诉你，连你姐也没告诉，年前年后必须秘密调查，这才基本把事情搞定。我也是考虑你们的安全呀。”

“调不调查，最后还不是修理两口子互相残杀了结？有什么区别吗？”

“有本质区别。如果不调查，以前的重犯汪秀力可能就会成为永远的谜，谢雯就算逃过一命也弄不清原委。咱们做婚姻治疗，不能光看表面症状，需要深挖病因。谢雯过几天就能出来，还得面对生活，特别是孩子的问题和她自己的心理调节问题，都需要做大量的工作，所以这个案子没有结束，只是一个开始。”

叶枫琴酸溜溜地说：“那是啊，一个美貌富婆受了伤，当然有人帮助她啦。而像我这样的打工妹受了伤，根本无人过问。”

屠百药耐着性子说：“你受了什么伤？不就是前段时间的事没及时告诉你吗？枫琴啊，成熟点儿好不？我早就说过，将来中途岛由你来操持，我只是先带带你。我做这些事儿有点勉强，还得依仗你们姐妹的专业才行。”

“这么说，你不去谢雯那里了？”叶枫琴仰起脸问。

“我是动过心。”屠百药老实回答，“但我综合考虑，就是离开中途岛，也不能去她那儿，因为我不懂怎么经营珠宝连锁店。现在就是拿块水晶工艺品蒙我，我也搞不清楚。”

叶枫琴突然脸皮一红，回避着屠百药的目光，怯怯地问：“老大，难道你就没有对我动过心？”

这句话非常突然，屠百药毫无准备，几乎吓得手一抖。但很快，他就镇定下来，老老实实地说：“动过。”

说话间，服务员拿了一瓶二锅头来。叶枫琴掏出一百元拍在桌子上：

“小妹，不用找了，酒我们也不喝了，回家。”

屠百药问：“不聊了？”

“聊完了。”叶枫琴披上白色的羽绒服，“既然说清楚了，这辞职的事就算我犯浑，回去给晏容姐道歉。”

二人出了小店，走在路上。屠百药说：“小叶别误会，是个男人，都会对漂亮女孩动心。”

叶枫琴说：“老大，不用解释，我又没让你娶我。说真的，你可以对我动心，但我未必对你动心。”

屠百药嘟囔了句：“那是。不过，你们女人非得证明这一点，有这么要紧吗？”

叶枫琴快步疾走：“对于女人而言，这个最要紧，也最要命。”

一场小别扭就这么平息下来。屠叶二人回到中途岛，像什么事都没发生过一般。正好，闫兰和张五洲来了，打开电脑给三人演示网站页面。屠百药直接把这事推给了叶枫琴。“咱们叶总定了就行，我是门外汉。”

叶枫琴半是惊讶半是欣喜地反问：“什么叶总？小助理而已。”

“如果戚董事长没有意见，叶医生就是咱们中途岛的副总经理，在我不在的时候主持中途岛日常工作。”

戚晏容扶了扶眼镜，说：“我当然赞成。枫琴的工作有目共睹。”

闫兰当即对老同学表示祝贺，嚷着要她发微信红包。叶枫琴特别高兴，当真在微信上一连给她发了五个红包。闫兰一看，一共是一千元，不禁吃了一惊，说我只是开个玩笑，你当真啊，还一连发五个？钱多烧包是吧？叶枫琴就笑着说，五个是因为张五爷这数吉利，老同学帮过的忙太多，就当是请你两口子撮一顿。

正闹着，宋时鱼推门进来了，得知叶枫琴升任副总，只是淡淡地祝贺了一句，就对屠百药说：“老屠，我找你有事儿。”

屠百药把宋时鱼带到宿舍，把门关了，问什么事。宋时鱼的脸色蜡黄，极其疲惫。他说："老哥你是怎么回事？对这个小叶，我老早就提醒过你，不能重用，也不能把机密告诉她，你怎么不听呢？"

"兄弟啊，咱们中心算上做饭的才六张嘴巴，本来就是个袖珍公司，就连我这总经理说出去都寒碜，小叶工作一直很努力，挣的也不多，名分上得考虑一下吧？"

"你当我想管你们的闲事？戚博士这个人没问题，品性在那儿摆着，但是小叶眼神深处有很强的欲望，原则性也不强，我担心将来会有麻烦。"

"兄弟多虑了吧？我知道你是相人专家，但是看相这回事，并不科学。我们对待人，不能只凭印象，还得有实据。与小叶共事快一年了，我没见她做什么对中途岛不利的事。"

宋时鱼叹息一声："老哥啊，我难道想害小叶吗？我当然也没有证据说她不可靠，只是感觉，但我要不提醒你，你将来吃了亏后悔就晚了。除非，你们的关系发生变化。"

"怎么个变化法？"

"娶她。但是就算娶了，也很难讲就没事儿。"

"开什么国际玩笑。这事就别提了，她因为咱们瞒了调查修理的事，发火要辞职。这不，才把她哄回来。我想着不给她实职，加点工资，恐怕不稳当。"

宋时鱼问了过程，屠百药照实讲了。宋时鱼顿足道："老哥哥，你知道你当年为什么会惨败吗？就是太轻信人！"

屠百药一听"惨败"二字，心头无名火起，黑了脸说："还是宋总能耐啊，从来没栽过跟头是吧？那你倒是把公司整大啊，怎么干了多年还是个小作坊？"

宋时鱼马上意识到自己失言捅到了他的痛处，赶紧道歉："老兄，我说错话了，请见谅。不过，我仍然坚持我的看法，小叶唱的这一出，一定有原因。是，她作为单身女孩可能会有点喜欢你，但情感吧，说穿了不能当饭吃。你们现在是没做起来，真的要把公司做大了，小叶绝对不会因为你曾经对她‘动心’就手软。”

屠百药不想跟他继续讨论这事，“你今天来真的是为了小叶这点小事儿？”

“小叶的事不是小事，当时你让我去调查修理时，只有你、我、戚博士和小叶知道，但是我刚见修理一面就被绑架，若不是后来你明确表示退出，很可能我就被人卸了。”

屠百药知道他还为这事恼火，安慰道：“兄弟，这事是我欠考虑，对不住了。有些事可能是巧合，小叶总不会是修理派来的卧底吧？”

“老兄是精明人，我只是提醒你。今天来，还真不是为小叶的事，是因为我们家爱佳……得了产后抑郁，现在天天跟我闹。”

屠百药连忙问怎么回事。宋时鱼叹息一声，说自己没料到，成天为别人“试离婚”，结果现在自己也要“试离婚”了。

孔爱佳自去年生了孩子就情绪不佳，越来越让宋时鱼搞不懂她到底想要什么。特别是宋时鱼“失联”的那一周，她简直就快疯了，有时孩子哭闹半小时都不管。过年的时候，宋时鱼要与屠百药去调查修理，也没有向她说明原因，直接就走了，孔爱佳更是生气，连宋时鱼的电话也不接了。宋时鱼回来后，家庭陷入冷战。屋漏偏逢连夜雨，宋时鱼的初恋柳冰雪，前不久不知从哪里得知宋时鱼的微信，加了好几次，宋时鱼最终还是通过了，但不主动说话。柳冰雪却天天晚上发信息来。昨天晚上，从来不看丈夫微信的孔爱佳在宋时鱼洗澡时听到手机响，拿起来一看，柳冰雪发了一张秀身材的照片，并写了一句话：你说我还好看吗？

宋时鱼与爱佳婚礼当日，柳冰雪来过。这事让爱佳难过了好久，直到宋时鱼发誓不再与其来往才算过关。如今柳冰雪发细腰翘臀的惹火图片来，让生完二胎、肚皮肿胀难以恢复形体的孔爱佳浑身发抖。她不等宋时鱼洗完澡，就冲进去大喊大叫，吓得刚入睡的孩子哭闹起来。

这一闹就是大半夜，差点把宋时鱼逼疯。孔爱佳在这个晚上把所有的积怨都抖出来，如同编排好的话剧一样层次分明。宋时鱼无法回嘴，抱着孩子任凭妻子的语言病毒发作，心头如油煎般难受。好歹熬到天明，孔爱佳夺过哭累熟睡的女儿，对宋时鱼说，这房子是我的，你现在可以搬走了。

宋时鱼无奈又愤怒地提着公文包出了门，直接上中途岛求助。

屠百药听完他的介绍，拍拍他的肩膀："兄弟，这事交给戚博士就可以了，你大可不必焦虑。一会儿，我和戚博士跟你回家吧。但你不能再对小叶有成见，我们现在得倚仗她。"

二人返回办公室。屠百药说："正好今天三位顾问都在，我们碰碰，下一步该怎么办。"

叶枫琴说："向屠总汇报一下，我看张五洲老师做的网站设计很好，ICP 备案已经下来了，可以试运营。"

张五洲说："我是带着爱心做的这活儿，因为自从我们请戚博士咨询调理之后，婚姻问题都变成美好回忆了。"

闫兰在张五洲背后敲了他一下，嗔怒道："你这死鬼，就会人前装好人，在家里，拖把倒了都不扶的。不过，我们的确都感谢戚博士，将来可以把我们的心得写下来，放在咱们的网上分享。"

屠百药点头："这个法子好。张志钢夫妻、赵娟一家、荣总、牛总、谢雯的事情，也可以整理上传。"

叶枫琴说："其实很多影像资料都可以做成视频上传。特别是博士姐姐上次的讲座，参与的人有一大半都联系过我，问有没有影像资料想再学习体悟一下，掏钱也没问题。"

宋时鱼说："实话告诉大家，我现在的婚姻就出了问题，今天就是来请戚博士帮忙治疗的。我处理过很多试离婚案例，看似五花八门，实际上也就那几类。譬如我现在遇到的问题，就是老婆生完孩子后的抑郁反应。她现在是边闹边哭边吃，胖了二十多斤，除了孩子看谁都不顺眼，见了我就跟公牛见了红布似的。"

大家都被逗笑了。戚晏容很快收住笑，说："宋总说得对。婚姻问题也分阶段，大体可分为恋爱期、围城期、婚育期、中年期、老年期。很多人认为七年之痒是危险期，这种观念有误，主要还是婚育期和中年期容易发生情感冲突，也最危险。”

闫兰笑道：“张五爷同志，听到没？现在我们还处在婚姻的初级阶段，还有很长的路要走啊。”

屠百药说：“博士这‘五期工程’，能不能充实一些案例写个教案？到时我们组织一下讲座。讲课免费，但会成为极具传播力的宣传。枫琴着手在网站上开设视频，再开设一个公益解答的栏目，咱们就可以通过网络与全国甚至全球华人圈的用户对接起来。”

叶枫琴说：“遵命，屠总。您老人家点子多，每次都能看到发展前景。不过，在线客服是个辛苦活儿，是不是还得增加点人手？”

屠百药说：“这事你看着办。你现在是副总，懂专业，看看有没有合适的人选，可以单独开一间办公室做这些事。新进的人，你先培训，最后由戚博士把关。”

叶枫琴领命。宋时鱼着急解决爱佳的问题，请戚晏容去一趟。屠百药关心爱佳，也一同前往。叶枫琴请陈让加菜招待闫兰张五洲。闫兰在与她拉手去餐厅时悄声说，你不是真的看上屠总了吧？叶枫琴“嘁”了一声，说他老了，本姑娘要找也得找个小鲜肉。

## 067 | 婚姻本质是契约

宋时鱼把车开得很快。屠百药提醒他注意安全。戚晏容则问他一些问题。宋时鱼放慢车速，悉心回答。他本是个中老手，所言之事都直指婚姻关键，不像刘成双等人言不及物。

当初，孔爱佳因为工作忙，在单位处于上升期，不想要孩子。有几次，宋时鱼在行房时做了手脚，爱佳不察，结果致孕。年近四十，宋时鱼十分想要孩子，老母亲每次打电话都在问这事。爱佳的父亲孔志军因癌症两年前去世，后母李晓梅与妹妹孔爱淘住在一起，关系不冷不热。发现自己怀孕后，爱佳大发脾气，直指宋时鱼浑蛋。宋时鱼低声下气，说你都快三十岁了还不要孩子，以后年龄大了恐怕不好办。爱佳矛盾着去医院做人流，医生劝她要孩子，爱佳犹豫不决。宋时鱼更喜欢女孩，在三个月后托人到私立医院查性别，结果让他高兴得哼着小曲做了顿大餐。爱佳特别想要男孩，希望男孩长大后像父亲一样孔武有力以增强安全感。此后爱佳一直闹别扭，但终是没有打掉，大女儿顺利出生。产期结束，爱佳就回到心心念念的工作岗位上，婆婆也帮着带孩子，一切如常。

一年前爱佳再次怀孕，适逢单位整顿，她这个人事部总经理的位子好不容易坐稳了两年，上头也有意委任她为副总，但一生孩子连职务都得让出来。爱佳是职场中人，平时对工作烦不胜烦，可一旦离岗心头纠结难舍，于是又怪罪到宋时鱼头上。好在二胎总算满足了爱佳想要个儿子的愿望。谁料在此期间单位竞争对手趁势而上，领导让她挂了个纪检室主任的头衔，算是平级调动但无实权。爱佳既生气，在单位又无处发泄，回家就把才进屋三天的保姆赶走。后妈李晓梅上门帮助带孩子，有天无意说孩子的鼻梁塌，爱佳听到后大发雷霆，说这不是你的亲外孙啊，能不塌吗？结果大吵一架，后母拂袖而去再没来过。结果爱佳只得处处亲力亲为，一月产假匆匆过去，爱佳干脆办了停薪留职专心带孩子。然而宋时鱼为了哥们儿的事，竟去冒险差点没命。这也罢了，还年前年后都不陪她娘儿俩，她气不打一处来，整整骂了几天方罢。由于她迷信母乳喂养才是上品，弃高档奶粉不用，每日大吃大喝以供应奶水，无人看顾之下竟胖得腰如桶粗，双下巴都出来了，见到谁身材好就难受。特别看了宋时鱼的初恋柳冰雪居然在这个时候发微信玩暧昧秀身材，炸药包瞬间点燃，直接让宋时鱼滚蛋了事。

屠戚二人听后，没有问半个字。这是常见的普通婚姻问题，几乎每位现代女性在生完孩子后都会出现抑郁症状，只是程度不同罢了。宋时鱼处理过各类情感问题，但是自身的问题他无法处理。不是不知道方法，也不是不清楚根源，而是他的招儿在爱佳那里完全无用，这就如同富翁很难让子女成为富翁，而教授也很难让子女成为教授一样，因为太过熟悉和了解，面贴面反而看不清对方，更没有权威感。爱佳当年就有点“下嫁”宋时鱼的意思，心理优势一直存在，就算宋时鱼步步后退也不能阻止她的习惯性进攻。

宋时鱼到了家门口，掏出钥匙，却久久不敢开门。屠百药按了一下门铃，半天才听到里头有拖鞋的声音，知道爱佳已经从猫眼里观察到三人，就大声说：“爱佳，开门吧，戚博士来了。”

孔爱佳果然就在门后。她轻轻开了门，寒了脸说：“你们有什么事吗？”

仅仅相隔不到一月，爱佳已经胖得脸上起了横肉。屠百药笑道：“时鱼搬了我们两个救兵来，你不打算让我们进去吗？”

“有事赶紧说，孩子刚睡下，别吵着了。”爱佳的脸一直挂着，“至于某人，就不用进来了，我这房子小，你可以去住富婆情人的别墅，那里宽敞。”

宋时鱼低着头不说话。戚晏容笑着说：“爱佳，我们不是来劝和的。”爱佳愣了一下：“难道你们是来劝散的？”戚晏容认真地点点头。爱佳说：

"好好！劝散的请进。"

于是三人跟爱佳进了宋时鱼平时工作的小房间，把门虚掩上。屠百药知道她是怕孩子醒了听不见，就小声说："咱们劝散也小声点，谁分贝过高谁要认罚一万元。"

爱佳没理会他的玩笑，说："屠大哥，你是某人的死党；戚博士人厚道，但也是某人的合作伙伴。你们当然是向着某人说话，但不要紧，我这婚是离定了，谁劝也没用！"

屠百药看到书桌上有一小卷透明胶布，撕了一小块贴在嘴上，瞪了瞪眼，表示自己不说话。要是平时，爱佳定会笑岔气儿，但现在她哪有这心情？她说："你是无话可说，不说也好。戚博士有什么指教？是不是讲讲大道理，还要做题？你当然比某人水平高，不过你们那些套路对我没用，因为某人在我心头死了，我也不会跟他闹。离婚，很简单的事儿；如果不同意签协议，也可以上法庭。"

戚晏容连忙解释说："爱佳真的误会了，像你这么聪慧的人，我哪敢请你做题？离婚好，我和屠老师都离过婚。而且离婚也不是心理问题，只是法律问题。"

爱佳表情放松了一些："还是博士说话有水平。我这人吧，最烦有人谈心理问题。心理有什么问题？说白了都是财产问题、责任问题。我见过很多离婚的，开始都说情感问题，结果一到法院全是钱的问题。物质社会，情感苍白得很，都别装！所以我喜欢'法律'这词儿，有界限，讲证据，科学。"

戚晏容微笑道："是这样。情感一旦破裂，剩下就是财产归属和子女监护问题。我离婚时没子女，房子是我自己买的，平时的钱也是各花各的，所以极为简单。"

"博士的意思是，我们离婚要麻烦一些对吧？"

"也不麻烦。就看你们双方有没有契约精神了。"

宋时鱼一直在听，不说话。戚晏容的话把他和爱佳听糊涂了。他不禁出声问道：“契约精神？博士什么意思？”爱佳也紧接着问：“是啊，我们连离婚协议都没写，怎么叫契约精神？”

“你们看啊，结婚这事儿，在国外，那是要到最神圣庄严的教堂进行的，就是让神见证缔结姻缘的双方隆重订约，可比签订普通协议要严肃多了。在我国，虽然不到教堂，但也要到民政部门登记，是由政府见证的契约，一样神圣庄严。只是，大多数婚姻中人没有意识到婚姻的实质是一种契约关系，想结就结，想离就离，才造成了那么多问题。”

“戚博士的意思是，我跟某人结了婚，就不能毁约？”

“可以毁约，但前提是看对方是不是违反了约定。如果对方没有违反而己方单方面毁约，就没有契约精神。”

爱佳发觉自己被绕进去了：“什么意思？就算我毁约，不想过了，犯不犯法？”

“这跟犯法是两个概念。单方毁约，就好比我跟你签了一个购房协议买你这房子，可是签完后第二天房价降了，我不干了，这是不可以的。”

“戚博士，现在的问题是某人掉价了，我不想要了，给点违约金行不？”

戚晏容微笑道：“能否讲一下宋总哪儿掉价了？”

“他浑身上下都在掉价，如果一一列举恐怕得写几万字，我只讲主要的：第一，他不像个父亲，没有照顾好孩子；第二，他对我实施冷暴力，不回应我，视我无物，特别……特别是我体重增加以后；第三，他什么事都瞒我，不像刚结婚那会儿什么都说，问他也只是‘嗯’‘哦’应付；第四，有了老婆孩子还与旧情人玩暧昧，这个有据可查；第五，看网络小说、玩游戏有时间，抱孩子洗衣服做饭收拾家务没时间。哎呀，反正太多了，先说这几条。这其中的任何一条，我都不能忍受。”

戚晏容看着宋时鱼：“宋总，爱佳说的可是实情？”

宋时鱼看了一眼屠百药。屠百药指指嘴上的胶布。宋时鱼只好点头，没说话。

爱佳说：“这个人还算诚实，敢于承认。要不是有这么一丁点优点，今天我是不会坐在这里跟你们谈。”

戚晏容说：“宋总看网络小说和玩游戏，我倒是没想到。”

宋时鱼终于忍不住说：“戚博士啊，你难道没有一点爱好来缓解工作压力？你知道每天我要接收多少心理垃圾？全是向我诉苦的！你们中途岛，是有老屠撑着，不信你一个人应付试试！我装了一肚子情感垃圾回来，不找个出口我会疯的。”

爱佳冷笑：“早就跟你过说，不要做你那些破业务了，这几年挣了几个钱？还充当起了妇女之友！人家的情感问题关你屁事，你老婆的情感问题你怎么就不管呢？”

宋时鱼苦笑道：“你根本就听不进去嘛，我有什么办法？你脾气一天比一天大，我始终让着你，难道你不明白？”

“我他妈的没嫁给你之前怎么没脾气？！”爱佳大声喊道。这一喊，里屋的孩子被惊醒，哭了起来。爱佳骂道：“看，看，这下好了，孩子被吓醒了，你们抱啊！”起身跑向里屋抱孩子，好像孩子不是自己吓醒的。

宋时鱼苦恼地摇摇头：“戚博士，别费劲了，说真的，我也受够了！离就离吧，反正老大老二还小不懂事，大了离就不好了。”

戚晏容说：“当年我在医院实习，在外科。一位著名的外科大夫，手术做得极好，每次都像做艺术品一样，很沉醉在自己的‘艺术’中。后来这位大夫得了病，连续做了几次手术，最后哭求安乐死。他在临死前对同事们说，拜托一定要善待做手术的病人，因为他们的痛苦你们无法体会，我现在告诉你们，这种体会比上刀山下火海还要痛苦。”

宋时鱼叹息了一声。他明白戚晏容的意思。当他在为别人解决心理问题的时候，更多的是看作一种业务，而求助者的痛苦是治疗或咨询的人无法体会的。同样，戚晏容也暗示爱佳不能体会宋时鱼的痛苦，宋时鱼也不能体会一个职场女人做了妈妈后的辛苦与纠结。

这时爱佳抱了孩子出来。小宝宝双眼皮大眼睛，看着陌生人还笑出两个大酒窝。屠百药扯下胶布，笑道：“这小帅哥要是我的娃，我是打死也不离的。”宋时鱼赶紧到厨房冲奶粉去了。

爱佳温柔地看着孩子，说：“感谢屠伯伯赐名，问屠伯伯好啊。”孩子看了看屠百药，果然笑了一下。原来，当时生孩子前宋时鱼曾在电话里请屠百药起名。屠百药翻了半天书，起名宋毓川。爱佳非常喜欢。

戚晏容说：“我并不赞成夫妻为了孩子就不离婚。如果你们俩的孩子在布满阴云的家庭里长大，也不会快乐。”

屠百药说：“博士啊，我没见到这个家庭布满阴云，反而是阳光满屋。你们讲了几条，我也讲几条：第一，时鱼见小毓川醒了，马上就去冲奶粉，这个下意识的动作说明他经常干这事儿，或者说他怕爱妻在客人面前奶娃不雅，无论如何都出于关爱；第二，时鱼今天到现在都闷声不响承认错误，不反抗，这个态度是哺乳期丈夫的好态度；第三，时鱼本身是情感专家，但是他不用那些招儿对付爱佳，而是像普通家庭一样保持着原生态，这才是真正的温情；第四，时鱼不是见异思迁的人，就算初恋发照片，但那都是过去的事了，懂得情感经营的人不会吃回头草，而一个男人没有女人惦记也没有附加值；第五，时鱼年前年后没有向爱佳汇报去向，是担心爱佳知情后会更担心他的安全，因为我们遇到的这个是个高智商罪犯，还操纵着黑恶势力，而时鱼的帮助起了关键作用，足见他是一个既顾家又愿意为朋友出力的好男人，这样的父亲孩子长大后会为之骄傲。综上所述，爱佳，这么个好男人你还嫌弃？”

爱佳微微惊愕：“我说怎么失踪了这么久？原来真的遇到了危险！”

屠百药便将过程简要讲了，爱佳听得心都悬着。屠百药讲完，说：“爱佳，我得批评你，你多久没关心过时鱼了？他身上有好几处伤，你要是关心他，能不知道吗？”

爱佳说：“屠大哥，你没有亲自带过孩子，不知道做妈妈的连上个洗手间的时间都没有。哺乳期的女人关注孩子已经很累了，如何还能关注丈夫？”

戚晏容摇摇头说：“你们讲这些，各有各的道理，谁也说服不了谁。婚姻问题，如果不遵照契约精神，就是无解。”

## 068 | 业务转折点

孔爱佳在爱情的火坑里滚过几回，对宋时鱼这个来之不易的老公深有感情。屠百药和戚晏容的到来，让她的气差不多消了一半，但她要强，不想就这么咽下这口气。

屠百药继续与戚晏容辩论："两口子，就跟牙齿与舌头一样，总会有碰着的时候。照博士的说法，我们的祖辈父辈也没有讲什么契约精神，不照样过了一生？夫妻间打打闹闹，寻常得很，没承想到博士这里就上纲上线。"

戚晏容微笑道："那是过去的婚姻，而且你怎么知道咱们的祖辈父辈就过得挺愉快呢？现代人不同，工作压力大。特别是女方，过去生了孩子是不怎么参加工作的，像爱佳这样的在单位还是领导，生孩子就等于隔绝晋升通道。何况是二胎！都说现在男女平等了，实际上只是在工作压力上平等，其他都不平等。"

屠百药耸耸肩："好吧，你说要讲契约精神，他俩哪里违背了？"

"当初结婚时，爱佳并没有约定一定要生孩子对吧？更没约定要生二胎吧？既然没有这项约定，也可以补充约定，但是宋总强加了个人意志，才导致爱佳意外受孕。"

"任何事情不仅要看出发点，也要看结果。爱佳，你喜欢小毓晴，喜欢小毓川吗？这就是了嘛，虽然没有提前达成一致意见，但是结果爱佳接受了，有什么要紧？"

"这不一样。结果是结果，约定是约定。约定了的结果不一定好，没有约定的结果不一定不好，但是从遵从个体的意愿出发，没有约定就是没有契约精神。”

“你这是西方思维，中国人讲传统，结婚生子天经地义，而且是多子多福。时鱼年龄大了想要孩子，儿女双全再好不过了，而且孩子是连结夫妻情感的纽带，很多人年轻时为了自由快乐不要孩子，年老孤独时才后悔已经晚了。”

“中国传统文化的精髓是仁、义、礼、智、信，这个‘信’字就是契约的意思，怎么成了西方思维？我并不是说支持爱佳不要孩子，但宋总没有与她协商好私自做主，就是不对。有了孩子之后，如果有契约精神，就应当与爱佳明确约定，譬如一天用多少时间陪妻子和孩子，做哪些具体的事情。但宋总以工作忙为由，没有做这项工作，继续透支情感信用。这是宋总的第二个失信行为。”

“如果夫妻之间都要搞得那么清楚，这日子过得岂不是无味得很？”

“恰恰相反，日子必须有规划和按程序过才有味，不然必出问题。宋总打着消解工作压力的旗号玩游戏、看小说，不管爱佳的忙碌，也不关心她的身心，导致她过度劳累只能以过量饮食来排遣内心的苦闷，使一位原本身材苗条的优雅女人胖得不想出门，这是宋总的第三个失信之处。”

屠百药忍不住笑了：“爱佳胖了也是因为时鱼失信？难道时鱼在与爱佳结婚时承诺过，保证她永远苗条如少女？”

“当然是宋总失信，因为结婚时如果不爱就不会结婚，除非一方有别的图谋，譬如像修理与谢雯的阴谋婚姻。既然正常的婚姻以爱为基础，无论丈夫还是妻子都有义务让对方保持身心健康。爱佳的身体胖只是表象，内因是心理发生了变化，主要是悲观、失望、压抑，所以才通过过度吃喝来填补内心的空虚。宋总本身是情感专家，却视若无睹，不关心体贴，不协助妻子恢复身材，听之任之，冷眼旁观，其实质是违背了当初爱的誓言。如果这都不算失信，还有什么是失信？”

屠百药挠了挠头皮：“时鱼，你当初有爱的誓言吗？”

宋时鱼小声说：“虽然没写在纸上，但心里确实有的。”

爱佳听到这里，哼了一声："那你还与那个富婆来往！"

宋时鱼说："我没有与她来往。一个从小一起长大的人加个微信，我怎么好拒绝？"

爱佳怒道："是不是她脱了衣服你也不好拒绝呢？"

屠百药说："爱佳啊，人是自由的，只要时鱼没做出格事，你也没有权利禁止他与别人联系嘛。"

爱佳睁圆大眼睛："你的意思是他与初恋续上情感或者生出孩子来才算出格是吧？戚博士，你接触的案例多，难道男人随便与其他女人来往是自由？"

戚晏容说："自由是相对的，不是绝对的。现在很多人把自由理解成了随心所欲、无法无天。一个人没结婚，在情感领域当然是自由的，但一旦领证成家，自由就受到限制，只能在有限范围内自由。这就是通常讲的责任。"

宋时鱼听到这里，站起来说："谢谢戚博士苦心讲解。这些道理，我何尝不明白？我也向客户讲过类似的观点，我承认自身要求不严，没有尽到丈夫和父亲的责任。"

爱佳狠狠地瞪了他一眼："你明白？你明白个屁！我看你跟博士比，就是幼儿园水平。"

宋时鱼苦笑道："好吧，我没水平，但我一直让着你，已经让自己低到尘埃里，你还想怎么样？"

爱佳眼睛一瞪："难道你还想打我骂我？"

于是这对夫妻你一句我一句掐了起来。宋时鱼一边回嘴，一边看屠戚二人，希望他俩出来调停。但屠戚二人像商量好了似的，都闭上了嘴巴，作壁上观。

两口子一开始是观点之争，接着是相互指责，最后是翻老账。不过，因为怕吓着孩子，声音都不大。大概争吵了半个小时，爱佳发现屠百药居然打起了瞌睡，生气地说："老屠，你这是什么意思？跑到我们家睡觉来了？"

屠百药睁开鹰眼："啊，还没吵完？继续进行吧。"

爱佳只好求助戚晏容："博士，宋某人说话如此刻薄，请你从心理角度分析下，他是不是有病？"

戚晏容说："我认为他没病，只是他跟你吵得太少了，应该多吵。"

爱佳没听明白。戚晏容接着说："夫妻之间，吵架是正常的。宋总因太过爱护你，生怕你难过，所以一直隐忍。但是，你生了闷气得不到回应，内心的淤积排解不出来；而宋总把自己憋成了一个大气球，只往里灌气，没有出口，早晚必然爆炸。所以夫妻吵架也是一种沟通交流。"

爱佳突然流了几滴眼泪，声音也有些低沉了："其实我也有不对的地方，我也不是非得跟老宋离婚不可，就是烦躁、失落、心慌，莫名其妙想发火……我也不知道我是怎么啦。"

戚晏容靠近她，接过吃饱又熟睡在她怀里的孩子，轻轻晃动着，说："女人生完孩子，都会有这个过程。我以前做梦都想要一个孩子，但是……但是我没有这个福分。爱佳，你如今儿女双全，还有默默关怀你的丈夫，不过是职场上暂时放弃些机会罢了。比起家庭和孩子，这些算得了什么？"

爱佳听完，眼泪流得更多。她在泪眼中，看到屠百药把下巴扎在胸脯上，十指插进花白的头发里。爱佳看不到他的表情，但感觉他似乎在无声地哭泣。她和宋时鱼都知道屠百药的故事。的确，比起老屠的遭遇，她的这点小事儿根本不值一提。

在回来的路上，屠百药默默开车，不说话。

戚晏容打破沉默："屠老师，今天的话是不是勾起了你的回忆？"

"没有啊，挺好的。"屠百药目视前方，"你今天的表现很棒，我这个托儿当得也很轻松。爱佳无非是想找个消解情绪的渠道，时鱼本是高手，只是要咱俩配合一下罢了。"

戚晏容承认。"不过，今天我讲的这些虽然爱佳爱听，但宋总似乎震动不大，因为他本身就懂。"

“我倒是有了新的启发。”屠百药来了兴致，“以前，我们的思维是针对婚姻的疑难杂症，譬如荣坤、牛兴、谢雯等人的案例，但像张志钢外遇、赵娟婆媳矛盾、闫兰两口子拌嘴、爱佳产后抑郁这类生活中极为普遍的婚姻问题更有市场。对于千千万万的夫妻而言，发生特案、奇案的概率毕竟不高，要想获得社会的广泛认同，就得进军大众领域，甚至进入社区，让婚姻治疗成为公益性质的事业，才能真正做大做强。”

戚晏容一阵激动。这正是她梦寐以求的事业，只是不知从何处着手。

“我有一个重要建议。”屠百药扭头看了她一眼，“从现在起，请考虑写一部专著，把你的治疗心得和案例都融入进去，突出解构现代婚姻生活的种种问题，拿出解决方案。”

戚晏容有些不好意思：“屠老师，就怕我水平不够啊。”

“先前你讲的《家庭规则》以及如何预防情感风险发生等内容都是好东西。”屠百药认真起来，“这完全是一个新的门类，咱们得凭这个才能真正做大做强。”

屠百药在下一盘棋。

回到中途岛后，他和戚叶二人经过深谈，认为必须扩大业务范畴。首先是戚博士要花精力完成著作，同时开办各类婚恋情感讲座扩大影响；其次是要动员投资人加大投入，包括中途岛住客和谢雯这样的实力投资人；最后是在全国主要城市设立分支机构，让婚恋课题深入社区。

这是一个宏大的计划，听得叶枫琴眼里直放光。当晚一直聊到深夜，戚晏容只好与叶枫琴挤一屋。洗漱完毕，二人各自躺进被窝，说好不再聊天。然而叶枫琴掩饰不住兴奋，说姐姐这下可以安心写作了，中途岛的事交给我，你就放心吧。

戚晏容听出了弦外之音。在经营管理上，向来都是屠百药主事，只有在屠戚二人不在时才由叶枫琴代管，怎么成了“交给我你放心”？她不由得想起了宋时鱼的担忧，隐隐觉得不对。纵使将来中途岛扩大规模，也还轮不到你小叶啊。

叶枫琴意识到刚才的话可能让戚晏容多想了，赶紧说："姐，我的意思是，你写书讲课，老屠在外忙活，我应该多分担一些。"

"本来屠老师就是把你当徒弟看呀。"

"现在的关键问题是要获得谢雯的支持。"叶枫琴坐起来，把身子靠在枕头上，"要论真金白银，还是谢雯厉害。我估摸着要真正达到屠夫的理想状态，得投巨资，网上的客户端和地面的门店都得弄才行。"

戚晏容心头一惊，看来这个小妹妹真的是上了心。"一定要做大吗？我看现在都很吃力啊。"

"姐姐，你认为你了解屠夫吗？"

"应该还是有些了解吧。"

"我认为你不了解。要留着屠夫的唯一办法就是扩大经营。"

戚晏容猛然一惊。没错，屠百药一度将他自己看作是中途岛的过客。表面上，屠百药的心病是受了情感挫折，妻离子亡，但归根结底是事业上的折戟沉沙让他一蹶不振。从哪里跌倒就得从哪里爬起来。但是屠百药再也不可能凭他自己融到资金，必须依托重大项目才有可能咸鱼翻身。

作为心理咨询师，戚晏容自然懂得这个道理，但她不得不承认，叶枫琴对屠百药的关注更为深入，包括平时故意冲撞他，甚至以辞职试探他，都是一个女人对一个男人的极端心理反应。先前她并不以为意，但随着时间的推移，她竟然发现内心深处对叶枫琴的强势进攻有一种莫名的抗拒。

"姐，你怎么不说话？"叶枫琴的声音震了她一下。

戚晏容回过神来，马上转换了思路，说："我是不太了解他，但我观察，他似乎对谢雯女士有好感。前次你不也对他这种倾向有意见嘛。要论东山再起，没有比接管谢氏更直接的途径了。"

"我刚开始是不高兴，但现在却希望他早点去。"叶枫琴笑道，"咱们只有把屠夫推到谢雯那里，才能争取到更大的发展机遇。不过，我认为屠夫不是真想接管谢氏，而是要从她那里筹到钱。"

## 069 | 布局高手

谢雯从看守所出来时，第一眼就看到了自己的律师刘振威和屠百药。事实上谢雯被拘留只是走一个法律程序，连警察都很同情她。一个被罪犯算计的女人，在生命受到威胁时正当防卫，且对方是在逃重犯，加之经验老到的刘律师跑前跑后，案件虽未完全了结，但她算是自由了。

谢雯请屠百药等一下，进了刘律师的车里。屠百药知道她有事与律师商议，知趣地缩回自己的车里等候。对戚叶二人力挺他来找谢雯，他有些意外，不过想想也合情理。中途岛要发展，必须走出去。像荣坤、牛兴这样的治疗虽然赚钱，但毕竟量少且很难持续。屠百药是做企业出身的，绝不满足于小打小闹。这与戚晏容有本质区别。

屠百药并不在乎弄多少钱，真正在乎的是能量的释放。他知道自己的心病在哪儿。治疗内心的伤痛，必须有提气的项目，能形成覆盖的项目，不管这个项目是什么。所以，当叶枫琴问及他是否对谢雯的项目动心时，他讲了实话。

然而沉下心来一想，他对珠宝行业一无所知，也不想被视作搭别人的便车。对于婚姻治疗这个项目，毕竟是自己的心血和创意，目前来看发展潜力很大，如果谢雯能够投资，再加上中途岛住客中有切身体会的人加入注资队伍，以戚晏容的实力和自己的市场开拓能力，做大是有可能的。不过，这一切的前提是帮助谢雯走出心理阴影重建生活。

他正胡思乱想，谢雯敲了下车窗。屠百药启动引擎，摁开了前门锁，谢雯就坐了进来。

“交代好了？”

“好了。”

谢雯还是那样没有什么表情，眼神里不悲不喜，仿佛她不是刚从牢房里出来。

屠百药边开车，边说：“快到饭点了，是不是要去犒劳一下胃？”

“谢谢，能送我去洗个温泉吗？”谢雯扭头向他微笑。

首都机场附近的碧浪温泉度假酒店生意清冷，他被大棚严密覆盖的温泉池里也没几个人，露天的温泉池里只有屠百药和谢雯两个人。

身着泳装的谢雯身材更加傲人，耸挺的双峰丝毫不见疲弱之象，雪白的肌肤在水汽蒸腾的池水中如同白玉雕琢，加上黑发此时完全蓬松散开，把曲线勾勒得更加夺目。

不过屠百药这会儿没有盯着她看，因为他在里间大棚温室时已仔细看过了。为了避免尴尬，他建议到外头来体验“冰火两重天”，谢雯同意。

也许是出生在北京的缘故，谢雯天生不怕冷，在室外神态自若。屠百药一直想找个共同话题，但想了几个都觉得不合适。谢雯与别的女人不同，天性冷淡，纵使是笑，也会让人觉得没有温度。最终，还是谢雯开了口：“屠老师的身材保持得很好啊，仍然有军人的身板，下了不少功夫吧？”

屠百药笑道：“身体好，有时也不见得是好事。”

“怎么？”

“身体好，看到美女血就发烫。”

“所以，你要出来散散热？”谢雯突然开心地笑了，似乎她的全身都有了温度，眉眼也变得温柔许多。屠百药感觉自己的心脏激烈地蹦跳了一下，脸上一阵火辣。

谢雯见他略带窘色，才正色说道：“屠老师，开个玩笑别介意。我的事，你操心太多了，光说谢谢已经无法表达内心的感激。我知道你有很多问题想问我。现在只有咱俩，你不用顾忌，想问什么就问吧。”

屠百药收敛心神，看着她的眼睛："以前的确有很多问题想问。但现在，我觉得你已经全部回答我了。"

"哦？"谢雯略感诧异。

"你的冷静告诉我的。"屠百药说，"从第一次见面，我就感觉无法准确判断你究竟是哪种个性。直到今天，我才有些明白：就算我们不参与你的事，你最终还是会赢。也就是说，修理再厉害，但他终究会被你彻底击溃。"

谢雯听了，没有说话，良久才问："修理在医院要见你最后一面，他说的话是不是不能对我说？"

屠百药一惊，随即说："不能。"

谢雯长长叹息一声："好吧，我尊重你的意愿。"

屠百药突然感到有些难过。修理把他的秘密告诉他，本身就是一个包袱。如果他将这个包袱抖给谢雯，他就解脱了。但现在的情况是，说了等于给谢雯增加心理负担，不说又让谢雯猜测，真是左右为难。

幸好谢雯没有继续追问，而是岔开话题："有一件事，我一直没告诉你。因为你，我才去你们中途岛的。"

屠百药点头。

"我对你的了解，比你对我的了解多得多。"

屠百药再次点头。他知道，向来不多话的谢雯，实则深藏不露。即使是祖上传下的家业，若是本身不会经营，也很快会败光。

"阳柳并没有真正忘记你。"谢雯看着他的眼睛，"今天请你来泡温泉，是想看看你背上的三处伤。"

屠百药内心一震，避开了她灼灼的目光。当年，他被毒贩围攻受伤，若是没有阳柳及时取出子弹并处理溃烂的伤口，他早已命丧黄泉。虽然背上的伤已愈合，但会在变天下雨时隐隐作痛。既然这事谢雯都知道，阳柳与谢雯的关系就不用多说，谢雯到中途岛来的前因后果也不用多说。

"我请刘律师写文书时，做好了与修理同归于尽的准备。"谢雯叹息一声，“事实上，我当时不确定能否活下来，考量许久，做了这个你可能不愿接受的决定。除此之外，我当时真的没有办法。”

“现在好了，你也安全了，还是请收回成命吧。”

谢雯盯着他的眼睛：“你真的不愿意接手金枝公司？”

“不是不接受，是不能。我完全不懂珠宝业务。”

“可是你没有平台，很难东山再起。”谢雯说，“在你的意识里，阳柳能接受的是一个站起来的屠百药，而你现在还蹲着。”

若是别人这样说，屠百药会大发雷霆。但谢雯事先对他有充分的深入了解，甚至超过宋时鱼。在事实和实力面前，再强的自尊都显得微不足道。

“不是还有戚博士这摊子事儿么？”屠百药感觉自己的声音低得连自己都听不到。

“中途岛的事我想过很多。”谢雯转头看着灰蒙蒙的天空，“戚博士一片好心，但做情感治疗或者婚姻治疗，要想做成大业务，非常艰难。虽说这项业务需求的确很大，也可以做成全国铺开甚至深入社区的业务，但有一个问题不好解决。”

屠百药侧脸看她，表示在认真听。

“你得是孙悟空才行。”

屠百药表示没有听懂。

“孙悟空拔一根猴毛，就能变出无数个孙悟空。”谢雯轻轻抹了一把额头上沁出来的汗珠，“但屠老师只有一个。甚至，戚博士也只有一个。婚姻治疗是一对一甚至多对一的模式，很难做到规模经营。现在只治疗有限的几个人，你和戚博士都已疲累不堪；若是强行扩张，则服务质量必然大打折扣。”

“全国具备心理治疗能力的人还是挺多的。”屠百药强辩道，“戚博士当然是专业的，而我则是完全业余……”

“可是你的社会阅历和治疗思维模式是珍贵的。”谢雯仍然在微笑，

"有的专家的确专业水平极高，却不接地气，有些甚至缺乏你所擅长的这两点。"

"我正打算请戚博士培训相关的业务骨干。"屠百药仍然不服气，"从理论上讲，任何商业只要有旺盛的市场需求，就能够想办法提供产品和服务。"

"嗯，道理上说得通，但是实际操作很难。"

屠百药突然有些灰心。谢雯的分析不无道理，是一个商业老手的经验之谈。他知道，话题谈到这份上，拉谢雯投资的事就不好开口了。而且自己其实根本不了解谢雯，更不了解金枝公司。现在，此行基本可以判定为无功。

二人静静地泡在水里，都不说话了。屠百药感觉露在外面的半截身子不冷，心头倒是很冷。

谢雯叹息了一声："我知道，你想帮我治疗玉娇，但这件事，可能还得我自己来。"

屠百药心头"咯噔"一下，自己这是被她回绝了。

"你已经知道，玉娇是我的孩子。"谢雯转过头，不看屠百药，声音细微如蚊鸣，"修理一直认为我不知道他是玉娇的父亲，但身为女人，我怎么会不知道孩子的父亲是谁？屠老师，现在你可以卸下心理负担了。"

屠百药突然明白了：眼前的这个女人，才是自己遇见过的最厉害的女人。与这种女人在一起，说多余的话就等于侮辱她的智商。

在回中途岛的路上，屠百药感到挫败。

表面来看，他费了不少精力帮了谢雯。实际上，就算他从来没有过问，结果仍然是谢雯借"正当防卫"合法杀死修理。因为从伤势来看，修理与谢雯的伤情相比约为8∶2，就算屠百药不引来警方解救，多半也是修理身亡而谢雯"严重受伤"罢了。

既然谢雯早就知道修理是玉娇的父亲，其他的事情也都比较清楚了。

谢雯的金枝公司真的被修理控制了？从公司并未因修理的死亡受影响来看，恐怕也是谢雯欲擒故纵。谢雯丈夫和父母死亡虽随修理自尽而成为永远的谜，但屠百药仍然相信自己的判断——谢雯可能早已知道，不然如何会恨修理入骨？甚至于谢雯让刘律师来找自己接手金枝公司，也是她的“安排”。串联起谢雯到中途岛求助以及失踪、装疯、让修理“掌控公司”“正当防卫”等一系列事件，只能说明谢雯才是真正的布局高手！

屠百药猛然心惊。以谢雯的智力，当然早晚都会设计一场“正当防卫”来完成对修理的报复，但是如果修理不是罪犯，此事恐怕就不那么好逃脱干系了。而自己与宋时鱼费心调查修理的事，谢雯并没有丝毫暗示，但是结果正如她所期望的那样圆满。联系所有发生的事实，只能证明她的思维构架中把屠百药当成了外部促进的重要一环，通过屠百药的个性和能量来逼出修理原形，她成功复仇且让警方判定她是无辜的。

要做到这一点，除非对自己的一切了如指掌！她是怎么做到的？今天的“看伤”是她故意透露的信息，就算前妻阳柳协助谢雯亦难以做到。他感觉到，这一切的背后仿佛有一双上帝之眼全景无死角地时时注视着他。但这双“上帝之眼”是什么？他想不出。

还有一件事，屠百药也想不出。在谢雯与修理决斗的时候，究竟那把水果刀是如何藏起来的？又是如何把经常绑在她手腕上的尼龙套解开的？警方在问讯中当然也提到了，但是谢雯只称在生命受到威胁时慌乱挣脱以后，拿起水果刀刺向修理，具体情节记不清了。当时的现场，屠百药也在，的确是一个弱女子在生命受到严重威胁时的反抗，修理的确长期控制和虐待谢雯，而且是一个在逃重犯。修理已死，案情至此已“事实清楚”，警方没有再追究细节。

无论如何，仅凭谢雯给修理造成软弱可杀的印象以及耐心等待修理先动手这一件事，就非常让人震惊！

屠百药降下车窗，虽然三月初的天气仍然布满沙尘和细雾，但他还是要透口气。谢雯今天的态度非常明朗，既没有坚持要他去执掌金枝公司，也没有投资项目的意愿。这一切，不是叶枫琴想象的那样“谢雯会喜欢自己”，也不是戚晏容认为的那样“自己会喜欢谢雯”。归根结底，自己不过是谢雯的一枚棋子罢了。可笑的是，自己还想着如何采取行动通过拯救小玉娇来换取谢雯的信任和投资！

前所未有的沮丧如同不可遏止的浑浊空气一样，不可阻止地笼罩着他。

## 070 | 欲擒故纵

屠百药回到中途岛后，把宿舍门反锁，倒头便睡。他昏沉沉地睡了一天一夜，决定把关于谢雯的事烂在心里。那些分析说到底是他个人猜测，不能因为自己的“谋划”没有得逞就说出来。

以他本来的个性，遇事非得弄个水落石出不可。但是现在，他明白世上很多事情都是弄不明白的。有时候，装糊涂也是一种智慧。

戚晏容和叶枫琴并没来找他，只有陈让来送过一次饭。对于这个结巴老乡，屠百药是不会怀疑的。他没吃饭，只是开门感谢陈让，说自己太累了，需要彻底休息。

第三天早上，天还没亮他就起来了，饿得有些低血糖，于是到厨房找吃的。陈让起得极早，正在准备早餐。见屠百药进来，盛了一碗已经熬好的南瓜粥给他：“我还以、以，为你要，成仙呢。”

屠百药坐下，一口气喝了半碗，觉得胃都在欢笑。“老陈，难得睡死过去一回，真他妈的过瘾。这两天，院儿里没啥事儿吧？”

“能有啥、啥——啥事？”陈让手头忙活着，“就、就是那个，白、白净脸——色，好多了。”

“成天吃你这营养餐，能不好吗？”屠百药笑道，“你那女徒弟赵娟如何？”

“徒、徒弟就——徒弟，为、为为啥要，加、加女字？”“好吧。你呀，就是较真。”屠百药放下筷子，“不过我挺喜欢你这较真的态度。我不在的时候，还请老兄注意多观察，有什么异常情况私下告诉我。”

“屠、屠、屠总，你是让、让我，做——暗探？”陈让停止了手中的活儿。

“这样说挺难听的。”屠百药推碗起身，“老陈，这里不是寺庙，是江湖，多个心眼没什么坏处。”

屠百药走到办公室门口，里头亮着灯。推门进去，叶枫琴已经趴在电脑桌上睡着了。灯光下，她熟睡的脸蛋殷红如霞，嘴角还残留着口水的痕迹。屠百药把自己的轻薄羽绒服脱下来，轻轻盖在她的肩上，关了灯，走到对面的桌子边坐了。看样子，小叶子一夜没睡。

他不由得生起怜惜之意。现在的年轻女孩，能这么拼的算是稀罕了。中途岛走到今天，眼前这个女孩出了大力。屠百药本来还有些消沉的心陡然间又涌动着激情——有什么大不了的呢？只要中途岛“铁三角”不散，就一定有前程！

他正胡思乱想，忽然听到叶枫琴吧唧了一下嘴，嘟哝着说：“……死屠夫……死屠夫……”

屠百药咧嘴一乐。看来，这丫头在睡梦中对自己也有意见，不忘骂几句。

叶枫琴突然尖叫一声，吓得屠百药差点跳起来。他没有开灯，小声说：“怎么啦？做什么噩梦了？”

微光中，叶枫琴呼呼喘了几口气，起身把灯开了，看着屠百药：“你……什么时候进来的？”

“吃过早饭以后。”屠百药笑道，“怎么不回宿舍去睡？”

“加班做网站，活儿没干完。”叶枫琴定了定神，没好气地回了句，“您这老总交代的任务，不完成还不扒了我的皮？”

屠百药才想起的确让她尽快完善网站内容构架，但当时也就是顺口说出，无意让她加班。“哎呀，再着急也得睡觉啊。”

叶枫琴捡起掉在地上的羽绒服，一把按到他手中：“睡觉是周扒皮的权利，咱这长工鸡叫就得起来干活。”

“鸡没叫，人倒是叫了。”屠百药哈哈大笑，“找机会请戚博士给你治治吧，看来小时候受过惊吓。”

叶枫琴从饮水机里接了杯热水，坐下喝着，面有惧色：“我做了个可怕的梦，梦见谢雯要杀我！追得我腿软……”说着，眼睛都有点发直了。

屠百药向来不害怕什么，但刚经历过谢雯的事，头皮居然麻了一下。“梦是反的。”

叶枫琴摇摇头：“你这是中国传统的说法，我觉得弗洛伊德的理论更科学，认为梦分为显相和隐相。我这个梦的显相是谢雯要杀我，隐相是谢雯仇恨我。”

屠百药表示根本没有听懂。

“你就别装了。”叶枫琴哼了一声，“事实就是谢雯想搞定你，但却把我视作障碍。”

屠百药双手一摊，“就算你说的有理，但是梦是你做的，是你自身的心理反映。她又不是神仙，怎么可能走进你的梦中来影响你？”

叶枫琴闭眼想了想，说：“看来，老大此行不顺啊。”

“的确不顺。而且你和戚博士也知道我不顺，所以看我昏睡也不来叫我。”

叶枫琴睁眼一笑：“老大的鹰眼就是厉害。没错，你去了没多久就打道回府，自然是没什么收获了。”

正说着，戚晏容推门进来。正是料峭春寒时节，她的脸冻得有点发红。

戚晏容关上门，说：“今天真是倒霉，回趟家，结果车坏在路上找人拖走了，我是坐公交回来的。”屠百药心道，这里离公交站差不多两公里，怪不得一身寒气。

寒暄过后，戚晏容关切地问：“屠老师休息好了？”

谢雯这事，一向坦诚的屠百药不知该如何说起，但觉得不该隐瞒二人。于是，除了自己怀疑谢雯设局和“看伤”的事外，他都原原本本讲了。

两人听完，良久不语。

片刻后，叶枫琴向他确认：“看样子，老大是放弃了？”

“不放弃怎么办？”屠百药摊手道，“这事本来就是我有企图心，人家不看好咱们也在情理之中。再说了，咱们不掺和，她和修理也能解决，反倒是我多管闲事了。”

叶枫琴怒道：“咱们多管闲事？要不是你带警察冲进去，她这小富婆恐怕命都没了！为了她，宋总差点让人弄残，你连年都没顾上过到处折腾，这些费用谁来出？这可是咱中心开业以来赔得最惨的一次啦！”

戚晏容说：“枫琴，事情都过去了，咱们别提了。再说，这事主要还是我自作主张了，人家并未要求我们做什么。”

叶枫琴不说话了，气呼呼地跑回宿舍洗漱。屠百药坐在那里没动，戚晏容从包里取出一张纸递给他：“屠老师，我把书稿的提纲写完了，请提提意见。”

屠百药接过，见题目为“婚姻治疗初探”，就皱起了眉头：“戚博士，恕我直言，这样的书名作为论文的题目早被用滥了。咱们要突破学院派的束缚，走向市场。”

戚晏容诚恳地回答：“谢谢。那您认为该起什么样的题目？”

“还是应当回到咱们当初从荣坤家出来时商量过的定位。婚姻，说到底是情感范畴，应当放到社会发展大潮中的风险防控上去考量，内容也必须写出切实可行的解决方案，建议书名改为‘情感风险管理’。”

戚晏容猛然想起，当时这个理念还是自己把屠百药的意思概括后形成的，即用商业思维来化解情感风险。随着业务的深入，她自己反倒有些模糊了。不过，经屠百药再次强调，她脑海里冒出了一个构架，于是拿起笔，列出了情感风险识别、预测、预防、管理、经营、补救几大类。

屠百药站在她身侧看完，击掌道：“这下好了！这是一艘婚恋情感的挪亚方舟，龙骨都有了，就看怎么建造了。建议不要写得太过学术化，采取随笔的形式，语言尽量通俗，让大众易于接受。”

戚晏容的信心陡增，她感激地看着屠百药。

此时叶枫琴进来，有些兴奋地说：“老大，我刚才又仔细想了想，谢富婆肯定会投资的。”

“有什么依据？”

“没依据，只凭我是女人。”

屠百药看了眼戚晏容，意思是她也是女人。

“那不一样。”叶枫琴眼睛笑得眯成一道缝，“我晏容姐又没想跟你那个啥，可是谢雯有这个心思。”

屠百药马上就黑了脸：“又来了！”

叶枫琴正色道：“你当我是开玩笑呢？你那么聪明也不想想，谢雯现在最需要的是什么？钱吗？”

屠百药摇摇头。

戚晏容说：“当然是小玉娇。”

“这就对喽！”叶枫琴瞟着屠百药，“小玉娇一直当修理是父亲，现在父亲没了，她心理要出问题。谢富婆虽然不是研究心理的，但我看水平不在我们之下！她能不知道小玉娇的成长过程中必须有父爱？而老大既懂这些，还懂经营，人又仗义可靠，当然是不二人选啦！”

屠百药懒得理她，慢条斯理地喝水。

戚晏容说：“我看枫琴分析得有道理。”

“有个啥道理！”屠百药鹰眼直翻，“那她为什么等于是把我轰回来了？”

“亏你还做过大企业的老板！这叫欲擒故纵。如果你说什么都依你，将来岂不是又多了个控制她的修……”叶枫琴说到这里，发现失言，赶紧捂上了小嘴。

屠百药霍地站起：“不准再提这事，否则我真翻脸了！”

说罢，他起身走了出去。

过了半月，谢雯没有任何消息。叶枫琴有时还就此事唠叨，屠百药以冷笑回应。看来，谢雯是不可能投钱了。

这一日，屠百药正在电脑上看戚晏容已经写成的前几章书稿，边看边作批注。叶枫琴撇撇嘴说，屠老师干脆去出版社当编辑算了。

屠百药没理她，查看腕上的智能手表。一条信息让他心动了一下：屠老师，请您和戚博士于下午两点到嘉和大厦二楼会议室，有要事相商。

这个谢雯想干什么？屠百药看了看时间，正是上午十点。一般情况，有事相约得提前，这种临时安排的时间有点像上级领导召集开会，既不说明原因，也不提前通知，有点高高在上。若在以往，屠百药回都不会回。但谢雯有可能是中途岛的金主，于是，他马上就回了话：谢总接见，我和戚博士准时赶到！

戚晏容正在查房。她现在有点怕与屠百药照面，因为她的处女作在这个挑剔的男人手上。她是肯倾听意见的人，所以写好一部分就发给屠百药提意见。屠百药也不客气，有些段落的批注字数甚至超过了原文。

屠百药起身去找戚晏容，出门就看见白净在院里随风起舞。早春时节，风虽不割脸但仍有力道，吹在这位身着白衣的女子身上，更加勾勒出她的优美曲线。白净从未出来活动过，今日不知为何兴起，虽只是几个简单动作，但都显示出她极高的舞蹈天分。屠百药本是着急找人，但脚却不听使唤钉在原地。他暗自叹息，难道真是红颜薄命？如此绝色，居然有此遭遇！

白净突然停下，笑着对屠百药说："老帅哥，怎么啦？"

"我看，你要是腰好了，还不让杨丽萍嫉妒死？"

白净感激地看着他："谢谢屠老师夸奖。不过，我虽然不能再进行高强度运动，也跳不成舞了，但内心可以跳舞，我就仍然可以跳得很好。"

"妹子，你真的透亮了！"

戚晏容回来，正好听见二人的对话，微笑着上前道："净净，多出来活动。"

白净做了个鬼脸，就回身进屋去了。

屠百药两人驱车前往约定地点。路上，屠百药夸赞多亏戚晏容，白净仿佛变了个人。戚晏容谦虚地表示，关键在于白纯可能回国来看白净。

“准确的时间告诉你了吗？”

戚晏容摇头，脸上带有遗憾：“准确时间没有，白净也不一定知道，但人之间有感应，特别是亲人之间。”

“你知道谢雯今天叫我们做什么吗？”

“我猜测是要投资我们。”戚晏容补充道，“如果是别的事情找我们或是求助我们，她会客气地说明。用这种不容商量的语气，在心理上显露出了优越感，所以不用商量也不用客气。”

“为什么她要这样折腾？要投就投，不投就不投嘛。”

戚晏容进一步分析道：“谢雯是商人，如果咱们得到融资太容易，我们也不会珍惜。人往往更珍惜来之不易的事物。”

## 071 | 借精

屠戚二人赶到约定地点时，偌大的会议室里只有三个女人。

谢雯今天穿得很正式，白衬衣外套着灰色的西式套裙，头发盘成花苞，脸上明显精心化过妆，雀斑不见踪影，双目清亮，显得异常精神，看上去就像二十八九岁的姑娘。

谢雯的右边坐着个同样着装考究的女人，看上去有点眼熟，不好判断年龄。她戴着金边眼镜，皮肤白皙紧致，身材出奇的好，但鬓角有几丝白发，鱼尾纹就算在不笑的时候也能看到，如同被撞残但又不至于破裂的玻璃裂纹。她的眉毛淡得几乎看不到，眼睛很小很细，镜片后面若隐破晓之光，令人不敢对视。加上一双薄唇，下垂的嘴角，高高的颧骨，给人一种全世界都在她审视之下的感觉。

坐在这位女士右侧的是个头发蓬乱、眼神迷离的女人，大概有三十岁，微胖，皮肤松弛且黑，眼神呆滞，头发枯干，戴了一条大号金项链。红色的衣服显然是新买的，熨烫痕迹还在。当然，最突出的问题仍然是她的神态和姿势，仿佛皮椅上有钉子，或是衣服里有毛毛虫。

见二人进来，谢雯起身相迎，隆重介绍坐在中间的女人：这位是孙筱安博士，安华传媒集团总编辑，著名媒体人。

这个人，屠百药早有耳闻，戚晏容也听说过，是传媒界的“铁娘子”。她毕业于复旦大学新闻系，在新华社、央视、人民日报社都任过职，后来创办安华传媒集团，旗下拥有新闻类网站、财经类杂志、出版机构共计十余家。今年春节，她曾撰写揭露高官贪腐的文章，结果得罪了某位有国外背景的财神爷。这位财神爷在境外扬言要她的项上人头。一时间，网上纷纷扬扬，推送文章占满了上亿手机用户屏幕。戚晏容就是那时知道她的。直到这时，她才明白谢雯为什么如此重视，甚至见面前都不肯透露一个字。

至于那场网络骂战，孙筱安当然是大获全胜，不仅人头好端端长在脖子上，还挖出大量贪官，那个财神爷也最终龟缩境外不再出面。关注时事的屠百药曾与戚晏容聊过这个话题，认为孙筱安从事新闻三十年，根子不深不可能纵横业界从未出事。

今天，这位传奇人物在谢雯的引荐下找到他俩，有什么事呢？

戚晏容礼貌地打招呼。孙筱安只是点了下头，一把抓住右侧那个村妇模样的女人说："这是我妹妹孙小平。"

孙小平有些紧张，起身站在那里，不知道该说什么。孙筱安把她按回座椅，客气地说："两位，我妹妹是农村人，没怎么见过世面，请二位担待。"说话的同时，仍不停打量二人。

屠百药拉开皮椅先让戚晏容坐下，随后自己坐下。宽大的会议桌隔开了距离，使这次会面一开始就显得有点公事公办的味道。

屠百药客套地开场："孙总的大名早有耳闻。谢总今天找我俩来，不知有何差遣？"

谢雯温和地说："孙总和小平都是我的朋友。孙总为人低调，所以没有提前说明事由，还请屠老师和戚博士原谅。其实也没什么事，就是请二位专家前来聊一聊。"

屠百药淡然一笑："孙总、谢总都是大忙人，恐怕没时间闲聊。我看，是这位小平女士遇到了极其麻烦的情感问题，找我们看看有没有办法吧？"

戚晏容与屠百药搭档久了，知道他做事喜欢直接。但是这次刚见面，对方是位重量级人物，他仍然单刀直入，未免有些鲁莽。

孙筱安似乎毫不在意。她扶了下眼镜说："你认为我妹妹有什么问题？"

屠百药摇摇头说："她应该不是你亲妹妹。"

一直未说话的孙小平瞪大了眼睛，结巴了起来："你……你咋知道？"

她一开口就暴露了河北口音。

谢雯微笑地望着屠百药反问："何以见得？难道屠老师认为，一位有名的姐姐，不可能有一位平凡的妹妹？"

"奥巴马的弟弟还在深圳卖烧烤呢，有什么不可能？"

"那就是年龄差距？"

"同胞兄弟姐妹，年龄相差十几二十岁，毫不稀奇。"

孙筱安似乎来了兴致，盯着屠百药道："屠先生有什么依据？"

"依据很简单，因为孙总是名人。"

孙筱安对这句话很受用，终于露出了笑容，"名人不敢当。不过，就算是名人，就不能有不是名人的妹妹吗？"

"名人的隐私尤其受大众关注。一年多前的春节，有关孙总的新闻霸占着各大媒体版面甚至推送到用户手机上，我们这些老百姓不想了解都难。这些消息中，明确写着孙总是个孤儿，后来被一对善良的农村夫妇收养，起名孙小安。后来，孙总考上大学认为这个名字太过普通，但又不想伤害养父母，就把'小'字改成了竹字头的'筱'。所以我推测，孙小平是你的妹妹不假，但不是亲妹妹。"

孙筱安突然站起来，绕过椭圆形的会议桌，伸手与屠百药相握："屠老师，我做新闻的，新闻讲究事实，法律讲究证据，而你们做的心理治疗也必须讲究这些。刚才您讲的这一点，看似简单，实际上容易被人忽略。我妹妹的事情，真的拜托了！"

谢雯露出了如释重负的笑容："孙老师，我轻易不会给您介绍人认识。这位屠老师，是我见过最敏锐、最认真的人。您尽管放心吧。"

屠百药却把身旁的戚晏容推了出来："两位老总，屠某只是有点社会经验，真正的专家是戚博士，我是她的学生和助手。如果二位相信我们，就请直言，我们必定全力以赴！"

孙氏姐妹的故事虽不能说离奇，但的确让屠戚二人头疼。

孙筱安的要求是：必须把孙小平的丈夫李晓荣找回来，纵使之前李晓荣烧了家里的房子。

找人或令人回心转意的事，白净和张志钢的案子有代表性。但是，这个案子的难处还不是烧了房子那么简单，而是一起“借精怀孕案”——孙小平借了别人的精子生下了孩子。这事发生在农村，找回老公的可能性不大。因为除了“生态圈”的问题，还有李晓荣这个上门女婿多年积淀的仇怨。

事情还得从头说起。

四十八年前，家住河北省张家口市一处城中村的孙刚、王丽夫妇在路边捡到一个冻僵的女婴。夫妻俩当时二十多岁，没有子女，就抱回家反复用热毛巾搓洗，再喂姜汤，直至女婴恢复血色重新活过来，夫妻俩给她起名小安，希望她平平安安。

孙刚是个木匠，是祖传的手艺，对搭建房屋和打制家具很在行，手艺远近闻名，孙刚日子过得也算丰实，唯一的遗憾就是婚后媳妇怀不上孩子。孙氏夫妇把孙小安当亲闺女养。小安从小聪慧，成绩奇好，十八岁时考取上海复旦大学，改名孙筱安。

大学期间，孙筱安把孙刚接到上海华山医院检查。结论是：孙刚因输精管病变堵塞，只需要一个手术就能解决问题。第二年秋天，四十六岁的孙刚和四十四岁的王丽喜得一女，起名孙小平。

中年得女，当真如掌上明珠。然而孙小平在王丽难产时受到挤压，智力发育与孙筱安简直天上地下，只上完初中就再也读不下去，只好回家务农。

孙刚虽年近六旬，仍然四处做工。已成为新闻界腕姐的孙筱安屡劝养父母跟她在北京一起生活，但老人念旧不愿离开。

倏忽间十年过去，二十四岁的孙小平尚未结婚，在农村属于大龄剩女。年逾古稀的孙氏夫妇愁得失眠，经常半夜打电话给养女要她想办法。

但妹妹条件就那样，孙筱安认识的人中难有合适的。时间长了，这对老夫妻就总骂骂咧咧。孙筱安为此烦不胜烦。她本人至今也尚未结婚，养父母从不关注。

孙筱安毕竟机灵，懂得应变，建议养父收个徒弟，先传手艺再招成上门女婿，这样一来，家传手艺不丢，还能养老。孙刚认为可行，就东托西求，收了山东小伙李晓荣为徒。

李晓荣是临沂人，家里哥儿三个，性格倔强叛逆，大专毕业后独身闯北京碰壁，只能在建筑工地搬砖，经人介绍给孙刚。孙刚一眼就喜欢上了这个二十七岁的小伙，不顾老迈，悉心传授。不出两年，李晓荣几乎精通了师傅的手艺，且在家具的设计制作上还有创新，当地人嫁娶建房需要用家具的，八成以上都来孙家定制。李晓荣住在孙家没日没夜劳作，俨然家人。

日子久了，李晓荣也明白了师傅的用意。孙小平长相不如李晓荣，但也不能算丑，特别是她丰满绵软的胸脯常在眼前晃，让李晓荣有些把持不住。在某个闷热的夏天，干柴和烈火就在屋后的茅草地里燃烧起来。此事一经师傅师娘“发现”，李晓荣只能认账，做了上门女婿。

孙刚夫妇那段时间红光满面，抱孙子的梦一个接一个做。可是，女儿的肚皮除了好吃懒做堆起了脂肪，再没有动静。孙老汉迷信风水，找人看了房屋坐向，带着长锈罗盘的风水先生说需要另寻吉地。于是师徒连夜设计屋样，按风水师的指点重新寻一块地，迅速建起了一座土洋结合的二层小楼，当真是飞檐斗拱，气派非凡。加之孙筱安的名声，当地大大小小的官员都来庆贺。然而过了一年，一切依然如故。老汉心想，可能女婿也一样，输精管出了问题，便让养女在北京协和医院找专家检查，结果出来是死精症。

死精与精管堵塞不同，后者疏通即可，然而精子一旦死亡率超过40% 即难怀孕，而李晓荣的死精量超过 80%，几乎无救。这个结果令孙筱安又惊又恐，她深知养父母在乎孩子胜过自己的生命！于是也没把结果告诉任何人，私自把单据收了，只说加强锻炼可以恢复。她把妹妹找来，盘问夫妻生活。孙小平对自家大姐的害怕程度超过父母，当下承认夫妻生活很糟糕，刚结婚时发现丈夫就有早泄现象，现在几乎一触即溃，而自己正处旺年，心头有苦说不出……

孙筱安执掌传媒集团，平时自是忙得睁不开眼，但妹妹的事儿焦心，也不能不管。于是就先让妹夫回去，把妹妹留在北京家中住下。可这一住，竟然住出了事儿。

有一天半夜四点，孙筱安出差归来，撞见妹妹与一个陌生男人在浴室里玩得正欢，声震屋瓦。她大发脾气，赶走那男人后细问因由。原来，孙小平无聊，顶着个美女头像微信交友。她见姐姐总不在，就把其中一位贵州男子约到家玩，夸口说这套豪华别墅是自己的。那无业男信以为真，“女友”姿色平平但这套房子价值上千万，于是相当卖力，倒也不全是逢场作戏。

孙筱安呵斥妹妹几句并禁止她再胡来。妹妹回到老家后竟然怀孕了，次年产下一子。孙刚夫妻老泪纵横，给养女打电话报喜，说小安你是我们家救星。李晓荣也高兴得一连几日睡不着。

平静的生活持续了两年。孩子两岁时生病需要输血，李晓荣救子心切赶紧去献，化验结果是血型不符，引起了他的怀疑。后来终于演变成亲子鉴定，孙小平只得从实招了，这一招立即引起了家庭内部强烈震荡。老实耿直的李晓荣终于发飙，除夕夜引燃自己辛苦建造的小洋房，不知去向；孙老汉气得中了风，王丽因抢救人和财产摔伤了左腿，孙小平抱着儿子逃了出来……

孙筱安在传媒界可以呼风唤雨，但家里发生的事儿，她一点办法也没有。后来听朋友谢雯介绍屠百药和戚博士，抱着死马当活马医的心态一试，就有了今日的会面。

孙筱安提的要求只有一条：找回李晓荣，恢复这个家。至于费用，甲方开多少给多少。

## 072 | 名人家事

汽车在京藏高速上疾驰。

戚晏容问屠百药："为什么要马上动身？"

听孙筱安讲完事情原委，屠百药提出马上行动，先不提费用，因为有谢总这位朋友，愿意倾力而为。孙筱安被屠戚二人的敬业精神所感动，表示打电话处理一下杂务，再与谢雯、妹妹一同返乡。于是屠戚二人先行前往。

"今日的业务，关涉咱们中途岛的存亡。"屠百药的语气很凝重，听得戚晏容也跟着紧张起来。

她与屠百药共事近一年，已然熟悉他的思维方法。"看来谢雯注资已有眉目了。"

"不仅是谢雯注资的事。孙筱安是传媒大鳄，做事滴水不漏，捅出了很多大案要案。她如果没有过人的本事，岂敢动那些其他媒体一碰就死的案子？只要咱们把她的事办好，你就是真正的名人了。"

"我？"戚晏容觉得有点乱。这孙筱安再厉害，跟自己有什么关系？

"先前咱们都处于草创阶段，我出头多一些。从现在起，就主要推你了。中途岛必须推出明星，就是你。我以前一直想这样做，之所以没有动手，是没有好的机会，也没有好的平台。"

孙筱安是传媒大腕，拥有各种平台，造势的能量极强。戚晏容暗忖自己必须做好两件事：一是把孙小平借精生子案办好；二是把书稿写好。

这两件事都是不小的挑战。特别是孙小平的案子，要让一个以烧光房子作为报复的男人回头，几乎没有可能。

开车下了高速，汽车循着导航里的提示穿街走巷。正是初春，路旁的大杨树已披上一层嫩绿，城中村里错落着贴白瓷砖的房屋以及简易的棚舍，与一百多公里外的北京形成强烈反差。

孙小平的家并不难找。在村口有家杂货店，低矮的房舍前有几张长条凳。抹着口红的老板娘五十来岁，头发鸡窝似的，眼睛有点瞟，脸皮如烤熟的地瓜。她熟练地吐着瓜子壳，对问路的屠百药没有回话，只扬手向远处一指。屠百药顺着看去，孙家就在村东头。

走近后发现，小楼已成残垣。但能看出，因为孙筱安的名气和财力，这幢两层小楼原先在村里有多特别。大概因孙老汉师徒是木匠，特别钟情木料，虽经大火烧残，仍可见先前的布局颇为精心：掉在院外的半截飞檐如同一只随时可以放飞的风筝，红绿相间的油漆依旧夺目；半扇雕花窗子掉在院子里，残留的部分显示出匠人传承了独特的民间工艺，被烟火熏黑的喜鹊似乎随时都可以飞起来；朱漆大门尚有三扇，烧毁的另外三扇斜靠在堂屋大门边。

屠百药把车停好。一位拄着拐杖的老妈妈从黑洞洞的门里出来，眯着小三角眼打量从车上下来的两个陌生人，问："你们找谁？"

屠百药走上前说："大娘，我们是孙筱安的朋友，她随后就到。"

老太太说："哦，进屋吧。"

进了堂屋，一股沉郁的烟熏味扑鼻而来。屋里除了一张木桌几条板凳，可谓家徒四壁。

"我们想看看孙老伯。"屠百药说。

"哎呀，有啥好看的，半个死人了……"老太太说话有气无力，领着二人走进卧室。

卧室的窗户烧掉了，用塑料布胡乱地遮挡着。下午的光线明晃晃地照进来。矮床上躺着一个头发蓬乱的老头儿，半闭着眼，嘴角流着口水，右肩微微抖动，含混不清地说：“客人……从北京来？”

屠百药说：“老伯，这位是戚医生，专门来给您瞧病的。”

老人喉头响动了一下，意思是表示感谢。

戚晏容没带诊病器材，但毕竟学过中医，就坐在床前望闻问切，末了说：“二老不必担心。孙伯伯是轻度失语，如果调理得当是能够恢复的。孙伯伯一直从事体力劳动，身体原本硬朗，只因家庭变故一时气血上涌，导致暂时偏瘫。”

老太太大喜过望，抓住戚晏容的胳膊问：“这么说，老头子有希望？”

“大娘，戚医生可不是一般医生，是博士。您大闺女也是博士，是做新闻的博士，这位是治病的博士。”

老太太眼睛笑得眯成一道缝儿：“这回好了。老头子，没事儿了。”

老头子白了老伴儿一眼，没说话。

十几分钟后，屠戚二人就出来了，屠百药开车返回村口杂货铺买烟。老板娘还在嗑瓜子，客气地打听他们的来意，屠百药自称李晓荣的老家亲戚，特地来找失踪的晓荣。

老板娘叹息一声，说小李是个好人哪，村里谁不念他的好？说实在的，孙老头为人狠了些，要不是养女在北京做官，他敢那样欺侮人家？

屠百药连忙搭上话头问怎么回事。老板娘把二人领进里间，把门关死，反复叮嘱他们不要告诉别人，而后像打了长长的腹稿般滔滔不绝地讲了起来，肢体语也是格外丰富。

原来，两家渊源颇深：老板娘的公公以前是大队书记，包产到户后干了十几年村支书。多亏他的坚决资助，孙筱安当年才能继续上学。然而孙筱安忘恩负义，得势后竟把她公公拽下来，导致其抱病而亡；不仅如此，孙筱安还害得她丈夫没法顶替父亲的编制，只能在外做点小生意，结果横死他乡，她自己只能在村头开个小店度日……

老板娘嘴里说的孙家与孙筱安口中描述的区别甚大。孙老头从慈父变成了暴君，为人吝啬，锱铢必较，手艺还不如他女婿。李晓荣是个诚实孩子，原本活蹦乱跳的性格，当了学徒后几乎变成哑巴，整天看师傅脸色行事。孙刚还不止一次动手打过李晓荣，怪他不会生育要让他孙家绝后。而孙小平好吃懒做，却被老两口处处护着。屠百药问，难道李晓荣是被迫做上门女婿的吗？老板娘撇撇嘴说，强迫倒不至于，可是孙老头他们设了法儿。哪个热血小伙子见了裸体女人会不动心？与老板娘告别后，屠百药抽了两根烟，才和戚晏容上了车。他问戚晏容："你觉得孙筱安和老板娘的话谁更接近真实？"

"可能都不接近真实，因为立场不同。"戚晏容说，"相比而言，可能孙筱安的话还要真实一些。"

屠百药笑道："不愧是戚博士。不过，你得做好功课，孙筱安她们来了后，你主攻，我掩护。"

再回到孙家，屠百药找了把铁锹收拾杂乱的场院，戚晏容也提起扫把帮忙。老太太也只是感谢两句，并没阻拦。孙筱安带着谢雯和孙小平赶到时，天已擦黑。屠百药、戚晏容基本把屋外大致收拾停当，但屋里的工作实难处理。听见大女儿回来，老头子嗬嗬叫了几声，眼睛里也有了些光泽。孙小平稀里糊涂，凡事都听大姐安排，回家帮忙照顾父亲，两岁的儿子留在北京让人照顾，生怕李晓荣加害。

孙筱安早料知养父母在这种情况下连饭都不会做，就打包好了饭菜，摆在堂屋中的桌上。烧断的电路尚未修复，只好点了三支蜡烛，招呼大伙吃"烛光晚餐"。

戚晏容注意到，回到家的孙筱安素颜，一身普通的黑色棉衣和牛仔裤，平底皮靴，颇为客气地招待三位客人，没有多说话。吃完饭，她把预留的饭菜送到里间去喂养父。

老太太坐在桌沿边，看着面容憔悴的亲生女儿，说："你到底咋想的？"

"我也不知道。"孙小平低下头，"妈，我错了，只要晓荣回来，我一辈子给他当丫头都行。”

残余着的烟火味儿有些呛嗓子，众人都静静地等着孙筱安。

喂完饭，孙筱安把妹妹唤进去，把父亲抬出来放在椅子上，盖上一床小褥子保暖。

戚晏容顿时觉出，今天的一切，包括让屠百药与自己先行，都在孙筱安精心策划之中。这个没有根基的女孩成长为传媒大鳄也绝非偶然。

孙筱安让妹妹去把门关了，两块烧坏了的门板就此合上。

她清了清嗓子，说：“爸，妈，咱们家的事情必须好好解决。今天我特地请来两位专家帮忙。你们年纪大了，这屋也不能住人了，我看还是跟我到北京住吧。”

老太太嘟哝了一句“空气不好”。孙筱安看着戚晏容：“戚博士，请问我爸爸的病能治好吗？”

戚晏容说：“孙伯伯是情急伤肝气血攻心所致，身体的病是由心病引起。”

“我是问能不能治。”孙筱安的口气不容置疑。

“这个，暂时无法确定。”戚晏容诚实地回答。医生回答病人或家属的问询，向来都不把话说满。

老太太说：“医生还没个准话。能治就能治，不能治就说不能治，没必要忽悠。”

谢雯一直没说话，有些担心地看着戚晏容。孙筱安笑了一下：“谢总不必担心，我妈说话随性，但没有恶意。”

戚晏容诚恳地看着老太太说：“大娘，我没忽悠您，您的女儿是名人，她不会随便找个人来忽悠自己的母亲。”

老太太说：“那你们来干吗？”

戚晏容说：“来治病。”

老太太干瘪的小嘴撇了撇：“来治病，空着手，就算乡下医生也得有个药箱吧？”

戚晏容微笑道："你们家的病，药箱还真治不了。说句您听了可能生气的话：您连自己的女儿都不相信，怎么可能治好病？"

"你们既然是小安的朋友，应该知道她是我们的养女，不是亲生的。"老太太没好气地挤出这句话。

"如果我是您的养女，听到这话会伤心的。"戚晏容说，"您要知道，养育之恩比生育之情更重。孙博士从来都当您是亲妈，您这种态度真不合适。"

老太太这下真的生气了，提高了音调："别以为你是个博士就来教训我！小安，你是不是认为自己当了官，了不起？"

孙筱安赔笑道："妈，您别生气。我是您一手带大的，您愿意怎么想都行的。"

"哼，你是翅膀硬了，别人都怕你，我不怕你。"老太太被小平连续拽了几下衣角，态度放软，"但这次算妈求你，你快把晓荣给妈找回来，不然你妹妹一生就毁了！北京，那不是我们待的地方，况且你一年到头也没几天在家。你的孝心，我跟你爹都收下了。行吗？"

"妈，如果光我出马就能把晓荣找回来，还用请屠老师和戚博士吗？"孙筱安面露为难。

烛光下，老太太三角眼直翻："那些当官的不是怕你吗？我看晓荣就是回山东了，你跟山东那边的政府打个电话，让他们派公安把晓荣送回来。"

戚晏容心里一咯噔。就凭老太太这句话，足以断定她与养女之间就缺乏沟通。

孙筱安无奈地说："妈，您当我是国家主席呢？这得按法律办，不是托人的事儿。再说，就算把晓荣押送回来，他的心不在小平身上，有用吗？"

屠百药突然插嘴："我倒觉得大娘的法子管用。"

众人一愣。屠百药说出这种话，实在大出意料。

## 073 | 导火索

“现在的问题是不知道晓荣在哪里，要解决问题也必须见到他本人。”屠百药说，“无论是公安抓回来也好，找人绑回来也好，必须见到人。不然，咱们在这里讨论一年半载的也没用。”

老太太对屠百药的附和很赞赏：“这位屠老师是个明理人。小安你是名人，关系多，手下的记者也多，要查出晓荣在哪里很容易。”

孙筱安无奈地摇头：“妈，您还真当我本事通天是吧？您都不知道我干这行，收到过多少子弹和刀子。您别听别人吹嘘，干我们这行本事没多大，风险却比交警还高。”

“那你回来干啥？”老太太生气了，“当年，你都没气儿了，要不是我和老头子捡你回来，你小命儿早就没了！这么点事都办不了，成天一打电话吧就说忙忙忙，净瞎忙，自己家里的事都不办，忙个啥用！”

孙筱安垂下头，不再搭腔。戚晏容看到她眼里有泪花在闪烁，不禁觉得自己与她有很多共通的地方：一种不被理解、渴望亲情却不得的极度残缺的人生。极度残缺。

屠百药说：“大娘，过去的事扯起来就没完了，现在关键是要解决晓荣的问题。我认为您的办法可行，就是要下狠手把他找回来，可能还真得出动警察。”

孙筱安闻言，瞬间就收住了情绪，说：“屠老师，我妈不懂，你也不懂吗？警察可不是私人交情可以调动的。”

“那得看什么情况。”屠百药指了指千疮百孔的房屋，“晓荣过去是孙家的好女婿，可是现在是犯罪嫌疑人。你们想想，大年三十，屋里有老人、妻子，还有个两岁的娃，晓荣竟然先堆了易燃的柴火洒上汽油等，再引火从各个位置烧房子，除了毁坏财产，还有杀人动机，这是犯罪！既然是犯罪，就可以申请公安机关立案侦查。”

众人心头一震。就连孙筱安，向来都是从家庭的角度看李晓荣，并没有从犯罪的角度看待此事。经屠百药点明，细想确乎如此。

一直在椅子上流口水的孙老头“啊”了一声，说：“你们——只要把晓荣，找回来，不怪他就是了……报案，还是算了……”

屠百药却表示不认同：“大伯，不报案找不回来。晓荣既然精心布置了这场事故，就没想着再和好。”

静静思考片刻后，孙筱安说：“屠老师说得有道理，但是报了案，有可能抓住晓荣，有可能抓不着。无论回不回来，晓荣都得服刑。一旦进了监狱，他与小平重新和好的可能就没了。”

老太太气急败坏地跺了跺脚说：“这也不行那也不行，那你们来干吗？”

戚晏容依旧温和地说：“大娘，我们这不是在分析嘛。事情得弄清楚，商量好，才有可能办好。”

“分析？”老太太哼了一声，“这事就像秃子头上的虱子——明摆着，还用分析？晓荣嫌娃不是他的，可是他又没能力生，就作气，把家败了，就跑得远远的。”

戚晏容说：“李晓荣我们没见过，但我认为如果只是孩子不是自己的，他可以提离婚。动了心思烧房子，是心中有无限的愤恨，他要报复。”

“报复？”老太太眉毛快竖起来了，“他一穷光蛋，到咱家里有师傅教手艺，有我这老婆子做吃的，有媳妇儿伺候着，还要咋的？生不出娃是他身体不行，小平身体是好的呀！”

“大娘，就凭您刚才这些话，足以说明晓荣在这个家待着是难受的。一个上门女婿，远走他乡，是有心理压力的。在家里，你们是三比一；当然还有不住一起的大姐，大姐是名人，也对他形成了压力。”

老太太白了一眼，说：“照你的说法，咱家是强迫小李了？”

戚晏容微微一笑，说："强迫倒没有，不过也不排除这种意图。当初孙伯伯收他为徒弟，难道不是为了招女婿？这事儿一开始就有问题，婚姻的大前提是你情我愿，家长干涉太多不好。"

老太太气呼呼地说："他要是不情愿，我们能咋的？结婚的时候是他自己与小平去扯的证，我们拿绳子绑他了吗？"

孙筱安打断养母的话："妈，戚博士跟咱们家又没仇，跟晓荣连面都没见过，您就不要置气了。专业的问题，咱听专家的。"

老太太见状只好收住话头："好，只要博士能解决问题，我就听。"

戚晏容安抚地笑笑，说："这件事看起来很复杂，李晓荣失踪了，房子也破坏了，孙小平还担心儿子的安全，你们二老也气病了。但是，你们想过李晓荣的心情没有？"

老太太气不打一处来，扬手指着远处，似乎李晓荣就站在那儿。"他有啥心情？一把火把家败光了，要不是我们跑得快，得出人命！"

戚晏容耐心地开导："就算他是杀人犯，在法庭上也有辩护人，得让人说话。你们几乎是一边倒地谴责他，如果换成他的角度想一想，就不一样了。"

孙筱安也忍不住说："博士讲的在理。如果站在晓荣的角度，该怎么想呢？"

"我们看问题，通常都站在自己的立场，很难站在他人的立场。晓荣学技艺、上门当女婿，起初是没有问题的。问题出在你们这个家庭力量不均衡，呈现出 3∶1 的倾斜局面。我相信，大伯大娘还有小平，都尽量不表现出这一点，但是内心里你们三位仍然把晓荣当外来户，重要的事你们不找他商议，甚至小平有什么事，最先告诉的是父母而非丈夫。二老已经年迈，这个家要持续发展，晓荣必须当家，否则他没有存在的意义。对于孩子问题，看似是矛盾的焦点，实际上也只能算是导火索。如果二老和小平真的让晓荣掌家，就算他心头不痛快，也不会如此极端。"

“掌家？这个家是他的吗？他才来几年！掌家的首先得爱家。他都能把房子点了，爱家吗？我就是死，也不能让他掌家！”老太太连珠炮的气势之下，唾沫星子四溅。

戚晏容无奈地抚了抚颊边溅上的唾沫星子，说：“大娘，那我问您：李晓荣来你们家上门，图什么？图钱吗？他没有财权。我们还打听到，他的工钱也是你们在领。”

老太太狠狠瞪了孙筱安一眼，满含谴责：你连这个都向外人说！

孙筱安假装没听见，也不想多解释。

顾不上解释，戚晏容接着说：“图孩子吗？可是孩子也不是他的。”

老太太哼了一声：“钱，他才挣了几个子儿？孩子，是他自己有病，怨谁？一个外地人，哪来那么多要求？”

屠百药忍不住说：“要是我是晓荣，我也得把这房子点了。遇到你们这家子，比几十年前的地主都狠！说句大不敬的话，孙伯伯年轻时候如果得知孩子不是自己的，会怎么样？”

“你……”老太太气得呼地站起，差点摔倒，“信不信我抽你！”

屠百药瞪了她一眼：“嗬，口气大得很！我只是打个比方，你就气成这样。那晓荣养了两年孩子突然发现不是自己的，他抽你们谁了吗？”

老太太求救似的看着孙筱安，谁知养女此时变成了哑巴。

戚晏容把目光投向木头人似的孙小平，关切地问：“孙小平，你为什么一直不说话？”

孙小平呆滞的眼神回缩着，终于嗫嚅着说：“我……我对不起爸妈，对不起晓荣……对不起大姐……我该死……”

戚晏容起身握住孙小平的手，望着她说：“你不要有极端的想法。你虽然有错，但只是错在不该为了孩子出轨。健康的女人想要孩子没有错，如果一直怀不上，可以和他商量一起寻医治疗，也可以做试管婴儿。”

“可是他为什么要烧房子啊……”孙小平的泪水涌出来，“他打我骂我都行，但不能这样对爸妈和孩子啊……”

戚晏容拍拍她的手背："小平，李晓荣对你的恨可能还在其次，他是借此发泄多年压抑的怒火。你们都认为他应该这样，应该那样，但你们想过他真正需要什么吗？你们一家三口真正关心过他吗？"

众人都不说话了。的确，就连老太太王丽都不能回答这个问题。她认为上门女婿就是上门女婿，到这个家就得听话、干活，有吃有穿的就行了。

屠百药说："戚博士说得好。一个家庭，必须搞清楚谁当家。你们这个家，到现在仍然是孙伯伯当家。孙伯伯都快八十岁的人了，如果不让年轻一代掌家，这个家就没有未来。所以矛盾的根源是晓荣这个上门女婿做得憋屈，才精心策划在大年三十放火毁家。"

孙刚喉头咕咕响了几声，挤出几滴浑浊的眼泪。"我们老了……也糊涂了……"这个倔强的老人神色完全黯淡下去。

老太太也垂下头："唉，现在只要晓荣回来，我们依他就是。"

可是李晓荣会回来吗？戚晏容觉得，这些道理讲讲很容易，但要让一个已经死心的人回来并不现实。而屠百药提出的以犯罪报警的方案也被孙家人否决。

当晚，这场口舌之争一直持续到半夜，最终二老承认平时生活中有不当之处，声明只要李晓荣回来，不仅不追究烧房的事，还要让他掌家。

由于房屋毁坏，根本无法接待客人，孙筱安让妹妹在家安顿老人休息，自己则开车带上屠戚二人连夜返京。谢雯仍然与孙筱安同车。

在回来的路上，戚晏容说："今晚的事情，好像没什么进展，但孙总似乎比较满意。"

屠百药舒缓地打着方向盘，跟在孙筱安的车后面。"你认为没有进展？我认为进展很大。"

戚晏容没明白他的意思。

"孙筱安找我们来，不过是借我们的口说她想说的话。"屠百药说，"她没有任何表示，实际上就是表明了态度。”

戚晏容不禁感叹：无论孙筱安是否孙家亲生，无论她的成就有多大，面对父母依然是孩子，这是成长的惯性决定的。不过她今晚不表态，说明她认可自己和屠百药的说法，亦即认可因父母的过失造成了这场悲剧。

“但李晓荣依然不会回来。”

“这是另一回事。孙筱安毕竟是孙刚夫妇养大的，她不能坐视不管，但她也知道这件事极难挽回。别说她只是个媒体人，就算她是国家总理也没有办法。”

戚晏容承认确实如此。“那么，孙总只是要父母明白这一点，而不是真的要帮忙找回妹夫？”

屠百药点头，“孙筱安与孙小平年龄相差太大，孙小平是孙筱安上了大学后才生的，这姐妹俩几乎没在一起生活过，不会有什么真感情。只不过，看在养父母的面上，做姐姐的需要照顾妹妹。但是，这种照顾绝不可能是包干到底。”

戚晏容明白了。其实找不找回李晓荣，孙筱安并不在意。只是从情感上，她得有所表示。

半夜，路上车少，孙筱安开得很快，屠百药跟着。戚晏容开了一点车窗，将初春的夜风放了一些进来。

突然，屠百药一拍方向盘：“晏容，也许我们都错了！”

戚晏容吓了一跳，不仅因为他突然这样亲切地称呼自己，更是因为他从未如此突兀。“有什么……新发现？”

“全新发现！”屠百药的眼光在黑暗中闪闪发亮，“也许，孙筱安知道李晓荣在哪里！”

戚晏容头皮一麻。她觉得屠夫的假设也不是完全没有可能。

## 074 | 意外之外

屠百药的分析让戚晏容感觉到，自己的思维仍有局限。

屠百药认为，孙筱安是社会名人，容易被她的社会影响力所引导，失去客观判断。再牛的人，首先是人，有七情六欲，也会犯错误，也有盲点。所以不能把孙筱安的描述全部当成事实。当然，孙家人、杂货铺老板娘的表述，也都不能完全当真。

孙筱安是养女，李晓荣是上门女婿，这是基本事实。但是孙筱安内心如何看待自己的成长？如何看待这个家？成长过程中经历了哪些事？不得而知。不过从她今晚的表现来看，她并不认可养父母的观点，也不认可报案抓回李晓荣。屠百药认为凭借孙筱安的身份和资源，这些事情可谓尽收眼底。特别是在李晓荣烧房失踪这件事上，她可能比任何人都知道得多。

戚晏容不解，孙筱安既然什么都知道，为何却请他们两个外人来呢？对今晚的事情，她既没表示满意，也没表示不满意，她这样做的目的何在？还有，无论作为养女还是亲生女儿，父母有病受伤，第一时间就应该接到北京治疗，这对孙筱安而言不过举手之劳，她为什么没有做？

屠百药赞赏戚晏容的分析，认为这里头一定有原因，最大的可能是孙筱安知道李晓荣在哪里。戚晏容则认为有悖常理：如果她知道，为何还要请他俩来孙家？直接劝说或对李晓荣施压就行了。屠百药认为，当很多问题不能解决也解释不清时，就得用假设再反推：假设孙筱安不知道李晓荣在哪里。正常情况下，她会采取以下措施：寻求警方的帮助（屠百药提醒报警，孙筱安故作恍然的可能性更大）；通过手下的信息网络搜寻（她拥有强大的媒体网络和记者群体）；通过私人关系精确搜索（李晓荣在孙家生活了几年，当然与名人大姐接触过，而这位大姐的眼力和社会阅历远非李晓荣可比，故孙筱安能大致判断李晓荣的走向）；请私人侦探秘密跟踪调查。但是，孙筱安显然都没有采取以上四个措施，而是请心理师来“找人”，明显牛头不对马嘴。因为，再厉害的心理师也不可能“缺席治疗”，也没有找人的义务和本事。

假设孙筱安知道李晓荣在哪里。如果这种情况存在，那么她就会掩饰自己知情的行为。为什么要掩饰虽然不得而知，但她作为大姐和孙家的骄傲不能不出面，那么请屠戚二人出面就合理了——我不是不管，我请了专家到家里来解决问题。

戚晏容说，此案的主体是孙小平和李晓荣，能不能将焦点集中在这对夫妇身上？

屠百药果断回答，完全没必要。在一个案件中，必须把目光集聚在最有影响力的人身上。

戚晏容表示没听明白。

屠百药打了个比方：在三国时期，皇帝是汉献帝，但是魏国的人甚至东吴和蜀国的人，都不会把焦点放在皇帝身上，而是丞相曹操身上。家庭也一样，关键看谁的影响力最大。

戚晏容说，这个有道理，但是这个家究竟是谁在主导？从社会影响来看，当然是孙筱安；但是，孙筱安再厉害毕竟是孙刚夫妇养大的。据今晚的观察，我感觉孙筱安与养父母之间并不像想象的那样和谐。

屠百药哈哈一笑，说博士就是博士，的确厉害。这也正是我困惑的地方。通常情况下，一个家庭，哪怕是暴君式家长，只要子女出息了，老人都会让着有出息的孩子。但是孙家似乎不是这样。孙筱安不是一般的出息，是有社会名望且影响巨大的传媒大鳄，但她的养父母对她并没有表现出退让和顺从，这是什么原因？

戚晏容推测，恐怕只有一种原因：就是孙筱安有什么事让养父母觉得养女虽然在外很厉害，但在他们眼里不过如此！

屠百药一拍方向盘。正好车子拐急弯，车尾猛地甩了一下，吓得他赶紧双手把住方向盘，有些激动地说：正是！还是你厉害！

凌晨三点，孙筱安在朝阳区亮马桥附近的顺峰酒楼请屠、戚、谢三人吃饭。顺峰以海鲜知名，价格昂贵，但生意一向很好。商人、媒体人和官员都常来光顾。近年反腐之风刮起，官员来得少了，但仍是商谈要事的重要场所。

孙筱安做主点好菜，对三人笑道：“这一通折腾，把你们弄疲惫了，吃点螃蟹补补。”

屠百药抱拳致歉：“孙总，我俩实在惭愧。今天的事，几乎没有进展，饭都不好意思吃。”

孙筱安摆摆手说：“屠老师千万别客气。我家的事比较麻烦，给二位添麻烦了。无论如何，一起吃个饭吧。”

谢雯谦虚地说：“我非专业人士，就不多说别的。不过从你们说的情况看，感觉伯父伯母有很大触动。我也深受启发。”

孙筱安说：“谢总，真的感谢你介绍二位老师跟我认识。这些矛盾也是日积月累的。父母老了，有些糊涂，但至少没有生命危险；小平还年轻，不经历些事也不能真正长大。最终解决还得靠他们自己。”

这话说得不咸不淡，似乎是闲聊，不过戚晏容还是听出了她那碍于情面不得不出面的意思。

屠百药说：“现在二老和小平不在，我说句公道话：先别论小李的做法对错，但可以理解。上门女婿，天然受歧视，说得不好听一点，跟卖身似的。我看啊，二老都有极强控制欲，稍有不顺意的事就会大发雷霆。换我，我也受不了。”

孙筱安淡淡地问：“如果屠老师是小李，该怎么办？”

“到外头找个情人呗。”屠百药说得一派潇洒。

这话让在座的三位女士都吃了一惊。孙筱安的脸色突然有些不好。她说："小李找情人？出轨生子又有什么好的？"

屠百药说："这是生理和心理的需求，不一定非扯上生孩子。有的老人七八十岁了，当然不能生育了，但照样要结婚或是谈恋爱。虽说外人看来很怪，但自己觉得挺好就行。人，首先是感情动物，再是各种角色。"

孙筱安转了话题："咱们先不谈这个了。二位是实诚人，谢总和我也不来虚的。在回来的车上，谢总明确表示要投资你们，把婚姻治疗做大。你们有什么想法？"

这话让屠戚二人同时一惊。就连心思机敏的屠百药，都没想到这个弯转得这么大。

谢雯含笑道："我也直说吧。之前屠老师找我，也透露过这层意思，但我没有马上答应，主要是心里没谱。现在不同，因为孙总答应帮助我们，我当然更有信心。"

屠百药张了张嘴，没说话。

孙筱安也笑道："我只是略懂宣传推广。我见过很多老板，也见过不少生意场上的人，不过说真的，我不懂投资也没兴趣，我只对解决问题有兴趣。谢总详细介绍过前因后果，二位老师的确是绝配，也有实力，只是差两样东西：一是足够用的资金，二是足够大的平台。"

戚晏容听到"绝配"二字，神色有些不自然。屠百药并未察觉，在心中感慨面前的两位高人眼光很毒。才能、资金和平台，是支撑起事业的三足。原本，他是期望通过办好孙家的事获得孙筱安的支持，未料到孙谢二人同时伸出橄榄枝，让他无法做到心情平静。

他双手合十，真诚地说："感谢孙总、谢总。我们原本不敢有这种期望的……"

之前发生的许多事情是他的命数，也是他绕不过去的坎儿。在他心底，他要做事，要重振雄风。当这个消息突如其来时，他无法装作若无其事。

孙筱安说：“我呢为人耿直，最烦别人装。屠老师不装。我其实见过很多人，别人主动帮助他或是提供方便时，反倒矫情起来。我认为我和谢总没有看错。无论出钱也好，出力也好，其实只需要真诚的回应。”

谢雯认同地点点头说：“现在的商业模式，相比以前有了一些变化。不仅要有资金，也需要有技术，有才能，有资源。我在咱们中途岛住过些日子，觉得里头真是藏龙卧虎。别人不说，我看小叶医生也是个难得的人才。”

“是啊，小叶管理和执行能力都很强，人聪明，业务也出色，我和戚博士出来办事是放心的。”

孙筱安说：“我并没有投资你们的意图，只是认可你们的项目，更认可谢总和二位的为人，可以提供一些力所能及的帮助。总的来看，全国的女性都需要一场‘新文化运动’，这得联系妇联、社区，组织一些公益讲座，解决广大女性的思想观念和实际操作层面的问题，同时触角也要伸到家庭内部去，包括居家养老、夫妻相处、公婆与儿媳相处、家庭教育等等，是一个系统而庞大的工程。条件成熟的时候，还可以开办新型女子学堂，除了解决情感问题，还要组织技能学习、创业就业。中国的女人确实是半边天，对稳定社会和经济建设贡献很大，国家的政策也是支持的。所以你们要有信心，前途是光明的。”

孙筱安的一席话，让屠戚二人精神大振。这些思路和想法，屠百药曾与戚晏容讨论过多次，但是没有孙筱安这样的人物出面支持，也只能停留在设想阶段。今夜谢孙二人突然提议，让他俩喜出望外。更主要的是，屠百药分明感觉出孙筱安的这些话，是与谢雯慎重商议后才说出来的。

于是他说：“孙总、谢总的考量，我和戚博士都极为赞成。我们的确还很弱小，既缺资金、人才，也缺资源、平台。两位老总鼎力支持，真是雪中送炭。要是孙总不嫌咱们庙小屈驾加入的话，就更好了。”

孙筱安对屠百药的态度很满意。她笑道：“所谓‘庙无大小，灵验就好’。对你们的专业和能力，我是相信的。我不参与公司内部的事，并非我嫌小，而是我在媒体圈，也是身不由己。不过放心，只要我能做的事儿，尽管开口。”

谢雯说：“我们都得感谢孙总的支持。另外，我认为中途岛那些病友们也应当加入。他们有切身体会，也有各自的资源。”

当晚的螃蟹是什么味道，屠百药和戚晏容都不大记得。好事突然降临，他俩有些手足无措。在回中途岛的路上，屠百药对戚晏容说：“你赶紧把书写完，孙总手下就有出版机构，出版和宣传一并做了，再组织几场讲座，先热起来。至于股权变更的事儿，你也想想。”

戚晏容却迟疑着说：“我还是不明白，为什么这事儿变成了投资？孙总的家事没有解决啊。屠老师，你好像忘记了我们做什么来了。”

屠百药猛然一拍额头，有些惭愧地说：“我是利欲熏心了，被两位老总绕进去了。”

“可能是我谨小慎微的个性使然吧。有投资，有平台，有资源，都是好事，但是我很奇怪今晚她们为什么突然转了话题？据我观察，这个话题是孙总先转，谢雯附和。”

屠百药仔细一想，还真是这样。他不由得暗暗敬佩戚晏容的定性，逐渐把激动的心情平息下来。“我有点明白了：孙筱安的确在车上与谢雯谈投资的事情，也可能是谢雯先跟她讲的，但无论如何，都是她在转移视线，因为我们的分析触动了她。再继续聊下去，她可能会露出破绽。”

“破绽在哪里？”

“我也是猜想。当我说到我可能会找情人时，孙筱安明显不自在。所以，我估计这个李晓荣，有可能是孙筱安的情人。”

“这怎么可能？”戚晏容使劲摇头，“孙总本身是博士，她要找情人也得找个知书识礼的呀，怎么会找社会地位悬殊的妹夫？”

屠百药叹息一声：“孙筱安没结婚，但她也有生理需求啊。也许，正是因为谁都认为她不可能找一个整体素质与她相差巨大的男人，她才觉得安全呢？”

“好吧，退一万步讲，就算如此，可是李晓荣是死精症啊。”戚晏容还是不信。

“死精，并不代表没有性能力。再说，死精不死精还不是孙筱安说的？谁看到了体检单据？”

戚晏容还是不信：“我看孙总是个严谨细致的人，而且心高气傲。这么多年没结婚，可能已经断了此念。”

屠百药看了她一眼：“我的看法不同。孙筱安虽然工作繁忙，但气色尚好，眼睛里也有欲望。这是阴阳平衡，有男人滋养的缘故。”

戚晏容不敢看屠百药，屠百药这是话中有话。戚晏容没有性生活，所以晦暗干涩。对于生理而言，她比屠百药懂得多。但是，要让她相信这种假设很难，除非有确凿的证据。

戚晏容渴望知道真相，但与此同时，真相，却让她更多地察觉到人性的复杂和不堪。在中国做婚姻治疗师，这真的是一个正常的职业吗？

## 075 | 中途岛扩容

中途岛股权变更之事顺利得超乎预料。戚晏容对公司经营这些事本就不太懂，只得顺势而为。所有的参与者，都像商量好了似的，几乎没有人反对。

第一位投资人是谢雯，出资一千万元；第二位是荣坤，出资五百万元；第三位是牛兴，出资四百万元；第四位是刘成双，出资三百万元；第五位是张志钢，出资两百万元；第六位是宋时鱼，出资五十万元。因宋时鱼有其技术成分且本来就是顾问，共计一百万元。

屠百药在这场股权变更中力主推出戚晏容。首先，戚晏容是公司创始人，拥有无可取代的资历和技术，其知识产权（含即将完成的著作和本身具备的价值）评估为九百万元，加上公司原有财产（一年来赢利按股权分配为三百万元），共一千一百万元；屠百药为了尽快促成此事，自己的技术股、原始股溢价后总计算作三百万元；叶枫琴技术股、原始股溢价后为一百万元。原中途岛总体溢价为一千六百万元。

二者累加，工商登记注册资本登记为四千万元。

会议连续开了两天，对戚晏容持股 27.5% 等事项争议并不大。戚晏容坚持认为屠百药应该多一些，因为中途岛一年来他出力最多。众股东既没表示反对也没表示支持。屠百药把戚晏容叫到 1 号诊室，讲明了一个道理：当此关头，为保中途岛顺利扩容，就只能推她。如果屠戚二人都要多增股权，股东难免不服，很可能要坏事。戚晏容说，要不然我的股份分一半给你。屠百药说不行，因为戚晏容必须是股份最多的股东，才利于将来主控公司发展走向。戚晏容在资本运作和公司经营方面本来就不懂，只是觉得这样亏待了屠百药于心不忍。屠百药为了安慰她，就说你要真有心，就给老陈、赵娟他们送一点儿股份。他们真需要。

戚晏容当即在会上提出，从她的股份中分出一点给陈让和赵娟表示下心意。荣坤认为这是戚晏容个人赠予，其他股东无权干涉。但他也从股东和病人的角度提出，要论技术含量，刘刚每天带领客户进行体能训练，在中途岛的治疗体系中也很重要，是不是应当考虑？屠百药很欣赏刘刚，表示自己可从7.5%的股份里分给刘刚1%的股份，让他抓好训练。陈让死活不要，戚晏容只得给了赵娟1%的股份。

于是，股权分配基本定调：戚晏容占26.5%，谢雯占25%，荣坤占12.5%，牛兴占10%，刘成双占7.5%，屠百药占6.5%，张志钢占5%，宋时鱼占2.5%，叶枫琴占2.5%，刘刚占1%，赵娟占1%。推选戚晏容为董事长，谢雯为副董事长；荣坤为监事会主席；屠百药为总经理，叶枫琴为董事会秘书兼副总经理。

尘埃初定，宋时鱼驱车返回。在路上，他还是有点兴奋。虽然只占2.5%，但他看好屠百药和戚晏容，先前参与谢雯一案半基于友情半出于私心，毕竟谢雯这样的财主若无机缘难有交集。爱佳总是嫌他做了几年公司没挣着钱，这回好歹成了小股东，料想爱佳也会高兴。想到这些，他吹起了口哨。

手机响了，是个陌生号码。宋时鱼疑心是广告或诈骗电话，没接。可手机一直响。宋时鱼挂断，一会儿又响。他按了下免提。电话里传来一个温柔的女声：“宋时鱼，我是阳柳，找你有急事。”

宋时鱼把车开到国贸附近的一家茶餐厅。阳柳已等候多时。

宋时鱼出差深圳时，曾到屠百药家做客，有两次屠百药不在家，阳柳的接待极为热情。对这位嫂子，他是尊敬的。后来屠阳离婚，他还打电话劝过阳柳，但未能奏效。阳柳表面柔弱，内心刚毅，原则性极强。

宋时鱼常常把爱佳的性情与她相比，觉得爱佳无非性情急躁，但过后就烟消云散。阳柳冷静执着，决定了的事儿八头牛也拉不回来。屠百药虽然鬼点子多，也奈何她不得。

“嫂子，怎么手机换了也不告诉我一声？”宋时鱼坐下，看着她平静的面容。

“以后别叫嫂子，听着不舒服。”阳柳寒着脸，“你也忙，不耽误你时间。如果你还相信我，我只告诉你一件事：中途岛的股，你不能入！”

宋时鱼一惊。中途岛入股的事，刚刚才确定，连爱佳都不知道，阳柳怎么会知道？

阳柳当然知道他的疑惑：“你别问我是怎么知道的，我只是告诉你，绝不能入。怎么想办法，是你的事。”

“可是，嫂……子，我怎么跟老屠说？”宋时鱼看着她的眼睛，“要不入，他也不入才是啊。”

“他入他的，你不能入。”阳柳仍然面无表情，“不仅不能入，还要设法与他闹掰。”

若不是宋时鱼对阳柳有所了解，他会认为面前这女人疯了。宋时鱼毕竟是社会上摸爬滚打过来的，他虽不知阳柳有何用意，但意识到她并无坏心。不过，他仍然试探性地问：“昆明有位向国华，嫂……你认识吗？”

“认识。不过好多年没联系了。”阳柳淡然回应。

“向国华跟我讲了你们……当年的故事。”宋时鱼边说边观察她的变化。

阳柳没有任何变化。“只是当年。”

宋时鱼叹息一声：“难道，你不知道老屠现在做这些，是为了……”

“自以为是！”阳柳拿包起身，“如果你还认我这个朋友，今天你就没见过我。”她走了出去。

宋时鱼坐在那里，觉得今天的茶真苦。

宋时鱼没回家。一个小时后，他返回中途岛门前，打电话让屠百药出来。

屠百药一脸兴奋地进了车里，说晚上要请他喝酒。

宋时鱼没说话，把车开到运河边停好，神情凝重地说："屠兄，你是我的老师，我一直把你当兄长。中途岛的确迎来了发展机遇，可以说船造好了，东风也来了，什么都不缺，你东山再起胜利在望……"

屠百药听到这里打断了他，下车点了支烟："你直接说'但是'吧。"

宋时鱼也下了车，站在他身旁："但是……就是有种说不出来的感觉。没想到谢雯入股，而且一下入这么多。也没想到大家同意把戚博士评这么高的市值。至于你为什么把自己定得这么低，倒是想到了。"

"兄弟啊，这事说穿了，是谢雯撬动的。她投的是真金白银，而且也看好戚博士，下一步要联手安华传媒集团把戚博士推成名人。到了那时，这个估价轻松上亿。"

"荣坤出五百万，也没想到。"

"人家当时治病就出了一百万。"屠百药不以为然，"相对而言，他只有 12.5% 的股份，就算他联合牛兴也才 22.5%，无法控制公司。"

宋时鱼明白。论谢雯本身的体量，荣坤与她就不是一个级别，她不可能听荣坤的。别的不说，只要戚晏容与谢雯联手，就是占股 51.5%，妥妥的控股。但是，宋时鱼经阳柳点拨后，仔细一思量，隐隐觉得似乎有什么问题，只是一时说不出来。他在路上时还犹豫要不要听阳柳的，但现在看来，阳柳的话还得听！

他本来早已戒烟，此时向屠百药要了一支，吸了几口，说："我总觉得，小叶那双眼睛滴溜溜地转，这女子不简单。还有那个刘刚，我总觉得他以前不像是保安。"

屠百药拍拍他的肩膀："兄弟谨慎，老哥知道。可是我不得不说你，这些年你正是因为太过谨慎，公司才没有做大。现在是什么时代？资本时代！靠小作坊小打小闹，很快就会被湮灭……"

若在平时，屠百药说这些宋时鱼绝不会计较，但此时既然打定主意撤出，正好可以借题发挥。他把烟蒂一扔，黑了脸说：“你还真以为自己是上亿公司的老总了？我是好心替你考虑，免得将来后悔。你要听不进意见，我退出！”

屠百药也有些恼火：“做事情，前怕狼后怕虎，还做个鸟！你也别撂狠话，地球离了谁也照样转！”

“好，好！”宋时鱼气得直“发抖”，“我答应参与，是因为你！婚姻家庭治疗在国内是新事物，没有国家认定的执业资格，不像心理咨询师，不像律师，不像警察、侦探，可你们这一年来把这些社会角色的事都做了，但是也只是运气好，还不是在这些角色的缝隙里求生存。而且还是灰色的缝隙。我没看出来荣坤、牛兴这些人真正看好婚姻治疗这个市场商机，他们的婚姻好转是否像他们表现的那样，也值得怀疑。他们拿钱投票就一定认可这个事吗？没那么简单。我是怕你上了婚姻治疗师的贼船下不来！你当我闲得蛋疼，管你这些破事儿？”

屠百药冷笑：“贼船？这船上谁是贼？博士吗，谢雯吗，还是我？上了就上了，当年我玩的比这个大得多，也没怯过。我拉你进来，是想让你赢利，而且你只拿五十万，占2.5%的股份，担心个什么劲儿？你如果当是私人帮忙，还真不劝你。”

宋时鱼怔怔地看着屠百药，仿佛不认识他。他慢慢地打开车门，钻了进去。切诺基发出一声狂吼，绝尘而去。

屠百药站在风里，看着运河岸上满目的葱绿，心头十分难过。宋时鱼是他的铁哥们儿，他也真想让宋时鱼参与进来。但是这个人太过固执，总是疑神疑鬼，路线上无法一致。

他叹息了一声，为刚才的冲动暗自懊悔。但他转念一想，做事就得当机立断，不能拖泥带水。宋时鱼的个性注定他只能做个小公司，是他看不到愿景，自己可不能因为他而废了前程。

他走回中途岛时，戚晏容就迎出门来说：“文件就快签署了，宋总刚才打电话说退出，究竟是怎么回事？”

“他怕有风险。”屠百药无法向她解释。

进了屋中，叶枫琴提议要在王府井的东方新天地租写字间作为经营总部，原有的中途岛办公地址仍然留存，作为实验基地。新股东们没有异议，认为公司的形象和包装仍然值得注意。东方新天地的地址是北京东长安街 1 号，没有实力的公司不可能在这种地方待下去。

次日，召开第三轮股东会。屠百药向众股东汇报了宋时鱼退出的事。除了戚晏容和谢雯表示惋惜，其他股东都没说话。

正在这时，闫兰和张五洲夫妇应叶枫琴之约来调试网络，戚晏容提议他们加入。众股东认为网络技术极为重要，特别是远程技术可以渗透到家庭。于是，戏剧化的一幕出现了：以张五洲的名义出资五十万、技术股五十万，占 2.5%。张五洲闫兰夫妇取代了宋时鱼。

接下来的一个月，中途岛忙得不可开交。首先是股权变更及相应工商税务变更等手续要办理。再就是在东方新天地租新的办公地点，招聘新人，组织培训。培训人员的任务主要交给戚晏容。

这一来，本就力量薄弱的中途岛团队分兵作战，更显艰苦。戚晏容要来回奔波，屠百药要统筹兼顾，忙得经常顾不上正点吃饭。谢雯和荣坤毕竟管理过大企业，建议屠百药到办公新址主持工作，叶枫琴驻守中途岛，戚晏容两边跑。屠百药采纳了这个意见。他本来干过培训，新招的人他协助戚博士培训，但晚上仍然乘地铁回通州中途岛宿舍。

一个月下来，新址八百平方米的公司格子间里坐了一半的人，公司网站也试运营，先前收集的治疗案例基本都展现出来了。屠百药认为，倘若只靠线下治疗和网上咨询，无法适应公司的规模扩张。要解决专业队伍与家庭需求在时间、空间、距离上的矛盾，必须运用新技术，特别是刚刚兴起的 3D 全息投影技术，可以进入千家万户，让虚拟立体影像比照真人零距离提供服务。张五洲本身在 IT 界有资源，很快找到了一家3D全息投影技术公司并与之签订合作协议，对方提供设备的技术维护，中途岛提供婚姻治疗方案及在线咨询。

当然，这一切要从构想变成现实落地生根，需要相当长的时间。好在扩容后的公司各方都很配合，在内部管理上并无掣肘，也算顺风顺水。叶枫琴像变了一个人似的，每天都神采奕奕，经常熬夜可仍然水灵，穿衣打扮更加考究。细心的屠百药发现了这个变化。

四月下旬，杨花快要飞尽，春天似要熟透，正在开发中的通州新城绽放出勃勃生机。

这一日中午，屠百药和戚晏容正在东方新天地地下一层吃工作餐，顺便交流工作上的事。经过二人的努力,《情感风险管理》已经完成初稿。屠百药用可乐代酒祝贺了她。

“我看这稿子还是署名屠老师的好。”戚晏容回敬了他。她是真心的。

“这事就不要再提了。”

“要不然共同署名吧？”

“你要成为著名专家，就不能有这种思维。”屠百药已经把餐盘里的饭粒都扒拉干净，放下勺子，把下巴搁在双手搭成的A型支架上。“图书凡是两个以上的署名作者，一看不是学院派那种，就是自费出版的，不够权威。推你，是公司既定方案。再说我也只是协助一下，主体是你的思想。”

戚晏容只好表示感谢。她发现，公司扩容后屠百药整个人的状态变了，变得更加稳健，也更加自信。

屠百药等待吃饭细嚼慢咽的戚晏容，说：“一周以后，就是中途岛乔迁一周年的日子，我们也得准备庆祝一下。”

戚晏容不禁感叹这一年来的变化，简直跟做梦似的。

屠百药看了一下智能手表，脸上闪烁着光芒：“咱俩赶紧回办公室收拾下，回中途岛。白纯回来了！”

## 076 | 只需要一个道歉

白纯脸色苍白，厚厚的镜片仍然挡不住眼睛里布满的血丝，她个子比妹妹矮，看上去身体单薄，仿佛一阵风就能吹倒，手上的青筋很细但很打眼。

姐妹俩已经见过面。白净显然是无法控制情感，把自己关在屋里哭。白纯被叶枫琴领到 2 号诊室，与屠戚二人相见。

四人都没有说话。墙上挂钟指针发出的刮骨般的响声越发清晰。

直到白纯起身，向三人鞠了一躬："谢谢戚博士，谢谢屠老师，谢谢叶医生。"

戚晏容挨着她坐下，把桌上的水杯轻轻递到她面前："你得感谢你自己！你回来，已经说明了一切。我想，净净的心结已经解开。"

"我欠她的……"白纯的泪珠滚出眼眶。她长得没有妹妹漂亮，但眼神要犀利许多，就算藏在镜片后于泪水的浸泡下依然有一种奇崛之力。

"你不欠她的。"屠百药插嘴，"当然，她也不欠你的。"

白纯扬起苍白的面容，表示没有听懂。

屠百药补充道："你的眼神告诉我，你是有毅力的人，你认准的事情就不会动摇。别人做不到的事，你能做到。这种内心的力量，只有极少数的人拥有。所以，就算净净没有给你任何帮助，可能会晚一些实现目标，但没有任何东西可以阻挡你的脚步。"

白纯听着，脸上渐渐泛起血色。她看着屠百药，一时说不出话。

戚晏容说："赞成屠老师的意见。人们总是把很多绳索绑在自己身上，希望别人来解开。其实，自己就可以解开。"

白纯的眼神亮了些：“怎么解开？”

“其实根本没有绳索，是你自己以为有。”戚晏容说，“想通了，就解开了。”

白家姐妹请屠、戚、叶三人吃饭。屠百药称自己是川人，选了巫山烤鱼。戚晏容明白，他不想白纯破费太多。

白纯吃饭像小猫一样。或是受不了辣，或是平时饮食极少，基本就是做做样子。白净可不一样，眼睛盯着烤鱼，大快朵颐，不一会儿额上冒出细密的汗珠。

屠百药吃饭认真，仿佛下一顿不知道能不能吃得上一样。他把最后一粒米放进嘴里，指了指戚晏容的餐盘：“好久没吃过这么地道的饭了。戚博士，你吃饭怎么跟做实验一样？”

白纯忍不住笑出声来。原来，戚晏容向服务员要了两片面包，把烤鱼放在上头，等油浸入面包，才吃一小口。

时值中午，食客稀少，卡包里五人的吃饭声都清晰可闻。屠百药给四位女士倒上啤酒。白纯一开始还有些推托，说自己滴酒不沾。屠百药瞪圆眼睛说，今天必须要喝！白纯拗不过，只好接过酒，要敬屠百药。

屠百药没有举杯，把手向坐在她身旁的白净一引：“你应该敬你的妹妹一杯。”

白纯扶了扶眼镜，一时没明白过来，放在桌面上的手轻微抖动。

屠百药暗自叹息一声。这对姐妹，妹妹敏感，姐姐反应迟钝。看来不点明是不行了：“纯纯，今天你请我们吃饭不重要，重要的是你欠你妹妹一个道歉。说得更明白些，你妹妹只需要你一个道歉！”

白纯陡然醒悟，但她端杯子的手一直在颤抖。她站起身，端着杯子，并起双腿，郑重地向脸已红透的妹妹深鞠一躬，说：“净净，姐姐对不起你……当着几位老师的面，姐姐向你郑重道歉……”

白净被姐姐弄了个措手不及，端起的酒杯哐当一声掉在地上。她猛然扑过去，紧紧抱着姐姐，浑身剧烈抖动。

端着配菜过来的服务员呆在一旁。屠百药并指压着嘴唇，示意安静。服务员便端着盘子回去了。

姐妹俩就这样搂着，让眼泪淌湿了对方的肩膀。

没有人说话。直到这对姐妹哭得有些虚脱，戚晏容才上前把二人分开，把纸巾递给她们。

现场的气氛让戚晏容和叶枫琴都不住地擦眼睛。只有屠百药跟没事儿一样。到了这时，他才抓起筷子问："是不是可以继续开吃？"

白净突然破涕为笑："该死的老屠，还有没有一点公德心？"

叶枫琴突然觉得，白净的笑容如同穿透阴云的阳光照来。她眨巴了下眼，居然有些恍惚。

事后，叶枫琴问屠百药："为什么要安排这对姐妹在那个场合道歉呢？"

屠百药指了指正在翻阅病历的戚晏容。自从三人分兵之后，戚晏容与屠百药多半时间都在新的办公地址。本着对病人负责的态度，她每次回中途岛都要看病历。

戚晏容抬眼看着她："见证。"

叶枫琴问："这本来就是她们姐妹的事儿，为什么要别人见证？"

屠百药接过话茬："结婚本来是两个人的事儿，为什么要别人见证？"

戚晏容也开腔了："隆重的事就得见证，所以世上存在各种仪式。白家姐妹虽不想搞什么仪式，但白净需要我们见证姐姐的道歉。如果她们的父母在，当然最好；父母不在，她把我们当成了家人，也是可以的。"

叶枫琴沉思了一会儿："小时候我爸在我头上打了个大包，至今没道歉，看来我得回家搞个仪式。"

戚晏容忍不住笑了，屠百药依旧平静地说："正好今天我们都在，晚上让陈师傅做点好吃的，让赵娟去买些蜡烛，请白家姐妹、牛总、荣总等人聚一下。对了，还请博士联系一下谢雯和张志钢夫妇，请他们参加一下，毕竟在一起待过。”

叶枫琴皱眉道：“看样子，今晚有个烛光晚餐？”

屠百药点了点头：“更多更有分量的人见证姐妹重归于好，效果当然更好啊。”

晚八时。乳白色的桌布和柔和的烛光让今晚的小食堂弥漫着祥和的气息。长条桌上的饭菜可谓中西结合：牛排、奶香虾球、宫保鸡丁、砂锅丸子、麻婆豆腐、松茸山珍汤、素什锦炒饭、法国红酒。陈让带着赵娟忙了一个下午，准备了一顿丰盛的晚餐。赵娟是个俭省人，买的蜡烛不够大气，被屠百药训了一顿。聪明的刘刚别出心裁，削了几根竹筒，用包装纸装饰了一下，把蜡烛立在上头，多了些许温馨。

客人陆续到齐。白纯、白净、谢雯、戚晏容、叶枫琴坐在一边，牛兴、荣坤、张志钢、刘成双、屠百药坐在另一边，陈让和赵娟穿着白色的服装侍立一旁，西装革履的刘刚当起了酒保。

酒过一巡，大家都直夸陈师傅好手艺。荣坤笑道：“这场合有点私人会所的意思了。如果有架钢琴，弹奏一曲就更完美了。”

屠百药微微一笑，起身绕过桌尾，走到白净身后，小声说道：“请白净女士赏个脸。”众人料想屠百药是邀请白净跳舞，都鼓起掌来。

屠百药引白净径直走到墙边，一盏灯突然亮了。只见屠百药用手一拉，白色幕布之后，一架钢琴赫然出现！众人进屋后的目光都聚集在被烛光笼罩的餐桌上，角落光线极暗，谁也没有发现那儿藏了一架钢琴。

屠百药把凳子放好，微微鞠躬，请白净弹琴。

今晚的白净，一袭素白长裙，透着宁静。牛兴进屋后，为她的穿着和面色大感震惊。她未施粉黛，一脸肃穆。众人喝酒吃肉，她却端坐不动。

她点头向屠百药致意，轻撩裙摆坐下。众人都安静下来。柔和的灯光聚在她头顶，看上去如同一位不食人间烟火的仙子。

屠百药回座。琴声响起，众人都凝神细听。今晚聚会，大家都知道白净才是主角，但谁都没有说破，假装若无其事地寒暄。直到屠百药打破僵局，邀主角弹琴，众人料想其必会有表达。甚至在前来的路上，张志钢和刘成双还起了争执。张志钢认为今晚白净会喝醉，刘成双则认为白家姐妹会当着众人的面感谢中途岛的人尤其是屠戚二人。但现场看来，白家姐妹一脸淡然，好像这次相聚是别人的盛筵。

谢雯出身富贵之家，自小受过严格的钢琴训练，此间数她最懂。她曾与白净同居一室，虽从未交流过琴技，但也知道艺术类院校少不了音乐训练，对白净的技艺是完全放心的。白家姐妹的事，前因后果她了然于胸，只是先前自身难保，无暇顾及；待到解决好自己的事，她曾在微信上联系白净，表示愿意提供一切可能的帮助。白净表达了感谢，说暂无需要帮助的地方，如有将在第一时间请雯姐帮忙。谢雯只好尊重她的意愿。不过谢雯知道，自己创伤虽重，不过都是“外伤”；白净的伤看似外伤，实则“内伤”——亲人的伤害才是最致命的！因此，她有意无意地看了看白纯，料想这位姐姐会被妹妹的琴音所动——将心比心，若是自己，一定会用琴音表达自己的心声。

然而白净的琴音完全没有满足谢雯的期待。首先，谱曲虽堪堪成调，但章法全无。谢雯静心倾听，居然听不出究竟是什么曲子。

叶枫琴也端坐静听。她不懂音乐，更别说弹钢琴了。不过，她还是有能力从琴音里听出点感觉来。她希望从中听出白净的情绪，或诉说，或感动，或消沉，反正什么情绪都可以。然而她很快就失望了。琴音一直非常平淡，如同秋日的河流懒懒地流动，既无高低起伏，也无激昂消沉。

一曲终了，没有人鼓掌，也没有人说话。白净起身回座，端起酒杯敬在座的人：“弹得不好，各位见笑了。”众人都起身回敬。

屠百药说：“我不懂音乐，但我觉得耳朵舒服，舒服得都快睡着了。”

荣坤笑了起来：“还别说，真的有点催眠曲的感觉。妹子，你弹的是啥曲子？”

白净说："我乱弹的。在座各位，雯姐是钢琴高手，弹什么曲子她都知道。我怕露馅儿，只好胡编乱弹凑数。"

谢雯却敛容说道："妹妹，你弹得好！也编得好！作曲家都是在编曲子，编出来有人记住，就是好曲。"

刘成双小时候学过钢琴，略懂乐理，就说："难道谢总已经记住了？"

谢雯不答话，放下酒杯，走到钢琴前，轻挥手指弹了起来。众人中虽然有一半不懂音乐，但明显听得出来，此曲与刚才白净弹的曲调似乎完全一样！只是，后者的琴音听起来有些微澜，如同有轻风吹皱湖面。

曲子本就不长，谢雯弹完回座，笑道："为什么没有掌声？"牛兴、荣坤、叶枫琴和张志钢夫妇都鼓了掌。谢雯叹息道："看来我再怎么弹，也无法达到净净的境界。"

屠百药起身说："今晚请大家来小聚，完全是没有主题的聚会。弹琴是一种表达，语言也是一种表达。有谁想表达一下自己的心声吗？"

牛兴站起来，拉开椅子，先向众人躬了一躬，再对着白家姐妹躬了一躬，说："纯纯，我对不起你，也对不起净净，我感谢各位对我的帮助，更要正式向你们姐妹道歉！"

白纯的脸一阵红一阵白，起身讷讷地说不出话。白净却绕过桌头走向牛兴，张开双臂抱住牛兴。牛胖子的手想抱妻子，但又在空中定住了。浑浊的泪水从他的肉包子眼里涌出。

白净放开他，像小鸟一样偎依在他的身侧，微笑着对众人说："我和牛兴是夫妻，家里虽然有些不光彩的事儿，但主要是我的不是。感谢屠老师、戚博士和各位哥哥姐姐、弟弟妹妹，过去的就忘记吧，而我们都需要面对未来。今晚的酒，就当是一次对过去的告别吧。"她把手一招，在一旁伫立的陈让就把她的酒杯放在托盘里，端过来交给她。

白净先敬了大家，再敬牛兴："老牛，过去的都过去了，我也想通了，不再提过去的事儿了，咱们干了这一杯吧。"

刘刚把倒好的酒递给牛兴。牛兴接了，却不与白净碰。他的泪还淌在脸上，也不去擦。他有些艰难地说：“净净……只要你答应不离婚，我，就算要我喝死都行……”

白净放开他，拿起餐桌上的纸巾，轻轻给他拭泪，边擦边说：“牛哥，咱不离婚。”

牛兴的眼睛里陡然有了神采。他不敢相信，长时间以来对他不理不问甚至半眼都不瞧的妻子，居然当众表态和好。他把玻璃杯往白净的杯上一碰，一仰脖子喝干了酒，像中了亿元大奖一样浑身微微发抖。白净也轻轻把酒喝干，低声说：“只是，我希望你能多一点爱心，别整天钻进钱眼里。”

牛兴并起肥腿，做了个立正姿势：“是！”

这一滑稽的动作把众人都逗笑了。夫妻和好，本是件美事，众人齐声祝福了他们。

叶枫琴却从专业的角度解析：白净最在乎的还是姐姐，她连姐姐都原谅了，牛兴就更不在话下了。她高兴又感动，跟着众人一起嗨起来。

那晚，究竟说了多少话，喝了多少酒，叶枫琴后来已不记得。朦胧醉意之中，她只记住了白净平淡的琴声和笑容。

第二天，叶枫琴被窗外刘刚的叫声吵醒。她听到的第一句话是：“白净走了。”

她赶紧坐起来，问：“去哪儿了？”

“不知道。”

# 077 | 回马枪

叶枫琴赶到办公室时，屋里已坐满了人。牛兴耷拉着肥脑袋，白纯面壁而坐，戚晏容在看病历，屠百药正在上网，荣坤在玩手机。张志钢夫妻和谢雯昨晚也喝多了，但他们已经“出院”，叫了代驾分头回去了。

牛兴见叶枫琴进来，着急地说：“叶医生，您知道净净去哪儿了吗？”

叶枫琴奇怪地看着他：“牛总，你老婆去哪儿了，你不知道，我怎么会知道？”

白纯忽然转过身来，低声说：“可能还是……我的问题。净净心里，可能还是没有解开……”

牛兴没理白纯，径直走到屠百药面前：“老屠，你一定知道净净去了哪儿吧？”

屠百药翻了下眼皮：“她去哪儿是她的自由，你着什么急？”

牛兴摊开肥手：“可是，昨晚净净明确表态，不跟我离婚的啊！”

荣坤将手机关机，交给随后跟进来的刘刚：“兄弟，还是按规矩收起来。我想问下屠老师和戚博士，我啥时候能出院？”

牛兴急着想知道老婆的下落，瞪了一眼荣坤：“坤儿能不能别打岔？”

荣坤笑道：“老牛啊，你以前不是想杀了白净吗？现在怎么又急成这样了？”

屠百药没理会他们的争吵：“荣总什么时候能出院，得听戚博士的。”

戚晏容合上病历本，微笑道：“荣总和牛总，今天就可以出院了。”

荣坤伸了个懒腰，站起来说：“这回解放了！老牛，你是走还是不走？”

牛兴坐下：“不走！找不回净净，死也不走！”

屠百药笑道："老牛，你就别装了。净净走了，你心头不知多高兴！"

牛兴睁圆牛眼："老屠，你……你这是什么话？"

屠百药收起笑容："无论什么事儿，说穿了就不美了。我只说一点：净净是真正地解放了自己，你还没有解放。你太在乎别人怎么看你，而净净已经不在乎。"

众人都没说话。牛兴也闭上了嘴。事实上，白净走了，而且没要求离婚，他是窃喜的。白净这次走，不像上次牵连进案子里，差点让他财产丢光。说到本质上，他在乎的不是白净，是钱。白净是在众人的见证下走的，而且明确表示不离婚，说明她不想分财产。这对他而言是最理想的状态：财产不失，自己可以为所欲为。特别是习练了屠百药传授的法子，生理机能虽未完全恢复，但偶有蠢蠢欲动的感觉，没有老婆的监督更有利于检验功能。

屠百药"不说破"的关节就在这里。当然，牛兴和荣坤都明白，老屠不说破，一则相处日久，面子得给；二来牛兴现在是股东，也不便搞得大家都下不来台。

但无论如何，老婆不打招呼又走了，他不能不管不问。他拉着荣坤来中途岛办公室，就是要搞清楚白净到底去哪儿了。他可以不去找，但必须知道她大致在哪里，有什么心理活动。

屠百药看了一眼刘刚："你去把陈师傅叫来。"

陈让来了，站在那里搓着手，问："屠总，叫、叫、叫我来，有啥、啥事儿？"

屠百药说："白净走了，留了什么话没有？"

众人之中，除了戚晏容，都吃了一惊。白净突然离开，连与她同居一室的亲姐姐白纯都不知道，一个厨子怎么会知道？

陈让把手伸进工作服的口袋里，有些讷讷："屠总，我，我……"

"我什么我啊？"屠百药走到他身旁，一把将他的手拖出来。众人一看，陈让手里果然有一张字条。

屠百药拿过来看了，放在桌子上："大伙自己看看吧。"

除了戚晏容，大家都凑过来看。只见字条上写道：

感谢屠老师、戚博士和诸位好友这段时间以来的关心照顾，让我起死回生。近日心结解开，顿觉了无牵挂，决定潜心向佛。姐姐请回，妹妹无恙，请放心；老牛不必找我，若想离婚请随时找陈让师傅，把协议寄来便是。再次拜谢。

白净留

叶枫琴看了下日期，正是昨天。这样看来，白净离开的想法早已产生。回想起昨晚的琴音，已经说明了一切。

牛兴呆了半晌，抬头去看白纯。白纯如同痴了一般，目光呆滞地看着那纸条。

牛兴突然一把抓住陈让："陈师傅，你知道净净在哪儿？她为什么把纸条留在你那里？"

陈让无法回答，求助似的看着屠百药。屠百药拉开牛兴，说："老牛，你不感谢陈师傅给净净找了个去处，还疑神疑鬼！"

牛兴把手放下。无论从容貌气质，还是财富地位来看，白净断无可能与陈让产生情感关系。他是个心头敞亮的人，立即装作失望的神情，对陈让说："将来有麻烦陈师傅的地方，还请您帮忙！"

陈让点了点头，出去了。

众人心头都明白了：是陈让给白净介绍了寺庙，白净找个地方修行，是她的自由，别说姐姐和丈夫，就算她的父母仍然健在，也无法阻止。

无论对牛兴和白纯，还是对中途岛而言，都是最好的结局。在当日，中途岛恢复了平静。牛兴、荣坤整理行装出院，白纯也辞别返回美国。先前的老客户基本都已离开，院里一下子冷清了。

这日黄昏，屠百药和戚晏容从东方新天地回来，召集中途岛员工开会。经过艰苦的努力，戚晏容已经完成了《情感风险管理》书稿，不过发给孙筱安后没有回音。屠百药在微信上试探过谢雯，谢雯也没有明确回复。在回通州的地铁上，屠戚二人反复商量，还是不知道孙筱安是什么意思。

中途岛的扩张，其实与孙筱安有莫大关系。若非孙家出现问题，谢雯可能不会那么快就投资。谢雯不投资，荣坤、牛兴、张志钢夫妇虽有意向，但绝不可能那么快就跟投。这个连锁反应，至今都让戚晏容一头雾水。

屠百药向戚晏容解释过：谢雯当然知道中途岛的能力，否则不会在紧要时期求助。但归根结底，谢雯是个商人，商人要赚钱，轻易不会下注，就算屠百药救了她的命，她在命运难测时立嘱把公司交给屠百药经营，都还没有达到爽快投资的地步。投资和请人管理自己的公司是两回事，谢雯在屠百药前去求助时都没有松口，但在孙筱安的鼓动下就投了，其深层原因可能是谢雯看到了孙筱安的资源。

现在难以解释的事情是：谢雯投了钱，别人也跟着下了注，但是孙筱安原有的承诺似乎在淡化，或者干脆可理解为搁置。

她为什么这样做？这里头发生了什么事？谢雯为什么投了钱反而不着急了？这是屠百药想不明白的地方。

作为总经理，屠百药非常清楚，倘若不能如孙筱安描述的那样把戚博士推红，投多少钱、租再好的办公场所，都等于零。

这段时间，他整夜睡不着，为此事焦虑。

现在，他觉得应该出马了。

但是，这种关节不能向除戚博士之外的人透露，毕竟现在的中途岛不再是个小“神龛”，是个有资金规模和专业人才的机构。从前段时间每天的培训效果来看，公司上下信心倍增，可谓万事俱备，只欠“东风”了。

现在，白家姐妹的事儿了结，也算放下了一块石头。屠百药决定还是要从孙筱安开始。因为，孙筱安妹妹的事情中途就被这位霸道的姐姐掐断了。

今晚开会的内容很简单：由于公司业务发展，中途岛这个“后院”仍然由戚博士负责，副总经理叶枫琴为了适应新的发展，调换到新公司高大上的写字间里主持工作。

叶枫琴脸上闪过无法掩饰的兴奋。对于她而言，长安街核心区的高端办公室更提气。她以前还觉得屠百药故意让她在这偏远的地方待着，现在看来，自己的心眼儿的确有些小了。

“那你……”叶枫琴欲言又止。

“我想在这里待几天，放松一下。”屠百药笑了，“在那种高大上的地方，只有你这种美女才如鱼得水。”

孙筱安最近很烦。做新闻的人都很焦虑，新闻王国的女王更焦虑。

戚晏容发来的稿子，她还没来得及看。交给下属的一个出版机构，总编请示她后走正常程序出版，随后将稿子交给编辑。编辑的初审意见是观点比较新，但是作者没名气，还得听市场的意见。发行经理大致看了看，结论是该题材不好找卖点。

周末，总编反馈了相关意见，孙筱安这才打开邮件，把稿件打印出来看。这一看就到了晚上十点，她吃了个苹果，出了办公楼，开着沃尔沃回到位于郊区的别墅。

这幢别墅是她的私人空间，连养父母和妹妹都不知道。当年这地段的别墅卖不出去，她是以每平方米不到四千元的价格买下来的，现在已经涨了十倍。别墅一共三层，由于平时没人料理，落了些灰尘。

她上了二层，进入书房，亮了灯。

一个人坐在那里，把她吓了一跳。定睛一看，是屠百药。

“你……”孙筱安看了看，窗户紧闭。

屠百药没有起身，只是扭头看着她说：“孙总，我当过特种兵。”

孙筱安平静下来，颇为恼怒地说：“就是天兵，私闯民宅也犯法。”

“是犯法。”屠百药说，“可是我断定孙总不会报警。”

“为什么？”

“你想知道我为什么这样做。”

孙筱安没再说话，把外衣脱了，坐在他对面的沙发上。

“这件事情，我连戚博士都没有告诉。”屠百药伸了个懒腰，“为了你的事，我去了山东，当然也去了孙家房村。”

“你在调查我？”孙筱安的面容仍然镇定。

“不仅是你，还有李晓荣。”

孙筱安从包里掏出一盒烟，抽出一支点燃，把茶几下面的烟缸拿出来，问屠百药：“抽吗？”

屠百药摆摆手：“戒了。孙总请便。”

孙筱安吸了半支烟，从包里取出一个牛皮纸信封，交给屠百药：“这是你们的书稿。”

屠百药接过，打开一看，打印纸上有红笔的标注，字迹刚劲有力，是孙筱安的批注。

屠百药捧在怀里，一张张看着批注，越看越有敬意。

大致看完后，他说了声“谢谢”。

孙筱安晃晃手中的烟，说：“编辑部的意见是可出可不出。”

屠百药微微一笑：“我知道，这一切都掌握在孙总手里。本来可以出，可能今夜我私闯进来，就不能出了。”

“为什么？”孙筱安像是极有耐心。

“因为入侵孙总的私宅尚可原谅，但侵犯孙总的隐私就不可饶恕了。”

孙筱安打了个哈哈：“屠总是越来越有意思了。现在只有咱俩，你有什么尽管说。”

屠百药沉吟了一下：“孙总是让我从头说起，还是直接说结果？”

孙筱安笑道：“我性子比较急，请屠总直接说结果。”

屠百药笑了：“难道孙总不愿请我喝杯咖啡？”

# 078 | 报恩与报仇

孙筱安从一楼烧了水，用托盘端了两杯咖啡上来。

“屠总，不明白找到了我什么隐私？”

“孙总，您委托我们寻找妹夫，但踏破铁鞋无觅处。”

“胡说！”

孙筱安急了：“屠总为什么会认为，李晓荣会在我这里？”

“因为他只能在这里。”屠百药仍然坚持自己的判断，“整个事件，表面来看是因为孙小平怀了别人的孩子导致孙家烧房毁屋，实质却是一场心理报复！”

孙筱安把咖啡杯放在桌上，脸色赤红，浑身微微颤抖：“屠百药，你到现在还不明白吗？我们之间的业务，到顺峰吃饭时就结束了！结束了！你真当自己是侦探啊？你有病是吧？”

屠百药淡然回应：“对，我有病，你也有病。”

孙筱安思维敏锐，很快调整了情绪和表情：“屠老师，我好歹比你虚长几岁，多吃几斤盐，但我一向对你和戚博士都很尊敬。你们公司现在也办起来了。”她一把拿过书稿，扬了扬，“说实在话，你们这书稿投给其他出版社，出版的概率不到10%。我那么忙，都在想办法帮你们，你倒好，半夜潜入我家。你究竟想干什么？”

“我只是想帮助你。”屠百药看着她的眼睛，“谢总的出资，以及你刚才讲的这些，都是真的，我们公司没有你的帮助很难振兴。但我宁可不要这些，也希望帮助你治疗！”

孙筱安摇摇头：“我不需要治疗，需要治疗的是你，因为你有强迫症。

当初，我只是请你和戚博士去看看我的父母，分析一下。这个业务已经结束了，明白吗？结束了！”

“没有结束。”屠百药仍然死咬不放。

孙筱安真的生气了，啪地将书稿扔在地上，吼道：“你他妈的病得不轻！就算是医生治疗病人，也得经病人同意！病人不需要治，你见过医生强迫治疗的吗？赶紧给我滚出去！”

“为什么要我滚？”屠百药没理会她的叫骂。

孙筱安拿出手机，把指头放在屏幕上：“那我报警了！”

“请便。”

孙筱安真的摁了110，但她没有拨出去。她把手机一扔，几乎是哀求：“屠，屠老师，您就饶了我吧！我真的不需要什么治疗，您要找的人也不在这里，请您回家吧！请吧！”

“我没有家。”屠百药抱着双臂，屁股像生了根，半点挪动的意思都没有。

“你没有家？”孙筱安突然觉得这个男人太有意思了。

屠百药低下头：“我没有家。我的家让我毁了……”他也不管孙筱安听不听，讲了自己如何让妻子失望，如何在孩子去世后伤心欲绝……

讲到最后，屠百药泪水长流，孙筱安也哭得稀里哗啦。

接过屠百药递来的纸巾，孙筱安红着眼问：“你……为什么要给我讲这些？”

“因为我的确有病。”屠百药把鼻涕擤在纸巾里，把头深深埋下去，“只是，我的病与你的病不同。你的病，是别人伤害你；我的病，是我伤害了别人。”

孙筱安听着，似乎不再抗拒。

“你是否愿意像我一样坦诚，讲讲自己的伤？”屠百药扬起脸。

孙筱安在挣扎。

屠百药继续进攻：“请忘记自己的身份、年龄，忘记心中的恐惧，只把自己当成一个女人，或者女孩……”

“我还是女孩吗？”孙筱安抓了两把头发，“你看我还是女孩吗？你知道我的头发全是染的吗？你知道我曾经无数次想自杀吗？你知道我曾经不止一次想过，如果我有核弹，我想炸掉全世界吗……”说到最后，孙筱安满脸狰狞，眼里似乎要喷出火苗。

“因为我知道，”屠百药轻轻地说，“所以我才来。”

孙筱安发泄完，身子沉入柔软的沙发，呜呜哭起来。

屠百药一直等她哭，不打扰她分毫。

孙筱安哭够了，用纸巾擦干满脸的眼泪和鼻涕，问：“你还知道什么？”

屠百药说：“我知道整个故事。”

屠百药说的“整个故事”，是一个女人成长的故事。孙筱安并不像她对外宣称的那样拥有幸福的童年。她至今不知亲生父母是谁，是孙刚夫妻捡到后求大队书记报的户口。一个被拾养的女孩，很难代替亲生。孙刚吝啬，王丽刻薄，在外人面前他俩都表现出慈父良母的姿态，但在家里，夫妇俩打骂孙筱安是家常便饭。孙筱安从小就争气，不仅学上得好，家务活儿也不耽误。那时乡下穷，很多人都饿肚子。孙刚会手艺，总能从大队食堂弄些东西回来，但都是先给老婆和自己，除非剩下，不然不给孙筱安吃。所以孙筱安从小身体瘦弱。

然而这个女孩命硬，从不生病，十几岁就出落得亭亭玉立。她心头孤单，总是默默下地干活，那时已包产到户，大队书记变成了村支部书记，对她很照顾，有时会把她领到家里给些吃的。孙刚很不舒服。养女渐渐大了，有模有样，是个女人了。有一天，孙刚发现书记在玉米地里调戏养女，他不敢声张。孙筱安逃脱，只有用拼命读书来扫除心中的阴霾，后来干脆住在学校也不回家，宁可天天啃咸菜和黑面馒头。

十七岁那年秋天，孙筱安回到家里要学费。王丽不在家。孙刚问书记和她是怎么回事？孙筱安就哭。孙刚边安慰边把她抱在怀里。开始孙筱安不觉得有异常，后来觉得养父的手开始不老实，就左躲右闪。养父恼怒，抽了她几耳光，骂她婊子，说书记可以，老子就不行吗？孙筱安一下呆住了，在她眼里，孙刚就是父亲！虽然曾经打骂自己，但仍然是父亲。当她知道父亲看到书记调戏自己不仅没有上前保护，还把自己当成淫贱的女人时，她的世界瞬间坍塌。

随后，她被告知不能上学了，养父母让她下地干活，养了十几年该向她收成本了。孙筱安知道，只要自己一直待在这个家、这个地方，前途只能一片灰暗。她发誓一定要考上大学，与这个山村告别！但是她没有办法，学费和生活费都在养父手里。

在停学三个月后，支书把她叫到家里，说要上学就得听我的，我有办法。孙筱安屈服了，她以少女的贞洁作了交换。然而等待她的噩梦还在后头。支书得逞后“动员”孙刚继续让孙筱安上学，他出一半的钱，把村里的木工活给孙刚干。这是一场罪恶的交易，支书、孙刚和孙筱安都清楚，但更罪恶的是孙刚极为变态，认为自己养大的女人被书记占了便宜，亏得慌，于是就下黑手，强行占有了养女。孙筱安在那段日子精神几近崩溃。她清醒地认识到唯有考学逃离这个罪恶的山村，才有生天！她忍受着，不声张。直到她的愿望达成，在学期间依靠勤工俭学挣得四年学费。

善良如她，还在用奖学金带养父去检查治好不育症，让孙家有后。这一转折如同日透黑云，结果是生出了孙小平。

孙筱安大学毕业后工作顺风顺水，逐渐在新闻界声名鹊起。谈过几次恋爱，终因少女时代的阴影无法擦除，致使爱情胎死腹中。她害怕婚姻，每每与男友或情人温存时，脑海里总是浮现村支书和养父丑恶的嘴脸。这种奇怪的心理一直折磨着她，使她既有很强的欲望又觉得十分肮脏。

正如屠百药在村头小卖部听到老板娘讲述的那样，孙筱安逐渐成了名人后，回到村里找村支书。村支书已经老了，希望当兵回来的儿子能接班，让他曾经“帮助”过的孙筱安找找上面的人。孙筱安冷冷地看着他，拿出了一张纸。老支书一看，脸色煞白。他不明白多年来自己贪污作恶自己的儿子都不知道，孙筱安如何能像大队会计一样写得那么清楚？这个账目只要交给乡里县里，老支书只能在监狱里度过余生。老支书干了几十年，连在“文革”期间都没有受到什么冲击，更怕颜面扫地，给子孙带来灾难。于是他终日惶恐，郁郁成疾，直到死的那天，他最后一句话还在问：“小安举报我没有？”

孙筱安用新闻专业和精神意志击垮了村支书一家。曾经村里的首富，最后的下场是儿子客死他乡，儿媳妇缩到村头开个不死不活的杂货铺度日，没有后代。

在村里人眼中，孙筱安一如既往的好，给村里带来了福利，路修了，扶贫款也发了，孙刚、王丽、孙小平一家子脸上都有光。然而在私下里，王丽打心眼里瞧不起养女，从不关心她的婚事，只是一个劲地索要钱财物品。孙筱安对这个家庭，处在心理的两个极端——养育之恩和罪恶伤害都如同长锈的钉子楔入心里，无法拔除。

她要报恩，也要报仇。

老支书的问题已经解决，但家庭内部问题要复杂得多。

当妹夫李晓荣进入孙家后，孙筱安看到了转机。晓荣是个单纯的孩子，长得也挺帅气。表面上，孙筱安对他不咸不淡；私下里，孙筱安像亲姐姐一样关心他。

孙筱安在城里的房子和郊区的别墅，都是李晓荣装修的。但是她不让李晓荣透露给老家人知道，只说在北京找了个活儿。在这个过程中，孙筱安诱惑了妹夫。后来发生的事，屠戚二人接手时已经清楚了。

听完屠百药的讲述，孙筱安点了一支烟，既没有情绪激动，也没有丝毫反驳。她慢悠悠地说：“屠老师干错行了。如果搞新闻，一定是名出色的记者。”

屠百药感谢了她的夸赞，说：“做记者，我不够格。这中间有不少环节，是由我的思维串联起来的，有推测的成分。”

孙筱安笑了一下：“任何出色的记者都不可能了解事实的全部真相，必要时思维会起到链条的作用。屠老师应该是去了晓荣的老家，找到了他的表弟。因为当时装修房子，是他找表弟一起来做的。当然，屠老师还找过村头小卖部的老板娘，也就是老支书的儿媳妇。”

屠百药说：“不止这些。我私下找过孙老伯谈，也单独与王丽谈过。”

孙筱安沉默了一下，问：“为什么称呼我的父母，待遇不一样？”她指的是对孙刚用了“老伯”，而对王丽直呼其名。

“王丽更可恨啊。孙刚虽然犯错，但王丽的心更歹毒。她明知老支书和丈夫的罪恶，但她不说，只做。这就如同一个人躲在暗处，看到强奸案发生，既不报警，也不出来阻止，而是等案件发生后，出来羞辱受害者！要论恶，这种恶毒的心肠比亲自作案更甚。”

听到这里，孙筱安把双手绞在一起。过了很久，她才问：“你找他们单独谈，有什么进展？”

“没有。”屠百药摇摇头，“我知道你说的‘进展’是什么意思，但是我这次深刻体会到，一个老农民的病也许可以治疗，但他的思维和思想无可救药。”

孙筱安掏出烟，递给屠百药一支。屠百药接了，迎上了她的火苗，轻吸一口，吐出烟雾：“孙总，我知道我和戚博士治不了你养父母的病，也治不了李晓荣的病，更治不了你的病。”

“既然如此，你为什么还要费这么大劲？”孙筱安叹息。

“因为职责所在。任何不可能的事，都应该试一试。”

“你大部分的推断都是合理的，但是有些事情，你太主观了。”

屠百药洗耳恭听。

“你以为李晓荣纵火案是我指使的？”

“我没有这么认为。我只是认为，李晓荣与你有那层关系。”

孙筱安苦笑道：“所以你认为我藏人？”

“我想来想去，想不出李晓荣会到哪里去。因为没有你这个后台，他就算戴了绿帽子，也不敢纵火。”

“我要怎么样才能让你相信？”

“我也不知道。”

孙筱安沉默了许久，从容起身，把手伸进内衣。随即，她扯下了一个制作精巧的海绵垫子。屠百药看见，她的左胸明显低于右胸，在衣服的掩盖下趋向平整。

“十年前我患了乳腺癌，在医生的建议下做了切除手术。”孙筱安的表述很冷静，像是在说别人的故事。

屠百药虽然不像戚晏容一样对医理和病理了解得那么透彻，但他也知道一个女人切掉一个乳房，心理和生理必然受到重创，那么先前推断李晓荣与她有不伦之事，就是主观臆断了。

屠百药知道自己错了，而且错得很严重。

他惭愧地站起来，向孙筱安深深鞠躬：“孙总，对不起，我错了。我向您郑重道歉！”

## 079 ｜二人世界

屠百药回到中途岛，半睡半醒躺了半天。孙筱安的事，他失误了。无论推断多么天衣无缝，但只需一个有力的证据就可以推翻。他的主观臆测深深伤害了孙筱安，也伤害了自己。

戚晏容前来敲门。他起床后趿拉了双拖鞋。戚晏容打开宿舍的窗户透气，问："怎么又开始抽烟了？"

屠百药目光有些呆滞，把这次挫败的过程讲了。

戚晏容静静听完，陷入沉思。她并不认为屠百药全错了。一般而言，罹患乳腺癌并切除一侧乳房的女人会产生心理和生理上的影响，但如果发现得早并及时调整，也是可以有性生活的。孙筱安既然在十年前就已做了手术，以她强势的个性，恐怕受到此次事件的影响并不是很大。

"我认为这都不是关键。"戚晏容接着分析，"就算郊区的别墅没有人知道，孙筱安也不会把李晓荣藏在那里。第一，孙筱安的身份不允许她把身份悬殊且是妹夫的李晓荣藏在家里；第二，孙筱安可能只是通过妹夫报复这个家庭，并不是真正喜欢他。"

屠百药不置可否。

戚晏容坚持屠百药的调查和分析没有出错，不能因为没找到李晓荣就陷入思维的拘囿。她建议采取屠百药惯用的反推法思考。屠百药认为反推法得有一个明确的结果。戚晏容说，如果不能有明确的结果，就从病理上审视——综合来看，孙筱安极有可能患有分裂型人格障碍。

戚晏容说的这种精神疾病，表现为多疑、敏感、怨恨、自负、偏执和不信任他人，在社会关系中很少动感情，孤独古怪，几乎没有知心朋友。

患者虽然痛苦困惑，但并没意识到自身问题。

综合孙筱安的情况来看,她正是属于这种类型。也正是这个“结果”，才能解释得通此案中孙筱安为什么既表现出对家庭的关心而又无实际上的帮助，更能解释她可能才是李晓荣纵火一案的幕后推手。因为，她要悄无声息地报复种下罪孽的养父母!

屠百药豁然开朗，同时又不禁暗自惭愧。他被孙筱安的身份和急切需求孙筱安的帮助蒙蔽了。他把孙筱安的表征解释为她是领导，主观上认为她这种人不会患精神疾病。事实上，任何人都有可能患精神疾病，希特勒就患有人格障碍，斯大林、拿破仑等人也有精神问题。屠百药反观自己，也必须承认有精神问题，强迫、激进、武断、很难承认错误、无法让自己真正快乐、始终不能面对曾经发生的家庭灾难等等，已经是非常严重的精神问题。

“屠老师在想什么？”当戚晏容的声音传进屠百药的耳鼓，他才回过神来。

“我在想，是不是咱们又多管闲事了？”

“咱们做了不少多管闲事的事儿，但是孙总的事儿，我觉得你过于心急。想通过她突然把咱们的业务拉升到一个高度，理论上可以，不过这种做法我个人觉得不太好。”

“那你以前怎么不说？”

“我说了，你会听吗？”

屠百药沉默。他不会听。他总觉得自己是对的，他希望通过集合四方的力量做成一件大事。他并不是想从中捞到多少利益，他放弃了本可以争取更多的股权，以低姿态进入，只是想通过做这个局重振心中的山河，证实他是有一个优秀企业家的素质，证实他还可以平地起一座高楼，把中途岛做成一家大公司。

“现在成了这个样子，我连见孙筱安的面都没信心了。”屠百药低下了头。

“在这个关口，你还必须见她。”

李晓荣究竟在哪里？屠百药想不透。他去了一趟山东探访，李晓荣的亲朋完全不知道他的事，仍然认为他在老丈人家生活得挺好。李晓荣在家排行老二，老大娶了同村媳妇，供养老人都难；老三因当地女子早被有钱人家订婚，自身条件也不怎么样，现在仍然没娶上媳妇。屠百药不便把李晓荣烧房毁屋的事直说，只称晓荣最近说要回趟老家，但手机联系不上。李家人埋怨晓荣现在有好日子过了，也不给家里寄钱回来，神情颇为不屑。

屠百药找到了李晓荣的表弟刘成兴。详问之下，才知道当年的确是李刘二人为孙筱安装修房子，但是孙筱安为省钱竟然少给了刘成兴五千块。“别墅都买得起，五千块都舍不得！”刘成兴朝着玉米地啐了一口。

屠百药回想种种细节，试图从中发现什么。李晓荣作为孙筱安的妹夫，为大姐省钱是理所当然。但是这五千块钱有些蹊跷。孙筱安并不是吝啬人，断不会少给工人工资。

屠百药留了刘成兴的电话，他觉得再提此事或许能找到突破口。

电话打过去，刘成兴已经把屠百药忘了，聊了几句才想起来。当他听到当年的业主并不知情，有可能补他五千元时，态度大为好转。屠百药告诉他，当年完全是李晓荣私自做主扣了他的钱，业主并不知道。刘成兴就骂了起来，说果然是这小子坑了我！屠百药告诉他，业主可以补他五千，不过得找到李晓荣对质。刘成兴说早不联系了，怎么找？屠百药问，当年装修时二人是不是住在别墅里？刘成兴说怎么可能，是在附近租了个平房住的，是业主掏的钱。屠百药心头一动，问在哪里，刘成兴说了地址，说他应该就在这个地方，因为李晓荣在房间里安装了一套做细活的木工器材。

屠百药心头有数了，马上按地址导航，驱车前往。

李晓荣枯坐屋中，看着布满灰尘的机器出神。一个木匠，不能做木工活，天天只能待在屋里，比坐牢还难受。情绪发泄后的快感只有几分钟，然而无边的烦恼如影随形，真是度秒如年。

他至今没想明白会落到这步田地。他一向朴实善良，但是命运像一只无形的手捉弄着他。家庭困苦，加之自己成绩也不好，早早就辍学了。碰到师傅孙刚之后，终于找到了自己喜欢干的事。他喜欢做木工，喜欢那种在汗水浸泡之后欣赏自己作品的满足感。对于稀里糊涂娶了孙小平，他并不后悔，但是在这个家庭所受的压抑如同沉重的石头塞满心间。好在大姐对他很关照，请他吃饭，还曾带他去秦皇岛看海。在他的眼里，大姐就是神一样的人物，让他只能仰望。他只有初中文化，但也受不了孙小平的粗鲁。如果这种粗鲁没有大姐作对照，或许会习以为常。当孙筱安请他装修房屋之后，他有机会经常见到她。大姐身上有一种迷人的气质。她虽身为领导，知识渊博，但从不在他这个妹夫面前显露。她温暖的笑容，无微不至的关心，让他受宠若惊。特别，大姐非常理解他这个上门女婿遭遇的种种不平，虽不明确批评孙刚夫妇，但言语之间多有指责，认为无论是上门女婿还是迎娶媳妇，人都是自由的，至少不能剥夺家庭成员的意志。这些温言让他心上压着的石头暂且能够搁下，同时他那情感的触角无法阻止地向这位大姐伸展。

然而大姐的威严如同一道铁墙，隔离了他的情感信号。大姐不让他住在她家，也不让他在别墅里住。通常情况下，装修人员是可以在施工现场打个地铺，但大姐说这样不好，就在不远的一个村里租了三间平房。屋子很安静，孙筱安一租就是十年。孙筱安本是租来堆放一些资料的，后来这个“仓库”成了李晓荣在北京的落脚之地。大姐把钥匙给他，一切由他自行处理，并鼓励他将木工当成艺术品来做，还专门为他买了一堆木艺书籍和各类工具。李晓荣非常喜欢这个“家”，常借在北京做工为由不回那个他与丈人亲自建造的家。特别是与大姐有了私情之后，他更愿意在那里守候。他始终记得那个晚上，大姐拿了两瓶洋酒回来，闭紧房门请他喝酒。他没喝过洋酒，很快就上了头。接下来的事情如在梦中。大姐的身体保养得很好，让他感受到从未有过的疯狂。那种感觉完全与孙小平不一样。孙小平肌肉松弛，动作粗鲁，不太讲卫生；孙筱安洁白清香，皮肤很有弹性。而且大姐一直在练瑜伽，其柔韧度简直不亚于少女。他像吸食鸦片一样，很快就中毒了。这种毒性，年龄和快感都只能占四成，六成是一种他自己不能解释的奇怪心理。孙家老人和媳妇压制他，他在大姐这里得到了释放或是报复？虽然，他在第一次就知道她的左乳切掉了，但他仍然有一种残酷的快意。

但是孙筱安不让他到她的家里去，两个住处都不让。日子久了，他发现这位大姐只有在这间出租屋里才是活着的，或者自己也只有在这间屋子里才活着。只要穿上衣服出了门上了车，孙筱安立马就恢复了原有的固定气质。一个领导，一个权威人士，一个风云人物。而他，在穿上衣服后就还原成小木匠。

现在，这个“二人世界”门前停了一辆车。

一个硬邦邦的男人正在敲他的房门。

## 080 | 顿悟疗法

李晓荣比屠百药想象的要帅一些。大概一米七五，身板结实，没有赘肉，只是眼睛稍显无神。面对不速之客，他没有问“找谁”，开门后默立一旁。

“我从你的老家来，你父母身体还好。”

李晓荣眼睛亮了亮，说：“谢谢。请进。”

门关上了。屠百药打量了一下房间。进门的屋子里放着木料切割机和打磨器具，成排的木工工具整齐摆放，连挂在墙上的斧、锯、凿、锤等都规整有序。地板上有一些新鲜锯末儿，显然这个木匠从未放下手艺。

“你不问我是谁？为什么到这里来？”屠百药盯着他。

“这里除了我之外，只有两个人知道。”李晓荣回答。

屠百药咧嘴笑了：“你当年要是能上大学，可能成就不在孙总之下。”

李晓荣请屠百药坐在光洁如玉的小木桌旁。屠百药并起二指敲击了一下桌面，问：“这件器物恐怕有些年头了吧？”

李晓荣照实回答：“木头恐怕有些年头了，我是从废品站淘回来的残木块，花了些时间拼起来的。”

屠百药竖起拇指大为赞叹：“了不起！李师傅，我真羡慕你！我有一位老大哥，能把青菜做成最可口的佳肴；有一位医生朋友，能把别人的苦痛治好；而你，能把物品做成艺术品。我真的很羡慕你们这些能精钻一行的人！”

李晓荣领受了他的赞誉，动手沏茶。

屠百药接过茶：“李师傅，你的一生中除了木工外，没有主动干过一件事？”

“只有一件。”

“恶意纵火烧屋，毁坏财物，是要判刑的！”

“从知道真相那天起，我就一直等着这一天。”

“刚才我跟你讲的两个人，一个会做好吃的，一个能解除你的痛苦，你愿不愿意跟我一起去见他们？”

李晓荣没有说话。

面对性格内向的李晓荣，屠百药只得把前因后果一一道来。

李晓荣平静地听着。待屠百药说完，他才说：“其实您刚到门口，我就知道您是谁。”

屠百药愣了一下，随即反应过来：“原来孙总已经告诉你了。”

“您和戚博士到孙家房村我就知道。但我没有办法。我宁可去坐牢，都不想再回那个家。”

“如果我是你，我也不会回去。”

李晓荣没有接话。

屠百药看着窗外：“但是，我也不知道到哪里去。无颜回老家，也不能总是住在这里。”

李晓荣还是没有接话。

屠百药起身：“我只想告诉你一个事实——儿子虽然不是你的，但是，他是你养大的。孙总恨透了养父母，但也不能不管养父母，养育之恩比是否亲生更重要。老人再不对，终究年事已高；小平再不贤能，还能持家理事。如果有些事情不能改变，顺应自然也是一种活法。”

李晓荣知道屠百药所说的“不能改变”就是自己死精的事实。对于儿子，他是有感情的，他比孙小平付出得更多。但是现在要让他马上回家，他想不通。

直到屠百药走远，他还没有回过神来。

在西距北京九十公里的地方，有座盘山。据传当年乾隆皇帝游览此地时感叹：早知北京以东有这等风景秀丽的地方，就不用下江南了。

时近中午，屠百药与孙筱安终于爬上“剑舞峰”。此处是一个平台，此时不见游客，四周苍松杂树繁茂。极目远眺，云飘雾绕。屠百药微微气喘，孙筱安却毫无倦意，看来长期习练瑜伽，身体素质良好。

屠百药说：“相传，此处是初唐军神李靖当年练剑之处。李靖在贞观初年在盘山练兵，一举攻灭东突厥，出将入相，后辞官归隐此地，当真会选风水。”

孙筱安笑道：“那你可知道明朝名将戚继光曾有诗写剑舞峰？”

见屠百药摇头，孙筱安往平台边缘走近几步，眺望着远处，念道：“霜角一声草木哀，云头对起石门开。朔风边酒不成醉，落叶归鸦无数来。但使雕戈销杀气，未妨白发老边才。勒名峰上吾谁与，故李将军舞剑台。”

屠百药说：“我不懂诗，但听起来很有情怀啊。”

孙筱安笑道：“那我再念三句，你猜是谁写的：陟重冈兮望四围，掣霓闪兮断虹飞，嗟嗟三军唱凯归。”

屠百药听了，说：“我不知道是谁写的，但写诗的人胸中有万千气象。”

孙筱安笑道：“正是李靖李卫公。”

屠百药有些惭愧：“我读书少，唐诗三百首都不会背几首。这诗是唐诗里的吗？”

孙筱安说：“李卫公这首诗《全唐诗》没入，但是在清代编入了《钦定盘山志》。”

屠百药把目光转向她：“孙总连这么偏门的诗句都了若指掌，难道不了解自己吗？”

这句话把孙筱安问得一愣：“屠老师什么意思？”

屠百药找了一块石头，摊开一张纸巾，请孙筱安坐下，自己则站在一旁。“您应当知道是什么意思。”

孙筱安望着远方，说：“你找我爬山是假，你还是不想放过我……”

“不是我不想放过你，是你自己不想放过自己。”

孙筱安躯体微微一震，脸色变得如同山下的云雾一般。她挪了一下屁股，仿佛那块平整的石头上有刺。

良久，她才说：“我知道你找到了李晓荣，但你认为他可能回去吗？”

“回不回去，到哪里去，完全在他一念之间。”

“你真的以为一念之间可以解决问题？”孙筱安站起来，眼睛发红，“你儿子死了，你心中的悔恨，能在一念之间忘记？我知道你的目的，无非是让我帮你宣传推广！可是我已经让谢雯帮你了，你还这么死缠烂打干什么？你也别跟我装，你就没有问题吗？你又凭什么摆出一副居高临下的姿态穷追我不放？你真以为你是救世主啊？我见过的有名的心理师多了去了，平时都懒得搭理他们，你算老几？你要是再来烦我，别怪我不客气！滚！不要再让我看到你！”

孙筱安连珠炮似的轰炸和狰狞的表情并没有吓着屠百药。激怒病人是一个必要步骤。特别是对于孙筱安这样有学养的人，要逼她排出心中的毒必须下猛料。

他冷冷地看着她：“宣传推广？还真不麻烦你。我是看你可怜，指点你，你却好心当成驴肝肺。这么多年来，你在人前是媒体大腕，指手画脚，可实际上，你连自己这点事儿都解决不了，让心头的脓越积越多，但是你怕别人碰到它，拼命把它保护起来。可是你这些烂事，你当真以为谁会在乎？就连你养父养母都不会在乎！过去这些破事儿，又不是我害你的，你还跟我发火！我才懒得听这些垃圾！”说罢，转头迈步就走。

孙筱安气得脸色发青。她不知哪来的力气，一下抱起刚才还坐着的石头，用尽全身力气砸向屠百药。屠百药听到声响，赶忙一闪身，但还是慢了些，那石块落地时碰到脚跟，痛得他“啊”地叫出声来。

孙筱安疯了一样扑过来，抓扯他的衣服。屠百药站住了，冷冷地看着她：“你真怯懦，真可怜，你真要有本事就杀了孙刚夫妇啊！你又不敢！”

孙筱安抓着他的手颤抖得厉害，渐渐没了力气。她蹲到地上缩成一团，浑身剧烈颤抖。屠百药没有丝毫同情，继续说："四十多年来，你从未有过爱，活在恐惧里，哪怕表面的名声和成就再多，也无法掩盖内心的孤独。你想报复，但纠结在恩情和仇恨之间；你想爱，但又无法接纳他人，所以采取了非常手段让一个你根本不喜欢的人满足你的欲望；别人伤害你，你逃避这种伤害的同时把新的伤害转嫁给他人……"

"别说了……"孙筱安嘶声叫道。这时的她，精神接近崩溃，眼泪迸溅而出。

屠百药说完，扭身向山下走去。

平台上，孙筱安蜷成一团，泪水肆虐。

她多么想有一个敦实的男人肩膀，然而多年来的独撑让她放不下，视野之内也没有这样的男人。屠百药这样的人她不喜欢，李晓荣分量不足，官场商界那些人无非相互利用。相识满天下，竟找不到一个毫不设防可以交流的人。

孙筱安早已放弃对所谓生活幸福的追求，把主要精力投放在事业上。熟识的人对她既敬且畏，无人与她谈及私人问题。今日，屠百药约她上山，她料到他有话要说，但没想到他丝毫不留情面，句句戳心。心中积压多年的死水，此时竟狂飙而出。

哭累了，心情竟然从未有过的平静，如同大雨落尽后的天空。刚才对屠百药的恨，倏然遁逝。

孙筱安想起身离开，但浑身没有一丝力气。她费劲地把砸屠百药的那块石头翻过来，坐下。

一个声音在她身后响起："姐姐原来在这里，找得我好辛苦。"

孙筱安回头，看到了谢雯。

谢雯从手袋里拿出纸巾和矿泉水递给她："姐姐，你把屠老师砸伤了，也累了，先喝点水吧。"

孙筱安扬起脸："是屠百药让你来的？当说客？你不知道这是别人的

隐私吗？”

“姐姐绝顶聪明，何需说客？”谢雯叹息一声，“我是死过几回的人，以前特别害怕别人知道我的所谓隐私，但是现在想想，完全是自我设置的障碍。天下之人，熙熙攘攘，不过是为寻生计，谁会真正关心别人的私事？说句不好听的，别说你我，就是那些真正叱咤风云的人，谁又会在乎呢？只不过是我们以为自己的那点事很重要罢了。”

若是平时，孙筱安听到这样的言论是毫无感觉的。今日被屠百药逼现原形痛哭过后，感觉心中一片澄明。她问：“那个修理，真的谋杀了你的父母和前夫？”

“现在已经不再重要了。”谢雯淡然道，“修理也好，汪秀力也好，都已化作尘土。如果我特别在乎他，我才会念念不忘。现在他已经从我生命里消失，而我的父母和前夫也同样消失了。无论是爱是恨，都是过去的事。如果我想活下去，我就不能让过去主宰我的命运。”

“看来你是受了屠百药的影响。”

“屠百药的影响只是一个方面，最重要的方面是我能想通。”

“想通？”孙筱安说，“我听说屠百药的基地有个白净，她姐姐利用了她，丈夫是变态，她身心受了巨大伤害，她最后恐怕也没有想通。如果想通，就不会去寺庙避世了。”

“去寺庙也是一种想通。想通的表现形式很多，去静修只是其中一种。如果你想想通，一秒钟就能想通；你不想想通，一辈子恐怕也没办法。”谢雯看着她的眼睛，微笑道。

孙筱安突然哈哈大笑：“你不仅是企业家，也是出色的心理师。走，我们下山！”

屠百药就在山下的停车场。看着一路谈笑走来的二人，变戏法似的从车里取出一束花，双手捧给孙筱安：“请孙总收下。”

孙筱安收了花，看着他说：“谢谢屠老师，可否将这花送给谢总？”

屠百药笑道：“花已送给您，您想怎么处理都行。”

孙筱安把花转交给谢雯，头也不回地进了车里。屠百药敲打她的车窗。车窗开了，孙筱安问：“还有什么事吗？”

“祝贺孙总顿悟。但是，我们是不是应该去一下孙家房村？”

“为什么？”孙筱安扬起脸。她的眼神里已然没有杂质。

“因为……孙老伯，欠您一个道歉。”屠百药被她的目光逼得不敢对视。

“我已经不需要。”孙筱安露出了骄阳一样的笑容，“就如同你刚才送我的花，我已经不需要。”

她关上车门，把车缓缓开离停车场。谢雯跟在她身后，从车窗里向他微微点头。

屠百药突然感到一阵失落。

## 081 | “围城内外”

屠百药回到中途岛，向戚晏容讲了经过。

戚晏容是个很好的听众，无论是谁在发言，若非必要她绝不打断。听到孙筱安连花都不要了时，她叹息道：“孙总真是悟性极高的人。她突然想通，觉得这世间没有什么是必须有的，也没有什么是必须无的。她应该已经放下了过去，有可能包括家庭和事业。”

屠百药猛然一惊。他一直把孙筱安当成事业发展的跳板，才花大心思帮助她。“看来，孙筱安是不会帮咱们了。”

戚晏容认为，孙筱安的心结在家庭，往深里说是对自己的成长耿耿于怀，拼了老命想找回失去的自己。然而逝去的已经逝去，不可能再来一遍。这个道理很好懂，但身在其中又浑然不觉。直到屠百药采取极端的办法刺激她，她才猛然顿悟。而具备这种能力和心智的人，十分罕见。现在的问题是，她下一步想做什么？倘若她如同白净一样心灰意冷，很可能会放弃权力。如果是那样，指望孙筱安帮忙的事儿就变得渺茫了。

过了几日，下过小雨，谢雯来中途岛。正好当天，戚晏容到新址培训员工，中途岛只有屠百药值班。说是值班，其实院儿里只有一个新来的住客，先前那些人随着牛兴、荣坤等人的离去，一阵风似的走了。

谢雯提了一个袋子，进了办公室，见屠百药神情呆滞地坐在那里，也不起身招呼，就说：“屠总，您老人家面色晦暗，来了客人也不招呼，是不是病了？”

屠百药只得起身，给她沏茶：“谢老板来了，带病都要招呼的。”

谢雯接过茶，捂了一下嘴："恕我直言，老屠你得休息好才是，口气那么重。"

屠百药竟然笑了："是，最近自己都能闻到嘴里的臭气。被咱们孙总这事儿整得有些上火了。"

在去盘山之前，屠百药打电话邀请谢雯一起，按照他的方案，在他激怒孙筱安后由谢雯来收场。但之后的事儿，二人并没有单独交流。屠百药猜想以谢雯与孙筱安的关系，沟通善后是恰当人选。但是孙筱安既然"想通了"，恐怕会产生思想上的转变。而思想一旦转变，很可能会放弃她一直坚持的名利，从而直接影响她对中途岛的帮助。

谢雯的话印证了他的担忧："孙总已经辞职了。"

这个结果虽在屠百药意料之中，但他还是有点不敢相信。"完全放手了？"

"孙总感觉这些年太累了，想休息一下。上级部门已经批准她辞职，接下来她可能要出去走走，然后退休。"

"那，咱们书稿的事儿，黄了？"

谢雯把袋子打开，取出一个牛皮纸袋交给屠百药。这个袋子屠百药见过，是孙筱安用来装《情感风险管理》书稿的。既然孙筱安让谢雯带来，显然是退稿。他再无心情看，说道："早知道是这结果。"

谢雯看着他的眼睛："可是你明知你的做法会造成这个结果，为什么不提前收手？在顺峰吃饭的当晚，孙筱安突然拉我入伙是为了回避这件事，但你却死咬不放。"

屠百药颓然道："我不会昧着良心做事。孙总不帮忙，是她的意愿；我们不治病，是我们的失职。做事，倘若只想着好事而忽略坏事，也是做不长的。"

谢雯突然笑了："每次看到你认真的样子，我不知道该为你高兴，还是担忧。"

屠百药没明白她的意思。

谢雯说："一个人太较真，不会快乐，所以为你担忧；但从另一面看，认真的人往往会得到尊重，也会有意想不到的运气。"

"运气？"屠百药丈二和尚摸不着头脑。他觉得自己最近运气很差。

"实话告诉你，这本书已经确定出版，而且出版社还要力推。"谢雯忍不住有些兴奋。

"你不是说……孙总已经辞职了吗？"

"她辞职了，但是书稿出版社要出，有什么问题吗？"

屠百药打开牛皮纸袋，翻开，见上头批注更多，有的页面红字甚至超过了原文。他马上明白了：孙筱安一直在批改戚晏容的书稿，甚至对他的批注也进行了修改。孙筱安加入的内容，专业方面的不多，然而都是不可或缺的"润滑剂"。有了这些，整部书稿才变得更具可读性。

"看来，我是以小人之心度君子之腹了。"屠百药叹息一声，"其实无论如何，孙总因为有你这位朋友，都会帮忙的。"

"这回你又错了。"谢雯含笑道，"我当初到你们这里来，你们问过我太多吗？你们有职业道德，孙总也有。如果书稿真的不好，你就是孙总的亲弟弟又有什么办法？"

屠百药知道话虽如此，还是心存感激。"孙总是不是对你交代了什么？"

"没有什么交代。"谢雯转了一下眼珠，"她只是说，李晓荣会自动回家，孙家的事就到这儿吧。"

"可是……这个案子没有了结啊。"

"不是所有的事都必须有了结，有时候不了结会比了结好。"

屠百药点点头，有些关切地问："玉娇还好吧？"

"谢谢关心。她会适应的。"谢雯转头望着窗外。窗外的杨花已经飞尽，雨后的树木苍翠欲滴。

化妆室里，化妆师还在精心为戚晏容化妆，屠百药已经有点焦急。

这是位于中国传媒大学附近的电视节目制作中心，全国的卫视都在这里录制节目。中部卫视开了一档《围城内外》节目，主要讲述婚姻内外的故事，通常邀请三五嘉宾，有明星、作家、情感专家或医学专家。中部卫视虽把节目上星，但收视率一直不温不火。由于谢雯的金枝公司是节目赞助商，谢雯推荐了戚晏容作为嘉宾。

戚晏容从未上过电视。屠百药知道这是难得的机遇，鼓动她参加，但又不能提出什么建议。若论口才，屠百药自信还要强一些，不过他不是专家也非作家，更没有博士头衔。公司的策略是主推戚晏容，只能把她推到台前。屠百药担心这样的机会戚晏容把握不好，毕竟上镜与平时聊天不一样。当年自己风光时上过财经节目，自以为可以侃侃而谈，直到节目播出时坐在家里一看，才发现全是毛病，从此再也不敢上电视。

戚晏容有这个心理素质吗？她能解析好问题吗？节目的台本，他和戚晏容都能背下来，但是导演在沟通时也说过，台本只是一个框架，临时发生的情况需要随机应变。因为“围城内外”节目有二十四位“问题嘉宾”和两百名观众，随时都可能提出问题。屠百药知道这种录制节目是经过剪辑、审核才能播出，不过要是戚晏容回答得不好，就会让别的嘉宾抢镜。戚晏容平时说话轻言细语，而电视节目受时间所限，必须调动观众激情才行。

正在他胡思乱想之际，妆化完了。眼前这个人，他几乎认不出是戚晏容。她仿佛年轻了十岁，露出的肌肤白里透红，眉毛如两条柳叶，眼眸清澈，睫毛在眨眼之时如同孔雀羽毛一样闪动，乌黑的齐耳短发给人一种它在旺盛生长的错觉，嘴唇经过化妆师的雕琢显得红润丰满。她本来很瘦，现在穿上黑色深V职业装，看上去个子似乎高了五厘米。

“你……你的眼镜呢？”屠百药觉得，不戴眼镜就不是戚晏容了。

“要上镜，有镜架不好，所以用了隐形眼镜。”胖胖的化妆师对他笑了一下。正在这时，女导演进来了，要做最后的沟通，请屠百药到楼下的观众席第一排中间就座。

演播室面积很大，工作人员走马灯似的忙活着，观众都已到位。主持席摆了四把红色的椅子，灯光此时正集中在这个区域。二十四位“问题嘉宾”呈半圆形把这个区域围着。屠百药扫了一眼，这些“问题嘉宾”有男有女，但表情都很兴奋，看不出有什么问题。

观众席灯光很暗，屠百药好不容易才找到座位坐下，感觉左臂被轻拍了一下。一扭头，就看到了谢雯。

谢雯今天也经过精心打扮，星眸闪动，伸过头在他耳边说：“你认为今天戚博士会有什么表现？”

屠百药摇摇头：“只有结果出来才知道。”

谢雯笑道：“我看你比博士还紧张。”

导演上场开始给节目组团队训话，也给在场嘉宾和观众作了“强调”，各种禁忌和注意事项连屠百药都记不住。他悄声对谢雯说：“直接闭嘴只鼓掌不就行了？”

谢雯笑道：“还得把表情调好，哭丧脸是要被剪掉的。”

五分钟后，音乐响起，灯光亮起，三名嘉宾鱼贯上场。走在最前面的一位是体态丰满、留着披肩长发的男子，第二位是体态轻盈的女子，戚晏容走在最后。在化妆间时，屠百药大概知道长发男三十出头，是位网红作家，专写情感小说，粉丝上百万；那女子是位三线女星，演过几部电视剧，不温不火。二人的名字工作人员介绍过，但屠百药没记住，因为他既不看网络小说也不看电视剧。从这个上场的排序来看，戚晏容是配角。

主持人从另一端出场。她算得上是位美女，长发细腰，眼波如水，举手投足都受过严格的训练，一上场就有雷鸣般的掌声响起。屠百药发现身旁的谢雯拍得都比自己响。

主持人在连珠炮似的开场后，向观众介绍三位嘉宾：著名当红情感作家萧雄、知名演员秋海儿、情感风险管理专家戚晏容博士。当介绍到戚晏容时，主持人看了一下手中的小条子，仍然错念成“情感风险管控专家”，不过她突然意识到了，赶紧补了一遍。屠百药心里一紧，身旁的谢雯耳语道：“没事，剪出来就好了。”

屠百药突然意识到，倘若没有谢雯的赞助，恐怕戚晏容连上节目的机会也没有。这个身份的认定，肯定是谢雯明确要求的。节目方为了经济利益，只把年龄资历更深的戚晏容排在最后，看来今天的节目戚晏容不仅是配角，恐怕出镜的机会也不多。

接下来进行的节目内容果真印证了屠百药的判断。主持人引导的主题虽然仍是婚姻问题，但更多的是向萧雄、秋海儿提问。坐在两位女嘉宾中间的萧雄侃侃而谈，如同一位演讲家一样抑扬顿挫，但屠百药听得直皱眉头。这位三十出头的小伙净拣大家喜欢听的说。现场一位“问题嘉宾”问夫妻实在过不下去经常大打出手，但是担心孩子受伤害怎么办？萧雄说要制造浪漫，平时在生日、节日送送花，出去旅游，一定会和好如初。秋海儿则笑吟吟地谈到婚姻家庭，认为只要实施夫妻消费 AA 制，一般不会出问题。就这个话题聊了半天，主持人才想到还有一个戚晏容，就问博士怎么看？戚晏容有些紧张，但还是说出了自己的观点——这对夫妻的问题只有两个：一是孩子，二是个性。一个在吵闹或有暴力问题家庭长大的孩子，比在孤儿院长大的更容易有心理问题；夫妻若已到水火不容的地步，离婚对双方和孩子都是解脱。

主持人虽未明显反对，但“问题嘉宾”中有人列举离婚后孩子的伤害故事，更有人认为所谓个性问题是可以调整改变的。萧雄更是认为绝大多数婚姻是可以和谐共处的，只要心灵向善、加强学习，现场观众也都向各种“正能量”鼓掌。屠百药感到了戚晏容的尴尬。她不时往台下看，但是距离很远，加之第一次戴隐形眼镜不适，显得手足无措，连辩解的权利都放弃了。

主持人继续引导着话题，转向婚姻治疗，称婚姻治疗在西方社会很通行，如同我国治疗身体疾病一般，但我们有婚姻问题却认为是“家丑”，宁可捂着掖着也不愿求助。话题讨论热烈，萧雄抢着表达自己的观点，认为我国国情不同，不能照搬西方模式，还是要从内部沟通解决，争取最好的结果。秋海儿用温柔的声音表达自己的观点，认为既然成了家，就应该相互忍让，做出牺牲，特别是女人不要太强势，多花气力照顾好老人孩子,成为丈夫的有力助手,家庭自然和谐。二人的观点得到认同，二十四位“问题嘉宾”亮起了二十一盏灯。眼看话题就要结束，主持人看到戚晏容表情木然，一语不发，礼节性地问博士怎么看。戚晏容没有回答。主持人又问，戚晏容才习惯性地扶眼镜，但右手食指没碰到镜框，下意识地坐直了，说:“我认为你们都是在老生常谈，净说些不痛不痒的话。”

此语一出，全场皆惊，所有人的目光都盯向她。

## 082 | 我会一直陪着你

当天录制现场谈了哪些内容，戚晏容已不记得。在当时紧张的情况下，她只是凭自己平时的工作心得和专业技术谈论婚姻治疗的问题。她并不想标新立异，但是她不会因为迎合观众和节目组的意思而违心说话。对于她这样的人，就算手把手教也没用。

屠百药倒是记得。戚晏容的主要观点，他是熟悉的，就是平时工作中的内容。自从写成《情感风险管理》，戚晏容的经验和理念得以融合，主要赋予婚姻“经营管理”的概念，认为婚姻是有风险的，所以必须通过识别、预测、预防、管理、补救等系统方案来实施，管理中还要建立家庭规则、管理家庭财政、预防健康风险、学会心理博弈。由于这些观念和方式都很新，又很专业，在场所有人包括主持人都听呆了，后半场几乎成了戚晏容的专场，录制也延长了时间。屠百药发现，戚晏容一旦进入自己的专业领域，先前的紧张和顾忌一扫而空，讲这些枯燥的理念旁征博引，就连特别会说话的萧雄张了几次嘴也未能提出反驳意见。但是，观众们的掌声并不热烈，最后是现场工作人员竖起了几个提示板才有些应景的掌声。

在回中途岛的车上，屠百药一直没吱声。戚晏容也没说话。现场录制了三个多小时，真正播放只有五十分钟，加上广告也就一个小时。戚晏容的“单口相声”就有几十分钟。剪出来后的内容还剩多少？效果如何，不得而知。

谢雯打来电话，对戚晏容表示感谢。她个人非常认同戚晏容的观念，认为没有约束和秩序的婚姻是不可取的，时代不同了，不能按原来的方式对待婚姻，婚姻病必须全方位预防和治疗。同时，她还说《情感风险管理》已经进入三校阶段，她会催促出版社尽快出版发行，而当前得做好社区演讲的功课。

谢雯联系了北京朝阳区欧陆风社区。这个社区连年被评为市先进社区，居委会非常开放，经常请一些专家、学者前来讲文化、读书、养生等方面的知识。本次请戚晏容，主讲“如何构建和谐家庭”。屠百药认为这是不可多得的契机。深入社区，与家庭直面交流，是传播情感风险管理理念的重要途径。

五天以后，屠百药陪同戚晏容到了欧陆风居委会。原本，屠百药以为会有很多人来听，但并不大的厅中只有不到二十人，一半以上是老太太。居委会工作人员连声道歉，说通知已经在社区板报上登了几天，满以为会有很多人来，可能有的人忙还没下班。其时已是晚上八点，还没下班不过是说辞，真正原因还是戚晏容没有名气。细心的屠百药见墙上贴了些曾在电视上出现过的专家授课场面，这个小厅根本进不来人，一半以上的观众只能站着听。

然而戚晏容没有在乎人数。她像拉家常一样，先与大妈们聊起来，还通过诊脉、看舌苔等方式了解她们的身体情况。一位五十多岁的妇女斜靠在塑料椅子上，梗着脖子说自己落枕了。戚晏容走上前去边温言安慰边按摩她的几个穴位。

居委会工作人员终于正式请戚晏容授课。屠百药坐在后面。此时他猛然发现自己关心戚晏容远胜自己。这并不是说他喜欢戚晏容，而是生怕她有任何闪失。不过听了几分钟，屠百药放了心。戚晏容在这种场合讲得更好，鸦雀无声的场面和大妈们迷醉的眼神足以证明戚晏容说的话极为入心。

突然，那个落枕的妇女“啊呀”一声，在场的人吓了一跳，都转头看着她。她甩了甩手，站起来说：“神了！真神了！我好了！”

小区里的女人们都熟识，知道她能活动了，都大为惊奇。戚晏容微笑着说，这根本不神，只要找准几个穴位，特别是手背上中指和食指相对的掌骨之间有个“落枕穴”，一旦落枕按压时有酸痛感，按压 5～15 分钟即可缓解。她边讲边演示，女人们跟着练习。

这个小插曲让戚晏容赢得了信任，大家都开始放松，说出了心中的疑惑。戚晏容用通俗易懂的语言解答。由于她的知识通过《情感风险管理》系统的梳理，较之以前的解答更有针对性。当晚一直聊到十时，听众仍恋恋不舍。

在回中途岛的路上，屠百药夸赞了戚晏容。戚晏容叹息了一声：“你的鼓励我很感谢，但无论是上电视还是进小区，都并不成功。”

屠百药说：“做事难，做别人的心理工作更难。下面还有谢雯联系的十几个社区，你还得去。不用担心，我会一直陪着你！”

戚晏容把头扭向车窗外，干涩的眼里涌动着温润的液体。

正是这句“我会一直陪着你”，给了戚晏容信心。在近两个月的时间里，她坚持完成了十一场社区讲座。屠百药认为一次比一次讲得好，请影视公司的摄像师先把素材录下来备用。有几次，谢雯也来听讲，夸赞戚晏容讲得好。戚晏容每次讲完总是很不自信地请屠百药提意见。屠百药安慰她：你真的讲得特别好。

时间久了，戚晏容越来越没信心。特别是七月二日中部卫视节目播出之后，戚晏容感到了从未有过的挫折。

这是中途岛灵魂人物首上电视。节目播出需要一个多月的时间，其间制作、修改、送审等，都很花精力，有的节目直接枪毙，所以通常都要预备六到八期节目。“围城内外”每周六晚十时播出，当天中途岛全员收看。屠百药让叶枫琴在新址组织，自己则与戚晏容、陈让、刘刚在中途岛办公室收看。庆幸的是，戚晏容关于婚姻治疗的新观点没被剪掉多少。戚晏容边看边皱眉，显然对自己的表现不甚满意。的确，在特写镜头下，她的紧张暴露无遗。

陈让看了后说：“我，认为，博士，有点，紧张。”

屠百药白了他一眼：“你认为你上去不紧张？”

陈让说：“我认、认为，我上去，就不结——巴了。”

刘刚禁不住笑了起来：“陈师傅真有意思。第一次上电视，谁不紧张？但是博士讲的才叫有料，他们都没说到点子上。”

这时谢雯打来电话，屠百药接了。谢雯说：“屠总，我只能这样了。那些留下的镜头，是后来剪上去的，因为节目组认为戚博士名气不够，对收视率有影响。”

屠百药沉默了一下，说：“谢谢了，我明白。”

挂了电话，屠百药让陈刘二人回房，看着有些发呆的戚晏容，说：“不要多想，你已经尽力了。”

戚晏容呆呆地说：“其实，当初就应该你上。我没有激情，不会调动情绪，就算在专业上也认死理，况且所谓专业灵活度也不如你。这段时间来，我真的很累，不是身体累，是心累。”

屠百药给她倒了杯水，没有说话。的确，戚晏容在演讲和上节目时不会“表演”。其实绝大多数所谓节目和演讲，受众是来寻找与自己观点相同的东西，连那个年纪轻轻的萧雄也深谙此道。观众活得太累，看节目无非找乐子，听讲座也是想听听笑话放松放松。然而戚晏容无论什么场合，既不会“抖包袱”，也不会讲笑话，纵使把生涩的问题讲得通俗易懂，也不会有好的效果。

见屠百药不吱声，戚晏容继续说：“刚才谢总来电话，我也能猜到，她为了给我争取多亮相，不知花了多少钱！”

屠百药说：“你不要多想，那些名人谁不是经过挫折才有点名堂？做事但求问心无愧。”

戚晏容摇了摇头：“我就是做小诊所的料，走到今天是有点透支……”

屠百药说：“可是我拍着良心讲，你这段时间真的是有飞跃……”正在这时，智能手表微震一下，是叶枫琴发来的微信：老大，我觉得本期节目收视率不会高。

几天后，收视率统计出来。果如叶枫琴所料，以前还能排到同类节目十五名左右的《围城内外》，跌到了第二十九名！屠百药上网查了查，《围城内外》往期收视率一般在0.8%左右，然而本期收视率为0.418%。跌到这个份上，节目是否继续存在都是个问题。

屠百药决定不把这个结果告诉戚晏容。

智能手表轻微地响了一声，是叶枫琴发来的信息，邀请他到院外的小餐厅午餐。

屠百药出了中途岛。与刚来时相比，这里的店铺似乎一夜之间冒了出来。自从确定通州区为首都行政副中心后，人们都往这里来了，以前空旷的街道现在开始拥堵。

屠百药徒步走进约定的晓月茶餐厅，叶枫琴已坐在角落。

“怎么回来不进院里？”屠百药问。

“私下约你不行吗？”叶枫琴今日身穿乳白色短裙，化了淡妆，整个人看上去精神百倍。

“那边的培训做得怎么样了？”屠百药问。这段时间，他主要陪同戚晏容四处活动，好长时间没到东方新天地的新办公室。关键是他去那里也没有自己的办公室。先前他有间总经理办公室，自从让叶枫琴代替自己主持新址的工作后，他就让出来了。他从心底更喜欢中途岛这个院子，在这里倾注的心血也更多一些。

“万事俱备。”叶枫琴微笑道，“只是，这东风可能有点弱。”

屠百药听出了弦外之音，盯着她的眼睛说：“你怀疑戚博士的能力？”

“我没怀疑。”叶枫琴说，“我从没怀疑晏容姐的能力，但是……但是市场靠数据。这次中部卫视宣传力度挺大，收视率这么惨，你认为是什么原因？”

屠百药也说不出缘由。据谢雯私下对他讲，的确做了宣传，收视一开始还可以，越到后来换台的越多。民众的遥控器如同一个投票器，他们的选择谁也没办法左右。

见屠百药沉默了，叶枫琴试探着问："我们是在做生意，不是做公益。不说中部卫视的事，就说这十几场社区讲座，反馈效果也很不理想。以前咱们把宝押在孙总身上，可孙总抽身而退了，只剩谢总在支持。但是，谢总是生意场上的人，投的钱也最多，如果长期没有收益，她会怎么想？还有荣总、牛总、刘总、张总他们，会怎么想呢？"

屠百药一时无言以对，说："那你究竟想说什么？"

叶枫琴叹了口气："我从不怀疑你的战略，晏容姐的专业我也从不怀疑，毕竟跟着她这么多年了。但是，节目和讲座的受众，大部分人是中老年妇女，她们很传统，很难接受新观念，所以往往是那种符合她们心理期待的、鸡汤类的节目才会赢得喝彩。此外，人们迷信名人，不管什么人，只要有名气，就会拥有粉丝。现在是粉丝经济社会啊，可是咱们仍然用传统的方式做宣介，相当于炮换鸟枪，是不行的。"

屠百药听进去了。叶枫琴的话，很在理。这个小妮子在变化，从一个助手型的人向一个能把握全局的经理人在变化，仿佛有无穷的潜力。屠百药为她高兴，当场鼓励了她："枫琴，你真的很厉害！我承认自己观念老、方法旧，你现在主持新公司的业务，干得风生水起，你有什么就请直言。"

她不失时机地把三个月的财务报表交给屠百药。

屠百药扫了几眼，三个月来，公司全是亏损。

## 083 | V型大反转

其实不用看，屠百药也心头有数。若非先前中途岛治疗的十几个案例赚了钱，眼下这份报表足以令人垂头丧气。作为总经理，屠百药猛然间发现自己失职了，不去抓营收，却亲自忙活外围的事，值得检讨。

当然，他隐约觉得这中间有些问题，但问题在哪里，又想不出来。

这时，叶枫琴把 iPad 拿出来，调出了文档。屠百药接过一看，是公司新的工作计划：

1. 中途岛经过一年多的实践，证明有强烈的社会需求，情感治疗是卓有成效的，屠总制定的战略正确，公司具备了向市场扩散的条件，能够让更多的情感伤员受益。

2. 传统的推广方式已经不适应新时代的发展，应当主要通过网络平台进行推广，传统媒体只作为辅助手段，建立自媒体平台迫在眉睫。

3. 戚博士和屠老师这样的灵魂人物和专家不宜裹进普通的婚恋症候和情感咨询业务中，现今培训的二十四名具有心理咨询资质和专业业务能力的人员可以开展普通业务。

4. 推广平台应注重自建，利用微信公号、今日头条专家号、新浪微博、百度百家、天涯论坛、知乎问答等新媒体平台和中途岛网站，把治疗案例、授课视频、专业文章、服务内容精编上传，并根据用户情况在前台、后台提供线上服务。同时，分别建立十个超大 QQ 群和微信群，采取值班制零距离服务。

5. 考虑到公司未来的发展，正式在东方新天地注册成立公司总部，通州中途岛改为线下治疗基地，继续招收需要身心调整的学员，刘刚和陈让可从体能和营养方面配合。出于基地管理考虑，建议任命刘刚为训练总监，陈让为营养总监，赵娟为客服经理。

6.《情感风险管理》专著出版发行后，要策划传统媒体和网络媒体的专题采访，在全国各大书城掀起讲座浪潮，吸引更多客户到各种平台，积累客户资源。

7. 先期以戚博士、屠老师为主导，长远来看仍然要培训大批具有实战经验的婚恋专业人员，主要通过线上为广大情感伤员服务。

8. 以北京为中心，以一线城市为依托，逐步扩散到二、三线城市。

屠百药不由得对叶枫琴刮目相看。这个计划虽然简略，但操作性很强。不过，他对第七条不太明白，问道："主推戚博士，是公司既定的策略，你这个计划里说'先期'，是不是以后就逐渐淡化了？"

叶枫琴说："屠总，一个人再厉害，浑身是铁能打几根钉？您也看了报表，咱们现在每月的开销是笔庞大的数字，仅房租就七位数，倘若不形成规模效应，恐怕坚持不了一年，对投资人无法交代。您和博士是公司的旗帜，但是旗帜是引导方向。就跟打仗一样，旗帜并不是武器，只是灵魂。只有把咱们的团队资源整合起来，才具有真正的战斗力。"

屠百药认真地看了看她。以这个"徒弟"现在的思维和眼光，她完全可以出师了。她除了拥有专业优势，对市场的敏锐和把控也着实让屠百药服气。是长时间不在一起探讨的原因？还是她真的一日千里进步神速？屠百药一时想不明白。但是，他意识到她是对的。

"我完全赞同。再添一条：叶枫琴为执行总经理。"屠百药把 iPad 还给她，"这份计划很好，但按规矩还得给戚博士和董事会成员过下目。如果都没意见，就执行吧。"

叶枫琴脸色变得有些绯红。她站起来说："感谢屠总的栽培和提拔！

更感谢屠总的信任！无论如何，还得是屠总掌舵，我一定竭尽全力执行好屠总的命令！”

屠百药回到中途岛，见戚晏容面色漠然地看着网络视频。

中部卫视的节目播出后，第二天上传到几个与电视台合作的平台。本期节目除了标明《围城内外》第53期，还打了个标题——作家明星谈婚姻中的那些事儿。屠百药瞄了一眼，网络点击率为7210次，没有留言，只有几个赞。这在视频节目中是很低的点击率。

屠百药今日受了叶枫琴的启发，认识到网络世界有其规律。本期节目重点剪辑了戚晏容的新观点，但却以“作家、明星”为噱头，根本就是文不对题。

他拿起电话，给谢雯打了过去，问她能否将这期节目的视频母版传给公司，好重新修改题目和摘要上传别的平台。谢雯说直接下载就可以，如果有版权问题，由她出面协调。屠百药马上打电话给叶枫琴，让她回中途岛。叶枫琴就在附近，当即答应尽快回办公室。

戚晏容有些灰心。她表现一直都很“淡定”，但内心比任何人都关注。屏幕上的自己自然比平时更有亮色，不过她仍然担心自己说得对不对。反复看过几遍之后，她未能找出有哪些不对，反而发现比平时上课更为集中，表达也更顺畅。是什么原因反响不足？她想不出。

叶枫琴进屋后，首先大赞姐姐讲得好，眼里满是钦佩之色，与单独跟屠百药沟通时判若两人。三人短暂沟通后，叶枫琴开始下载视频，请屠百药起一个标题。屠百药想了半天，起了一个题目：女博士舌战作家明星揭秘婚姻战争。戚晏容听了，连连摆手，说这个标题党。叶枫琴却认为还不够吸睛，改成“离异美女博士揭秘夫妻战事”更好，干脆把作家、明星都删掉了。

屠百药一听，认为非常好。戚晏容死活不愿意，说离异这样的私事不应该放上去，而且节目有三位嘉宾。屠百药这次坚定支持叶枫琴，认为她的标题适合网络。争论了半天，戚晏容拗不过，只好答应试试，并说下不为例。

当晚，叶枫琴把下载的节目上传腾讯视频，在微信工作群指派下属逐步开始扩散。平台审核在一个半小时后成功，叶枫琴首先转发腾讯视频，并写了诱导性推荐语：婚姻战争的导火索原来在这里，看完这个视频全明白！

屠百药也转发到微信上，写了句：句句戳心，心理学博士深度解构婚姻危机，看完啥都明白了！

戚晏容没转。她拉不下面子。

很快，谢雯、张志钢、刘成双、荣坤、牛兴、白纯、张五洲、闫兰、赵娟、邱大成、刘刚、孔爱佳、许志杰、叶天才等人都转了微信。半个小时后，屠百药朋友圈里的好友有 103 人点赞、79 人转发。这令他大为吃惊，因为平时他根本没时间也没兴趣打开微信，上微信不过是为了联络或潜水看看别人转发的东西，自己从未转过任何内容，也未给别人点过赞。突然，宋时鱼点了个赞，接着也转了。这让屠百药有些惭愧。对这位兄弟，他是在乎的。宋时鱼被气走了还能转这个微信表明还有情义，但屠百药回复他后又没有回音。更让屠百药没料到的是，现在不知在哪里的孙筱安也转了，还写了一句话：这是我见过的最好的婚姻治疗师，没有之一！

孙筱安自加了屠百药微信以来，从未发过言。普通情况下，像她这样有身份地位的人极少转发他人的内容，此次以这等赞誉转发视频，完全出乎屠百药意料：一位传媒大鳄纵使辞职了，其传播力也是普通人的百倍千倍！

智能手表叮叮直响。屠百药回复不过来，赶紧登录微信电脑版，开始感谢和回复。叶枫琴则手指飞快地在手机上划拉。好长时间没有这么忙过了，有些好几年没联系的朋友也出来说话。屠百药这才感觉到，社交媒体在变，的确是自己的方式落伍了。

这一通忙活，一直到晚上十点多。叶枫琴突然尖叫一声，把屠戚二人吓了一跳。屠百药从电脑桌旁起身，走过去一看，叶枫琴打开的电脑页面上，视频点击量突破了五百万！

仅仅一周时间，视频内容点击突破六千万次，中途岛新址和旧址的电话忙不过来，全体员工需要加班到晚上九点才能下班，新升职的刘刚、赵娟和陈让一直忙到凌晨。前来中途岛报名诊治的人数络绎不绝，限于条件，只能收治十六人，其余的只好排号。特别让戚晏容疲累的是，全国各大媒体纷纷上门采访。连续一周的疲于应付，让戚晏容咽喉红肿，不得不住进许志杰的医院。

住院是屠百药的安排，目的是让她休息一下，同时也担心言多必失，还是回避一下稳妥。

屠百药安排完基地的工作，就去看戚晏容。他榨了一瓶胡萝卜苹果汁，为了保鲜，加了几滴柠檬汁。进了病房，见戚晏容坐在床边看iPad。关于戚晏容的报道条目，加上转载文章，已经超过六十万条；百度百科已让叶枫琴组织人马建立，还配上了经过筛选的图片，短短几天就有超过五万人访问。

“你现在是名人了。”屠百药笑道，“成为名人要做的第一件事，就是不要上网看评论。”

戚晏容尴尬地笑了笑。的确，住院以来她看了不少网络评论，多半都是网络喷子胡乱发泄。她也知道这是网络常态，不过屠百药的提醒是对的。从心理学角度，一个人如果太在乎他人的看法，就会活得很累。以前，戚晏容总是给患者讲这些道理，不料到自己身上还是难以免俗。

屠百药变戏法似的，取出一本书双手捧给她。戚晏容接过一看，原来是《情感风险管理》出版了，一股淡淡的墨香沁入鼻腔。书做得朴素而精美，细心的编辑还按章节写了提要。戚晏容捧着它，感觉眼睛发酸。她不是一个容易动感情的人，但这本书的意义对她而言非比寻常。它不仅凝结了自己的心血，也饱含屠百药这样的好搭档的无私奉献，还有孙筱安这样的高人的义务付出。她终于没忍住，让一滴眼泪滴在扉页上。她正要去擦，屠百药却打趣说：“这是头胎。作者用眼泪签名，值得珍藏。”

戚晏容的手机响了，是谢雯打来的。谢雯首先祝贺了她，并称出版方将组织盛大的讲座和签售以配合发行，首站是北京西单图书大厦，接下来是深圳、上海和成都，请戚晏容休养好身体。戚晏容感谢了她，表示一定配合好。

挂了电话，戚晏容对屠百药说：“当前的各种利好，是谢总帮了大忙，但我总觉得她的背后还有一股力量。”

屠百药笑道：“你是越来越敏锐了。没错，不仅是谢雯后面有力量，咱们小叶子后面也有力量。”

戚晏容一惊：“枫琴有什么力量？”

“任何事都如同海上的礁石，我们通常只看到水上的那部分，但水下的部分看不到。看不到，不等于它不存在。枫琴能在那么短的时间内协调好各方关系，迅速推动咱们的事业，效果非常明显。但是，以我对她的了解，她还没有达到这种统筹的水平。是什么原因？当然是背后的原因。”

“背后的原因是什么？”

“有可能是谢雯，有可能是孙总，也有可能是荣坤、牛兴，或者其他因素。”

戚晏容警觉起来：“你是说，枫琴对我们隐瞒了什么？”

屠百药摆手道：“我们也曾对枫琴隐瞒过，关键要看大局。现在所有的推动都是好事儿，我们何必要追究呢？做事，看方向，看结果，其他的能糊涂就糊涂。”

戚晏容沉默了半晌，说：“屠老师，现在你一直陪着我，我很感谢。但是我了解枫琴，她并不具备把控全局的能力，我看还是由你到新公司主持工作的好。”

“这个我考虑过多次，既然今天董事长提出来，我就告诉你：当前咱们公司是脆弱的，推广看似有了爆炸式的影响，但我心头清楚，还不能真正形成产业势能，如果不能设法维系，一切都会像一阵风一样。枫琴的计划，无论是她自己想出来的，还是别人出的招儿，都是正确的。一句话，对你这个核心人物的推广和宣传不能停，而且必须以实实在在的活动和内容逐步产生持续的影响。因此，你绝不能有一丁点儿闪失。从这一点上说，我陪你更加重要。”

戚晏容当然明白。倘若没有屠百药相陪，不要说上电视，就连社区讲座她也没有信心。但是，她仍然觉得由屠百药掌控全局更好，毕竟现在的公司规模与草创时不可同日而语。

她正要说话，屠百药的电话响了，是谢雯打来的。谢雯带着兴奋的语气说，中部卫视非常看好戚晏容，想请她担任两位常驻嘉宾之一，策划 10～20 期节目，系统解构婚姻问题。另外，还邀请屠百药参与策划，戚博士作为专家嘉宾，两人都有丰厚的酬劳他的。

虽在意料之中，屠百药仍难掩兴奋。但他的回答连戚晏容也吃了一惊：“谢总，你是功臣，感谢。咱们是一体，都好说。可是中部卫视以前把咱们戚博士当配角，现在各媒体宣传开了他们才找上门来，戚博士很忙，有好几家电视台来邀请都推了。我看还是缓一缓再说吧。”

# 084 ｜名人戚博士

飞机在万米高空平稳飞行。屠百药睁开眼，整个机舱安静得只有少许的鼾声。邻座的戚晏容微闭着眼在休息。她太累了。

在上飞机前四小时，她还在录节目。中部卫视终于妥协，取消了原定两个常驻嘉宾的方案，让戚晏容成为唯一的特邀嘉宾，同时在本台几个频道加大宣传力度，定期向全国百余家媒体预告节目。

本来，戚晏容不想提那么多要求，但屠百药认为这是合作，倘若不争取权益则不能达到预期效果。想当初，中部卫视勉强请戚晏容做了一期节目，之后连续五期都没有请她。从收视率和点击率来看，《围城内外》可以用惨淡来形容，台领导两次开会要取消这档节目。但是节目制片人把戚晏容做的那期节目的网络点击率报送到台里，立刻引起了重视，主管副台长还飞到北京，与戚晏容、屠百药、谢雯和制片人吃了一次饭，征求了意见。屠百药从社会需求的角度详尽分析了婚恋问题市场，认为新时代生产、生活方式发生了巨变，婚恋问题成为困扰大众的普遍问题，中部卫视有必要抢占先机，在电视收视率下滑的严峻情势下打造一档真正为千家万户提供服务的节目。谢雯不失时机地进言，她十分认可戚博士的为人和专业素养，且把自己的切身体会毫无遮掩地讲了。谢雯是节目组不敢得罪的广告主，金枝公司以前在该台投放的广告每年上千万，谢雯表示如果是她认可的节目，可以追加广告投放。

中部卫视在权衡之后终于妥协，准备投巨资包装戚晏容，要求与戚晏容签订协议，若戚晏容违约则要个人支付两千万的违约金。屠百药与戚晏容、谢雯、叶枫琴商议，认为违约金太高，风险很大。叶枫琴却认为应当将心比心，对方要花重金，他们的风险更大；我方只要遵守协议，参加活动，不存在什么风险，只要在合同中注明不可抗力条款免责就行了。而在合作条款中，要求中部卫视对戚晏容进行包装定位，从形象设计、表达训练、肢体语言、表演学、内容禁忌等方面入手，把她当成专家类明星培植。协议拟定后，对方只作了文字上的修改，很快达成一致意见。

紧接着，中部卫视开始对戚晏容进行紧锣密鼓的训练，直把她搞得头昏脑涨。幸好戚晏容原本聪慧，一点就透，在实际录制节目中表现极佳。中部卫视根据策划的选题连续录了十二期，可以播放三个月。幸好，戚晏容有《情感风险管理》一书作底，十二期节目录得倒也顺利。

自媒体方面，得益于前段时间的媒体轰炸，各平台累计关注突破五百五十万人，自有网站注册用户突破五千人。在叶枫琴的主持下，编写原创文章和后台互动都很得力，粉丝不断增长。屠百药的目标是在年底前粉丝总量达到一千万人，自有网站注册用户突破五万人，QQ 群和微信群达到一万人，逐步将各平台需求用户引到自有网站和新媒体平台，开展线上、线下治疗。线上治疗，通过视频授课、一对一服务解决情感问题；线下治疗，通州中途岛留作高端特需治疗基地，另外将在北京昌平区南口镇开辟新的治疗基地，一次服务 300～500 人。等到明年秋天，将在部分一线城市开设女子学堂，把经过培训和实践一年以上的资质人员派往一线服务。

要实现这些目标，首先就得把戚博士这张牌打好。《情管风险管理》在北京西单图书大厦的讲座签售让屠百药看到了前景。只能容纳三百人的文化厅结果来了五百多人，挤得观众读者无法移动。这其中，有一半是通过媒体宣传和平台信息来的，另一半是书店现场广播引来的。经过电视节目和社区讲座的历练，本就很有悟性的戚晏容深入浅出地把专业知识讲得通俗易懂，现场读者久久不肯离去，原本一个小时的活动一直延长到一小时四十分钟，加上签名、合影，总共持续了两个半小时。

这次深圳中心书城会怎么样？屠百药无法预测，但他对戚晏容一直都有信心。不过屠百药感觉自己越来越没有信心。特别是此次深圳之行，他有一种莫名的恐惧。

深圳，曾是屠百药的发迹之地，也曾让他名动商界。当时的他在电视节目上的表现，足以让崭露头角的戚晏容汗颜。然而时过境迁，此次返深竟“近乡情怯”。虽然他在上飞机前对自己说，不过是陪同戚晏容到深圳办讲座，无关其他。但是，飞机每向深圳飞近一米，他的心就紧一分。长眠于地下的阿诚，梦里常相会的阳柳，逐渐变得面容清晰……

“你在想什么？”戚晏容轻轻地碰了碰他。屠百药回过神来，强作笑颜，说没想什么。

戚晏容此次行程颇受出版方重视，为她安排了商务舱，随行人员屠百药为经济舱。戚晏容知道后，请求出版方都改成经济舱。据说深圳方面宣传力度很大。这个移民城市对待专家、学者、明星有极高的礼遇，安排在中心书城千人阶梯讲堂，预计是一场盛大的活动。

戚晏容轻叹了口气：“屠老师，其实我最想来的城市就是深圳。”

“为什么？”

“我想见见阳柳。”戚晏容侧脸看着他。

屠百药脑袋“嗡”的响了一声，神经质似的摆手：“万万不可，万万不可……”

戚晏容低声道：“我知道你怕见到她，所以我也不敢请求你带我见她。可是，我自己去见见总可以吧？”

屠百药脸色变得很难看：“你见她干什么？讲好你的课，别多管闲事！”

合作一年多来，戚晏容从未见屠百药对自己如此凶过。她知道，这是他的心理阻抗。想想自己，也是一样。若是现在让她与前夫蒋一方相见，她也会心生抗拒。

“好吧，不提这事了。”戚晏容尴尬一笑，转头继续假寐。

过了一会儿，屠百药轻触她的左臂：“刚才你生气了？”

戚晏容睁开眼：“不是我生气，是你生气了。”

“是我不好。”屠百药低下头，“不能见。至少现在不能见……”

深圳中心书城的活动恰如预期。阶梯上早早就坐满了人，没有座位的干脆站着。在工作间里，工作人员紧张忙碌，几家媒体的记者先行了解情况，连吃中午饭都没时间外出，只能在工作间草草吃了盒饭。屠百药原本安排在前排座席，但被人占了，只好待在工作间。由于人多，书城派出十几名保安维持秩序。屠百药坐在工作间，一眼就能看到讲台。

主持人的稿子显然是提前准备的，对戚晏容的介绍十分详尽，特别把她留学美国和在心理学方面的专长作了详细介绍，而把电视嘉宾和新闻人物的内容放在其次。最后，主持人隆重推荐了《情感风险管理》，称其为“经营婚姻家庭的幸福圣经”，是独树一帜的实用之作。屠百药从小门里目测了一下，大多数人的手中都拿了《情感风险管理》等候签名。戚晏容在后台深呼吸，这段时间，媒体轰炸，自己频频抛头露面，她感觉自己像坐过山车一样起起伏伏，有时候心里还犯嘀咕，这一切到底是真是假，自己真的有那么被需要吗？反正，不管怎样，尽力专注做好自己的专业事务，其他一切都顺其自然吧。

在雷鸣般的掌声中，戚晏容面带微笑缓步上台。本来有椅子，她却选择站着。她的鞠躬和感谢是那么真诚，柔柔的语音具有按摩功能，简单的话语听起来也醒脑入心。本来有做好的 PPT，但她在讲解中却极少看文件，显然已将内容倒背如流。戚晏容讲的内容几乎涵盖了平时生活中遇到的种种问题：相亲、外遇、离婚、婆媳关系、个性冲突、家庭暴力、财产纠纷、子女问题，都讲得极其通俗，几乎没有一个让普通人听起来生涩的词语。讲到离婚时，戚晏容毫不回避自己离婚一事，也讲了自己最真切的心理感受，在场的女性同胞们都自发送上掌声。

一个小时的讲座不知不觉间完成。工作人员对屠百药说，从来没有这么安静的场面。甚至，几位被情绪感染的姐妹连痛哭时都使劲用纸巾捂着嘴，宁可让肩膀抖动也不想发出干扰的声响。

接下来是互动环节。四位工作人员递麦克风都忙不过来。有的问题戚晏容已经讲过，但她并没有说刚才已经讲了，仍然耐心回答。原定三十分钟的问答，一直持续了一个小时，主持人不得不掐断问题，进入签名环节。在北京签名时，屠百药认为“戚晏容”名字笔画比较繁杂，提议她只签“晏容”二字。经过练习，她已能在四秒左右完成一本。不过，在新天地总部，戚晏容还是耐心地签了一千本，她在每本书的扉页上还写了一句话，有的写：“醉过方知酒浓，爱过才知情深。”有的写：“因为懂得，所以慈悲。”有的写：“两个人的相爱好过一个人的孤独。”……这些书作为给前来咨询的客户的赠礼，让收到书的人倍感温暖。戚晏容的这份贴心与温柔，也让屠百药自愧不如。

签完八百册书时，天已黄昏，主办方非常高兴，请戚屠二人到饭店用餐。屠百药发现，戚晏容端杯子的手还有些颤抖，显然是写字过多疲劳了。屠百药心疼，向主办方说明戚博士太累，想尽早回客房休息。主办方也要准备明天的媒体采访，便同意了。

送戚晏容回房后，屠百药感觉脑袋很沉，好像是他自己搞了一次千人签售会。躺在自己房间的床上，不知不觉间，他睡了过去……

戚晏容进屋后先到洗手间卸妆。刚卸到一半，手机响了，是一个陌生号码，手机提示是深圳本地号。由于手机诈骗太多，对陌生号码，戚晏容向来不接，继续卸妆。

不一会儿，电话又响，还是那个号码。戚晏容担心是主办方或媒体找她，还是接了：“您好。”

电话那头没有声音。

戚晏容又说了一句“您好”，对方还是没说话。戚晏容只好说：“请讲话，不然我挂了。”

一个低沉的女声传来："戚博士，我是今天听您讲座的读者。如果方便，我想见您。"

戚晏容一怔。读者见作者的事常有，但是她怎么知道自己的手机号？难道是主办方给她的？想想也不太可能。她心念急转，直觉告诉她，这个人可能是阳柳，屠百药的前妻！

"您在哪儿？"

"我就在大堂。"

戚晏容当即换了身衣服，简单收拾下，提了小包下楼。

大堂的沙发上，孤零零地坐着一位身着蓝色长裙的女子。个子约有一米六五，偏瘦的体形，一头乌黑的长发下是一张精致的瓜子脸，柳叶眉下顾盼生辉的杏眼，配上一张樱桃小嘴，神态越发温和，略带羞涩。

她站起来迎向戚晏容，轻声说："我……我还怕您不来。"

"如果您是阳柳女士，我当然要来。"戚晏容回以微笑。

她嘴唇动了动，说："您怎么知道……是我？"

"直觉吧。"戚晏容笑道，"咱们是上去，还是到咖啡厅？"

"我想请戚博士到外面坐坐，不知方不方便？"她的眼神里是友好的邀请。戚晏容发现，几十年来从未发现一个四十来岁的女人，眼睛仍然如深井映月般明亮，没有一丝尘垢。

"好，听你安排。"戚晏容没有客气。

出了酒店大堂，正值华灯初上。一辆红色的宝马停在路边，司机居然是个短发女孩，举手投足显得很干练。她向戚晏容问过好后拉开车门，请二人上车。阳戚二人并排坐在后座。

汽车平稳启动，一路无话。十多分钟后，车子停在一家叫"天意"的茶馆，阳柳请戚晏容进了一间有水滴声的小包房。身着旗袍的小姑娘正要按程序表演茶道，阳柳却说："来两杯针叶苦丁就好，我们姐妹说说话。"小姑娘便微笑鞠躬，退着出了房间，把门关上。

戚晏容在路上时一直想：阳柳既然听了自己的讲座，知道自己住的酒店，应该知道屠百药也来了。随后又一想，不只知道，应该是一清二楚。联系到谢雯身上，她更明白了：是谢雯打电话告诉她的。

“谢雯谢总，据说与您有业务关系？”

“岂止业务关系？她是我的供应商，也可以说是我的老板和上司。”阳柳仍是神态恬淡。

戚晏容研究心理日久，自然知道她绝不是装出来的优雅。可是，这样的女人，怎么会与屠百药闹得那么僵？

“屠老师……还在酒店。”戚晏容试探着问，“要不要叫他？”

“不用，我不想见他。”阳柳不像屠百药。屠百药在别人提到阳柳时有些神经质，而阳柳提到屠百药时，仿佛只是提到一个熟人。

## 085 | 前尘并不如烟

屠百药见到了自己的儿子。

阿诚在窗边叠纸飞机，一架又一架。他在对着父亲微笑。屠百药站在街上，那些纸飞机划着弧线，一架接一架追逐着，向自己飞来。屠百药招手让儿子下来。阿诚伸手去抓一只刚刚飞起的纸飞机，身子跟着飘了起来。但是纸飞机还在飞，儿子却直线下坠……

屠百药心头一紧，飞跑过去。他想去接住儿子，但儿子已跌落……他狂奔过去，阿诚已经血肉模糊……

“阿诚……”屠百药大叫着从床上弹了起来。房间里没有开灯，窗外的路灯闪着红光，刺痛了他的眼。他狂喘了几口气，浑身毛孔张开，汗出如浆。

刚过八点。儿子入梦的恐怖画面在眼前仍然清晰，如同魔咒一般搞得他头昏脑涨。他机械地出了门。路过戚晏容的房间门口时，他停了一下。但他没有敲门，独自出了酒店，走进闷热的空气里。

苦丁茶味苦，入喉后有持久的甘甜回返，戚晏容觉得整个口腔都是甜的。

阳柳首先谈了今天听戚晏容讲座的感受，言称倘若二十年前听了这场讲座，她的人生轨迹会发生改变。戚晏容问会有什么改变。阳柳说，我不会嫁给屠百药。

戚晏容经历的事越多，对心理学的体会越深。阳柳这样说，无非是借个话题绕回来。事实上，戚晏容清楚阳柳今天到书城绝不是为了听她的讲座。作为谢雯的分销商，她当然能从谢雯那里知道想知道的一切。可是，她约自己究竟为了什么？从她一开始就“定调”不嫁屠百药来看，自己想做和事佬的希望十分渺茫：双方都回避，纵使自己说出花来，这两个个性极强的人也不可能破镜重圆。

但是，戚晏容还是打算试一试。

她说，你们的故事，屠老师跟我讲过。阳柳问，他讲了什么？在哪里讲的？戚晏容知道在阳柳面前，说谎既侮辱她也侮辱自己。于是就将在万桐公墓的情景讲了。

阳柳听了，沉默良久，说我还以为他把当初我们相识恋爱的故事给你讲了呢。戚晏容摇头。阳柳也不隐瞒，讲述了她当年在部队实习救过屠百药的经过。自然，她的角度更主观一些，但来龙去脉与向国华给宋时鱼讲的没有区别。

故事讲完，戚晏容被深深感动。阳柳补充说，如果当时我懂点心理学，救他是要救的，但是我不会嫁给他。当年他带队侦察时发现大批毒贩与境外势力勾结，不自量力想一举抓捕。战斗打响后，两名战友阵亡，三名战友受伤，他却让三名伤员返回报讯，孤身一人追击。当时通信系统不发达，后来的搜索才不知具体位置。我趁夜跳车搜寻，也花了七个小时，最后才找到他。云南边境丛林，就算没有敌人，各种烟瘴、野兽、有毒植物、凶猛蛇虫都能致命。当时我年轻，还以为他是个英雄。后来才明白，这是他的性格问题。他骨子里喜欢冒进，听不进意见，在乎虚名，没有家庭观念，天天就想如何出人头地。后来在部队也是因顶撞领导才转业的。这样的人，在运气好时看着风光，实际内心非常空虚，想通过那些耀眼的光环来掩盖内心的虚弱。总之一句话，他是个要面子不要里子的人，所做的一切就是为了让别人看，而不管自己内心是不是快乐。我跟他结婚后，我不快乐，他也不快乐，虽然他没有外遇，也不贪淫好色，但是我们都不快乐。事实上，他做企业做得最引人注目的时候，他也没有真正快乐过。而我，只是一个想为自己而活的人，我不喜欢喧器，更不愿与不喜欢的人在一起说些违心的话。我只希望自己平静地生活。但是老屠认为我的生活没有价值和意义，他认为人的价值就得弄出动静，让越多人知道越好。所以，他婚姻的失败败在自以为是，他事业的失败也是败在自以为是。

这段分析让戚晏容深为佩服，最了解屠百药的还是他这位结发妻子。不过，她仍然坚持自己的看法：我觉得屠老师是有问题，但阿诚的事对他是致命打击，这个无法伪装。自从我认识他的那天起，我觉得他在改变，在调整自己。他是个具有慧根和悟性的人，能够洞察他人内心的秘密，也能自我改造。他在情感上仍然不能忘掉你，只是他的自尊心让他不敢面对你，当然更深层的原因是他对你深怀歉疚。

阳柳没有反驳戚晏容。她明澈的双眸里映出戚晏容有些疲惫的面容。戚晏容在治疗病人时都要与对方对视，但每次与阳柳目光对接时，心头有一种说不出的心怯。阳柳并不使人害怕，这种恐惧更多来自戚晏容心底的不自信。她现在是电视里、网络上走红的心理专家，但她自己清楚，她所谈的那些问题如同油浮在水面上，无法渗透水的深层。

屠百药头脑昏沉地出了酒店的大楼，往街道的尽头走去。突然，他被眼前的景象吓呆了。

一棵巨大的木棉树扎入眼帘。木棉树呈Y字形，树根处一个人抱不过来，足有十几米。深圳有很多木棉树，但是这棵巍峨的木棉树，屠百药永远不会忘记。当年他送阿诚回妈妈那里时出了车祸，出事地点旁一棵Y形巨树上开着火红的木棉花，就像儿子身上止不住的血……

屠百药脑袋针扎似的疼。今晚入住的酒店就在阳柳家附近，自己怎么丝毫没有留意到呢？

他的脚如灌了铅一样沉重。他想赶紧走开，但另一种牵引让他无法不走向那条曾经频频入梦的小街。他熟悉那个不断飞出纸飞机的窗口。但是，当他站在木棉树下仰头张望，紧闭的窗户没有一丝亮光。

屠百药站在路边，一幕幕场景在他脑海里回放。阿诚、阳柳，甚至温厚的前岳父岳母，所有熟悉但又被强制屏蔽的音容不可遏制地涌来，在他脑海里起伏。那么热的天气，屠百药感觉全身冰冷，双腿微微打战，背上的三处旧伤疤不约而同地疼了起来，把他带入一种幻灭感……

热带雨林潮湿的空气裹着他，被雨水浸入的伤口正在阵阵作痛。屠百药的头脑一片昏沉，感觉硕大的蚂蚁正成群结队地往身上爬，在噬咬他的陈伤。他最后的力气已经在爬进树洞时用尽，现在连睁眼皮都做不到，但又想把自己沉重的身子变轻，让它像羽毛一样飘飞……恍惚间，一个温柔的声音传来，如同天使的呼唤。他想回答，但嗓子不听使唤，发不出声音。那个熟悉的声音由远及近，接着有热气吹到他的脸上，有手在探他的鼻息。他仅存的意识里，是阳柳，是那个第一眼看到她就爱到骨头里的女子……他眼皮没睁开，但他仍然看到了她晶亮的眼神，紧抿的小嘴。他觉得她的力气好大，拍去他身上的蚂蚁，把他抱起来。他觉得自己真的好轻……

这个梦境似的画面从大脑深处清晰闪现，屠百药的冷汗狂飙而出。他一惊，赶紧聚敛心神，但恐惧瞬间占满内心。心理学知识告诉他，这种身心耗竭感是精神崩溃的前兆。他警醒地咬了一下舌尖，疼痛把他往回拉了一点。他赶紧用尽力气抽身回酒店。他的双腿沉重无比，只需要十分钟的路，他走了半个小时。

阳柳把那双白嫩纤瘦的手放在桌子上，坦诚地说："仅从情感浓度出发，我并不后悔爱上老屠。但从婚姻幸福的角度看，选择他是一个错误。今天听了博士的讲座，多年的困扰终于解开了——以前，我总是责怪他，其实也在责怪自己——现在我明白，如果一开始的选择就是错误的，继续这段婚姻就是错上加错。我们错了也就错了，但是连累阿诚，连累父母，就是罪过……"

戚晏容低头道："很抱歉，阿诚的事……"

阳柳摆摆手："这件事是个意外。自阿诚走后，我就潜心向佛，我不会把这件事压在心头。"

"我能感觉到你内心的平静。也正因为你平静了，所以才会关心屠老师。"

阳柳突然转了话题："戚博士离婚后，还关心蒋先生吗？"

戚晏容一震："您……认识他？"

阳柳没说话，打开手机，调出一张图片，放在戚晏容面前。戚晏容顿时觉得眼前一黑。

图片的背景，看得出就是在刚刚演讲完的中心书城，因为背后的标识显得特别大。图片是阳柳用手机拍的——梳着马尾辫的前夫蒋一方，戴着墨镜，在最后排正襟危坐。

"杰克逊——蒋一方先生，现在在深圳做投资。在投资圈的风头……"阳柳的话如同鞭子抽打在戚晏容心上。

屠百药艰难地回到宾馆。路过戚晏容房间时，他敲了几下门。在这样的心理状态下，他需要戚晏容提供帮助。

房间里没有回应。屠百药想给她打电话，一摸口袋，出门时走得匆忙，忘带手机了。他挪动步子回房取，房门紧锁。房卡也忘带了。

这是从未有过的事。屠百药拍了一下脑袋，暗骂了一句邪门。只得到大堂去找服务员。

在说明情况后，屠百药多问了一句前台服务人员："是否看到一个穿白衣、短头发的女士出门去了？住 305 房间。"

一个大眼睛的女服务员微笑着说："先生，您说的是戚博士吗？"

屠百药赶紧点头："你知道她？"

大眼睛姑娘微笑道："我是她的粉丝，今天书城的活动我调班去了。"

屠百药着急地说："你是不是看到她出去了？"

"她穿的是件深灰的衣服。"大眼姑娘说，"还有一个穿深蓝衣服的女士，好像在等她，一起出去的。”

屠百药怔在那儿。在深圳，戚晏容并不认识什么人。就算在外头有活动，她也应该告诉自己才是。

他脑海里不由得闪现出一个人来——阳柳，她平时最喜欢蓝色，认为蓝色代表冷静和规范。“是不是大概一米六五高，偏瘦？”

大眼姑娘微笑点头。

阳柳看着脸色变白的戚晏容，轻声说道：“深圳的各大媒体都在宣传戚博士，蒋先生作为你的前夫，怎么可能不来？”

“我跟他早已离婚，他来不来又有什么关系？”

“可能有点关系。我认识蒋先生，他在深圳做投资已经三年了。”

戚晏容想起叶天才几次在微信上提起，就说：“好像他还有美国的投资。但这些我不关心，跟我也没关系。”

“恐怕还是有点关系。”阳柳欲言又止。

“……”

“因为他到中国做这些事情，好像都是为了你。”

“为了我？”

阳柳叹息了一声：“我认识一个小姑娘，说是小姑娘，当然也快三十岁了，两年来一直在追蒋先生。蒋先生在一次聚会上明确告诉她，他心中只有一个爱人，就是戚博士你。我记得当天，他讲了你们在美国生活的快乐时光。讲到动情之处，他甚至泪湿眼眶……”

戚晏容没再说话。以她的机敏，当然猜得出阳柳有些话不好明说。阳柳不仅成功，而且成熟。她了解自己和屠百药，也了解蒋一方，甚至蒋一方外表儒雅内心狂暴的变态个性她估计也知晓。

阳柳既然连蒋一方这些细节都看得到，关系恐怕不只是“认识”那么简单！谢雯是阳柳的下线，甚至当初谢雯到中途岛来，都是阳柳的建议。那么，蒋一方就可能跟谢雯认识，进而可以推测蒋一方是知道自己目前的情况的……

她越想越觉得心里发冷。阳柳今天找自己，绝不只是谈屠百药，可能有别的意图。心念至此，她说：“谢谢您告诉我这些。您是想提醒我，要注意蒋一方吗？”

阳柳郑重点头：“万事小心为好，这个博士心头有数——”话未说完，戚晏容的电话响了。电话那头传来出版方负责人急切的声音：“戚博士……不好了，屠老师跳楼了……正送往医院抢救……”

## 086 | 坠楼者

屠百药醒来时，第一眼就看到的是一位女孩。

她躺在邻床，腿上打着石膏，僵尸一般躺着，一动不动地望着天花板。如果不是几十秒钟才眨一下眼睛，真怀疑她已经死了。

无论是什么人，只要看了她一眼都绝对不会忘记。屠百药只看到她的半张脸、半边身子，就已肯定此生哪怕在电视上都没看到过如此美的女子，就连白净都无法与她相比。不必用任何语言来描绘她，因为美到极致一切词汇都显得多余。

钻心的疼痛让屠百药没有什么心情欣赏美女。他把目光向房门扫去。房门开着，头顶上方悬挂着四瓶液体，正混杂着通过细长的管线注入自己的身体。

房间和房门口没有人。屠百药咬了下牙，在脑子里运算 3+2=？当迅速得出“5”的结果时，他暗自叹息一声，看来这次跳楼只损伤了腿。双腿都被裹得像粽子似的，自己还不知道哪条腿折了。

护士从门口进来，看到他醒了，也不说话，出门去了。

戚晏容进来了。她很疲倦，挂着熊猫似的黑眼圈。但当她的目光与屠百药的目光相接时，她还是挤出了微笑。

“醒了？”

“辛苦你了。”屠百药看看手表，凌晨三点。

“你的左小腿骨折了，可能要住院一段时间。休息一段也好。”

屠百药心头直发苦，仍然看着门外，小声问：“她……没来？”

戚晏容醒悟到：屠百药突然失去理智从酒店三楼跳下，巨大的隐痛之外，深层原因可能是他想通过这种极端的方式见到阳柳！真是小孩子脾性！

阳柳在他心中无人可以取代吗？

阳柳没有来。

屠百药所在的病房是 104 号，双人床位。主治医生叫唐健，三十出头的小伙子，看过戚晏容的节目，对她的专业很是敬佩，说了不少客气话。戚晏容虽对外科略知一二，但并不是主攻专业，当即客气地请唐医生多加关照。

屠百药从酒店三楼的房间跳下去，究竟是真想自杀，还是想引起注意，无法判断。酒店的房间比居民楼楼层高，共约十二米的垂直距离，地面为坚硬水泥地，若是头朝下，必死无疑。屠百药左腿先着地，造成小腿骨折；右腿随后着地，只是红肿；脏器受到震荡，但目前未检查出大问题。酒店保安听到声响后立即报警，此次活动的主办方赶紧配合警方把屠百药送到医院抢救。

骨折也并非粉碎性质，只要正骨后静养，四周后即可拄拐下地。

唐医生怀疑屠百药此举是因为受到强烈刺激出现临时精神障碍。戚晏容心存疑惑，不过大致明白病灶还是久积于心的情感问题，无论是阿诚还是阳柳，都是他难过的关口。戚晏容并不急于知道在她与阳柳会面的时候，屠百药做了些什么。

屠百药心如死灰，前夫蒋一方出现……自己的前程随着名气的大增似乎很看好，但她心头沉重，如同同时压上了几块巨石。

在这个当口，她得挺住。如果没有屠百药，她早就撑不下去。她无数次问自己究竟如何看待这个搭档，答案非常确定：她真的离不开他。这是一种女人与男人之间的友情，他们都需要对方，也理解对方。

她明确告诉出版方，她要陪伴、照顾受伤的屠百药，直到他能重新站起。

她决定不主动问屠百药跳楼的原因，除非他自愿说出。

戚晏容在医院楼下的小卖部买了一张折叠床，作陪床之用。几乎每晚三四点钟，邻床的姑娘都要发出尖叫声。这是梦中的行为，屠戚二人不以为怪。

第四天傍晚，唐医生带着小护士查完房，安慰几句就走了。邻床的姑娘仍然一言不发，对唐医生的问话也不作答。医护人员似乎早已习惯，也不勉强。

屠百药精神状态似乎好了些，请戚晏容给他拿来 iPad 看电影。屠百药喜欢看老电影，今天看的是希区柯克的《后窗》。刚打开电影，他就自嘲道："这位记者还可以回家休养，而我却只能躺在医院。"

戚晏容正细心地削苹果，削完切成均匀的小块，插上牙签，把水果盘放在床头柜上。屠百药看了一眼邻床姑娘，使了个眼色，戚晏容会意后把果盘端过去，微笑道："小妹妹，吃点水果吧。"

那姑娘好像没听见，仍然定定地望着天花板。戚晏容叫了几声不应，只得端回来。屠百药接过，边吃边看电影。

看完《后窗》，屠百药继续看 1960 年的黑白片《惊魂记》。这部片子，戚晏容在美国学习心理学时导师曾作为教材解析，讲的是患有精神分裂症的旅馆老板诺曼杀人的故事。屠百药还是第一次看，被剧情吸引住了。看完，他问戚晏容："诺曼有很深的恋母情结，这部影片把弗洛伊德关于性的隐喻用到其中，难道精神分裂者都这样吗？"

"弗洛伊德是心理学大师，自然有他的独到之处，但也不是完全绝对。他的学生荣格后来提出了不少新的观点，通常人们认为是荣格想出名反对老师。但在我看来，荣格并非反对老师，而是在老师的基础上发展了精神分析，不再把性作为唯一的参照标准，而是有各种各样的成因。"

屠百药听得很认真。"在我学习心理的时候，很多书籍都将原始的性冲动作为精神紊乱的源头，也就是原欲，我虽时有怀疑，但也找不到更为确切的答案。譬如，男人和女人的交往，除了母亲、姐妹等通过后天的社会伦理克服被排除以外，异性的交往仍然被认为是性本能的驱使，你认为是这样吗？”

戚晏容一时不好回答，沉思了一会儿，说：“可能大多数情况下是这样，但也有例外——”

“根本没有例外……”一个声音突兀地响起，把戚晏容吓了一跳。

是邻床姑娘发出的声音。“你怎么看？”戚晏容转身微笑地看着她。在心理方面，直接对接是最有效的方法。以前，戚晏容试验过“接梦话”，即一个患者梦中说话，戚晏容调整声调对接上，梦中人居然很清晰地回答了问题，醒来后却全然不知，而这些“梦话”为心理治疗提供了有用的信息。现在这个姑娘没有做梦，直接进入对话状态自然更好。

姑娘眼睛仍然不看屠戚二人，恨恨地说：“男人找女人，就为性，没别的。别说男人，就是女人，为了传宗接代，也是看下三路。你们自命专家，实际上根本不懂！”

屠百药双手撑床，把上半身向床头叠起的两个枕头移了移，便于看到这个有意思的病友。他说：“戚博士是专家，我可不是。”

姑娘冷笑道：“戚博士的视频，我看过，讲的都是些大道理小技巧。你只谈到了人们在公开状态下的心理，没有谈到隐秘状态下的心理。”

戚晏容坐直身子，向她微微点头：“这位姑娘，从我跟随舅舅学医算起，也有二十二年了，但从来不敢以专家自居，还请你指点。”

姑娘把视线从天花板上收回来，看着戚晏容。她的眼睛如深秋寒潭，似能将人冻住。“我不能指点你，我只告诉你事实。人总是口是心非，不讲信用，整个社会都是这样。博士讲的那些都挺正能量，但是并不能解决现实中的问题。视频中的有些案例很奇特，靠戚博士正能量的那一套根本没戏。”

屠百药轻轻摇头说：“事实不是这样，戚博士解决了很多现实问题。”

姑娘把眼睛瞟向屠百药，屠百药直觉一阵寒风掠过。她冷冷地说：“她要是能解决现实问题，你会跳楼吗？”

屠百药竟然一时语塞。姑娘够狠！

戚晏容有些尴尬，却依旧微笑道：“跳楼的事并不奇怪。不跳楼并不代表精神没问题，跳楼也不能证实问题严重。人有七情六欲，难免有想不开的时候。”

这话让那姑娘稍微好受了些。“随便你怎么说吧，这是个污浊的世界，人人都在装正人君子，然而一到男女问题上，都原形毕露，全是一路货色！”

戚晏容小心地试探：“姑娘，也许你说的没错，但是你得拿事例来证明啊。”

那姑娘闭上了嘴巴，任戚晏容问什么也不再开口。

过了一会儿，护士进来换药，递给戚晏容一个纸条。原来，今晚唐医生值班，请戚晏容到办公室有事求教。

唐健摘下口罩，给戚晏容沏了一杯红茶：“戚博士，这是我同学从武夷山弄来的正山小种，请品尝。”

戚晏容接过茶杯道谢，说：“唐医生客气。屠老师的事，还请多费心。”

唐健身体前倾，真诚地说：“一定！一定！我这边真的有要事向您请教。104房的两位病人，屠老师的情况您了解，我不担心，但邻床的张雪云很麻烦。至今既没有家属前来，她也不配合治疗，到现在都没跟我们医护人员交流过哪怕是一句话，我真的不知从何处下手。”

戚晏容在医院上班，这种情况从没碰到过。“她的家人呢？”

“她一直不说话，我们怎么联系？”唐健一脸无奈。

“总得有人交钱吧？”戚晏容觉得奇怪。医院不是慈善机构，不交钱住进来，况且还住进了二人间？

“交钱的是位中年妇女，叫王思甜。”唐健把记录翻开，“可是她拒不承认是张雪云的家属，一进医院就骂骂咧咧的，说倒了八辈子霉。我问了急诊室的人，王思甜交完钱后留了个电话，说钱不够找她，但是别的事免谈。”

“张雪云是怎么跳的楼？”戚晏容越来越奇怪。

“谁知道呢。是王思甜找救护车送来的，张雪云很快就苏醒了，但就是不说话。”

“没有报警？”

“病人清醒后不说话，送病人入院的王思甜也没报案，而且还拒绝在家属一栏签字。”唐健摇了摇头，“我留心着，给警方打了个电话。可警方说你们先治，当事人不报案他们没法立案，所以一直拖到今天。”

“那你们怎么知道病人的名字？”

“急诊室给她换衣服时从她衣袋里找到一张身份证，我让护士复印了。”唐健从笔记本里拿出一张纸，递给戚晏容，“这就是唯一的线索。”

身份证复印得很清晰：

张雪云，汉族，1990 年 12 月 21 日生。住址：哈尔滨市呼兰区胜利街 78 号。

身份确认没有问题，但是当今社会人口流动如此频繁，这个地址也未必是张雪云的现居地。不过，至少可以确认她是哈尔滨市人。关于她的经历和跳楼的原因，如果屠百药此时在，他可能会推断出一些有用的信息。

“戚博士，咱们都是医生，职责是治好病人。可是张雪云不配合，甚至在正骨、换药时连眉头都不皱一下，我觉得她有心理问题。您看有没有办法？”

“唐医生可否把临床记录给我看一下？”

唐健照做了。张雪云的病历上只有姓名，家属、病人主述、病史及个人史都空着，甚至危重联系人也都空缺，只有第二联系人王思甜及其手机号。血、尿、体温、脉搏、呼吸等常规检查正常，右小腿轻微骨折，其程度不及屠百药严重；右肘有轻微磕伤；入院五日，目前恢复良好。

戚晏容把临床记录还给唐健："既然她自己不愿意说，恐怕也没有什么好办法。"

唐健却无比信任地说："我相信戚博士一定会有办法。"

戚晏容辞别出来，一路都在寻思：一个年轻姑娘，为什么要跳楼？为什么不愿谈及自身？那个送病人入院垫付医疗费却又不想与张雪云扯上关系的女人是谁？

# 087 | 精神伴侣

戚晏容踏进104号病房门时，屠百药用怪怪的眼神看着她。随即，她发现床头柜上放了一盒小巧精致的蛋糕，还有黄、红、紫三枝玫瑰。

戚晏容这才意识到，今天是她的生日。她已好几年不过生日，但这一天还是不会忘记。只是，自创业以来，她忙于工作，也从未和屠百药、叶枫琴提起。

“这是……”

“说是给你送来的。”屠百药活动了一下手臂，“顺丰的小伙送来就走了。今天是你生日？”

戚晏容机械地点点头。

“生日快乐！”

“谢谢。”

邻床的姑娘也说了句“生日快乐”，戚晏容颇感意外，微笑着感谢。

没有留言，这个送花和蛋糕的人是谁？别人不知道，戚晏容明白。知道自己生日的只有已故的母亲和蒋一方。先前阳柳暗示自己小心，果然此人阴魂不散。他在生日这天这样表现，究竟是什么意思？

屠百药说：“既然送来了，就收下吧。喂，美丽的病友，你喜欢吃蛋糕吗？”

戚晏容按下心中的惶惑，强笑道：“屠老师，人家有名字，叫张雪云。”

张雪云面带愠色地盯着戚晏容。

“有个叫王思甜的女士送你入院的，对吧？”

张雪云脸色由红转白，一阵激动，差点从床上摔下来。她好不容易才坐稳，牙关咬得咯咯直响，眼睛似要喷出火来。半响才从牙缝里迸出一句话："让她……滚！"

戚晏容想，若非不共戴天之仇，断难如此。"人家给你交了钱，医院才收治你。"

"谁稀罕她的臭钱！"张雪云声嘶力竭。值班护士很快进门查看。戚晏容向她摆摆手示意，护士便回身关上门出去了。

屠百药在这当口，对戚晏容说："博士，你能不能过来给我按摩下？腿麻得难受。"

戚晏容只好回身，去按屠百药那条已经消肿的腿。

张雪云见二人不理她，反而来劲了："我的腿也麻！博士能不能给我按按？"

屠百药笑道："妹子，这也得有个先来后到。我先说的，当然先按我的。"

"得得得……"张雪云转身背对着他俩。

房间里安静下来。

戚晏容当然知道是屠百药故意引开话题。屠百药躺在那儿龇牙咧嘴，哼哼唧唧。她一边按摩，一边想蒋一方究竟想干什么。无论她如何研究心理学，也无法驱除心中的恐惧。现在，自己除了从阳柳口中知道他在深圳做投资之外，其他一切毫不知情，但他对自己却简直了如指掌，连屠百药的病房都知道！

"你是不是想尽快离开这个地方？"

戚晏容停了一下，没说话。

"就算他是魔鬼，我们又何须怕他？"

戚晏容眼睛发酸，忙低下头。她被屠百药这句话感动了。屠百药从未把她当外人，都是呵护有加。这样的男人，纵使自己不喜欢他，如果他要求她嫁给他，她也绝不犹豫！她需要安全感，至少梦里不再被吓醒。虽说屠百药无法忘记阳柳，甚至不惜用跳楼的方式引起阳柳的注意……

然而正是这样的男人，她才觉得可靠，哪怕阳柳把他说得一无是处。

戚晏容明白，屠百药的一个“他”字，已经说明了一切。屠百药聪明、敏锐，看问题直入主题，分析别人的问题鲜有败事，只是时常忘了自己。

“你不想知道阳柳对我说了些什么？”

“想，又不想。”屠百药叹道，“她已经恨我入骨，哪怕我真的摔死她也不会关心的……都过去了。现在重要的是你怎么想，公司那边还有许多事等你处理啊。”

“屠老师，你是知道的，我这只鸭子是被你赶上架的，我本身不想把公司做多大，太累。我只想踏踏实实地做好本分，把需要贴心帮助的病人治疗好，赚的钱够生活就行。”

屠百药摆了摆头：“你呀，船都开到长江口了，还在想金沙江的事儿。再说，你就算能一个个的治疗，又能治疗几个人呢？生活就像一条下水的船，不管有没有风浪都要前行。”

“可是你突然受伤，我怎么办呢？”

屠百药坐直后拍拍她的肩膀，说：“你终究要独自面临各种挑战，包括来自心底的挑战，也就是自我挑战。我摔伤了，对我可能是坏事，但对你而言可能是好事。我已经发信息给枫琴，上海的活动不能取消，你得一个人去。”

戚晏容连连摇头说：“不行，我不能把你一个人丢在这里……”

“如果我真的摔死了呢？中途岛就不做了吗？投资人的钱是真金白银，你作为灵魂人物必须排除万难，根本没有退路。况且，离开深圳可以避免他的纠缠……你把蛋糕切了吧，咱们今晚吃了，算是庆生，也是告别。你是明天八点的飞机，直飞上海。”

“你早就安排好了。”戚晏容对屠百药的武断已经习惯，但她还是有些责怪，“你应该提前告诉我。”

“提前告诉你，你不会同意。”屠百药再次催促，“你还是把蛋糕分了吧。喂，张小妹，你也吃一点，看样子这蛋糕是上好材料做的。”

戚晏容只得去切蛋糕。张雪云这次没有推辞，接过小塑料盘吃了起来，连连点头说味道正，吃了半截才想起应该点蜡烛，唱生日歌，于是带着歉意提醒屠百药。

屠百药笑道："不必在乎这些形式。咱们这些病人，病治不好，戚博士不会快乐的。"

戚晏容被二人逗笑了："其实我不过生日的。生日是母亲的受难日，没有什么好庆祝的。只要二位吃得开心，我就很快乐。"

转眼已到十一点，屠百药催促戚晏容赶紧休息，明天还要赶飞机。戚晏容收拾好残局，把三朵鲜花插在瓶子里，再为屠百药端来水盆。先拧了毛巾擦脸，再把挤好牙膏的牙刷放在他手里，最后是口杯。屠百药边洗漱边说："要不是这一跳，还无法享受名人的服务，哎呀，就算双腿骨折都值啊！"

张雪云闭了会儿眼，忍不住睁眼说道："男人就是这样，一开始割肉都行，到后来说翻脸就翻脸了。戚博士，你可得小心！"

屠百药倚老卖老地说："小姑娘，你还年轻，不懂。戚博士是我的搭档，不是你想的那种关系。你说男人和女人就那事儿，我不同意。你不要以你经历的事来评判所有的事。"

"我有什么事儿？"

"你的事，一眼就看得出来。你从东北跑到深圳来，与恋人在一起了，但他的母亲死活不同意，你一气之下就跳了楼，是不是？"屠百药一副尽在掌握的样子。

张雪云张大了嘴巴："你……你怎么知道？！"

"这太简单了。"屠百药洗漱完毕，闭眼靠在枕头上，"你的普通话很标准，但我还是能听出点东北味儿，加上脸型气质，断定是黑龙江那一带的；你对给你交住院费的女人生气，那这个女人绝不是你母亲，也不是朋友，恐怕只有男友的母亲才会让你如此充满敌意，因为她阻止了你的幸福；一个女人给你交钱，但又不愿来看你一眼，同样对你充满敌意，只是出于道德责任必须送你入院，那这个人只能是你男友的母亲；从你对男人女人的论断看出，你已经对男友失望至极，甚至对人生完全失去信心，所以抱有必死之心，连大夫给你治疗时的剧痛都可以忍受。”

张雪云张了几下嘴，没说话。

“但是我也有不明白的地方。按照常理，母亲排斥儿子的女友，会令女友不满，可是因此就轻生，实在说不过去。”

张雪云冷冷地问：“那你跳楼就不是轻生？是重生？”

屠百药笑了：“妹子你说对了，不过这个字念‘重’，重复的重，不是重量的重。”

张雪云没笑，毫无感情地说：“大叔，你的确有病。原来你不是真想死，但是，我是！”

“真死假死，跳楼都不是好办法，跳的时候爽，没死成就生不如死。反正你好了后还要跳你跳，我是宁可吃老鼠药都不跳了。”

张雪云忍俊不禁，扑哧一声笑了出来。戚晏容顿觉整个灯光昏暗的病房瞬时一亮，好像有昙花开放。虽然仅有短暂的一瞬，但这明丽的笑容也让人心动。

“妹子，说句老实话，我也算混过世面的人，但你刚才一笑，真的把我看呆了。我就不明白了，你长得比天仙还美，为什么还有人嫌弃你？”

半晌，张雪云才幽幽地说：“你怎么知道是别人嫌弃我？”

“因为你不相信任何人，怨恨、恐惧、迷惑、抗拒、自卑和绝望，塞满了你的眼睛。我的确有病，但你的病也不轻。趁我们的戚博士还在，你还有救，要把握好机会。”

张雪云咬着嘴唇，眼泪开始浸满眼眶，但她就是不让它流出来。

她反复做着思想斗争。最终她说：“谢谢两位老师。我知道你们的好意，但我没法说，也没必要说。我的人生就是个悲剧，我本来不应该有这张脸，或者更准确地说，我不该来到世间。”

说完，她吃力地移动了一下身子，侧身向里，闭目睡去。

戚晏容关了灯，躺在折叠床上，骨头硌在狭窄的帆布和钢架上，无法入睡。张雪云最后的话刺痛了她。究竟是何种悲惨的事，让这个年仅二十六岁的姑娘说出如此绝望的话？

如果睡在身旁的这个姑娘是自己的妹妹或者自己的女儿，她该如何？就算是陌路相逢，她作为一名医生，难道就视若无睹？平时讲座谈的理论和案例，此时变得苍白无力。她知道无论网络点击率、电视的收视率、图书的销量有多高，都不能为身旁一个无助得只有以死来对抗世界的姑娘提供帮助，那么这些都如同天空中的流云一样虚幻。

屠百药轻轻翻了一下身。他也没睡着吧？他的病绝不比这位绝望的姑娘轻。他能敏锐地洞察别人的心思，但他无法过自己的关。他跳楼不是怯懦，更不是逃避，他是在寻找心灵的出口。他试探阳柳，更是在试探自己。肉体的伤痛对他根本不算什么，但多年的负面情绪积压如同地震后形成的堰塞湖，他无法释放。

自己呢？以前，天天以忙碌的工作遮蔽内心的苦痛与恐惧，后来在热闹与喧嚣中获得了浅薄的名声。她知道自己不太适应这个瞬息万变的信息碎片化时代，但是屠百药的出现改变了她的命运轨迹。她身不由己，可是也并未觉得难以接受。究竟如何定位自己与屠百药的关系？他们不是恋人，但那种心意相通的协作似乎又超越了恋人。恋人关系有激情、欲望和情绪起伏，他们之间没有。同事？合作伙伴？搭档？是，又不是。因为单纯的工作关系无法让两颗心之间没有阻隔，也不会立即明白对方一个细微动作的含义。

她实在想不出准确的定义。

这时，手机轻微地震动了一下。她打开，是一条陌生号码发来的短信：

亲爱的，生日快乐！我现在不敢见你，但一直都在关注着你。我愿意用我最诚挚的忏悔换回你的谅解。我不想打扰你，但我无法忘记你，你是我此生必须追寻的精神伴侣！

戚晏容惊得差点将手机掉落。

前夫蒋一方的阴影再次向她笼罩过来。

她多么希望这条短信的发送者是屠百药。对她而言，想了很久没有想明白的问题此刻有了准确的答案：屠百药正是她的精神伴侣。

可是，这个由天使与魔鬼合成的蒋一方，还是不放过她！

她以为早已从噩梦中醒来，但是现在看来，噩梦从未远离。

## 088 ｜可怕的直觉

屠百药醒来时，戚晏容已经离开。病床上的一天感觉如同一年，不能下床的病人一天犹如十年。屠百药吃过苦，也享过福。在宋时鱼为他租住的房子里，他可以一睡一整天。然而小腿固定后，他头一次感觉卧床时的腰酸背疼比伤腿的灼痛更让人难以忍受。

等护士收拾完后，屠百药实在闷得慌，主动向张雪云问好。今日她的情绪似乎平静了许多，向屠百药借 iPad。屠百药本想与她聊聊天，不料她很快就把目光锁定在屏幕上。

早饭过后，屠百药百无聊赖，只得打电话给叶枫琴。自从他入院后，叶枫琴来过一次电话表示关切和慰问，没有问原因，仿佛她比戚晏容还清楚内幕。屠百药觉出，叶枫琴在蜕变，变得更加精明和成熟。这当然是做企业必备的素质，屠百药为她高兴。

公司扩容后，为方便业务，屠百药曾提出在王府井附近给她租一套房。她没有同意，仍然每天乘地铁上下班。此时，她就在地铁里。

屠百药简单过问了公司的状况。叶枫琴请他放心，公司业务正按计划稳步推进，基地的住客现在要排号，刘刚、赵娟、陈让表现特别突出，张五洲还弄了个客户自动应答系统，把情感问题合并同类项，就算半夜输入问题都能得到解答，只有极特殊的问题才会弹出来留给在线人员回复，当前在线充值系统已经有注册用户一万二千多人，营收三百余万。叶枫琴认为，这才刚刚开始，将来这个业务可能会有上亿的收入。在业务拓展方面，戚博士上海之行后，将回京与两个区的妇联接触，通过妇联系统实现垂直服务。

屠百药突然有一种失落感。叶枫琴是他手把手带出来的徒弟，但现在徒弟的思路和管理水平令他既高兴又有点妒忌。他的脑子里一个声音说，叶枫琴好样的！另一个声音说，中途岛的今天是自己亲手缔造的。最终，理智战胜私念，屠百药逐渐把混乱的思绪理顺：无论如何，发展才是硬道理，中途岛是股东的，自己的职责仍然是把戚晏容这面旗帜打好，其余都是小事。

屠百药挂了电话，见张雪云还在看 iPad，忍不住说：“小张，你究竟要看多久？”

张雪云头也不抬：“大叔，你是有事业的人，不宜整天看这东西，否则你的事业怕是会玩儿完。我借过来看，还为你腾出时间，你不感谢我，还催我，不太好吧？”

这个姑娘挺逗。“你怎么知道我的事业会玩儿完？”

“这个很简单，你刚才打电话的内容我听到了。”张雪云继续盯着屏幕，“对方是个女的，挺厉害。我感觉她并不真的关心你，说不定你真的摔死了，她会更高兴。”

屠百药哈哈一乐：“小妹，你不要以为全世界都是坏人。刚才打电话这妹子，只比你大三四岁，人聪明，漂亮又能干！”接着，简单介绍了叶枫琴的事迹。

张雪云听完，不再看 iPad，柳眉轻皱：“屠老师，你不会认为这位叶医生真的喜欢你吧？”

“就我这德行？”

“这个我有点相信，你的确与别的男人不一样。”

屠百药没明白她的意思。

“我不懂心理学，但我好歹也见过大世面。不是吹嘘，凡是见过我的男人，无论老中青，眼睛都是直勾勾的。你住在我的邻床一周了，但你的眼神里没有那种龌龊。”

屠百药哑然失笑：“你对我的反应很失望？”

“相反，正因为你的反应，我才有点希望。”

屠百药摊摊手：“姑娘，实话告诉你，只要是生理和心理正常的男人，看到你一定非常惊艳，甚至会舍命追求。只是，我是个不正常的人，心头烂事又一大堆，欣赏美女这件事儿就变得次要了，明白了吗？”

“你怎么知道男人会舍命追求我？”

“一个正常的男人看了美女，谁不动心？这事儿就跟胃口没坏的人见了美食都会馋是一个道理呀。”

张雪云把 iPad 扔给他。“不说这个了。我凭直觉敢判断刚才跟你通电话的姓叶的女人，并不像你想象的那样好，甚至会害你。”

屠百药不以为然：“妹子，你都没见过她，只是听我讲了下她的情况，怎么能这样说？”

“我只谈我的直觉。”张雪云突然陷入一种糟糕的情绪中，“我的直觉一直很准，只是，有一次我没相信我的直觉，我才成了这个样子……”

屠百药的职业病犯了，知道她终于要打开话匣子了。这是心理治疗的第一步。屠百药对张雪云很有好感。因为她长得漂亮，也因为职业惯性使然。一年多来，屠百药已经不知不觉地对心理治疗上了瘾。

但他认为现在还不是时候。一个人心理问题越严重，就会把自己藏得越深，其思维触角恰似蜗牛一般，一有风吹草动马上就会缩回去。他岔开话题：“我们的小叶子活泼聪明，男人在她眼里就是一个透明体，你可不知道，她曾经把一位老板弄得五迷三道……”

他把叶枫琴治疗张志钢夫妇的故事讲了。

这个故事果然强烈吸引了张雪云。屠百药讲故事相当有水平，把当时的情景描绘得如在眼前。张雪云听完，闭上眼睛想了一会儿，说：“你是不是以为她是因为喜欢你，你让她干什么她就干什么？”

“我没这么以为。”

“可是你讲的这个故事，逻辑就是如此。如果仅凭当时你给她的工资，她犯不上冒这个险。”

屠百药一时也找不出更好的理由。这件事，的确不能细想。事隔一年以后，就连他自己也不太相信，只能说事情刚好按自己的意愿发生发展，结局也不错。

“那你认为是什么原因？”

“冒险。她喜欢冒险，更喜欢钱。她回来后，是不是找你报销了一堆东西？”

“也……也不太多。”屠百药回忆了一下，“当时刘成双也就是那个要丈夫回心转意的客户的钱还没完全到账，我把票据放了放，当然最后是给她报了的。”

“看你吞吞吐吐的样儿，后来肯定还发生了不愉快的事吧？”张雪云拿眼睛瞟他。

这姑娘不简单。不过，毕竟只是病友，而叶枫琴是同事、徒弟、公司执行总经理，屠百药宁可相信叶枫琴。“没有什么不愉快的事。她只比你大三四岁，还是个姑娘家，有时任性一点，是可理解的。”

“这是你们内部的事儿，我是个外人，本不该多说。我只是提醒你，世界上最厉害的杀手不是武功最强的那一个，而是离你最近的那一个。”

屠百药不认为姑娘说的有道理。“那照你这么说，戚博士也是杀手？”

“戚博士没有毒。”张雪云打了个哈欠。屠百药发现，美女打哈欠都那么好看。

一连三天，张雪云都在用屠百药的 iPad 写字。屠百药正好也落得清闲，把能想到的问题全部梳理了一遍。越是梳理，问题越多，最后头疼欲裂，只好作罢。

这天下午，屠百药在午睡的梦中被小腿处的麻痒弄醒了。他摁了一下床头的呼叫器。唐医生详细检查后告诉他，小腿恢复得挺快，这种痒正是骨头连接后生长的反应。他把护士叫进来，让她订餐时注意补钙需求。

屠百药当场表示感谢。唐健却不急着走。他请屠百药帮个忙，想请戚博士在医院做个讲座，请屠百药报个价，他向院里申请。屠百药没有马上应承，说这要经戚博士同意。唐健说联系过戚博士，但博士说恐怕要公司同意才行。

难道公司不同意？戚晏容走后，叶枫琴、谢雯、戚晏容都没有再与他联系。按理说，作为总经理的自己受了伤，其他股东和同事应当来电话或通过微信问候一声，但除了叶枫琴因为工作原因轻描淡写地问候过，其余的人好像约好了似的都哑了声。起初，屠百药认为他们可能担心跳楼这等糗事有损颜面，干脆装作不知。时间一长，屠百药隐隐觉出不对头。至少，像陈让这样的老兄弟应该问候一声才对。

公司出什么问题了？难怪邻床的张雪云都提出质疑。难道，这些人真的认为自己不行了？屠百药再往深里一想，可不是嘛——倘若自己真的摔死，中途岛也得干下去，地球离了谁还不是要转。正常，正常，都正常！

他只是有些灰心。没错，现在自己躺在医院里动弹不得，但公司的业务反而蒸蒸日上，戚晏容独自到上海也没有什么问题。就算来深圳，自己根本无足轻重，那些场面上的人见了他都客气地称“屠总”“屠老师”，实际上都是看在戚晏容的面儿上。难道当初将戚晏容定位为公司中心人物是错的？这个中心原本是自己呀！先前的几大棘手案例是自己煞费苦心处理的呀！谢雯和孙筱安的事儿若非自己下了苦功，这两位关键人物绝不会扶植中途岛，公司也不会有今日的局面。屠百药深知，商场如战场，只问结果不管过程。无论过去付出多少心血，那是过去。现在的情形是，叶枫琴已经独当一面，还是自己授权给她做执总的。也没错啊！自己想多了？

但是屠百药还是不禁觉得这里头有问题。但是问题出在哪里，又理不清头绪。

在调查谢雯案的时候，宋时鱼曾提醒过他，要防备叶枫琴。他当时姑且听听，没当回事。宋时鱼有他的过人之处，如果他在，倒可以好好打个商量。可是，这个在自己落难时鼎力支持的兄弟，让自己给气走了……

唐健走后，屠百药心乱如麻。腕上的智能手表响了一声。他抬腕一看，是孔爱佳发来的信息：

> 屠大哥，听闻你不慎受伤，很是担忧。盼在深圳好生静养，早日康复。爱佳。

屠百药心里颇觉温暖。爱佳发微信，自然是宋时鱼授意。他马上回复：

> 谢谢爱佳，谢谢时鱼。只是小伤，很快会好，请勿挂念。

信息刚发出，护士进来说："屠先生，有人找您。"

随后，一位身着黑色T恤、戴着墨镜、梳着马尾辫的高大男人进了屋子。

一种逼人的气息袭来。

那人摘了墨镜，露出一张棱角分明的脸。特别是那蓝色的眸子，钻石般明亮。

正在邻床写字的张雪云看到他时，下意识地捂了一下嘴。

这个男人实在太帅了。如果只从人的长相来说，他和张雪云是天生一对。

"我叫蒋一方，英文名杰克逊。"这个男人的普通话很流利，但仔细一听，带着一股英文腔调。

## 089 | 真爱

戚晏容极少谈到前夫。屠百药虽然知道他名叫蒋一方，母亲是中国人，父亲是美国人，是个练家子，戚晏容因其施暴与他离婚，但其他的信息一无所知。戚晏容不愿说，他也不便问，正如他与阳柳的关系戚晏容也极少提及一样。

屠百药没料到蒋一方说来就来，他无法判断这个不速之客究竟有何用意。他很礼貌地打招呼："蒋先生好。我身体不便，您请随意坐。"

护士搬了把小凳子放在屠百药床边，就出去了。

蒋一方没坐，他标枪般站立，目光灼灼，盯着屠百药看。屠百药尽力把眼神调得平淡些，但对方逼人的眼神仿佛直透内心，根本无法阻挡。只一会儿，屠百药就产生了一种从未有过的眩晕。

蒋一方这才收回目光，脸上露出了友善的微笑："屠先生，说起来，我们还是老乡。我母亲是成都人，从小唱川剧，后来当了演员，到美国后嫁给我的父亲。"

屠百药也回以友好的微笑："那就是屠某的荣幸了。蒋先生送的蛋糕，我和这位张姑娘也分享了，再次感谢！"

蒋一方看了一眼张雪云，说："张小姐，我们谈话，不会影响你吧？"

张雪云摇摇头："先生请便，我不会打扰你们。"说着，把耳塞塞入耳孔，插在 iPad 上，打开音乐，边听边写字。

"蒋先生，很遗憾，戚博士离开深圳已经好几天了，这次你是见不到她了。"

"我不见她，我是来见你的。"

“蒋先生有什么事吗？”

“我来，是想请屠先生帮一个忙。”蒋一方这才坐下，好像他跟屠百药很熟。“而且，我的这个忙你一定能帮上。”

“请讲。”

“很简单，就是请屠先生运用专业的心理知识，把伊丽莎白的病治好，让她回到我身边……”

“伊丽莎白是谁？”屠百药一时没听懂。

“对不起，是我没说清楚。”蒋一方耸了耸肩，“戚晏容的美国名字叫伊丽莎白，我的美国名字叫杰克逊，我们在一个玫瑰园里相识相知，最后我追随她到中国。不料，她多年的精神疾病发作，总是认为这个世界上最爱她的人是个魔鬼，如果不离婚就要自杀……我怎么舍得她自杀？所以她说什么我都同意。可是，几年过去了，她不但没有好转，反而在屠先生的推动下成了名人。我实在不能坐……坐着不管……”

“坐视。”屠百药说。

“对。我实在看不下去了。”蒋一方摊了摊手，“再这样下去，她会垮掉的……她的神经本来就很衰弱，再也经不起折腾。她不需要通过这些没有意义的事来证明自己，也不需要挣这点钱。”

屠百药越听越糊涂。如果不看蒋一方的表情，他一定会认为这个人是疯子。然而蒋一方说这些时一本正经，完全不像是说假话。

“蒋先生，我不明白你在说什么。我与戚博士合作一年多来，每日所见，都是她辛勤地工作，而且治疗好了很多精神有问题的人。但按刚才你的表述，她却是个精神病患者。请问，一个精神病患者如何能治疗好别的精神病人？”

“这才是我最担心的。伊丽莎白从小没有父亲，一直跟着单身的母亲长大，心理阴影很重，几乎每天晚上都做噩梦，是我用了几年时间给予她爱，她才稍好一些。后来她要回中国，我放弃了自己的事业跟着她来，但她在中国仍然犯病，最后到了无法医治的地步……”

屠百药打断他："蒋先生，据我所知，她与你离婚是因为你使用了家庭暴力，她为了人身安全才不得不与你离婚。"

蒋一方叹息一声："屠先生，你亲眼见我打过她吗，还是你看到她身上有伤痕？当然，或许她身上有伤痕，不过精神病人是会自己弄伤自己后说是别人弄伤的。中国的伟大小说《三国演义》里有句话，叫'一面之词'。"

"蒋先生说戚博士是一面之词，你的话难道不是一面之词吗？"

"任何事都得讲证据。屠先生，我对伊丽莎白有父亲般的关爱，因为他缺少父爱。她就像我的眼睛一样，我一直都在保护她，绝不可能伤害她。"说着，他拿出一个屏幕宽大的手机，点开了一个视频。

视频里的场景明显是一片绿草地被白篱笆围绕，中间坐落着红屋顶的独栋房子。身穿白色裙子的戚晏容，如同蝴蝶在草坪上飞舞；身穿蓝色T恤、紫色短裤的蒋一方，结实的大腿上是猩猩般的厚重汗毛，散发着一种撩人的雄性气息。那时他们都很年轻，戚晏容咯咯的笑声和蒋一方温柔的拥抱，秀出满满的恩爱。在这个嬉戏的画面里，年轻的夫妇如同生活在爱的天堂。

"这是我们在美国长滩的家。"蒋一方把目光向窗外看去，"那时，伊丽莎白非常快乐，我也非常快乐。我们根本不在乎世间的一切，因为我们的世界只有两个人。从那时候起，我就把伊丽莎白当成我最亲的人，她是我的公主和天使，我怎么舍得动她一根指头？"

屠百药发现，这个高大英俊的男人，眼角也有皱纹。他除了说话带点英文味儿，还有双蓝眼睛，其余的一切都是中国人的样子：黄得油亮的皮肤，乌黑的头发，直挺的鼻梁，金樽似的嘴巴，李小龙似的肌肉……这是个中西结合的完美男人，屠百药在他面前除了感到莫名的压力，还有自惭形秽。

蒋一方又调出一段视频。画面是在美国式的房子里进行着一场中国仪式。墙上挂着一幅遗像，照片是黑白的，一个眉目如画的女人紧闭着嘴唇，但却无法掩盖那惊人的美。遗像下面，摆着水果，点着蜡烛。蒋一方出现在画面中。他点燃三支香，恭恭敬敬地跪下磕头，用中文缓缓地说：妈妈，我永远爱你，愿你在天堂快乐……随后，他站起来，戚晏容进入画面中。蒋一方抱紧了戚晏容。戚晏容轻轻地拍打着他的背，慢慢掉转身子。镜头将戚晏容的脸和那幅遗像放在一前一后。屠百药猛然发现，遗像上的女人，竟然与戚晏容有七分相似，只是那个已故的女人更冷艳、更漂亮。

蒋一方关了视频，收起手机，轻轻地叹息道："屠先生，我像爱我的母亲一样爱伊丽莎白，我怎么舍得伤她？这些年，我生怕她出一点差错，处处让着她。她要离婚，我就跟她离婚，她哪里知道我的心早就碎了；她不想见我，让我滚远一点，我就跑到大洋彼岸……可是，没有她，我的生活没有意义，但我又不敢回来见她。直到三年前，我有个好朋友在深圳做投资，我才到深圳来。其实，我也悄悄到过北京，想各种办法了解伊丽莎白，得知她逐渐恢复平静，我很高兴。但是，这一年多来，是你把她拉下水，让她继续做这该死的心理治疗，现在她又走向危险，我不能坐等，不，是坐视，不能坐视！所以今天我来，请求你帮帮我，让我的伊丽莎白不要再这样了，好吗？"

说到最后，蒋一方的蓝眼睛里是晶亮的液体。

屠百药差点被感动了。倘若他这一年多来没有经历心灵的震荡，遭遇人性的复杂和人心的险恶，他一定会被感动。但是，直到现在他才明白戚晏容这样的心理专家何以会深度恐惧。直觉告诉他，面前这个人，可能比他遇到的任何人都难缠，就算修理复生也难及十分之一。

可是直觉归直觉，他不能毫无根据地乱说。他决定先退一步。

"蒋先生，我相信你对戚博士的感情是真实的，但是你们既已离婚，就应该各有各的生活。你在美国长大，难道美国人不是这样子吗？"

"我是美国人，也是中国人。其实无论哪一国人，都在乎感情。"蒋一方重新坐下，把双手绞在一起，"我已经失去了妈妈，我不能再失去伊丽莎白。”

“蒋先生，恕我直言，你这叫一厢情愿。”屠百药不想跟他再谈下去，“戚博士是自由的，她想结婚，想离婚，想单身，想再婚，或者想从事任何工作，没有人能阻止她，除了她自己。所以，你找我帮忙，恐怕我办不到，非常抱歉。”

蒋一方当然听得出他不想再谈。他站起来，把墨镜推到高耸的眉骨上，说：“无论如何，我都要谢谢你。当然，中国人讲你来我往、知恩图报，你不愿意帮我是因为你以为我不能回报你，或者说不能给你想要的。实际上，我可以！”

“我有什么需要你帮忙吗？”

蒋一方指了指他打着石膏的断腿：“答案就在这里。”

屠百药觉得今天的脑子不好使。蒋一方是个老外，怎么说话这么喜欢绕弯子？

“难道你想让它再断一次？”这句话冲口而出，屠百药有些后悔。因为，无论如何，蒋一方没有威胁过他。他自始至终都很有礼貌。

“屠先生多想了。我知道你为了一个人才把腿摔断。你对那个人，就如同我对伊丽莎白的心情一样。再见，屠先生。”

说完，他走了出去。

屠百药没有说再见。他不想再见到这个人。

蒋一方的话里，很清楚地传达了一个信息：如果你帮我实现愿望，我也能帮你实现愿望。说得直接点，就是可以让阳柳重新接纳他。

这是屠百药最想要的。

但是，就算蒋一方有办法让阳柳重新接纳自己，自己也根本没有可能让戚晏容重新接纳蒋一方。屠百药无数次观察过戚晏容。在她心里，蒋一方是毒蛇和魔鬼！哪怕她读遍天下所有的心理学书籍，都无法克服这种来自灵魂深处的恐惧。

最让屠百药心情复杂的是，戚晏容在蒋一方没有出现时可以是同事、搭档，但当她的前夫突然出现并表明态度时，他内心起了强大的反弹。当他看到戚晏容被这个男人深深相拥时，胃酸泛上喉头。虽然那是过去的事情，但他连一秒钟都不想看！

他咬了咬牙，拼命地挪动了一下伤腿。剧痛传来，他忍不住哼了一声。他现在开始后悔跳楼。无论如何，他得保持身体健康，只凭意气，谁也斗不过！

邻床传来一声叹息。

“大叔，你现在有点可爱了。”张雪云拔掉耳塞，表情怪怪的，似笑非笑。

“我知道你一直在偷听。”屠百药好歹把屁股挪动了，使自己能半躺半靠。

“好戏谁不想看？”张雪云又笑了，白净的脸上比窗外的阳光更明媚。

“那你说说，这个假洋鬼子究竟是何居心？”

“前因后果不清楚，但我认为他对戚博士的爱，是真实的。”

“何以见得？”

“没有什么为什么，这是女人的直觉。”张雪云打了个哈欠，继续说，“你们男人，永远不懂女人。女人不靠证据，不靠推理，只靠直觉就行。这位蒋先生，是个情种。相比之下，大叔你只能算半个。”

屠百药懒得跟她斗嘴，“可是戚博士不喜欢他呀，他把博士害得这么惨……”

“大叔，博士惨不惨，你怎么知道？博士跟蒋先生之间的事，你知道多少？”

这还真把屠百药问住了。

“看得出，你对人家蒋先生怀有敌意。可是就算有敌意，也不能表现得这么明显呀。你看，人家蒋先生在美国长大，表达的方式就要委婉得多。”

屠百药睁大眼睛：“他表达了什么？”

“在戚博士生日那天，他已经表达了。”张雪云指着花瓶里已经蔫了但颜色犹存的三枝玫瑰，“红色的玫瑰，代表真爱；黄色的玫瑰，代表嫉妒；紫色的玫瑰，代表珍贵。综合起来的意思，就是一句话：我对你的爱是真的，但我对你现在与另一个男人在一起很嫉妒，可你是我最珍贵的爱，对你，我永不放弃！”

屠百药张了张嘴，说不出话。这姑娘真心可以啊！

## 090 | 最悲伤的爱情故事

候机厅。

戚晏容正要去柜台购票，手机响了，是阳柳打来的。阳柳告诉她，蒋一方去医院找屠百药了。

挂了电话，戚晏容感觉眼前发黑。蒋一方找屠百药说了什么？他究竟想干吗？她不能细想。

上海的宣传和讲座还算成功，但无法与深圳相比。也许是没有屠百药作后盾发挥并不出色，中途居然有个别听众离场的，签售也不到四百本。主办方安慰她，说魔都人民比较挑剔，这情形已经是非常好了。不过戚晏容还是觉得心情郁郁，加之叶枫琴打电话催她回京，说妇联的领导要见她，她便把酒店房间退了，匆匆赶往机场。

柜台的售票员热情地招呼她。戚晏容机械地说了两个字：北京。

售票员微笑着问：请问女士，您是前往北京是吗？

戚晏容突然清醒过来，摇摇头：不，深圳。

在戚晏容上飞机之时，屠百药拿着 iPad，正在读小说。

说是“小说”，是因为故事让人觉得不是真的。小说的作者是张雪云。这两天，她一直在 iPad 上写。

屠百药平时不读小说，但这个故事让他着迷。

“呼”一声，疾风刮断窗外吊了两个月的冰凌，戳在厚厚的积雪上。一个男人穿着棉衣立在雪地上，霜花已把他的封耳帽冻成废弃的蜘蛛网。

我没有推开窗户。晚上连续起来四次，发现他根本没有移动。

他在找死。

哈尔滨的冬天是杀生的季节。一条狗，一只羊，只要在露天待着，一夜过后，准能替它们“收尸”。但这个人还没有倒下。或许，他早已冻僵。

他是第五个在同一扇窗下上演苦情戏的人。

前四个人，有一个锯掉了冻坏的右脚；另外三个人中，一个坚持了两天，一个坚持了一天，另一个坚持了半天。他们，最终还是认为命比爱情重要。

可是眼前这个从南方来的并不算高大的男人，他的心坚如铁石。

他在拿命赌爱情。

提到爱情，我曾一直坚信它的存在，在王子与灰姑娘的童话里，在母亲讲述的关于父亲的故事里。

父亲是个遥远的名词。我刚能在母亲胎盘里蹬腿时，他在一次救火中壮烈牺牲。父亲是大兴安岭森林部队的连长。照片中的他一直很年轻、很帅。他在我家老屋卧室的镜框里，温柔地看着母亲度过一个又一个孤寂的夜晚，注视着我从一个哭闹的婴儿变成一个美丽的少女。

我越来越美丽，却迟迟不来月经。高二那年，母亲带着我去医院检查，结果印证了她一直以来的担忧。我是幼稚型子宫，加上卵巢发育不良，甚至输卵管只有一根，上天给了我美丽的容颜，却夺走了我作为女人最重要的权利……

母亲带着我四处求医，得到的答复是否定的。母亲变得异常焦虑，从先前的自怨到最后的愤怒，不久患癌去世。幸好我的外公对我一直很好，在母亲去世后鼓励我继续上学。我报考了一个冷门专业——工程计算，就在哈城上大学。

好事不出门，坏事传千里。我在离家几十里的地方上大学，不料我的隐私竟被泄露，传言愈甚，很快就覆盖在我周围。有次洗澡时一个同室女生居然忍不住过来“围观”，结果被我抓花了脸。学校严厉批评了那位室友，并将她调到别的寝室。但是，从那以后我不仅没有男朋友，连女朋友也没有。我孤独地学习和生活，总能感到背后有人指指点点。不过，任何事情真正习惯之后也就不再害怕了。

大学毕业后，我没找到合心的工作，选择冷门专业回避不了冷眼。我开了家淘宝店，利用网络与外界交流。网店生意马马虎虎，闲时我开始画画，写小说，然后发到网上。渐渐地，也有了一些读者。他们要求加我QQ，后来加微信。在这种交流中，有人要求我发照片。我只发过五次，每发一次都会引来一个故事。

前面四个故事没有什么内容，因为他们很快就知难而退了。但是这个赌命的深圳男人，他不肯离去。

臻，程序员，籍贯湖北，父辈迁居深圳。

他在网上与我邂逅时，说了句我无法忘记的话：读你的文字，感觉你本人彻骨的寒冷。

我写小说纯粹是出于无所事事打发时间，他是第一个从我的文字中感觉到我内心世界的人。我写的小说全部把背景放在古代，特别是蛮荒的北国。那里没有纷争，没有欲望，只有萧索和寒冷，连大地都被冻出巨大的伤口。这对于一个常年见不到雪的南方人来说是奇怪的。他的回复越来越多，我们很自然地互加了QQ。

终于有一天，他说要来看我。我当时就拒绝了他。我说我已经成家，是两个孩子的妈妈，写小说不过是在带孩子之余分散一下注意力。他发来一个笑脸，你是两个孩子的妈妈有什么关系？我只是好奇写出这样冷艳文字的作者究竟是个什么样的人，你就当我是脑残粉吧。

之后我们仍然网聊。他说特别想到贝加尔湖去看看。我在小说中描述了一个在贝加尔湖（古称北海）独自生活的牧羊女，但我并未去过这个地方，我只是知道苏武曾在这里牧羊，于是编了这个故事。这个故事的开头是，少年将军霍去病在征战中受伤遇到牧羊女，被她救了。霍去病答应得胜回朝后再来娶她，可是他回去后年仅二十四岁就死了。音书隔绝，牧羊女一直等他，族人迁徙后把她绑着走，她都设法逃回，依旧放羊等霍去病。这完全是我编的故事，事实上是不存在的。但是臻说他看了小说流了一夜的眼泪。他也知道小说是虚构的，但是内心仍然相信这样的故事。“我们生活在喧嚣的人群之中，就是没有这样的绝世爱情故事。”他说他一定要去贝加尔湖，去俄罗斯伊尔库茨克州的签证都办好了，问我是不是想去。

我不想去，而他真的去了。半个月后，他在QQ上说，他就在哈尔滨。“我刚从贝加尔湖回来，湖面结了冰，她就是个冰冻的月亮，跟你小说里写的一样，可是我没见到牧羊女。”

我不想见他。这些年来，我的心早已封冻。我说我不在家，正带着孩子在北京。他发来一个笑脸表情，说你别忘了我是搞计算机的，我知道你在哪里、哪个房间。我一惊，但不相信。随后，QQ里传来一张照片。那是我早上下楼买菜的照片。照片上的我无比清晰，红红的嘴唇在吐出的雾气中如同盛放的红玫瑰一样娇艳。

我怕他骚扰我，只得赶到他约见的咖啡馆。那是一家俄罗斯风情的咖啡馆，很老旧，但很暖和。臻长得有点黑，并不帅，个子只有一米七二，而我是一米七五。我们的海拔在同一地平线相遇时，他的眼神里是极度的不自信。对此我有经验，前四个男人也是如此，虽然他们有超过一米八的。

臻不像网上那样放得开，很害羞，嗫嚅着说不出完整的句子，黑黑的面皮已经变成枣红。坐在他对面，我能感觉他的心脏快撞击出胸腔。为了避免这种见面的尴尬，他拿出了手中的DV，将记录的贝加尔湖的风景播放给我看。

我并没有太大兴趣看这种风景。事实上我对任何事都没什么兴趣，包括情感。臻在摆弄这些画面时逐渐恢复了从容。他的口才和想象力要比他的长相好得多，讲故事也相当见水准。我一直在听、在看，但基本没给什么反应，只想早早结束这个不速之客的造访。

从咖啡店出来的时候，下着大雪。臻站在雪里，鼓起勇气对我说，他想做我的男朋友，因为他了解我。我觉得好笑，问他了解我什么。臻只好承认他通过网络潜入我的计算机，把所有的文档都看过了……我非常生气。他侵犯了我的隐私。我冷冷地扔下句“不可能”，就打车回家。入睡前收到他的微信：我知道我配不上你，但是我将用我的生命来追随你。我没有回复。

上帝回绝了我，地球上的男人最终也会回绝我。我不相信，一个男人对一个无法生育的女人的爱会持续多久，自从他知道真相的那一刻开始，他的爱就会中断，像从没有发生……

第二天起床时，我无意间看了一眼窗外，他站在雪地里。

臻在雪地里站了三天。他是被我送到医院的。他倒在雪地上后我打了120。在医院醒来后，他见到了我，笑得像个婴儿。医生说幸亏他提前做了防护，不然性命不保。

我终究还是感动了。比起命来，一切都不算什么。我守护他直到康复，然后把他接到家里。我们同居。

说是同居，实际上各自住一屋。母亲留下的三居室足够我们活动。他并不像我担心的那样有什么出格的举动，甚至连拥抱的要求都没有。他很会做饭和打扫卫生，还把老屋收拾得颇有情调。我们整天在一起，聊他的技术，聊历史，聊音乐和作画，也聊电影、小说。他才三十岁，但我深深被他的勤奋和渊博所吸引。我发现我不可遏制地爱上了他……

这是我第一次真正尝到爱情的滋味。它神秘，也荒诞；它甜蜜，也苦涩；它突如其来，又难以磨灭。前四个追求者只看到了我的外表，没有与我生活过哪怕一天；臻从六千里外赶来，可能也因为我的外表，但他也爱我这种孤僻的个性，也爱我的内心世界。

但是臻也有闷闷不乐的时候，他会坐在角落里沉思。我曾问他工作辞掉以后会不会遭到父母的反对，他说不会。不过，我们在一起的日子，臻关闭了所有的通信，包括电话、QQ、微信，甚至连邮件都不看，好似一打开这些与世界联络的平台就会有无数的毒蛇钻出来。

有一天晚上，四点多钟，我感觉隔壁的臻在翻烙饼。臻是个三十岁的男人，他有自己的生理需求。也不知哪来的勇气，我推门进去，钻入他温暖的被窝。他感动得流下了热泪。我们都想把对方楔入自己的身体……但在最后的关头，我阻止他进入我。臻跪在床上发出令人心颤的低吼，我不得不告诉他真相……

潮水迅速退却，我们都感觉到了对方的冷却。我们一直坐到天明。

天明后，臻诚恳地说，就算治不好，也不要紧，他这一辈子除了我谁也不会爱。

臻用行动证明他的话发自肺腑。我被他感动着。我终于不再一个人睡在孤单的夜里了。

臻最终还是要回到俗世里去。有一天，他刚打开手机，他母亲的电话就打来了。对于他的消失，家里人早就报了失踪案。

臻说母亲从小宠他，他必须回深圳，求我一起回去。我担心他妈不能接受我。臻说只要不说破就没事。

我从心里已离不开他，于是跟他到了深圳。

他的妈妈是国企干部，对儿子消失几个月极为不满，扬言无论儿子带谁回来她都不会接受。但是当她在机场见到我时，眼神里全是惊喜。她拍着儿子的肩膀说：现在我知道我儿子为什么会失踪几个月了。

臻的父亲皮珩是当地某大学的教授，一天到晚有参加不完的活动，但自从我进门后，他尽量抽时间在家……我的到来，让这个家变得无比温馨。臻的母亲舍不得让我干任何家务，每天早上最早起床做早餐。但是臻回来后反而变得郁郁不乐，他几次想搬出去住，他父亲都不同意。他的父母认为住在一起方便互相照顾，并拟定让我们在端午节结婚。

我感到了压力。我几次要对臻的父母说明情况，但臻求我不要说。有几天时间，我没见到臻的母亲王思甜，隐隐感觉不妙。一周后，王思甜回家。我将做好的晚饭摆上桌，感觉气氛不对。臻的父母正襟危坐，直接说你们不能结婚。

后来我才知道，王思甜用了一周时间到了我的老家明察暗访，甚至到我上过学的所有地方作了调查。她拿出一个鼓鼓的牛皮纸袋推到我面前，说里面都是钱，让我带着这些钱从此再不与臻联系。臻一下跪在他父母面前，放声大哭，请求他们接纳我。他母亲只是起身给了他一记响亮的耳光，那位教授看我的眼神如同刀子……

我已经无法回忆那些侮辱我的话。我无法与臻的父母辩论，我只问臻，他以前所说的是否有效。臻被母亲打蒙了，半个字也没回应。我的世界再次变得很虚幻，感觉浑身轻飘飘的。我什么也没有说，走向露台，跳了下去……

## 091 | 角色和角度

屠百药看了半天，再动手搜索着什么，然后关了 iPad，揉了揉眼睛，闭目养神。

张雪云在观察他，像初次投稿的文学青年急切地想打听编辑的意见，又怕收到退稿的消息一般。幸好屠百药很快就回复了："雪云，你文笔不错。"

这个回复模棱两可，恰如那些老编辑一样，既不伤作者，又不直接说出结果。

"屠老师，我既然写了请您看，就是要听真话，您大可不必为了安慰我就说违心话。我承受得起。"

"雪云啊，我只能谈作为读者的感受，建议你请教戚博士，她才是专家。我只能说写得不错，具体的我说不好。"

"我们两个跳楼的病人，凑巧住在一个病房，我又何必让您为难呢？"

"我一点都不为难。再说你我跳楼，各跳各的，能一样吗？好比炒股，散户和巴菲特能比吗？"

"是啊，你是巴菲特，高大上，永远赢；我是小散户，矮矬穷，永远输。"

"我说巴菲特和小散户，你为什么不认为自己就是巴菲特，而直接把小散户往自己身上套？"

张雪云不说话。

"这几天，我在不断反思，突然有些心得。雪云，如果你愿意听，我可以分享给你。"

张雪云侧身点头。

“世上有很多类型的人，最突出的是两种人：一种人装扮成强者，一种人装扮成弱者。假扮强者的内心也很虚弱，不然不会在朋友圈、社交活动中处处表现自己强大来作掩饰；假扮弱者的一开始可能是谦虚，也可能是博同情，但是时间长了就会在潜意识里催生真正的心理脆弱。”屠百药指了指自己，“我以前扮强者，因为我曾在商业上编织过宏大的故事，上过各种所谓的排行榜，但本人非常清楚，那些不过是海市蜃楼，虽能迷惑双眼，实际不过是过眼烟云。”

张雪云觉得，眼前这位华发早生的中年男人，并不像她的直观判断那样。他的思维仍然敏锐，嗅觉仍然灵敏。

“而你，就是扮弱者的那一类。”屠百药把目光平移过去，看着她的眼睛，“你把生理缺陷放大了，同时也把外表的美丽放大了。从你的这份‘自传’可以看出，你一直陷在自恋和自卑的夹缝里，是你自己让自己沦陷，不愿做任何改变。那个叫臻的男孩闯入你的生活看似偶然，其实是必然。当然，你写得很主观，你认为是他找上门来的，是被你的美色，或者还有你性格、才情的特质所吸引，但是你忽略或者说故意屏蔽了一点：倘若你不放照片或不展示你的才情，他是不会借着看贝加尔湖辞职到哈城找你的。你一直活在矛盾之中：既想得到男人的爱和关注，又害怕这种爱来得快去得也快。”

张雪云的脸涨得通红，想反驳，又想听屠百药把话说完。

“当然，渴望得到爱特别是男人的爱，是本能需求。你从小没了父亲，极度缺乏父爱。而学校里发生的事，给你心灵蒙上了深重阴影。你想与世俗对抗，但时时感到渺小无力。你逐渐把自己与世界隔离，在隔离中形成了狭隘的个人观念。”

张雪云的脸由红转青，忍不住反诘：“你不狭隘？你不狭隘就不会连老婆都不要你！”

“我是挺狭隘的，这个我不否认。可是我现在至少不会像你，听到不想听的话就马上反击。这种心理反弹就是强烈的不自信。”

从小的悲惨遭遇历历在目，张雪云哽咽着出声：“你毕竟身体没有缺陷啊！如果你换作我，你会怎么样？空谈道理谁不会？！”

屠百药抬头盯着天花板，喃喃道：“我要是你，我可能会走极端，报复社会，至少你没有这么做。但是，身体缺陷也是缺陷，你想过那个小伙子的感受没有？人，首先不要把别人想成圣贤，我们绝大多数人，甚至 99.99% 的人都是俗人。臻有生理需求很正常，而你的缺陷不是他造成的，为什么要他承担？同样，臻的妈妈给你交住院费，她有资格为儿子相一门好亲，也想将来抱孙子享天伦之乐，又有什么错？”

张雪云哽咽着：“难道我有生理缺陷是我的错？他们为什么一开始接受我，知道我有缺陷就马上翻脸？都是伪君子，所有人都是伪君子……”

“这个世界本来不存在什么真君子伪君子，都是他人给贴的标签。你想啊，当初你到臻家，人家父母看到的是个天仙美人，谁不喜欢？但你易地而处，你会让儿子娶一个有生理缺陷的女孩？”

这话把张雪云问住了。她抹了一把眼泪，抽泣着说：“屠老师，你有没有一点同情心？难道有缺陷的人就该死？”

“这跟死不死没有关系。事实上，生活就是这样，不能太较真，也不能太讲道理。以我的这点小经验，我认为你写的故事，前半部分八成是真的，后半部分有问题。”

“怎么了？”张雪云一怔，眼泪一下都收住了。

“第一个疑点，是时间问题。你们在十二月相遇，后来到深圳，明确端午节结婚，但现在是八月，你跳楼是一周以前，所以时间对不上。我想，这里头还有故事，只是你不愿意说而已。”

张雪云只好承认：“是的，时间上的确不对，我要写成中秋节就没问题了。”

“你不会写成中秋节，因为端午是你有生以来首次确定的结婚日期，无论这一天结没结婚，对一个女人都有重大意义。”

“屠老师你干错行了，该去做侦探。”

“侦探研究的就是心理，没本质区别。”

“还有第二点吗？”

“有。第二个疑点，是那个男孩不可能真的在楼下的风雪里站三天三夜。”

张雪云简直不敢相信自己的耳朵：“你……怎么知道？”

“这个男孩在哈尔滨时，站在楼下的雪地里可能是真的，但是不可能一站就是三天三夜。那地方的气候不允许，无论他采取什么防护措施，都不可能抵御零下二十度的严寒，而且还是一动不动。我当过兵，站过岗，我在零下十几度的天气里最多能站立不动四个小时。就算他棉衣、棉鞋、封耳帽、棉手套全副武装，可不吃不喝不补充能量，怎么能坚持三天三夜？就算他死扛着坚持，你家楼下就无人路过？只怕居委会大妈不报警也会劝阻。就算旁人视若无睹，你真的能让追求者在风雪中待着而自己心安理得地睡觉？所以这是你编造的。这样编造是你自身的心理需求，你希望这个男孩这样做。他可能真这样做了，但绝不可能是三天三夜，只有在想象里是可能的。”

张雪云选择了沉默。

“第三个疑点，是你在家里告诉那个男孩真相后，他仍然要带你来深圳。从后面他母亲的反应来看，是绝对不会接纳你的。作为儿子，他不可能不知道母亲的个性。既然知道，又怎么会带你回深圳且直接住进家里？他毕竟已经三十岁，不是小孩子，怎么会草率地将母亲不可能接受的人带回且确定婚期？”

张雪云的脸色变得煞白。

“第四个疑点，你一笔带过，但我却最为重视。”屠百药不管她的反应，继续分析，“你写到，臻的父亲大学教授皮珩自从你进入家门后尽量抽时间在家。为什么？难道是他娶媳妇吗？我当时就产生疑虑，而且很奇怪你为什么要把他的名字写出来而对追求你的男孩只用一个‘臻’字？

看完你的小说，因为皮珩这个名字不常见，我上网搜索了一下。果然有些信息，确定这个皮教授是医学院的教授，带硕士研究生，负面信息不少，主要是网上有帖子称他利用职务之便调戏女研究生，但是多数已被屏蔽，只有天涯社区深藏的一个扎口的帖子说他有这样的行为。结合你提到的信息，至少说明这个教授好色，尤其是你这样的绝色美女……”

张雪云无颜以对。“屠老师……求你，别说了，好吗？”她的脸上布满阴云。

“不说也可以。总的来说，你的故事没必要写得这么长，只需三言两语就可以说清楚。”

张雪云的面部肌肉在扭曲。她翻过身去，侧靠在枕头上小声啜泣。老屠夫，死直男，无可救药的王八蛋，气死老娘了，服了 you。

这时，唐医生和小护士进来换药。他们看着默默流泪的张雪云，眼里都掠过一丝惊诧。

医生护士走后，张雪云情绪平静下来。“屠老师，您认为我的故事应该怎么写才真实？”

“其实没有绝对的真实，只是角色和角度不同，故事呈现出来的状态就不一样。从你的角度，你这样写没什么问题；但是从别人的角度，就不一样了。”

张雪云紧接着问：“从您这位旁观者的角度来看，这个故事是怎么样的？”

“那就很简单。哈尔滨美女张雪云从小丧父，由母亲带大，上中学后发现无法生育，受到社会舆论的压力产生自闭心理，但又渴望爱情。一个叫臻的男孩在网上看到她的图片或影像，被美色所吸引不远千里北上求爱。张雪云害怕失去这份爱，没有告诉男友，男友将她带回深圳家中。男友的父亲是位教授，好色之徒；母亲是位严苛的干部，对她开始是欢迎的。教授本来在外拈花惹草，但未来儿媳让他不能自已，终于找到机会侵犯了她，结果发现绝色美女有生理缺陷。随后，男友和母亲陷入混乱之中，矛盾就此发生且不可调和。绝望之下，张雪云选择轻生，自杀未遂。”

张雪云听了，既没有承认，也没有否认，只是淡淡地说：“如果故事都这么简单，那这个世界岂不是无趣得很？”

“正是。”屠百药说，“还有一个更简单的版本：我是一名程序员，在网上遇到一位只有游戏里才可以见到的美女，我不远千里追求她，费尽心思才让她勉强接纳，最后同意跟我回深圳，父母也很喜欢。但是，风流成性的父亲趁我和母亲不在家时猥亵我的最爱。母亲北上调查美女的过去。我的人生一下陷入黑暗，我不知道该怎样面对家庭和社会。”

张雪云突然咧嘴笑了，那笑容狰狞恐怖，饶是屠百药心理素质好，也被吓了一跳。

“屠老师，您很有想象力。但是不浪漫，还粗鄙。”张雪云咬了咬牙，“但是，无论从什么角度，也无论是何种角色，都无法回避这个污浊的世界！”

屠百药正要安慰她，房门被推开，满脸疲惫的戚晏容走了进来。

## 092 | 最美爱情故事的真相

屠百药赶忙招呼戚晏容："戚博士，不是说回北京的吗？怎么又返回来了？"

戚晏容挤出一丝笑："我不能把你一个人放在这里。"

张雪云刚才情绪激荡，听了戚晏容的话，内心更是起了波澜。她"偷听"过屠百药与蒋一方的谈话，大概能知道戚晏容受过心灵摧残，非常害怕前夫。在这种情况下，她还返回深圳，足见其情义。联想到自己的事情，不禁暗自惭愧——或许正如屠百药所言，还是自己的角度和角色在作怪吧。

想到这些，她心情开朗了一些，热情地向戚晏容打招呼。

戚晏容走过去扶她坐起来，看了看她的腿。戚晏容不是外科大夫，然而毕竟是大夫，说几句安慰话也是一种治疗。张雪云觉得戚博士的关心并非做做样子，是真诚的。她突然握着戚晏容的手说："博士，我有个请求，不知道说出来合适不？"

戚晏容轻轻握着她的手，看着她的眼睛："雪云，你说吧，只要我做得到，一定照办。"

"我想……等我伤好后，跟着您干……"张雪云有些不好意思，低下了头，"本来，我是想拜博士为师，可是我毫无医学基础，所以，所以，您只要让我跟着您，打打杂什么的，就很感谢了。"

戚晏容正要回答，屠百药拍了几下掌，说道："恭喜戚博士收了这么个天仙徒弟。"

戚晏容笑道："屠老师别起哄，我可不敢为人师。但是雪云妹妹如果想从事心理治疗方面的工作，我是极为欢迎的。”

这句话就算同意了。张雪云眼里闪着光，仿佛看到了无限的希望。她兴奋得手指有些发抖，说：“我真是太高兴了……长这么大，从来没有像今天这么高兴，要不是腿动不了，真想请你们干几杯！”

屠百药按了一下床头的呼叫器。小护士进来了，屠百药说：“请你给我们买几罐冰啤酒来行吗？”

小护士连连摇头：“这个……屠先生，医院有规定，病人是不可以喝酒的。”

“那麻烦你把唐医生请来。”

唐健来了，见了戚晏容，眼里是兴奋的神情：“戚博士，幸亏您回来了，要不然我给院领导说好的请您讲课的事，是交不了差了……”

屠百药插嘴：“唐医生，只要你能批准弄几罐啤酒喝，这事我就替戚博士答应了。”

唐健有些为难：“这，医院规定是一方面，关键对您的伤没好处……”

“是要为这个妹子庆祝。”屠百药指着张雪云，说张雪云要拜师，应当庆祝一下。

唐健当场祝贺了张雪云，摸出一百元给小护士：“去买吧，但不要让别人看到。这酒，我请！”

深圳的夜晚很闷，房间的空调调成了静音。医生们查过房，房间里安静下来。

唐健只买了四罐啤酒，屠百药和张雪云已经很感动了。冰凉的啤酒滑过喉咙，张雪云觉得这是向过去道别。上天给了她机缘，在医院邂逅屠百药和戚晏容。这两个人让她对自己过往的成见有了动摇。特别是屠百药今天的谈话震动了她。她意识到过去的自己如同一只青蛙，从未走出角色和空间的限制。啤酒顺着喉咙流下胃里，而她自己仿佛从井底爬到了井口。

今天最高兴的事，就是戚晏容答应做她的老师。

老师，一种如同亲人的称呼。张雪云觉得自己有了心灵的依靠。

戚晏容半躺在两个病床中间的折叠床上，连续读了两遍张雪云的小说。这是张雪云主动给她看的。张雪云此举有两个意思：一是自己作为要跟戚博士学习的学生，交一份作业；二是要看看戚晏容的判断与屠百药有没有比较大的差异。当然，第二个目的张雪云不能明说。

令张雪云惊奇的是，戚晏容的判断与屠百药有惊人的相似，好像他俩商量好了似的。而且，戚晏容的分析比屠百药更进一层：王思甜没有性生活，她儿子则没有性能力！

神了！这个论断让张雪云差点从床上跳了起来。戚晏容请她重新躺下，作了几点解释：

其一，这个叫臻的男孩（戚晏容和屠百药都用“男孩”而不用“男人”）在哈尔滨与张雪云同居而没有发生关系，表面来看是男孩心性纯良，实际上更多是生理上的原因。他已经三十岁，就算能忍一时也不可能长久忍耐，所以这个情节合理而不合情。

其二，戚晏容也搜索了关于皮教授的相关信息，认为一位男教授有这样的风言风语，多半是家庭性生活不和谐，加上教授经常找理由“回家”，是他知道自己的儿子没有这个能力且夫人王思甜不能履行妻子的义务。不然，他的行为难以成立。

其三，从张雪云恨王思甜却没有直接恨臻和皮教授来看，王思甜在平时一定在言语上中伤过张雪云，人们对语言中伤的记恨程度往往高过身体中伤。教授虽然做出了让人无法接受的事，但因为张雪云缺少父爱，潜意识里把他当成父亲，没料到结果会是那样……

其四，从结果来看，张雪云跳楼不太可能在王思甜的家中，更大的可能是在外面的房屋里。教授有可能设计调开儿子，多次到这所屋子里来与张雪云聊天意图不轨，但最终没有得逞。察觉不对的王思甜担心张雪云品行不端，不远千里明察暗访。等有了明确结果，父母两人一起出现，在儿子面前摊牌，臻陷入两难境地，而张雪云羞愤交加选择跳楼。

这些推断，不仅让张雪云震惊，就连屠百药也暗暗敬佩。关键是戚晏容提出了王思甜母子均无性能力的观点。这一点，屠百药没想到。

张雪云听了半天，还是忍不住发问：“老师，您这是假设吧？”

戚晏容点头：“完全是假设。但是如果不用这个假设，一切都说不通。”

张雪云沉默了。

空调房里，只有阵阵清风袭来，房间里掉根针都能听到。

三人都闭上了眼睛，看样子都睡着了。

到了十一点钟，张雪云在黑暗里说：“老师，我有个地方想不明白：如果臻和他妈妈都没有性能力，他们又为何有情感？”

“性的需要和情感的需要是两种需要。正常人一般会将二者统一，但它本身是分开的。正常男人看到美女一定会感兴趣，可是由于理智的克制不会马上产生性行为，但并不是说性行为不存在。而没有性能力的人，心理上的缺失反而会加剧情感的需要。中国古代的太监没有性能力，但都有情感，甚至做出了许多荒谬的行为，更可怕的是内心变态导致祸国殃民的事屡见不鲜。这些现象的根源都是心理问题。”

屠百药插嘴说道：“雪云，你现在跟着戚老师学东西，自己的经历就是最好的教材。我想得没戚博士这么深，她一来就抓住了要害。这里没有外人，你现在可以修改你的‘小说’了。”

张雪云长长叹息一声：“就算是修改，也只能是一种主观看法。刚才听老师讲了这些，一直纠结的问题突然想通了。其实我不能怪任何人，甚至不能怪我自己。天地之间，存在各种各样的事、各种各样的人，都是构成这个世界的一部分。喜怒哀乐、悲欢离合，都极为寻常，只是当事人把它放大罢了。”

屠百药轻轻拍了一下掌，赞道：“雪云，你有悟性。你让我想起一个人来……”于是，把白净姐妹的故事讲给她听。

张雪云听完，轻轻拭泪，说道："这位姐姐真的好可怜！"

戚晏容安慰道："雪云，我们不必可怜她，也不必可怜自己。其实我和屠老师也是病人，但是我们不能回避。天下的事，躲是躲不过的。真正可怕的不是别人，而是我们的内心——我们该怎样面对自己？"

张雪云抹着泪："老师，我会学着慢慢面对自己！其实屠老师和您说的都对，我的确太在乎情感，太在乎别人的肯定和关爱，所以臻的出现，对我就像救命稻草……"

屠百药说："所以，你写的有四个男人站在你的窗下，是你内心需要呈现的影像？"

张雪云奇怪地问："屠老师，您为什么不直接说是我编的？"

"这还是有区别的。小说家编一个故事，可以说是编，因为小说家不一定内心需要这个情节，但读者可能需要；而你写的这个故事，你内心需要。"

张雪云在黑暗中说："是的。臻跟我同居的时候，的确没有身体接触，我还以为他是柳下惠……"

"柳下惠只是传说，一个成年男人跟一个成年女性同处一屋时间很长没发生关系，要么是亲人，要么就有问题。你知道自己的问题，所以刻意回避，但如果这个男孩是完全正常的，你的回避短期会起作用，长期绝对不行。"

张雪云停顿了一下："我们回到深圳后，是在臻的房子里住……他们家早就为臻买了房子。关于教授……是的，他的关心和呵护的确让我感到从未有过的温暖，就像我的父亲一样……"

屠百药说："所以你到现在也不太恨皮教授，反而恨臻妈妈，正是因为你太缺父爱了，你原谅了他的行为；而因为臻妈妈敌视你，强行拆散你和她儿子，你不能原谅她。"

张雪云又沉默了。

良久，戚晏容才说："雪云，你说吧，没事。说出来就好。"

张雪云轻咳一声，低声说道："那一晚……那一晚月光照进窗子。我醒来，我发现自己正被教授压在身下……他的嘴里是浓烈的烟酒混杂的味道……我浑身无力，但还是咬牙推开了他，我哭着求他不要……教授当天晚上以项目的名义支开了儿子，然后带着酒回来要我一起喝。他说他不管我会不会嫁给臻，他都认我这个女儿……他平时看我的眼神没有邪念。可是那天他在酒里下了药……他见我以死相逼，才说自己喝醉了，求我不要说出去。于是我穿好衣服，到洗澡间关起门来哭。当我出来时，我说要给臻打电话，然后离开这个地方。他求我别打，还说儿子其实一直阳痿，根本治不好……"

屠百药问："后来发生的事，大概也能知道了：王思甜最终没有责怪丈夫，也没有责怪儿子，而是把丈夫和儿子找齐，给你摊牌对吧？"

"是的。她那天说话非常狠毒，要我马上滚出深圳，如果需要钱可以给我。我脑袋里一团糨糊，求助似的看着坐在对面的那对父子。父亲扶着眼镜，一直没说话。儿子也不说话。只有王思甜一个人在说。最后我问臻，是不是想让我走？如果是，我就走。臻一句话也没有说，他独自走向阳台，半天不见人影。他妈妈去阳台看了，惊叫着说儿子跳楼了，疯了一样过来抓我的头发，要我偿命……我脑袋快要爆炸了。我听说臻跳楼了，心想我也别活了，就冲向阳台，跳了下去……"

这个情节让屠戚二人吃了一惊。这样的情节，是无法编出来的。

屠百药问："臻是不是也摔成了重伤？"

"他根本没有跳楼。这所房子的阳台是敞开的，连着客厅和卧室，臻是躲到卧室去了，而我从客厅冲出去直接就跳了……幸好只是四楼，下面是草坪，只是轻微骨折。"

屠百药问："现在他怎么样？"

"不知道。"

戚晏容忍不住插话道："按常理，臻应该来看你一下。毕竟，此事由他而起。"

“我不怪他，他就是那个性格，只要母亲在场，他就像只猫。也许，很多家庭都这样吧。都过去了，听两位老师讲了这么多，我也在试着看开一些，不想这些事了。”

屠百药说：“我认为雪云的经历以及这个叫臻的男孩的家庭，极有研究意义。当今中国的婚恋问题，最突出的当数母子关系。臻的成长具有很强的代表性，就算雪云是个完全健康的女孩，恐怕也要出问题。”

张雪云问：“难道，不是我的生理原因？”

“表面看，有这个原因，但根本原因不是这个。”语毕，屠百药转头对戚晏容说：“博士，研究好母子关系非常重要。我建议你在医院就讲这个课题。”

## 093 | 他为什么没变成男人?

天明后，戚晏容找到唐健医生，说可以在三天之后在医院开展讲座，主要面对医护人员，但题目还在斟酌，得完善 PPT。唐健非常高兴，当场问报酬怎么处理，戚晏容说不要报酬，只是需要医院开一个证明，说她是医院的医生，要去拜访一下王思甜一家。

唐健作了难。戚晏容不是医院的医生，院办开这种证明不合规矩。戚晏容给屠百药发了微信。屠百药很快回复：不需要医院证明你是医院医生，建议改成介绍信：

> 我院收治病人张雪云，外伤恢复良好，心理问题极难解决，特请心理学专家戚晏容博士前来了解情况，请予配合。

戚晏容把短信给唐健看了。唐健睁大眼睛，说还是屠先生善于变通！您将为我们授课，介绍到患者关联家庭是顺理成章的。于是在键盘上运指如风，打印了一页纸，去院办盖章。

按照王思甜提供的联系方式，戚晏容给她打了电话。电话那头的口气并不友善："什么？不是已经交了费用吗？别的事情，我们不管，我正上班忙着呢。"

戚晏容站在马路上，心平气和地说："王女士，并不是把病人送到医院付钱就了事了，因为病人现在有可能二次自杀，您考虑过后果吗？"

"什么后果？"对方激动起来，"她跟我们家一点关系也没有，就是个外地人，我看她可怜，好心送到医院还垫了押金……”

戚晏容打断她：“那么，您忙。不过，我们医生只能先去立案，出了问题也不是我们医生的责任。”说罢，她把电话挂了。

这不是戚晏容的风格。但跟屠百药搭档以来，她逐渐学会了强硬。不过，她仍然感觉自己的心脏咚咚跳了几下。

对方的电话在她心跳尚未减缓时就打过来了：“您好，医生，我可以跟您谈谈，您看我们约个地方行吗？”

“不行。”戚晏容断然拒绝，“我是医生，必须到你家谈，而且你的先生、儿子必须在，否则我们就不管了。”

对方沉默了一会儿，说：“那这样吧，九点。我把地址给您发过来。”

戚晏容按王思甜发的地址，坐神州专车到了楼下。这个地方有点偏，算是市郊。抬头一看，这座楼房有二十多层，至少有一半的房间没有安装阳台护栏，有的种了花草，有的只是裸露，整个楼房看上去只能算是中档。

戚晏容按了401的门铃。门开了。她乘电梯上了四楼，见楼道里站着一个身穿灰色短袖、身材瘦高的女子，五十来岁，她可能没休息好，黑眼圈很明显。

戚晏容从手包里取出介绍信，递给她。王思甜接过：“还用什么介绍信？我是一向尊敬医生的……”只瞟了一眼，就请戚晏容进屋。

这是一套三室两厅的房子，中档装修，门厅中的发财树叶子打蔫。戚晏容坐在沙发上，问：“王女士，不是说好的全家都在吗？”

“对不起，我家先生在开学术研讨会，实在脱不开身……我儿子在。”说到这里，她把指头压在嘴唇上，悄声说：“他一个人在里屋，谁也不见……哎，医生，您说我这当妈的容易吗？儿子养成这样，也是作孽……”

“我还是要见见你儿子。无论如何，张雪云因他而起，总得有个解决的办法。我找张雪云谈过，她什么也不说。”

王思甜一下哭了出来：“医生，我这儿子没得救了！自从那个小张跳楼以后，他不说一句话，每天躺在床上，只喝水不吃饭，这才几天，瘦得不成人形了！我是不敢离开半步……”

戚晏容提出要进屋看看。王思甜一边抹泪，一边说：“他不会跟你说话的，他现在不认我这个妈了……这是他第一份感情，谁知道遇到这样的事儿……”

戚晏容安慰她：“你光哭解决不了问题。我是心理医生，我是来帮助你们的。”

王思甜很认真地看着戚晏容，越看越惊讶：“哟，您不是电视上那位专家吗？我看过您的节目，哎呀，真是有幸能碰上您这样的专家！”

戚晏容没料到电视的传播这么厉害。她趁热打铁：“王女士，还是看看你家皮臻吧。”

“他叫王臻，不叫皮臻。”王思甜说，“他跟着我姓，因为从小他父亲就不在身边……”

戚晏容跟着王思甜进了左侧的主卧，拉开了窗帘。一个胡子很长、眼窝深陷、嘴唇干裂的男子躺在床上，呆呆地望着天花板，眼里灰蒙蒙的，嘴唇没有一点血色。旁边的床头柜上放着一碗凉了的粥。看来，王思甜说上班是假，在家陪儿子是真。

“王臻，心理专家来看你了。”王思甜的声音很小，“你起来吧，不要吓唬妈妈了，你想怎么样都行，我不再管你了……”说着，眼泪又涌了出来。

王臻好像什么也没看见，什么也没听见，仍然像死人一样躺着。

戚晏容把手伸过去，搭在王臻的脉搏上。过了一会儿，她起身拉了一把王思甜，说：“我们出去吧。”

王思甜跟着出来，戚晏容要求到另一间卧室里，关上门，坐在房间的小皮椅上，说：“你儿子现在就是气郁在心，身体虚弱，神志不清——”

王思甜一下急了，晃着戚晏容的手："医生，他有生命危险吗？"

"生命危险倒没有，但是精神问题挺严重，如果不解决，恐怕会精神失常。"戚晏容倒也不完全是吓唬她。从目前的情况来看，这个人已到了精神崩溃边缘。

王思甜吓得面如土色，嘴唇不停颤抖："医生……您一定有办法对吧？求您救救我儿子。"

戚晏容想起以前屠百药有不少治疗歪招，马上就沉了脸："作为医生，不能只救你儿子，人家没有父母的女孩也得救吧？"

王思甜低下头，说："我知道是我不对，可是医生，您如果遇到这种情况，您会让儿子娶一个没有生育能力的人吗？我承认我是俗人，但是儿子就是我的命啊……天哪，我究竟做了什么缺德事，摊上这些事……"

戚晏容让她把手放在床沿上，闭目号脉。其实，王思甜只是由于情绪激动，脉动有点快，但并没有什么病。不过，戚晏容号脉时眉毛挑了几挑，让王思甜更加紧张。终于，戚晏容睁眼说道："王女士，你绝经好多年了吧？"

"您……"

戚晏容继续问："三十多岁就没有了？"

王思甜点头，随后低下了头。

"没有性生活也十多年了吧？"

"二十一年。"王思甜的声音低得连自己都听不清。

"这也难怪。"戚晏容放开她的手，"你儿子也一样，没有接触过女人，对吧？"

"是的……"王思甜又飙出了眼泪。

"我想听听你的故事。"戚晏容轻轻拍了拍她的肩膀，"不知道原因，我就没办法。"

王思甜的故事不长，但包含的信息很典型。

王思甜一家是移民。在湖北云梦县时生的儿子。那年她二十一岁，还是个大学未毕业的学生，因为崇拜老师皮珩怀了孩子，不得不退学。然而生孩子时大出血，皮珩并没有出现。当她抱着孩子、拖着虚弱的身子在一个深夜去皮珩的宿舍找他时，正好看到了他和别的女人在行苟且之事。王思甜精神崩溃，一度自杀，父母跪着求她，她才活了下来，给儿子起名王臻。

王臻五岁时，被幼儿园的孩子骂野种，从此不肯去上学，性格也变得自闭。王思甜父母身体不好，她一直没工作，生活困难，只能咬牙坚持学习自考，终于找了个工作。王臻七岁那年，好歹上了小学，但是仍然自闭，晚上睡觉若不在母亲身边就大哭大叫。王臻十岁时，放学后在门口玩，一个穿西装的男人来了，买了一架飞机模型给他，让他叫爸爸。王臻不叫，但想要飞机，急得哭了起来。王思甜下班回家，对前来看儿子的皮教授用棍子打。皮教授让她打，跪在她面前忏悔，说他早就离了婚，现在在深圳一所大学任教，是来接她和儿子的。

王思甜不同意，但皮珩开出了一系列诱人的清单：1. 儿子可以转成深圳户口，可以在深圳上学而不是在县城上学；2. 王思甜可以到一家国企的工会当干部；3. 不用住在简陋的房子里，大学已经给他分了一套三室一厅的住房；4. 二人结婚，这些年男方的积蓄全部交给女方以弥补自己的过错；5. 二老的病他负责治疗。

王思甜思想斗争非常激烈。一方面，她从内心不能原谅这个毁了她青春的男人；另一方面，儿子的成长需要父亲。她的母亲劝她不要太较真，生活要向前看。终于，她同意了，带着儿子跟着教授到了深圳。

戚晏容听完，叹了口气：“这就不难理解关于皮教授的传言了。”

王思甜咬了一下牙：“自从跟他结婚后，我就没让他碰过！当年我腿上淌着血水，看到他与别的女人抱在一起，我的身体就死了！我的心也死了！”

这句话让戚晏容毛骨悚然。因为，她的身体也死了……蒋一方那种魔鬼似的折磨镜头一下跳出来，她的心也跟着发抖……

“您怎么啦？”王思甜吓了一跳。

“我……我心脏有点不好，我想喝点水。”戚晏容强行稳住心神。

王思甜出去倒了一杯水。当她再次进屋时，戚晏容的脸色已恢复正常。

戚晏容接过水，喝了一口，继续说：“我想，王臻到现在也没有真正接受父亲，但他一直爱你，是那种爱……对吧？”

王思甜的脸有些发红，说：“医生，您是专家，我不瞒您。儿子一直跟我睡，后来他上大学，只要回家就跟我睡……不过医生，我绝不对您撒谎，我和儿子，绝对没有那种关系……”

戚晏容再次拍了拍她的肩膀：“这个我知道，我也相信。但是正因为如此，王臻才没有变成一个男人。”

王思甜没听懂。

“你的儿子尊敬你，爱你，离不开你，这种精神依赖对成长是不利的。在他发育特别是青春期的过程中，他的行为受到了限制。首先，你对性这件事有心理阴影，你的语言、行动都在影响着他，他的性心理也渐渐畸形，只能在矛盾中成长。一方面，他视你为圣洁的化身，所以压抑自己的性冲动；另一方面，父亲的行为他不可能一无所知，但是他不能理解为什么你不闻不问，更让他的心处于纠结拉扯中。所以，他干脆不恋爱，不接触女性。在这种心理的压制下，他虽然有男人的身体，却没有男人的性征。”

王思甜沉默良久，长长地出了一口气：“这么说，还真是我害了他？其实，我早几年就察觉出我的错误。”

“更多的责任在他父亲身上。”戚晏容说，“事实上，我接触的案例中，很多家庭虽然没有你们家这么严重，但是母子关系是类似的。具体来说，他恋母直至病态，才会有最近出现的这些事情。”

“可是，我明明在前年就强制他搬到这里来住，逼着他去找女朋友啊！”

“可是他找的人是谁呢？”戚晏容把手机打开，调出了张雪云的照片，“你看看这个小张，难道你没发现她跟你长得挺像？”

王思甜没有看，她心头有数。第一次见到张雪云时她是喜欢的，原因就是她长得像自己。

“不仅是长相。”戚晏容说，“张雪云敏感、孤独、冷淡、固执、烈性、多疑、较真，这些性格特点，哪一点跟你不是相似的呢？但都是可以改变的，跟好人过上好日子，天天都是阳光的、温暖的，慢慢都会好起来。”

王思甜呆了半晌，说道：“医生，您说得对。但是我儿子还有救吗？”

戚晏容起身，说道：“解铃还须系铃人，急不得。如果您有空，后天，我在医院有个讲座，您可以来听一听。当然，如果皮教授也能来，就更好了。”

## 094 | 恋爱的秘密

上午九点，医院组织了一场一百多人的讲座。参加者多为院里的医护人员。

满头华发的女院长非常重视。她上台首先感谢戚博士能给医护人员上课，并阐明医学工作者学习心理学治疗的重要意义：可以有效与患者沟通，缓解日益紧张的医患关系，同时对治疗各种生理疾病很有帮助。

屠百药坐在轮椅上，在最后一排。张雪云也坐上了轮椅，与屠百药挨着。

戚晏容用了一天时间，做了 PPT，连屠百药都没让看。

老院长介绍完后，戚晏容在掌声中走上讲台，打开电脑。众人一看，题目并不是院里希望讲的怎么识别患者心理和如何处理医患关系，而是“恋爱的秘密”。

在座有一半以上的医护人员都处于恋爱或即将恋爱阶段，对这个题目报以会心一笑。老院长扶了扶眼镜，似乎对这个题目兴趣不大。但既然请了戚晏容且是义务性质，人家讲什么也不好提出异议。

戚晏容缓缓移动目光。经过几个月的实战训练，她已能自如应对各种场面，能让在场的每一位听众都感觉到她的目光。最后，她把目光停在老院长的脸上，作开场发言：“今天有幸能在贵院谈一点自己的感受。在尊敬的院长和各位同行面前难免班门弄斧，所以我老早就跟唐医生说是免费的，免得讲得不好各位要退费。”

这个开场把大家逗笑了。场面轻松下来。

“我知道院长今天给我出了命题作文，想让我讲如何识别患者心理，以便处理好医患关系。”戚晏容向院长鞠了一躬，“可是我真的不是看相的（众人笑），我多年只从事一项工作，就是情感治疗。情感是一个复杂的问题，譬如爱情这个话题，自有人类开始到现在，似乎也没有人能够完全说清楚，因为说清楚就没意思了（众人笑）。可是，恋爱就像空气一样，我们离不开也躲不掉。我们医治各种伤痛病患，但我们很难给恋爱场上受伤的人打一针之后他就拍拍屁股说好了（众人笑）。所以，今天我试着讲一下我的一些治疗经验和个人观点，请院长和各位同道批评指正。”

开场白说完，戚晏容开始讲课。恋爱的心理根源是什么？戚晏容认为，一个人的成长经历决定了恋爱观，女孩在童年时期通常以父亲为模拟的恋爱对象，男孩则以母亲为模拟恋爱对象。随着年龄的增长，一个孩子所受的教育和伦理使他（她）从这种原始的恋爱状态分离出来，认识到亲人之间的恋爱是禁忌的，在心理上绝大多数人会接受这种人伦教育和传统观念，从而转化为对父母的尊重。不过，潜意识里儿子对母亲、女儿对父亲的情感会成为情感外延（恋爱）的参照系，他们会不自觉地将情感对象与父亲或母亲进行比对，若是在长相、个性、志趣等方面相同或相似之处较多，恋爱关系较容易成立。

戚晏容强调，上述内容指的是正常家庭，而非特殊家庭。父母离异、家庭变故、意外伤害等不在此范畴，然而情感治疗的对象往往是特殊家庭长大的孩子。在PPT中，戚晏容首先解剖了自己，连屠百药都大吃一惊。

戚晏容先讲了自己幼年时父亲抛弃母亲、跟着别的女人远走他乡的故事，她坦承自己的童年是在没有父亲保护、安全感完全丧失的环境中长大的，直到现在她在睡觉前还要仔细检查门窗是否关严，在无人陪伴时绝不敢走夜路等等。这些问题并不因为自己学医并从事心理治疗工作就能解决，它已渗透到成长的每个环节，深入血肉、浸入灵魂。在这种状态下，戚晏容渴望得到外部安全的保障，所以在恋爱的过程中首选安全，亦即对方必须是健壮的、能够保护她而又不会像父亲一样随时抛弃她的男人；其次她需要对方有知识、学养和才华，这是因为她经受过系统的知识训练，下意识地需要与自己的求知经历配套；再次是经济保障，因为她自幼家贫，母亲要靠半夜加班给她赚学费。这几个条件，如果只有一条并不算难找，但是几条叠加在一起，找对象极为困难。幸运的是，她在美国留学时遇到了蒋一方。蒋一方的父亲是美国白人，母亲是一位会功夫的川剧演员，母亲移民美国后与父亲离婚，法院将蒋一方判给父亲，他从小学会打架、喝酒，十二岁后父亲被枪杀时，母亲才拥有监护权，开始对儿子教授中国文化和传授中国功夫。他们从小都失去父亲，蒋一方孔武有力，天不怕地不怕地承担起了保护她的角色。可惜好景不长，戚晏容万万没想到的是，蒋一方童年受父亲影响深重，有暴力和变态倾向，后来经母亲调教又学会了温文尔雅，两种特质同时在他身上存在。在外人面前，他保护着她不被人欺侮，像天使；但是在他们的二人世界里，他采取武力和精神的双重折磨摧残她，像个魔鬼，令人发指。自己在深度恐惧之下，濒临崩溃，时常有自杀念头，但体内与命运抗争的小宇宙一次次拯救了她，好不容易才把婚离掉……

讲完自己的案例，戚晏容自嘲道："我这是引狼入室。"

听众沉默。戚晏容没有过多描述蒋一方如何在精神和肉体上摧残她，但在场的人都想象得出，她一定遭受了非人的折磨，否则讲到这里时眼里不会出现无法掩饰的恐惧。

戚晏容又举了另一个事例：她的朋友中有一位大家闺秀，从小受到良好教育，根本没机会碰到过"坏人"，长大后家里安排的对象也全是"好人"，但她死活不嫁，最后嫁了一个喝酒打架的社会混混。戚晏容曾问过她为什么要嫁亲朋都反对的人，她回答说："我想试试，坏人究竟是怎么回事。"结果，当然是离了婚，现在仍然单身。

接着，戚晏容用化名讲了王思甜的故事。可能因为张雪云在场，戚晏容对她的情况只是一笔带过。她将自己的体会和另外两个故事联系起来，总结出无论男女，在恋爱上的认知来自父母，且都有"缺什么补什么”的特性；同时，父母的观念对孩子的影响既有建设性的又有压迫感，父母希望孩子的未来发展能够弥补其生命中无法实现的目标。在这种双重心理的驱动下，恋爱无法实现广泛意义上的自由、自主和自愿，恋爱者会随着恋爱情节的展开陷入各种自我难以把控的怪圈。

戚晏容做了更进一步的分析：恋爱活动看似是有关性、爱怜、呵护、赞赏、荣宠，实质上是恋爱中人借着恋爱的通道企图回到童年，无忧无虑、天真烂漫的童年。无论男女，进入恋爱的状态时都无法掩饰真实的内心，尽露孩子的本来面目，甚至想回归母亲的子宫，回到那个没有危险、没有意识、无比丰富的深处。

这堂课不是聊天，胜似聊天。院长宣布进入互动环节后，唐健医生首先提问：每个人的成长或多或少都会遇到问题，是不是儿童时代的阴影无法消除？譬如未婚先育的母亲对孩子的影响造成他不会恋爱且遇到了无法解开的结，如何才能治疗好他？

戚晏容认为，做父母的必须下定决心采取物理隔离即完全分开居住，这让背景专业的医务人员听得很是会心。孩子的物质和心理依赖逐渐消除，让他们直面社会，通过安排由易到难的各种课题让他自行解决处理，特别是情感上的处理不能再行干涉，哪怕父母根本不同意或这场情感非常糟糕也绝不能再过问。因为归根结底，人必须完成个体的成长，恋爱是成长中极为重要的部分，绝不能由家长决定。

一个年轻的小护士有些害羞地问，如果一个女孩并不接受追求她的男子，但这位男子一直穷追不舍，而女孩早已在心中筑起坚固的堡垒，这种情况的结局会是什么？

戚晏容说，心灵堡垒是可以构建的，但是要看这个女孩心理的防线中是否掺杂了童年的缺失因素。如果童年缺失父爱，女孩会把它压缩到心灵的死角，但它仍然存在，越是挤压越会产生反弹；如果女孩童年特别缺钱，对物质的渴望被强烈压制，那么当有男人以金钱作子弹连发进攻时，城池失守只在旦夕之间。

一位年轻的女医生首先赞同了戚晏容的观点，她认为女孩童年既不缺钱也不缺爱，成长过程一路阳光，那么无论男方有什么招数，心灵的堡垒不会被攻破。

戚晏容补充说，世界上没有真正无法攻破的防线，心灵的防线总有薄弱的地方。没有成长问题的孩子，缺口就是“好奇心”。人的本性，对已经拥有的东西并不感到稀奇，一个收藏家的女儿不会把家珍当回事，一个大官的儿子也不会觉得“领导”有什么权威感，但他们可能对普通人不敢涉猎的事物表现出浓厚兴趣，譬如犯罪、猎艳、玩命。所以，人们妄图把孩子的童年塑造成“没有缺憾”只是一厢情愿。“没有缺憾”可能会造成“最大的遗憾”，“有缺憾”往往会导致“另外的缺憾”。生命和情感的常态是残缺的。大悲和大喜、小悲和小喜，都不过是情感生态中程度不同的表征。此外，女人往往享受“被征服”的感觉，因为构筑心灵防线如同修筑城池一样太辛苦了，守卫心灵的城池也一样。从成本上讲，守卫一座城池所花费的成本太大，神经一直紧绷，形单影只的恐惧如同毒蛇盘踞在心。当城池陷落，守卫者反而有一种被征服的快感，觉得自己可以放松了，甚至是解放了，不再孤单了，可以好好休憩了。倘若进攻者拿下城池后再施以小惠，这种自我放松将会无限放大，由对抗变成乖顺，如同沐浴在漂着玫瑰花瓣的爱河里。这就是人生中最美好的“恋爱”状态。

接下来的讨论很激烈。有认为恋爱是奢侈品的，有认为恋爱就是拼爹的，有认为恋爱应当随缘的，各种各样的问题都有。但是，多数人表示听了戚博士的讲解，对以往那些纠结的问题看得开了。戚晏容在总结时说，情感的可怕之处在于自私，情感也是在行使个人意志，父母对子女的管控、情侣对对方的精神施压，归根结底仍然是自我欲望的满足。当我们能够管控自己的欲望，多站在对方的立场思考问题时，情感的管理就会在交锋、妥协中逐渐趋向平衡。

屠百药坐在最后排的轮椅上，内心涌起复杂的感情。戚晏容今天的讲解，他是听懂了。他发现自己在专业上与戚晏容的差距非常巨大，只是一年多来戚晏容一直让着他。她现在已经逐渐发挥出了自己的真实水平，而且通过各种活动和实际的心理治疗，渐渐回归真实的戚晏容。而自己呢？内心依旧迷茫。

## 095 | 偷拍

午饭过后，阳光很好。104 病房里，屠百药、戚晏容和张雪云在聊天。今天的讲座让张雪云深受震动，她感谢老师，也感谢屠百药，眉宇间有了阳光的颜色。

戚晏容的手机响了起来，是叶枫琴打来的。她问戚晏容为什么不从上海直接回北京，戚晏容回答说，屠老师在住院放心不下。叶枫琴的语气里有些不高兴，她说她约好了妇联的领导，结果戚博士也不提前打招呼就放她鸽子，让她极为尴尬。戚晏容赶忙道歉，连声检讨。

屠百药嗅到味儿不对，让戚晏容把电话给他，说叶总火气挺大啊，戚博士没回是因为我，我承担责任，不行你扣我工资吧。叶枫琴在那头听着，没与屠百药直接冲突，只是说屠总，您是公司掌门人，难道不知道失约将对公司产生不良影响吗？您受伤是该照顾，可是公司的计划您是批准了的，我是按计划执行，如果有变化也得提前告诉我一声吧？屠百药连声称是。叶枫琴又说，戚博士在屠总住院的医院讲课，公司怎么不知道？

这句话把屠百药问住了。按理，戚晏容作为公司的旗帜人物，所有的活动都要经过精心的准备和安排，甚至连多少出场费都要明确，在深圳和上海主要是推广《情感风险管理》，但也有费用。戚晏容这次讲座除了屠百药知道外，公司无人知晓。

屠百药呵呵了两声，说枫琴啊，我不是还挂着总经理的职务嘛，这事是我同意的，再说戚博士是董事长，怎么能说公司不知道呢？叶枫琴说，你们是公司的领导，但是公司还有董事会，如果二位领导做事不分公私，想干什么就干什么，您觉得我们这个公司是个规矩的公司吗？

屠百药一时哑了口。叶枫琴说得在理，他不能反驳。于是赶紧道歉：枫琴，我向你检讨，是我们错了，不该私自做主。叶枫琴听屠百药道歉了，也叹息一声说，屠总，要是私人答应讲讲课也就算了，但是现在讲课的视频没有经过编辑，传到了网上，影响很不好，您看怎么处理？

屠百药惊出了一身冷汗。先前唐医生邀请戚晏容讲课时说好的不录音录像，只是作为内部讲座。他在后排也没有发现谁在拍摄，怎么一会儿工夫就传到网上去了？戚晏容讲的关于她自己和前夫、王思甜家的事儿，这不全泄露出去了吗？再说就算不涉及任何禁忌，一个不经剪辑的“毛片”放到网上，弄不好会损害新晋婚恋管理专家戚晏容的形象。

他问叶枫琴在哪个网上？作者是谁？叶枫琴说几大视频平台都上传了，而且是不完整的，容易断章取义。屠百药问了标题，说一会儿再联系，就打开 iPad 搜索。果然，视频拍得很粗糙，一看就是隐藏拍摄的，镜头压得很低，戚晏容的影像有些变形，但声音很清楚。

屠百药大急，赶紧按呼叫器，让小护士把唐医生找来。

唐医生见屠戚二人脸色阴沉，赶忙问怎么回事。屠百药没回答他，点开视频给他看。唐医生一脸茫然，说这事我在汇报给院长时就说过了，不录音录像的，所以我们连相都没照啊，怎么可能有视频传到网上？

屠百药暗自恨自己这次没考虑好细节。他问唐医生：来听课的人都是谁？他是否都认识？唐健说，多数人都面熟，一个医院的嘛，但有的叫不上名字。屠百药又问：这些人是怎么组织的？唐健说昨天在院里的几个科室微信群发了消息，还在医院大厅贴了海报，请本院医护人员自愿参加。当时想着是内部的活动，也没有登记名字。

屠百药知道追究唐医生的责任于事无补，就请他回去。偷拍的人是谁？有两种可能：第一种，是医院之外的人，因为医院没有发入场凭证，谁都可以进，有的穿白衣服有的穿便服，相互之间也并不是全认识；第二种，是医院内部的，觉得好玩，拍出来发网上，当然也有可能是外来者授意的。

屠百药把这两种情况讲了，戚晏容百思不得其解。张雪云认为，任何事情得看目的。如果发在网上的视频是完整的，有可能就是好事者所为，并没有什么目的；但是现在这个视频明显有断章取义嫌疑，专门把看上去没逻辑、讲得很乱的话挑出来，明显是经过剪辑的。而从时间上来看，上午十点半结束，就算十一点找到电脑开始弄，若非专业人员不可能在短短三个小时内又剪又传还通过了审核。

屠百药本来就对张雪云另眼相看。这个姑娘心思缜密，若是悉心引导，将来的成就不在叶枫琴之下。他很认真地说："戚博士，我真的很嫉妒你，你收了个天资聪慧的徒弟！"

戚晏容正为视频这事儿纠结，听了这话，眉头一展："是不是你想收？你的徒弟枫琴不也是冰雪聪明吗？"

屠百药摇摇头："算啦，我可不敢以她的老师自居。她现在厉害得很，翅膀也硬了。不说了，喂，雪云，你怎么哭了？"

戚晏容转头一看，张雪云双手捂脸，哭得一抖一抖的。她立刻明白，大概是张雪云长这么大，第一次有人用"天资聪慧"夸奖她，而不是只看到她的外表或是生理缺陷。

整个下午，屠戚张三人都在分析视频事件。如果说是竞争对手想黑戚晏容，又不太像，因为戚晏容讲的内容，哪怕一帧不剪，也没有什么违法违规的内容。就算是断章取义，最多也只能说戚晏容水平不高。

张雪云反复看了几遍，最后说："看来这个人只是想曝戚老师的成长史，其目的可能是想让您的粉丝看到您的不幸。"

屠百药一听，觉得自己的思维最近僵化了，远不如张雪云敏锐。的确，剪出来的视频，集中在戚晏容讲自己童年的经历上，算是"爆料"。但是，视频只到留美时就直接过渡到她讲王思甜一家的故事了，最后是如何攻陷"情感城堡"。他猛然一惊，果断地说："知道了，是蒋一方派人来录的！"

戚晏容脸色煞白，一下坐在床沿上。呆了半晌，她说："可是我只是通知了王臻的母亲啊，他怎么知道？"

屠百药说："如果你是猎人，已经盯上了一只兔子，那么这只兔子的任何活动都会在你的视野之内。"

张雪云这段时间零碎地知道了老师的事儿，稍加拼接也能知道个大概。她说："老师，屠总，我看你们还是离开这个地方的好。"

"离开？那你怎么办？"

屠百药这句话，让张雪云感到了温暖。她说："我可以等几天，再去找你们。"

戚晏容说："雪云你别着急，王臻的事还没完，我是不会离开的。就算是蒋一方找人录的视频，也没关系，该来的躲不过。"

张雪云说："老师，您和屠总的开导讲解，让我心宽了许多。我也认识到我自己有问题。其实王臻和他妈妈也是受害者。我们都是受害者，但是我们又找不出加害者……"

戚晏容闻言走过去抱住她，轻轻抚摸她柔长的黑发。

屠百药是不轻易动感情的人。但在这一瞬间，他感觉内心涌动着不太熟悉的感动。

王思甜很生气。下午，她收到一条手机短信：

王女士，戚博士正在医院揭您的家丑，您若有兴趣可以打开视频看看。

短信后面附带了一个链接地址。

王思甜刚收到短信时没有在意。她的手机经常收到带链接的诈骗广告。电视新闻曝过光，她从不打开链接。但是今天这条短信，她越想越觉得不对劲。戚博士前天来过儿子这里，她也毫无隐瞒地详述了自己的

“家史”。她只跟戚晏容讲过，别人，哪怕是自己的老公，她都没提过。这个短信很蹊跷，不像是诈骗。

出于谨慎，她把自己的手机银行和微信支付、支付宝等全部解绑，就算是真诈骗也不会损失钱财。做完这些，她打开了链接，果真是戚晏容在讲她的“家史”！

视频就录了她这一段，十几分钟就看完了。她心头直冒火苗，心想这个戚医生哪根神经搭错了，讲别人家的事干吗！她又忍不住看了一遍，越看越生气：这个医生，毫无职业道德！

可是在看第三遍时，她觉得找戚晏容也没什么用。因为片中戚晏容讲述时用了化名，既不姓王，也不在湖北和深圳，甚至时间也改了。时间、地点、人物全都是虚构的，就算故事是真实的，她也没有办法，在法律上是无法起诉的。就算真的起诉她侵犯隐私，自己也无从举证，反而落个“此地无银三百两”的笑话。

她后悔今天没去。不过从戚晏容邀请她来看，就算去了她也照讲不误，可能在场更是尴尬。

昨天，她打电话给丈夫说起这事，丈夫却不冷不热。这些年来，他一直是这个态度。她当然知道外头关于丈夫的风言风语，可她一直充耳不闻、自欺欺人。多年来，她只关心儿子，跟丈夫的感情自从儿子出生后就似断绝，只是儿子需要父亲，或者说自己和儿子的生活需要，仅此而已。

丈夫本就是很有名的医学教授，做学术的人素来极难认可同行，况且戚晏容无论从资历还是年龄上都与他相差很远。

“我很反感那些在电视上吹的所谓专家，没什么真才实学，你要听就去听，我不去。”皮珩很不耐烦。

“可是儿子现在这个样子，你根本不管！我儿子要有个三长两短，我跟你拼命！”王思甜很冒火。

“小臻还不是因为你！病根在你那儿，你不知道？”皮珩在电话里恶狠狠地说，“你少威胁我，你知道我不吃那一套！这些年，你摸着良心说一句，我对你们母子还要怎么样？但是你从小教他恨我这个父亲，他十几岁的时候，我带他出去玩你都死活不愿意，我有什么办法？”

“没办法，没办法！你他妈的就是对狐狸精们有办法！”王思甜气呼呼地挂了电话。

在这种情绪下，她也没心情去听戚晏容讲课了。她担心把儿子一个人留在家里会出事。

王思甜进入儿子的房间。儿子仍然双眼朝天。

“王臻，妈妈错了。”她的眼泪止不住地流下来，“你是搞计算机的，你告诉妈妈，今天这个视频是怎么回事？”

王臻还是没说话，也没有任何反应。

“你要怎样才肯理妈妈？难道你想让妈妈也去跳楼？”王思甜哀求着儿子。

“王臻，儿子啊，你只要开口说话，什么我都答应你，行吗？”王思甜就要疯了。她这段时间肠胃病又犯了，是吃不下睡不好。此时，胃里又一阵抽搐。她按着胃，蹲下身去。但是儿子置若罔闻。

王思甜咬了咬牙，用手拍打着地面：“小祖宗，你给我起来！你只要起来，吃东西，你愿意跟张雪云好就好，妈再也不管了，行不行啊？”

王臻动了一下身子，翻了翻眼皮：“您早干吗去了……”

王思甜感觉胃里不那么绞痛了。她腾地站起来，看着儿子：“原来你会说话呀！行啦，儿子，我也想通了，不能生就不能生吧，只要你高兴，妈都依你……”

正在这时，门铃声突兀地响起。王思甜右手按着上腹，左手打开卧室房门，到客厅的监视器里去看谁来了。

她看到门口站着三个人，两个人坐着轮椅，一个人站着。

王思甜认识其中两个人。一个是戚晏容，一个是张雪云。

## 096 | 究竟是谁错了呢？

王思甜抖着手摁了下开门键，赶紧回身往儿子屋里跑，边跑边喊："儿子，快起来……起来……张雪云来了……"

王臻听到"张雪云"三个字，触电似的弹了一下身体，挣扎着爬起来，问："雪云？真的吗……"许久没说话，他有些口吃了。

"赶紧去洗一下，臭烘烘的。快，他们就要上来了。"做母亲的把房门关死，然后回自己的卧室草草梳了下头，敲门声就响了。

王思甜努力调整了一下表情，才轻轻拉开门，微笑相迎："欢迎戚医生，欢迎小张，这位是……"

"这位是屠老师，是我的老师。"戚晏容介绍完屠百药后，推着张雪云进门，"王女士，现在雪云是我的学生，正准备跟我回北京。雪云，叫王阿姨。"

"王阿姨好。"张雪云来之前做过极强的思想斗争，但真正到了这里时，她突然感觉到了底气。有老师在，有屠百药在，她觉得自己不再孤单。

"恭喜小张，恭喜小张。"王思甜把客人请进屋后，张罗着倒水。由于三人中有两个都坐着轮椅，王思甜请戚晏容坐在沙发上，把张雪云的轮椅推到靠近茶几的地方。

屠百药自己转动着轮椅，迅速地扫视着室内。客厅中档装修。沙发后的墙上挂着一幅龙飞凤舞的书法，正是李煜的《虞美人》：

春花秋月何时了？往事知多少。小楼昨夜又东风，故国不堪回首月明中。

雕栏玉砌应犹在，只是朱颜改。问君能有几多愁？恰似一江春水向东流。

屠百药一直盯着看，引起了王思甜的注意，好奇地问："看来屠老师也懂书法？"

"我不懂。"屠百药微笑着说，"字很好看，但是这首词放在客厅里，就不太好，不吉利。"

王思甜脸色微变。她毕竟年过五旬，经历过很多事，但是从来没见过一个陌生人刚进门就说人家"不吉利"的。

王思甜问："请问屠先生，哪里不吉利？"

"李后主的词是好词，但要看情况。如果只是学习欣赏，自然很好；如果用在客厅里就不大合适了。这首词颇多哀怨，是一个落魄帝王的心绪，读起来愁肠百结，心情郁郁。特别是最后一句'恰似一江春水向东流'，是说什么都是空的。一户人家，无论是钱财还是家庭情感，都需要凝聚，如果都像春水东流一般，还能剩下什么？"

戚晏容早已习惯屠百药的尖刻直接，也知道他善于心理战，总能借题发挥找到切入点，所以不以为意。张雪云不禁蛾眉紧蹙："屠老师，不过是诗词而已，还有那么多讲究吗？"

"一户人家，怎么装饰，挂什么字画，摆什么物件，看似是个爱好问题，实际是个心理问题。王女士家没开空调，屋里却不热，有楼层不高的原因，也有门窗紧闭的原因，但更主要的是屋里人的原因。屋里人心胸不开阔，性格走极端，成员不沟通，就会形成心理上的阴冷，反映出来就是这种感觉。"

王思甜不能反驳他，只是说："屠先生，这幅字是我家先生挂上去的，不是我和儿子附庸风雅……"

屠百药打断她："你和你儿子允许它挂着，就是默认，同样有着不可推卸的责任。"

这话有点不讲理，连张雪云都摇了摇头。

王思甜觉得自己要跟屠百药起争执有些失礼，只好把目光投向张雪云："小张，好些了没有？我这两天正要去看你，抱歉一直没脱开身……对了，我交的押金还够吗？"

张雪云说："谢谢王阿姨关心，钱是够的，恢复也挺好的，让您费心了。"

屠百药插嘴说："你俩原本势同水火，现在相互关心、客气起来了，当真是怪事啊。"

王思甜再有耐性，也不禁火起："屠老师，因为戚医生带你来，我才对你很客气，否则我们家绝不欢迎你这样的人！"

屠百药鹰眼上翻："不过就是几句真话。客厅里挂这样的诗词，你找个内行问问行不行？还有，要不是我再三劝，雪云能跟我们来？我们来是要解决你们家的问题，你当我吃饱撑的到你家来玩？你还听不进去？"

王思甜活了五十一岁，从来没碰到这样的人。她这时才仔细打量这个坐在轮椅上的男人：鬓边已有不少白发，脸像刀砍斧削般极有棱角，高高的鼻子如同一道山梁，特别是那双老鹰似的眼睛寒气森森，让人不敢逼视。

王思甜不是不会吵架。女人天生就会吵架。她冷笑一声："照你这么说，你好伟大哦。我就不听你的，你会怎么样？"

"你算老几，管你在单位做小领导，还是你先生是什么名教授，都没用！比你们牛得多的人，照样听我的，因为我说的是对的！"

王思甜被气得无话反驳："我懒得跟你废话，你给我出去！我不欢迎你！"

屠百药对她的逐客令丝毫没有在意，而是突然变了一副面孔："王大姐，您儿子王臻现在理都不理您，难道您不想他早点好起来？"

王思甜在屠百药一百八十度的大转弯中有些发蒙。她皱眉问："你……屠先生的意思是说，我儿子会听您的？"

“当然会听。”屠百药胸有成竹地说，“大姐，您也看到了，我现在还在住院，费了好大的劲儿才让医院批准出来。我们来干什么？就是解决王臻的问题。如果您连这点都看不到，还跟我呛起来了，损失算谁的？”

张雪云暗自好笑。这屠百药当真是个怪人，明明是他呛别人，现在却推到别人身上。

王思甜居然没有反驳。提到儿子，她就服软了。儿子没跳楼，但是后果比跳楼受伤还要严重。如果真如屠百药所说，他能让儿子“听他的”并好起来，就是让她磕头都毫不犹豫。

她低头致歉：“屠老师，您多担待。我这就去把王臻叫出来。”说罢起身，走进里间去叫儿子。

屠百药与戚、张二人交换了眼神。张雪云在这个“家”住过几个月，但此时心情极为复杂。王臻要出来面对自己，那自己又该如何面对？在医院时，她请教过老师，也请教过屠百药，不过屠戚二人的回答完全一致：你自己看着办。

王臻终于出来了。张雪云十几天没见他，差点认不出来。他的胡子老长，眼窝深陷，走路直打晃，是在母亲的搀扶下才顺利坐在沙发上。他不敢看张雪云，甚至连屠戚二人也不敢看。

王思甜介绍了来人，并特意补充了句：“王臻，小张没事了，她回来了。”

“她回来了”这四个字，表明王思甜已经不再抵触张雪云。这是个巨大的转变，但是张雪云并没有感动。她显得很平静，说：“王臻，我听说你病了，来看看你。你还好吗？”

王臻的眼泪止不住地往外涌出，他一句话也没有说，眼里只有张雪云。他鼓足勇气，慢慢移动身子，蹲在轮椅前，心疼地抚摸她那只打着石膏的腿：“……还疼吗？”

“不疼。”张雪云把头低下，微笑着看着他。

王思甜终于见到儿子“活”过来了。她无法控制自己的情绪，呜呜地哭了起来。

王臻挣扎着起身，在茶几上的抽纸里抽出两张纸巾递给妈妈，说："您别哭了。雪云回来了，她没事我就放心了。"

"好啊，儿子，好啊……你太饿了吧？妈给你弄吃的。"王思甜来不及擦眼泪，就去厨房准备吃的。

屠百药看着王臻说道："王臻，你挺会养生啊。"

王臻一愣。刚才他的全副精神集中在张雪云身上，没太注意屠百药。见张雪云表情温和，身体确实没什么大碍，这才放了心。他本是个很有礼貌的人，现在心情放松了，头脑逐渐清醒，应答道："老师，我没有养生啊。"

屠百药笑道："现在流行一种养生的方法叫辟谷，不吃东西只喝水，少则三五天，多则十来天，等于是让人体如电脑重启一般，你做得挺好。"

王臻尴尬地笑了一下："谢谢老师。我是罪人，我害了雪云，我在惩罚自己——"

屠百药打断他的话："你没有害谁，你只是害了自己。"

王思甜端了一大碗粥出来让儿子吃。王臻正要吃，戚晏容阻止道："先别着急，量太多，劳烦王女士弄个小碗，一点点就好了。长久不吃东西，一下吃太多会出问题。"

王思甜愉快地接受了建议，把大碗端走，去换小碗，再送到儿子手上。

王臻默默吃饭。

王思甜问："屠老师，您刚才说王臻害了自己是什么意思？"

屠百药说："王臻想通过折磨自己来对抗你这位母亲，但是这种做法最终受害者是自己。天下的母亲都愿意为孩子牺牲，但是孩子不能因为母亲爱自己就采取这种极端的做法。说句不好听的，雪云若真跳楼摔死了，你辟谷一百天有什么用呢？虽然雪云命大没事，但性质是一样的。你们母子一个活了五十一岁，一个活了三十岁，都没活明白。"

王思甜似乎已经习惯了屠百药的指责，这次没有反驳，只是叹息。

屠百药说：“话又说回来，雪云你也有不是之处。天下的母亲，谁不想自己的儿子幸福？你有生理缺陷，不是王臻造成的，也不是你王阿姨造成的。有时候换个角度看问题，特别是站在对方的立场看问题，就不会那么冲动。你在哈尔滨时就应该把一切告诉王臻，如果他愿意就继续交往，不愿意就一拍两散。可是你孤单太久，害怕失去来之不易的爱情，所以选择了隐瞒。”

若是以前，张雪云可能会反驳，但现在她既已想开，就不再纠结。她微笑回应：“屠老师批评得是。我错了。”

王思甜听了这话，感激地看着屠百药：“屠老师，您真是个讲真话的人，谢谢您的理解——”

屠百药打断她：“可是大姐，您也不对。雪云刚来的时候，您是欢迎的。但是您对雪云起了疑心之后，居然不远六千里去哈尔滨调查，难道雪云是特务吗？调查就调查吧，您还恶语中伤她。有生理缺陷，难道是她的过错吗？您可以建议王臻不要跟她来往，但是究竟如何抉择是王臻的事，他已经三十岁了呀！”

一席话把王思甜说得极为惭愧。她点头说：“是，是，我错了。”

屠百药看着已经把饭吃完正用纸巾擦嘴的王臻：“你呢，更是大错特错。当初你千里迢迢追求雪云，是看中了雪云的美貌，当然也有雪云长得像你妈妈的原因。然而等你回到深圳后，在父母的干预下也产生了动摇。你没有坚持，你的内心在打架：你的确非常喜欢雪云，但是你也不想娶一个不能为你生儿育女的姑娘；你在乎母亲的感受，又讨厌母亲横加干涉；你想自己做主，但真正到做决定时你又茫然无措。所有这些表征的根源，都是你过于懦弱。”

王臻听着，慢慢把目光投向妈妈。

屠百药说：“你不用看你妈妈。我知道你责怪她对你管控太严，从小你就没有自己的主张。但是，你知道她内心的苦吗？她要是没有你，可能早就不活了。她只有通过你来支撑自己的人生。”

王思甜听罢，再也控制不住情绪，泪水汹涌而出。

屠百药只是静静地看着她哭。

一直没说话的戚晏容此时像个串场演员一样向屠百药发问：“屠老师，我听您分析了半天，他们谁都有错，但最后看来似乎谁也没错，究竟是谁错了呢？”

屠百药说：“谁都没错。世界上所有的错，都可能是在错误的时间，错误的地点，遇到了错误的人。”

# 097 | 谢谢你曾爱过我

王臻脸上逐渐有了些血色。张雪云一直很平静。客厅里的人，只有王思甜仍然处在跌宕的情绪之中。

屠百药见时机已到，对王思甜说："王大姐，能不能找地方单独聊聊？"

王思甜看了一眼痴望着张雪云的儿子，心头明白了几分。屠百药是要给这对恋人腾出单独说话的空间。

王思甜说："有，有，请到小书房来吧。"

于是戚晏容推着屠百药，跟随王思甜进了书房。

书房里其实没有什么书，显眼的物件是一台苹果电脑，看得出是王臻平时工作的地方。王思甜关上门，招呼戚晏容坐在小沙发上，自己在电脑椅上坐下来。她此时心情平静了许多，不停地说着感谢话。

屠百药说："大姐，您不用这么客气。您也知道，我们这是给两个年轻人腾出空间让他们自己谈。"

王思甜叹了口气："其实小张挺好的，是我有偏见。今天受教育了，的确是我自身的问题。其实仔细想一想，人幸不幸福，不是单看身体是否健全，而是看精神是否健康。我能生孩子，但是我的婚姻非常失败。今天当着两位老师的面我表个态：只要王臻同意，我绝不再干涉！真闹出人命就不好了。"

屠百药说："大姐，您最后那句话暴露了内心的秘密：您是被逼的。其实您大可不必操心，小王小张，成不了。"

"成不了？"王思甜没听明白，"为什么？"

“成不了不是更好吗？”屠百药盯着她的眼睛。

王思甜突然放松了。她知道屠百药不会乱说。自己要的正是这个结果，至于原因并不关心。但话既然说到这份上，她也不能没个表示。她说：“看来还是屠老师您厉害，是您劝说小张的吧？”

屠百药笑了：“大姐，您当真以为我的话管用？是人家雪云拜了戚博士作老师。您要知道，戚博士是从美国学成归国的，她有办法把雪云弄到美国去做手术，还给她女儿身。”

戚晏容心里知道，这是屠百药在胡说。就算去美国做手术，也得分情况，并不能百分百成功。不过，这种可能也不排除，她只好顺着屠百药的意思说：“这得看雪云的意思。如果她有这个意愿，我当然尽可能提供一点协助。”

王思甜感觉心头极不舒服，心想这人啊真是说变就变，知道自己能够恢复女儿身就不跟我家儿子好了？也太势利眼了吧！她可没想自己更是势利眼。

这边，两个曾经热恋的年轻人好长时间没说话。

最终，还是张雪云先开了口：“王臻，今天我来，是要把我的那些零碎东西收拾拎走。咱们认识这么久，我真的很快乐……后来这些事，正如屠老师所说，我们都有错，我们也没错，所以请你不要多想。”

王臻抬起头，望着她美丽的面容，说：“我妈妈……她已经表态了。我爸爸……他，我可以不认的……所以，所以，请你好好考虑下，我这就去医院陪你……”

“王臻，你很善良，很聪明，也很能干。”张雪云轻叹一声，“可是，你我，都不懂爱情。我们都曾经以为那是爱情，但实际上它不是。”

“那它是什么？这么多日日夜夜，我的心从未变过……”王臻伤心得眼眶泛红。现在只有他俩，他不再想抑制内心情绪。

“那只是我们从书上看到的爱情。”张雪云说，“那是被类型化了的爱情，不是真实的。实际上我们遭遇的这些，才是真实的，虽然它残酷、世俗、不美丽，但它是摸得到嗅得到的。王臻，我已经接受现实，为什么你还要躲在你的梦里不出来呢？”

王臻张了张嘴，说不出话。

王思甜看了一眼戚晏容：“戚医生，您请我去听您讲课，我忙，没去成。但，您未经我同意，把我跟您讲的个人隐私宣之于大庭广众，是不是侵犯了我的权利？”

戚晏容一惊。她还是知道了一切？如果她参加了，自己依旧也会讲，但会更隐讳些。正因为她没在现场，所以自己讲得更加细致深入。不过，受屠百药影响，她现在遇到突发情况时，至少表面可以做到平静如常。

屠百药机敏地解围道：“王大姐，戚博士请您去听课，实际上就是要解开您的心结。您没有去，我们得设法让您知道呀。”

“原来是你们发来的链接！”王思甜说，“视频我看了，把我说得那么不堪，跟心理变态似的。还是屠老师说得公道，像我这样的女人，有什么办法呢？只能随波逐流，唯一的希望就是儿子……是的，我把儿子捂得太紧了，他恋母，甚至连那个……男人的功能都没有……难道我不知道吗？可我能怎么办？……”

她把脸埋进双手，哭了起来。

王臻蹲在轮椅前。张雪云轻轻地抚弄着他的头发。他们挨得那么近，近得能闻到王臻身上的馊味。

“你的意思是……不再理我了，是吗？”王臻问。

“不是的。我们仍然是好朋友，但我们两个现在最需要的是治疗。我有病，你也有。如果你想听我的建议，我只能说，你应当尽早离开王阿姨，努力学会独立生活……”

“可是我试着离开她了呀！”王臻把手指伸进头顶乱如鸡窝的头发，

碰到了张雪云的手指，“我离开她好几个月！我在学习自己生活，我也能够自己生活！我上大学时也经常住宿舍，也经常出去旅游……”

张雪云轻轻地触碰着他的手指，柔声说：“我说的不仅是身体离开她，精神的脱离更加重要。你对她太依赖了，她也对你太依赖了，就算远隔千里也是如此。王臻，你需要长大，从内心长大，然后寻找一个彼此相知的人恋爱、结婚、生子……”

“可是我真的离不开你呀。”王臻像个孩子一样哭了起来。

“可是我真的要离开你了。”张雪云低下头，在他的额头上轻轻一吻，“谢谢你，曾经爱过我。”

王臻痴了一般，瘫坐在地上。

戚晏容用一个大塑料袋装走了张雪云的全部家当，她最后一个进入电梯。当电梯门快合拢时，她分明看到门外的王思甜脸上浮现出一种恶狠狠的快意。

戚晏容不禁打了个寒战。她不得不承认，像王思甜母子这样的病，她治不了，因为根太深。

一棵弯曲老树，除非把它砍掉，否则是没有法子弄直的。她心中突然产生一种挫败感。

她回头看，张雪云的眼中有泪，但那泪是晶莹剔透的，没有一丝尘垢。她的内心忽然又明亮起来。

她在张雪云身上看到了一种朝气，一种温暖动人的力量。

“看来蒋一方真是无孔不入啊。”在回医院的公交车上，屠百药扭头对身后推轮椅的戚晏容说。

“随他吧。”戚晏容释然道，“他想通过外部的压力来逼我，我是有点害怕，但绝不妥协！”

“他究竟是个什么样的人？”

“你不是见过他吗？你认为呢？”

“我不太能确定。文化背景不同，成长环境不同，很难一眼判断。不过，我感觉他也是病人。”

“是的，没错。他有分裂型人格。他的可怕，并不是他能做出什么危害生命的事来，那样反而简单了。可怕的是，他其实不知道自己在干什么。”

屠百药觉得心头涌起一股寒意。他接触过蒋一方，对方的理智冷静令他印象深刻。但是，屠百药又相信戚晏容的判断，蒋一方是个疯子无疑。两种因素叠加，蒋一方就是一个理智的疯子！

疯子并不可怕，可怕的是疯子很理智。

回到医院，屠百药的智能手表“叮”的一声。他接通电话，是邱大成打来的。

屠百药忘不了邱大成。这个沉默的男人厚道、勤奋，吃得了亏也吃得了苦。在自己的帮助下，他的妻子赵娟在中途岛通州治疗基地工作，不久前提升为客服经理，手下管着三个新招来的工作人员。

“屠总……俺被荣总……踢了……”

那边声音不太清晰，像在工地，又像在车场，嗡嗡作响。屠百药大声说：“大成兄弟，怎么啦？荣坤把你踢了？为什么？我这就找他……”

那头的邱大成几乎是喊着说：“不是，屠总，俺是向您报喜，俺被荣总提成货车……货车车队……队长了！”

“哎呀，恭喜呀，兄弟！”原来是提升了。他为邱大成高兴。“好好干，我回北京后为你庆贺！”

“屠总，听说你跳……跳了，摔得严重吗？我们都好担心……”

“没事，放心吧，过两天就回去了。”

挂了电话，屠百药心想，邱大成身为赵娟的老公，知道自己跳楼并不稀奇。随即又想，既然邱大成都知道了，那么公司上下还有谁不知道？知道就知道吧，可是怎么只有邱大成打电话来问候？陈让这老乡是自己找来的，至少应该问一下啊。

他越想越觉得这里头有点问题，但一时又无法捋清楚。

戚晏容见他接完电话有些失神，忙问怎么回事。屠百药摆摆手，马上给陈让打电话，陈让结结巴巴的声音传来："屠、屠总你有，啥，啥指示？"

屠百药放低了声音："老陈，你晓不晓得我摔了的事儿？"

"晓得，晓得。不过屠、屠，总，这事，不好，过问。"

"老陈，咱们是老兄弟，你不好过问？问一声你会少二两肉啊？"

陈让连声讨饶："屠、屠总，教训得是。我，想问，又怕你不，高、高兴。"

屠百药忍不住骂道："老子是杀人了还是放火了？行了，算我白打这电话。"也不等陈让回话，直接掐断了。

戚晏容感觉不太对劲："怎么跟陈师傅发起火来了？"

"说不出什么原因，我感觉从枫琴到陈让，都好像有事在隐瞒。"

戚晏容挑了一下眉："我也隐隐觉得有些问题，但具体又说不上来。从心理上讲，态度有问题，内心就有问题。"

屠百药看了一眼一旁发呆的张雪云："雪云，你确定跟着你老师了是吧？"

张雪云毫不犹豫："是的。除非老师不要我。"

"那好。我们这就找医院商量，出院回京！"

医院方面终于同意屠百药和张雪云可以离院，但必须在拆线之后。沟通的结果，仍然需要待两天。

戚晏容很高兴，打电话给叶枫琴说了此事。叶枫琴在电话那头说，不用这么快回来。既然姐姐已经回深圳陪屠总，就好好陪，公司这边的活动，包括成都的活动都推了，妇联的沟通等下半年再说，节目的录制要在半个月之后才进行。

戚晏容感觉今天的叶枫琴有了人情味儿，当场也表示自己考虑不周，给她的工作造成了麻烦，很抱歉。叶枫琴说，姐姐是公司的灵魂，我们所有的工作都是围绕姐姐在运转，只要姐姐能明白我们的苦心就好了。

戚晏容打完电话，想着以前在只有她和叶枫琴做心理治疗的日子里，这个小妹妹的工资只够吃饭和交房租，但她没有一句怨言。如今看起来事业蒸蒸日上，怎么就觉得姐妹之间有些疏远了呢？说话还得相互客气。她回头看了一眼屠百药。屠百药正拿着一张纸条出神。

戚晏容走过去一看，纸条上写了一句话：

谢谢你曾经爱过我。

戚晏容认得，那是蒋一方的笔迹。

# 098 | 惊变

阳柳摘下墨镜，走进深圳东门的一家咖啡店里。靠角落的地方，蒋一方坐在那里玩手机。

阳柳径直走到他对面坐下，说："杰克逊，你能不能少玩点手机？"

蒋一方笑了一下，收起手机，说道："阳姐，不能小看手机。未来的大部分生意都在手机上。"

阳柳笑笑说："杰克逊，你现在是大老板、国际投资人，站得高看得远。我就是个卖点首饰挣饭钱的，不可同日而语。"

蒋一方皱眉道："阳姐说的话我没听懂。不可同日而语？可是咱们今天说话，就是在同一天啊。"

阳柳马上反应过来，眼前这个人虽然已经很"中国化"了，但他的母语毕竟是英语。她解释道："'不可同日而语'的意思，是不能相提并论，也有不能比的意思。我的意思是你很厉害，我不厉害。"

蒋一方马上用手机记录下来。他摇摇头说："汉语真是难学，有的话根本不是字面意思。其实阳姐太谦虚了，你的真实本事比屠先生大得多，金海潮没有你的参与到不了现在的规模。当年屠先生要是听你的，就不会败得那么惨。"

阳柳一脸不愿继续聊的表情说："都过去了。我们早就离婚了，现在是井水不犯河水。我也不想再提他。"

蒋一方看着她的眼睛："上一次阳姐约了伊丽莎白，不知谈了些什么？"

阳柳脸色有些不好看了，严肃起来："蒋先生，我约谁，谈什么，是我的私事，你们美国人不是讲尊重隐私吗？怎么在你身上看不到？你私下雇人跟踪我，到底想干什么？”

蒋一方赶紧道歉：“阳姐，咱们不是敌人，是同事和朋友。我知道你恨屠先生入骨，连他受伤都不去看他，这个我清楚。”

阳柳表情缓和了些：“他毁了我的人生，给了我痛苦，我绝不会让他有好日子过！”

蒋一方叹息道：“你们女人一旦狠起来，也真是可怕！我想，阳姐愿意帮我，也因为只有我才能帮你解除心头之恨吧？”

阳柳看着他：“我帮你，是因为你是一个能成大事的人，跟他没关系。”

蒋一方耸耸肩：“好吧。无论如何，我都感谢你，特别是与谢总的合作。没有你的帮助，我在中国的业务打不开局面，也不会认识那么多朋友。这一年来你辛苦了！”

阳柳淡淡地说：“我帮你，你也帮我，而且我获得的利益更多，你不用谢我。”

蒋一方笑道：“我最喜欢阳姐这样直爽的人。今天请你来，是想商议一下公司的事情。”

“公司的事，我说过日常事务不参与，我也不懂。”

“可是有件大事，你必须参与，而且还会有惊喜。”

中午，屠、戚、张三人离开医院。

张雪云没料到自己会在候机厅碰到脸刮得光光的王臻。他戴着鸭舌帽，穿着黑色的T恤，灰色的牛仔裤，整个人看上去精神了许多。

张雪云打了招呼：“王臻，你这是要去远行呢？”

“不远行，我是出去找工作。”王臻向屠百药鞠了一躬，“屠老师，您的话，我和我妈仔细考虑过了，我还得自己出来闯一闯。”

屠百药把轮椅往前一推，说：“太好了。你这是要去哪里？”

“北京。”

“已经找好工作了？”

“还没有。如果屠老师有我能干的活儿，我可以免薪试干半年。”

“活儿倒有，特别需要计算机高手。”屠百药看了一眼张雪云，“不过，这个项目将交给雪云管理，所以她得同意才行。”

张雪云想都没想，马上回答：“王臻，你到北京也好，上海也好，那是你自己的事儿。但是，我不想与你一起工作。如果屠总一定要你到公司工作，我可以离开。”

王臻脸色变了变，讷讷地说：“好……好吧，那我还是自己找吧，中关村，也有几个同学……”

这时，两名航班服务人员过来了，请屠百药和张雪云走专用通道提前准备登机，戚晏容作为陪同人员可以跟随。在分别的时候，戚晏容见王臻木头般立在那里，心头一阵难过。而张雪云表情平静，仿佛只是与一个熟人告别。

在首都机场出站口迎接的是刘刚。

“枫琴怎么没来？”

“叶总今天有会脱不开身，派我来接戚博士和屠总。”

“好啊。可是你那辆车，装不了咱们两个腿不好的人啊。”

“屠总，很对不起，我只开了一辆车来，但我给您叫了一辆神州专车。”说着指着身旁一位西装革履的中年人，“这位王师傅就是来接您的。”

戚晏容说：“刘刚，屠总腿脚不方便，还是你送他安全。我和雪云坐神州专车吧。”

刘刚说：“戚博士，叶总是这么安排的，我怎么着都行。”

“叶总安排的？”屠百药左右听着刘刚说话不对味儿，不禁火起，“小刘，你别忘了，是谁把你从公园弄到中途岛来的，你现在是只认叶总是吧？我才离开北京几天，你们就翘尾巴了？”

刘刚没有生气，低头说：“屠总请别生气，我是奉命行事。您是大老总，但您已经授权叶总负责公司的事务，我究竟该听谁的？”

戚晏容感觉到气氛大为不对。“刘刚，无论谁的安排，我们做事要考虑谁更需要照顾。我还是董事长嘛，现在命令你把屠总照顾好，回去再说。”

刘刚说了声“是”，上前去推屠百药的轮椅。屠百药说：“不用，我自己有神州专车的APP，我自己回去吧。刘刚，我没怪你，你执行叶总的命令是正确的。”

他也没再理会身旁那个找来的神州专车司机，自个儿推着轮椅走了。

戚晏容吸了口气：“屠总这股无名火，要烧大了。刘刚你可防止别烧伤。走吧，刘刚。”

刘刚低头不语。

屠百药在机场喝了杯咖啡，再打开神州专车APP，叫了一辆车。不一会儿，对方来电话了：“屠总，怎么是您呀。”

屠百药吃了一惊，神州司机是邱大成。

十五分钟后，邱大成来到咖啡厅，推着轮椅往停车场走去。

屠百药见邱大成满脸菜色，想起几天前那个电话，问：“你怎么干上神州专车了？你不是说荣总把你提升成队长了吗？”

“队长才干半天，就被开除了。”邱大成推着他，屠百药看不到他的表情，但感觉他心头有气。

“怎么回事？”

“每天出车，我都检查车胎的。在升队长那天，我没检查，结果一兄弟开车出去，爆胎，还受了轻伤。荣总一生气立马把我开了……”

“那你怎么这么快就到神州专车来了？”

“我有一老乡在神州专车当队长，就把我拉来了，昨天考核通过，今天第一次上岗，派我到机场来，正巧碰到屠总叫车。”

屠百药觉得这事也挺蹊跷。

邱大成扶屠百药坐在后座上，把轮椅折叠后放在后备厢，启动车子往通州赶。

“大成兄弟，家里都还好吧？向老师和小军可好？”

“谢谢屠总，还好吧。”

“还好？那就是不好了。怎么回事？最近忙得很，都没空去看看向老师。”

邱大成沉默了几分钟，才说：“屠总，你们公司真的有那么忙吗？”

“兄弟，有话请直说！”

“我这个人是个闷葫芦，不爱说话，但不代表我迟钝。我那口子在你们那儿工作，现在是经常不回家。”

“不可能啊，赵娟工作现在挺好，还当了客服经理，忙是忙一些，但不至于回不了家啊，你们家离公司也不远。”

“我也不知道啥情况。小军妈现在脾气很大，偶尔回趟家也没好脸色，我是不敢招惹她，但总不能把老母亲气得直哭吧？小军现在又开始玩游戏，动不动就让他妈妈买名牌，娘儿俩现在是看见我就烦……”

屠百药觉得这些事情都不正常。赵娟是他救活的人，他的话想必还是会听的。于是安慰道：“大成兄弟不要着急，等我回去找赵娟谈一谈。夫妻之间，有什么不可以谈的呢？”

邱大成叹道：“屠总，事情恐怕比较严重，你回去看看就知道了……”

车到中途岛院儿门口。屠百药瞅了一眼，里头一片葱绿。这个花费了他无数心血的小院，就跟他的家一样。只要到了门口，他的心就能平静下来。

邱大成先把轮椅取出撑好，再开车门把屠百药抱下来放进去，“屠总，我得走了，免得见了不好。”说罢上车，掉过车头就开走了。

屠百药坐在轮椅上，感到自己是个被遗弃的人。这个地方是他一手建起来的，可是当他受伤回来却没人管他。

他正准备给陈让打电话，门开了，赵娟走了出来，手里拿着一个包裹。

这才二十天不见，赵娟像换了个人似的，居然画了眼影、描了口红。屠百药见到她，心头踏实了，开玩笑说："赵娟啊，你拿着个包袱，难道是要辞职吗？"

赵娟强笑了一下，说："屠总，很不好意思，这段您不在，我活儿多没地儿住，住在您宿舍里了。这是您的包袱，我收拾了给您拿出来。"

我去！屠百药脑袋一蒙，瞪了眼说："你说什么？你这是要赶我出去？"

赵娟有点尴尬："屠总，您这是哪里话？您是领导，我哪敢赶您？只是您作为领导，又受了伤，住在这里不方便，叶总专门给您租了一套公寓，离这儿不远，请您先到那里养伤，等伤好了再回来领导我们工作。"

若是放在以前，屠百药必然勃然大怒，现在他反而平静了。他说："安排得真好。我想见见陈师傅，你帮我把他叫出来。"

"陈师傅没在。他到昌平基地去检查食堂了。"

"昌平基地？"屠百药想起在他离京时叶枫琴说过，要按中途岛通州治疗基地的模式在昌平开辟新的治疗基地。没料到这么快，连食堂都准备好了。

"昌平基地即将开业，叶总本来要向您汇报，但担心您有伤，让我们都不要打扰您。"赵娟说话有些嗫嚅，"叶总现在忙得连饭都顾不上吃，还亲自给您去租房子，说一定要找公寓，让我安排一个小姑娘给您送饭……"

"我知道了。那让刘刚送我去吧，我也不能辜负了枫琴的好意。"

"刘刚送戚博士到王府井总公司开会去了。"

"是不是叶总跟你说，开会的事也不能打扰我，因为我有伤？"

"是的。"

"我知道了。你把我的包袱给我吧，我自己去。"

"可是……您不知道公寓在哪儿……"

“我找个地儿住，还是没问题的。”屠百药打开APP，叫了一辆车。

赵娟呆立在一旁，不知说什么好。

三分钟后，一辆宝马开了过来。年轻的司机礼貌地下了车，先把他扶进车里，再把轮椅折叠起来放进后备厢。

一个小时后，屠百药在宋时鱼家楼下，给他打电话：“时鱼，在家吗？我在你家楼下。”

几分钟后，宋时鱼领着一家三口下了楼来接屠百药，没有多话，宋时鱼一手提着他的包袱，一手扶着轮椅，把他推进电梯间。

“兄弟，老哥这回又栽了。”

“呵呵，人家是总裁，你是总裁，还不听我的劝，难道不是活该吗？”

孔爱佳瞪了老公一眼：“大哥累了，你就闭嘴少说两句。”

“哈哈，兄弟，现在天地之大，没有我容身之地，厚着脸皮来，是知道你们两口子不会嫌弃我。”

爱佳说：“大哥，千万别这么说。你是时鱼的老师、我的大哥，孩子们的大大，咱们一家人不说两家话。”

爱佳看见屠百药用力揉按眉心，一脸沉痛，示意老公少说话，尽量别打扰屠大哥。

# 099 | 冷夏

中途岛总部会议室，冷气开得很大，戚晏容身上直起鸡皮疙瘩。

这是中途岛公司年度股东大会，戚晏容、谢雯、荣坤、牛兴、刘成双、张志钢、叶枫琴、张五洲、刘刚都到位了。作为董秘和执行总经理的叶枫琴，把事先准备好的材料放在每位股东的座席前，请戚晏容坐了主席位，谢雯在右，荣坤在左。

董秘叶枫琴首先发言："本来这次股东大会应该早开，但是戚董事长一直在外推广《情感风险管理》扩大影响，今日刚到机场就接回公司了。现在，除了屠百药先生因病不能到场和赵娟有事晚到外，所有股东都已到齐，请戚董事长讲话。"

大家都在鼓掌。戚晏容明白自己今天是被装进套子里了。

她和张雪云被刘刚直接接到东方新天地，感觉公司里的气氛很怪，因为股东们一定是事先约好的，都在会客室里喝茶。她把叶枫琴拉到一边问是怎么回事，叶枫琴说，没事，股东们要求开会，我不能不让他们来。戚晏容问及屠老师,叶枫琴说,你们不是在一起吗？戚晏容寒了脸说，枫琴你不能这样，到底怎么回事，叶枫琴也拉下脸说，姐，老屠的事是他自己的问题，你最好不要过问。说完她就忙着准备会议去了。

戚晏容说："这个会，我事先没接到通知，不知道怎么回事。要开股东大会，至少应该先通知我这个董事长和缔造了中途岛的总经理屠百药吧？就算他受伤，董事会秘书叶枫琴也应当通知他，征求他的意见，他自愿不参加，可以书面代为陈述。你们这样背着他开会，侵犯了屠百药先生作为股东的权益，我作为董事长表示反对。而且，屠先生有权按《公司法》保护自身的权益。”

戚晏容为人处事，向来都是考虑别人的感受，言辞也很委婉。但是，在这个空调很冷的会议室里，她绝不能退缩。显然，在她与屠百药离京这段时间，在座的股东们已经不止一次沟通，否则不会以同一种表情面对她。她甚至做好了最坏的打算：如果他们真的一致要排挤屠百药，她就辞职不干！

叶枫琴对荣坤说：“荣总是监事会主席，若您认为公司有操作违规或损害股东利益的行为，可以提出来。”

“董事长言重了。屠总缺席是他的身体原因，并不是我们不让他参加。我作为监事会主席，负有监督的责任，所以今天把法律条文带来了。”说罢，荣坤拿出一本《公司法》，翻开念道，“《公司法》第 22 条规定：公司股东会或者股东大会、董事会的决议内容违反法律、行政法规的无效。股东会或者股东大会、董事会的会议召集程序、表决方式违反法律、行政法规或者公司章程，或者决议内容违反公司章程的，股东可以自决议作出之日起 60 日内，请求人民法院撤销。”

念完这一段，他再拿起一份材料：“各位股东，这是我们的《公司章程》复印件，章程在公司注册时各位都看过并签字同意的，第五条第三项规定：股东按出资比例行使表决权；第八条第四项规定：股东因故不能出席股东大会的，由三分之二股东投票表决可以批准不出席股东大会并代行表决权。屠先生因伤不能出席，我们这些人又不分他的股份，但是表决是可以通过持股比例来实现的。”

戚晏容扫了一眼全场，所有人都沉默不语。

这时，赵娟满头大汗地进来了。戚晏容看着她，觉得这个曾被屠百药救过性命的女人，虽然只有 1% 的股份，但她是不会背叛屠百药的。于是她说：“好，那就按章程投票表决。我先按我持股 26.5% 投票，明确支持要在屠百药先生参加的情况下再进行公司的任何表决。”

接下来投票，荣坤和牛兴分别投了 12.5% 和 10% 的反对票，刘成双和张志钢夫妇耳语了一会儿，也投出了 7.5% 和 5% 的反对票，接着叶枫琴和张五洲分别投了 2.5% 的反对票，让戚晏容没想到的是，刘刚和赵娟这两个曾是屠百药和戚晏容各让出来 1% 股份的人，也投了反对票！

场上的反对票此时共计 42%。谢雯在犹豫。如果这位副董事长、花真金白银最多的股东也跟他们一样，反对票就是 67%，刚好超过三分之二。

戚晏容看着她。没错，正是因为谢雯，中途岛才做到现在的规模；没有她的鼎力支持，戚晏容无法获得现在的名声，甚至连书稿出版都难。但她的事，若非屠百药舍生忘死，她多半已在不人世。与救命之恩相比，这些又算得了什么？况且，谢雯是第二大股东，公司做起来她也有益处。

谢雯犹豫了半晌，没有表示明确的支持或反对，更没有动笔。她说："戚博士，咱们这些股东，都是因为你，我们才能坐在一起。我们投票，不是否定屠先生，他为公司立下了汗马功劳，但是他不是合适的总经理人选。我从副董事长的角度考量，公司要大发展，必须采取措施。屠先生的股权目前仍然算数，但是我的意见很明确——他应该得到他该得的那一份，但是不能再参与公司的任何活动。"

戚晏容头皮发麻，觉得眼前金星像萤火虫似的乱飞。她不敢想象人怎么会变得这么快。她嘴唇哆嗦着说不出话来，视线也模糊起来，她尝试努力看清这一圈人：谢雯，一个被屠百药从生死边缘救回来的人，居然说出这种话；荣坤，他打背包到运河边来求救的时候，就差立遗嘱了；牛兴，别的不说，屠百药舍命在万桐公墓帮他破案，那可是三亿资产啊！刘成双、张志钢，已经势成水火却经屠百药费尽心血才能重归于好；叶枫琴，一个让屠百药当成爱徒的妹子，没有屠百药她现在还是个护士角色；刘刚，一个公园保安，屠百药把他当亲兄弟并让了股份给他，还提拔他当训练总监；赵娟，是屠百药从死亡边缘拉回来且帮她搞好家庭关系……这些人，哪个没受过屠百药的大恩？他们怎么能如此忘恩负义？

而且，这家公司没有屠百药还能走多远？不可能！不可能！！戚晏容感觉自己在做梦。她绝对不能相信这是真的。但她心底让她浑身战栗的寒冷又提醒她，这就是现实。她要面对。

她颤抖着手，拿出手机，给屠百药打电话。手机里却传来对方电话不在服务区的提示音。

“你们……你们把他怎么了？”戚晏容情绪失控地喊叫起来，“你们……你们要怎么样？屠老师哪里得罪过你们，就想这样让他出局吗？”

叶枫琴说：“戚董事长，请注意情绪。您是公司的灵魂，也是心理专家，难道连自己的情绪都管控不好吗？”

戚晏容转头瞪着她，眼神像一把刀。别人，要说都是外人，但是叶枫琴是她带出来的！这个人就如同一条潜伏在身边的美女蛇，在这个关口居然先蹿出来咬人。戚晏容情绪已全面崩盘，双眼似要喷出火来，紧紧地咬着牙，一字一顿地说：“你给我滚！”

“我凭什么要滚？”叶枫琴的脸色变得有些苍白，眼神依旧与戚晏容的目光对峙，“我为公司付出了我的全部！你是不是认为你挺有名？你知不知道你的每一个粉丝都有我的心血？我自从加入中途岛，平均每天睡眠没超过六个小时！博士啊，你不要像小孩子一样幼稚好吧？这是股东大会，是非常正式的场合，不是谈私人感情！”

“好，好！”戚晏容挣扎着站起，晃了两下又跌坐回椅子上，颤抖着声音说，“那我滚，我滚……我不参与了行不行？”

“恐怕不行。”荣坤拿出一份合同副本。原来是戚晏容与中部卫视的合约，约定如果戚晏容因个人原因拒绝参与他们的节目和活动，要支付违约金两千万元！

戚晏容眼前一黑，好不容易才缓过劲儿来。她明白了：这一切，早有人在做套。当时这份协议本该公司与电视台签，但叶枫琴却说个人名义更好。看来，眼前这一伙人，全都是串通好了的！

弄清楚了这一点，戚晏容做了几次深呼吸，勉强把情绪稳定住，但已感觉身体非常虚弱。她有气无力地说："按照八千万的注册资金，我的股份是两千二百万，我把股份退出来用来作违约金可以吧？"

一直没说话的胖子牛兴说："戚博士啊，八千万注册资金是作价入股，我和谢总、坤儿、刘总、张总等人掏的可是真金白银，您和老屠的是溢价估值，并不是现金，还是大有区别的。如果公司净利超过八千万，当然可以，但是现在公司还有亏损，说上天也不可能按股份给您分钱哪。"

"那你们想怎么办？"戚晏容问。

"除非你能把公司卖给别人，卖上亿现金。"牛兴把肥手一摊，"这个算法虽然简单粗暴，但理儿就是这个理儿。"

"上亿？"戚晏容摇了摇头，"牛总，卖给你，你要吗？当初你们做的这个溢价，说真的我就觉得悬，但你们要弄，我就随你们去了。"

"原来戚博士觉得中途岛不值上亿？"张志钢开口了，"在我们眼里，这个市场可以做到几个亿，甚至上十亿。现在是资本时代，以前那种鸡生蛋蛋生鸡的农业经济模式一去不返了。"

刘成双也凑前劝解："博士，您不要这么灰心，我们无论如何都要树您这杆大旗。只是，屠先生最近有些反常，我们这些人投的钱虽然不多，但总不能让它打了水漂，还请博士理解。"

叶枫琴说："姐姐，屠老师以前的方案都是正确的，只是他最近的决策有问题了，首先不把自己的生命当回事，其次是拖累了您，搞得一些断章取义的视频都放到网上去了，使我们公司的信誉受损。当然，我们都知道您对他有极深的个人情感，不过咱们做的事关系全体股东的利益，公私得分开。所以，股东们心头都是念着屠老师的好，作为朋友咱们都可以帮他，但不能再让他耽误公司的前程了。"

"耽误？"戚晏容反诘，"咱们当初连饭都要吃不上的时候，你怎么不怕他耽误？"

荣坤说："博士也不要说得那么难听。整个过程，您最清楚。没有刘总和我，还有牛总的这几笔业务，你们活不过来。博士不会真的认为您的治疗确实值那么些钱吧？”

戚晏容知道自己孤身一人再与这些人缠斗下去，根本没有赢的可能。“我口才没你们好，吵架也不行。不过我想问，哪个接盘侠会出上亿资金接中途岛这个盘？”

众人都闭嘴不说话了。

“怎么都不言语了？如果真的有人拿出上亿来接盘，我愿意让出董事长的位置，老老实实给他打工！”

“博士说的可是真话？”谢雯郑重地问。

戚晏容心头一惊。她知道谢雯有钱，若是她真的拿出上亿元购买了公司，该当如何？综合来看，如果谢雯出资收购，那么这些股东就没有多大意义。但是，谢雯会吗？她买一个做婚姻治疗的公司干什么？就算现在自己有些名气，但是想靠这个业务成倍赚钱是艰难的。

思忖良久，她断定精明的谢雯不但不会收购，而且可能还会退出。于是她说：“既然我们在开股东会，仍然投票表决：如果三分之二股东同意中途岛以上亿元的价格出售，我首先表示赞成！”

叶枫琴开始统计。毫无悬念，除了屠百药不在场外，所有人都表示赞成。

戚晏容心想下一步看你们怎么表演。这时，叶枫琴真的把一份合约放在面前。

是一份公司出售合约。甲方空着，乙方是中途岛公司。出售标的，居然是 1.6 亿元，是溢价后注册资金的两倍！

到了这个份上，戚晏容明白了：今天的股东会，就是一场股权转让会，在座的人还真的不是为了私人恩怨，只是为了钱。

可是哪个冤大头会出 1.6 亿元买这个说白了只有她戚晏容这个产品的公司？

叶枫琴说：“既然董事长、副董事长、监事会主席以及各位股东都没有意见，我们就请甲方进来参加会议吧。”

随着啪啪的掌声，会议室的门被刘刚打开。一个身着西装的高大帅气男人微笑着走了进来。

来人正是蒋一方。

戚晏容只觉得天旋地转，再也支撑不住，砰的一声倒在地毯上。

# 100 | 虐心

孔爱佳的手艺很好，正在厨房忙活。

宋时鱼在书房里光着脚丫，小毓晴已经上中班了，自己坐着玩玩具，小毓川在地上爬来爬去，屠百药做鬼脸逗他，他吓得直躲。宋时鱼为了稳住这个快满周岁的小子，只得把 iPad 里的儿歌调出来。小女孩终于老实了，坐在凳子上聚精会神地看。

抽出空来，宋时鱼才把门反锁上，眨巴了一下眼睛："爱佳不让毓晴看这些。先让她看一下，咱哥俩好说说话。"

屠百药叹了口气："时鱼，你真的变了。做了爸爸，回家也早了。闲扯的话就不说了，我对不起你，你不跟我计较。现在我是碰上难事了。"

"老哥，你说这话就见外了。当初我劝你注意小叶，你不听。幸好我是真没入股中途岛，不然现在我也只能反对你。"

"怎么回事？我感觉除了戚博士，所有人都好像跟我翻脸了。"

"老哥，你知道你最大的缺点是什么吗？只顾朝前杀，不管身后人。你知不知道人类自从有战争后，都会有自相残杀的事件发生？离你最近的人，捅刀才有效啊。"

屠百药皱眉："可是，我为了他们都尽心尽力，不帮我也就算了，不至于害我吧？"

"不至于？"宋时鱼哼了一声，"我估摸着，这会儿他们正开股东大会踢你出局呢。"

屠百药不说话了。在识人相人方面，他自知远不如宋时鱼。

"要不要打个电话？"屠百药有些着急。

“从现在起，你把手机、微信、QQ 一切通信工具全部关掉，把手机电池卸了。”宋时鱼严肃地说，“老兄啊，你现在还不知道你面临的事态有多严重！”

屠百药正要说话，爱佳在外头敲门。宋时鱼触电似的赶紧把孩子的 iPad 抢过来关了，再去开门。可是毓川不干了，正看在兴头上呢，哇哇哭了起来。

爱佳进门后抱着孩子，笑道：“你们两个大男人还看不住一个孩子。好了，屠大哥，出来吃饭了。”

饭菜丰盛，屠百药却没有胃口，两眼发直地干坐着。宋时鱼与爱佳对望一眼，深知这位大哥表面凶狠，内心脆弱。爱佳给他夹了两筷子菜，温柔地说：“屠大哥，你有腿伤不能喝酒，我以茶代酒敬你一杯。”

屠百药端起水杯碰了：“每逢绝路，总是你俩出手相救。我现在心灰意冷，只想清净几天。若是不方便，我吃完这饭就走。”

孔爱佳把脸沉下来：“屠大哥这说的什么话。第一，我们没救你，是你相信我们才来找我们，我们是很感动的；第二，你既然来找我们，又提什么走？说难听点，这房子是我的，就是让老宋出去，也不会让自家大哥走，你啊，必须养好伤再走！”

屠百药心下感叹，爱佳这样的女子，平时柔弱，但是一旦遇到事，她可以顶天立地。

“……我怕给你们带来不便。”屠百药来回看看眼前的小两口儿，“前次，时鱼为了帮我，被人绑架。你们又有了小毓川。像荣坤、牛兴这些人，召集亡命之徒来骚扰，就不好了。”

爱佳把小毓川抱到卧室去，用 iPad 哄着她。随后，她取了一把黑鞘军刀出来，放在桌上：“屠大哥，这是我父亲临终前托人带给我的传家宝。我祖籍湘西，父亲上过战场，杀过人；我虽然没上过战场，但我的血管里流淌着苗家热血，我决不向任何人低头，宁可失去性命！”

爱佳这刚烈的一幕足以让男人汗颜，屠百药对宋时鱼说：“兄弟，弄点酒，就算腿断了也要跟爱佳喝两杯！”

宋时鱼见老婆没反对，就找了一坛二十年的绍兴花雕，给屠百药和爱佳倒上，自己只是喝茶。于是屠百药与爱佳一杯一杯喝。喝到半途，小毓晴跑出来找妈妈，爱佳歉然地回卧室陪孩子了。

屠百药只得停杯，对宋时鱼说：“愚兄真是羡慕死你啊。有这样的老婆，不知几世修来的福气。”

“哪里哪里，嫂子才是女人中难得一见的好女人。”

“她连我跳楼都不来看一眼……”借着酒劲儿，屠百药也不顾面子了，直接将在深圳发生的事一股脑儿说了出来。

“她来看你就说明她在乎你？不来看就证明不在乎你？老兄啊，你以前常常教导我，看问题得看实质，得看结果。你自从进入中途岛，你掏心掏肺、舍弃性命帮助的人，你知道他们都怎么对你吗？”

屠百药摇摇头。

“你过来听听。”宋时鱼把他推进书房，打开了邮箱。随即，一段录音清晰地传进屠百药的耳鼓。

正是只有他缺席的中途岛股东大会。

屠百药越听越心惊，脸上一会儿红，一会儿白。录音的最后，是叶枫琴招呼甲方进来就没有了。

“甲方是谁？”屠百药问宋时鱼。

“蒋一方。”

“戚博士怎么样了？”

“直接晕倒在地。”

“后来怎么样？”

“已经送医院。”

“有危险吗？”

“还没醒来。”

屠百药把双手插进头发，半晌过后问宋时鱼：“是谁给你的录音？”

“刘刚。”

“原来只有他……没有叛变。”

“不，他一开始就是卧底。”

屠百药简直要崩溃了。他问宋时鱼：“他怎么是卧底？谁派来的？”

“老哥，你不觉得事情很巧合吗？刘刚在大运河森林公园当保安，你和荣坤刚好路过碰到他，他刚好有工作需求，而且很快上手干得挺好。”

屠百药恍然大悟。刘刚的确是在荣坤的建议下他才接收的。他猛然想起有几次他看到刘刚进出荣坤的宿舍。随即，他想起叶枫琴也经常进出荣坤的宿舍，有一次还在办公室与荣坤不知聊什么，显得很慌乱。“原来小叶早就投靠了荣坤！”

“小叶投靠荣坤是你造成的。”宋时鱼看着他的眼睛，“她是因为嫉妒戚博士，也怨你不接收她的情感信号，一直在摇摆。荣坤看出有机可乘，便用金钱拉拢了她，借了一百二十万为她在通州买的一套商品房垫付了首付，现在这套房子升值了，叶枫琴很感谢荣坤，所以表面上执行你的命令，实际上是按荣坤的指令做事。”

屠百药叹息一声：“时鱼啊，你知道我这人毛病多，但我怎么可能害人家小姑娘？枫琴人机灵，业务也好，确实跟着博士和我没捞到什么好处，她想有套房没什么错，她投靠荣坤也可以理解。可是，荣坤做得那么大，对我们前期的创业也很支持，为什么要盯着我们？”

“你怎么知道荣坤做得大？”宋时鱼问道，“当年，你做得大不大？可是你有钱吗？摊子大，并不代表有钱。荣坤实际上已经资不抵债，是想通过中途岛的项目换手弄钱。”

“牛兴有钱吧？他那差点被卷走的三个亿，公安机关是认定了的。”

“牛胖子私人账上是有三个亿，但是他的公司亏了五个亿。”宋时鱼叹了口气，“老哥啊，你怎么有时敏锐得像把利剑，有时却愚钝得像块废铁？”

“张志钢夫妇呢？至少刘成双这个人是靠得住的。”屠百药还是不相信，“我们帮她把老公找回来了，当然张志钢可能还会对枫琴念念不忘，但是刘成双不至于出尔反尔。”

“我只能告诉你一个事实：叶枫琴现在开的车是张志钢的，刘成双现在的生意做得很难，好像有事求叶枫琴。的确，刘成双人很厚道，并不知道叶枫琴与丈夫有可能弄假成真。”

“可是谢雯呢？兄弟，你我为了谢雯案，冒了多少险，至今我都觉得对不起爱佳。谢雯不缺钱，还曾经立遗嘱把公司交给我，甚至把女儿都托付给我，在中途岛重组和推出戚博士的过程中出力最多，怎么说翻脸就翻呢？”

“老哥，谢雯首先是商人，然后才是女人。中途岛扩容本身就是一个阴谋，只有你和戚博士才认为一切都是正常的，但是除了你们两个人之外，其他知道和参与的人都明白这不过是一场游戏而已。”

屠百药感觉脑袋如同针扎似的疼。“那么像赵娟呢，她是死过一回的人，在中途岛只是个小角色，难道她也是伪装跳水进来卧底的？难道她家的婆媳关系和孩子问题也是导演的？”

“那些都是真的。但是赵娟太需要钱了，太需要让儿子过上体面生活了，而且对丈夫也很不满。跟你说个事，你可能会比较吃惊：你的老乡陈让，现在似乎与赵娟好上了。”

屠百药觉得这个事实在太狗血了。当初他安排赵娟给陈让当徒弟时还开过玩笑，说陈让不能调戏赵娟。不料现在一语成谶！

“任何事都有可能发生。就说当初你们这个股权结构，你曾跟我说，只要戚博士和谢雯站在一起，就是妥妥的控股。现在如何？三分之二的投票结果，是67%，如果赵娟那1%不投，按照公司章程也不能形成决议。但是，除了博士和你，全都是一边倒，你有何话说？”

屠百药记得当时的公司章程，的确写明只要三分之二股权表决，就可以决定公司的任何事，包括把自己踢出公司。

他突然笑了笑：“行，这些都是我自己作下的，我认。可是我绝不相信，蒋一方有这么大的能量，能让所有人都听他的。”

“这回你总算没猜错。你在深圳时，见过蒋一方吧。”

“兄弟真是神探，连这个都知道。”

“有一点你绝对猜不到：嫂夫人阳柳，是蒋一方在华公司的合伙人。”

这话如同一声惊雷，把屠百药震晕了。

他艰难地移动着伤腿，小声问：“兄弟，有烟吗？”

宋时鱼摇摇头：“爱佳不让抽。”

屠百药双手覆在脸上搓了搓。书房里只有两个男人的呼吸声。

“老哥，你知道蒋一方出多少钱收购中途岛吗？”

“我哪儿知道？我现在什么也不知道。”

“1.6 亿。”

屠百药一拍膝盖：“他疯了？”

“你真以为他现在才疯？”宋时鱼起身望着窗外，夜色渐深。“就在戚博士请你出山的时候，他就疯了，是他策划了这一切。你现在明白了吧？”

“我操，这个疯子一直都在盯着戚博士，他是病人中的病人，疯子中的疯子。他玩这个，就是要继续对戚博士实施心虐！”

“这也是一种解释吧。”宋时鱼深吸了一口气，“但是他这盘棋下得很大，你们这个小公司只是他的一颗小棋子而已。”

屠百药伸手抓住了宋时鱼的胳膊：“你就把你知道的全说了吧！”

“其实不用我多说，你可知道有一家名叫‘金海潮’的机构？”

屠百药摇摇头：“是做什么的？”

“金海潮是一家席卷全国的外资金融机构，通过宣传最现代的理财方式迅速积累财富，保守估计已筹得财富超过三百亿元。”

屠百药为这数字一骇：“金海潮的老板是蒋一方？”

“应该说实际控制人是蒋一方。现在，你会不会觉得发生在你身上的一切，都有了合理解释？”

屠百药看着宋时鱼："兄弟，我觉得你对愚兄真是再造之恩，感谢的话就不多说了。你该不会因为我的事儿，耗费全部精力一直在秘密调查吧？"

"老哥说得对。当初我没有成为中途岛股东，是因为有人找我调查金海潮公司。我这段时间什么也没干，就接了这活儿。查来查去，就查出了关联项，所以连带中途岛的事也调查了。"

说罢，他拿出钥匙，打开墙上一个书柜，搬出了足有半人高的材料。

"请你调查这家公司的雇主是谁？"

"根据合约，我不能说。至少现在不能说。"

# 101 | 守护者

宋时鱼把屠百药的轮椅推到电脑桌前，打开页面，搜索“金海潮财富商学院”，超过五十万条信息。官网简介为：金海潮财富商学院是中美合资、国际一流的专业投资理财培训机构，为金融机构与投资者之间搭建互通的桥梁，帮助投资者实现财富快速升级，目标是让一千万中国人实现财务自由！

官网下面的版权声明栏明确写道：金海潮（中国）财富投资基金股份公司。点开链接，营业执照上注册资本二十亿元，法定代表人乔清晨，时间是三年前，地址是深圳。

“金海潮实际控制人就是蒋一方。仅仅三年时间，金海潮从名不见经传的新公司一跃成为金融黑马。特别是与美国新风向金融公司合作之后，美誉度大大提升。公司通过传销授课的方式，吸纳大量学员，建立各种群落，指导学员办理多张信用卡，学员之间互相支持凭‘资产’到银行贷款，连续杠杆将个人负债最大化。学员拿到银行的钱以后，金海潮直接向学员发行收益超过50%的企业短债，大量圈钱。一名学员进入金海潮，需要购买一百万以上的企业短债，种子金一百万，项目金三百万，资金池一百万，至少六百万,三年来已有超过五千个家庭到分布在全国一、二线城市的金海潮培训机构学习，聚拢资金至少三百亿元。这些钱拿到后，金海潮公司用至少一百五十亿元购置五星级酒店、高档写字楼、商业综合体等，从今年开始吃进具有前瞻性发展的新项目，如VR开发、婚姻治疗、机器人、网络教学等。所以他盯上中途岛，有你讲的原因，但也有其他的考量。”

宋时鱼显然已对金海潮的运作模式了然于胸。屠百药乍听需要一点时间消化，但他向来反应敏捷，随即提出了问题："按你的说法，金海潮是运用传销的模式搞金融圈钱，是犯法的呀，怎么没人告他？"

"是有点传销的影子，但如果较真，它也不全是。蒋一方是人精中的人精，搬了一套美国的理财模式到中国来忽悠，加上他非常懂得人的贪欲心理，又有严格的合约，所以多数学员只能像进入传销组织一样，把亲戚朋友都拉进来寻求解套，结果越陷越深。"

"难道谢雯、牛兴、荣坤这些老手，也看不穿他的障眼法？这很不清醒啊。"

宋时鱼耸耸肩："连你都没看穿当时他们入股时的障眼法，怎么说别人不清醒呢？老哥请想啊，当时荣坤自己出一百万入住，又介绍人来治疗，谢雯更是大手笔。这些动作重复多了，你就信了，真的认为婚姻治疗是门大生意。"

屠百药面带惭愧："兄弟说得好啊，我也是被他们的戏码迷住了。"

"要讲玩心理，戚博士还真玩不过蒋一方。你呢，治疗别人可以，但治疗自己就差些火候。到这份上，我也直说了：你想通过盘大中途岛洗刷原来的失败，让嫂子看得起你，对不对？"

屠百药点头承认自己是想像卧龙岗上的诸葛亮出山一搏。

"所以，心理的根源是掐住诉求。"宋时鱼说，"那么多的金海潮学员，无非是想求暴富，有贪欲的驱动，才会一步步进入蒋一方设计的圈套，倘若他从美国克隆来的理财方法真的很牛，他怎么会迅速将财富转移投资不动产和新兴项目呢？"

屠百药频频点头。

"至于你说为什么学员没有去告发金海潮，是因为金海潮的涡轮迅速搅动资金池里的财富之后，欲望不断被洗脑课程强化，他们怎么甘心承认自己的愚蠢？你见过一滴水从屋檐上滴下来之后，还能回到瓦片上去吗？"

“说得太好了，你才是真正的心理咨询师。愚兄愚钝。”屠百药坦然说道，“我成不成功，其实并没有关系。我是我，阳柳是阳柳，孩子是孩子。我前半生的失败，败在‘不甘心’三个字上！”

宋时鱼走过来，蹲下身，拥抱了他。“老哥哥，你是有悟性的人，听到你这句话，兄弟我真的很高兴。”

屠百药紧紧地抱住宋时鱼。

戚晏容在医院醒来，只看到坐在轮椅上的张雪云。她觉得身体好虚弱，浑身没有一丝力气。

“老师，您醒了？”张雪云眼里是深深的关切。

戚晏容努力地回忆晕倒前的情景。她不知道后来发生了什么。

“雪云，你有伤，我没照顾好你，对不起。”

“老师，我没事，过几天就能拄拐了。那个人……蒋先生，发火了……”

据张雪云讲述，蒋一方进门后见戚晏容晕倒，当场发飙，连中国的国骂都用上了。

当时，张雪云在公司前台旁边的休息室里，听到这边不对劲，赶紧推了轮椅过来。叶枫琴上前掐戚晏容人中，不见醒，赶紧打了120。谢雯等人赶紧上来搀扶，会议只能中止。

张雪云死活要跟着来，叶枫琴同意了。蒋一方、叶枫琴二人跟随救护车送到医院，张雪云自己打车随后赶到。

“他们人呢？”戚晏容有气无力地问。

“他们等了三个小时，您还没醒，就走了。蒋先生好像还有急事，叶总也要回公司处理事情。”

戚晏容看看腕上的手表，凌晨一点半。

“雪云，本来带你来北京，是要请你在公司工作，但现在看来不可能了。屠老师和我，都中了别人的圈套，公司是没法待了，你有什么考虑？”

“老师，现在您别考虑这些。我没事儿，我卡里还有些钱，生活没问题，等伤好了再说吧。”

“屠老师还是关机？”

张雪云点点头。

“是我害了屠老师。”戚晏容长长叹息一声，把一年多前请屠百药出山以及如何创办中途岛的经过讲给张雪云听。

屠百药被宋时鱼扶到书房的小床上躺下。这时，爱佳进来了。

她显然已经哄睡了孩子，还清理完了残汤剩饭。“屠大哥，你也该休息了。这次你不用多想，我家老宋随时供你调遣。”

屠百药叫住她：“爱佳，我很想听听你的意见。如果你面对我这样的情况，你会如何处理？”

“若是以前，我会找姓蒋的；但是现在，我会静观其变，没有把握绝不出手。”爱佳拍了拍他的肩膀，“大哥，你现在的任务就是像小宝宝一样乖乖睡觉。”

随后，她拉着宋时鱼的手，关上灯和房门出去了。

屠百药躺在黑暗里，毫无睡意。现在对方的阵营是：蒋一方、阳柳、谢雯、荣坤、牛兴、刘成双、张志钢、叶枫琴、张五洲、闫兰、刘刚、赵娟、陈让；自己这边？只有戚晏容、屠百药、宋时鱼。人数是13∶3，实力就更悬殊了。

阳柳是怎么成为蒋一方的合伙人的？这一点，他百思不得其解。屠百药知道她恨自己，一开始可能并不知道蒋一方是干什么的，但是现在一切都趋向明朗，阳柳在深圳时明知自己受伤也不来看看，就是铁了心要报复自己。所以，自己的过去和她了解的一切，必然成为蒋一方了解自己的主要渠道。这次股东大会是一次精心策划的局，其目的是让自己出局，而戚晏容却因与中部卫视的协议动弹不得，只能任由他们摆布。

屠百药心中涌起无限悲凉。比起上一次的失败，这次失败更为彻底，因为他看错了人。不是看错了一个人，而是看错了除戚晏容之外的几乎全部人！但是这次他没有不甘心，也不恨这些人，更不恨自己。扪心自问，自己没有对不起谁，也没有什么私心，只是用力过猛、急于求成。

现在该如何办？自己腿脚不便，对方痛下杀手，戚晏容断难抵挡。

他感觉小腿的骨头有点痒，这是好现象，看来恢复很快。不过，就算现在体健如牛又能如何？

门被轻轻推开又被关上。宋时鱼轻手轻脚地进了屋子，摸黑坐在床边，小声说："老哥，我知道你没睡着。我突然想到了个办法，赶紧跟你商量。"

"兄弟请说。"屠百药低声回应。

"很明显，蒋一方是通过做通两个人的工作来影响整个股东群体的，一个是谢雯，一个是荣坤，咱们也可以通过私人做工作，让他们倒向我们。"

"从谁开始？"

"刘刚。"

"刘刚不是两头吃吗？"

"哪里？刘刚已经看透了荣坤。荣坤答应借款给他买房，结果先给叶枫琴买，对他一直拖着。我发现之后，动情晓理，同时答应借钱给他筹首付款，他才将他所知道的一切告诉我，并且成了我的卧底。"

"兄弟，我不如你。我只知道面儿上的事做好，可是人最在乎的还是最直接的利益。容我思考一下，明天咱们兄弟就行动！"

宋时鱼回屋以后，屠百药思路大开。他手头并不是没有资源，远在美国的叶天才可以在美国调查蒋一方的背景；邱大成已经离职，可以配合自己；白净虽然去了寺庙，但她讲义气，而且还未与牛兴离婚，可以影响到牛兴；对谢雯，最能影响到她的人就是孙筱安，虽然她暂时隐退了，但对于扳倒金海潮这样的机构，恐怕得她出手才行。

屠百药心头又升起了底气。

他想立刻叫宋时鱼，但生怕惊醒了孩子，就把上半身探出床外，双手撑地，慢慢爬向门边，轻轻敲门。宋时鱼也没睡着，出来把他扶回书房，悄声说："老哥你这急性子啊，除了我，也没谁受得了。"

屠百药说："兄弟，请你现在就办一件事，开车去把戚博士接来，还有一个叫张雪云的小姑娘。"

宋时鱼连夜驱车赶往医院，进入病房，戚晏容已不在那里。

他找到值班医生。值班医生说，病人的家属要求转院，已经离开了。

宋时鱼马上给家里打电话。爱佳接了，把电话给屠百药。

屠百药一听，就明白了。"那个在她房间里的张雪云呢？"

宋时鱼说没看到。屠百药马上让他打张雪云的手机。

张雪云接了，问是谁。宋时鱼说是屠百药让他来接人。张雪云说她就在医院的停车场。

宋时鱼跑向停车场，只见一个漂亮的女孩孤零零地坐在轮椅上。

灯光亮起。蒋一方按了一下开关，厚重的檀木门严丝合缝地关上了。

戚晏容就坐在真皮沙发上，表情很平静。

她看着这套装饰考究的别墅，丝毫没觉得惊诧。

现在，她就位于别墅二楼的起居室。

"伊丽莎白，我们回家了。"他温柔的声音传来，像是久别重逢的恋人。

半面墙那么大的液晶屏幕打开了。画面中是事先编辑好的视频。一开始出现的是美国纽约市区和郊区的两处房子和几辆跑车，接着是中国深圳、上海、北京、青岛的几处房产。"伊丽莎白，这些房子都是我给你买的，都是为了守护你需要的安全感，而且我全都安上了监控和防盗装置，连只蚊子都飞不进来。"

戚晏容坐在那儿，木然看着，不说话。

蒋一方接着放视频，是有关"金海潮"公司的介绍。这家公司现在的规模已经超过三百亿，除了理财培训和相关业务，还实际投资房产、商业、互联网、教育、医疗等项目。"伊丽莎白，你离开我后，我只用了三年的时间就为我们创建了一个具有优良资产的商业王国，金融业对我来说，从没有这么好玩！哈哈哈！”

戚晏容默默看着，最后说：“你我已经离婚了。”

“我用我全部的生命和智慧，拼命做事，就是求你原谅。”蒋一方跪在地毯上，仰着脸看着前妻，“我可以发誓，这几年，我没有女朋友，也不想找，我忘不了你，我离不开你，请原谅我，好吗？”

戚晏容身体微微发抖，但她稳住了心神。她就是拼了老命，也必须爬过蒋一方这道坎。

# 102 | 心理清算

爱佳听完张雪云的故事很是感动。

宋时鱼把张雪云接到家，已凌晨四点。

一见面，爱佳就惊住了。她从小到大，都没见到过这么美丽的女子。

“真是天仙哪，哎呀，快请进。”爱佳上去推她的轮椅，放在饭桌前，再到厨房去准备夜宵。

“屠老师，宋先生在车上给我看了相，说我多子多福。”张雪云看上去丝毫没有倦意，好像捡了金元宝似的。

“时鱼那一套，是迷信。”屠百药摆摆手，“不过，他看我要倒霉，所以当初把股份撤了不跟我合伙。这一点，倒挺准的。”

宋时鱼坐在桌前，笑道：“这在西方叫大数据心理学，中国叫风水命理。屠老师还是当年我的启蒙恩师，只是他后来放弃了，我没丢掉而已。就说小张，凭刚才爱佳的表情，地球人都会惊诧于她的美丽。然而这外表的美丽只是表象，实质是她眼神里隐藏了大多数人已经丧失的灵性与纯洁，如同身处阴雨天却生长旺盛的树木，一旦云开日出，就会努力承接阳光，不仅能孕育新的生命，还会实现自己的抱负。”

屠百药心念一动。他看着张雪云的眼睛，顺着宋时鱼的讲述仔细察看，越看越觉得张雪云的眼神确实纯洁而有力量。宋时鱼这些年的道行果然比自己深，更加务实和客观。

爱佳端着两杯奶茶出来，先给张雪云，再给屠百药。张雪云接过道谢，请求爱佳带她上洗手间。爱佳把她推进洗手间后，厅中的两个男人面面相觑。看来，照顾人这事儿他俩都做不好。

宋时鱼耸了一下肩："你看我这糙人，没照顾好。"

"你是男的，怎么照顾啊？最好别跳楼，摔伤了上厕所困难。"

宋时鱼哈哈大笑。

爱佳扶张雪云从洗手间出来，瞪眼道："你小声点，宝宝醒了你带啊？"

宋时鱼赶紧闭上嘴巴。

屠百药这才问张雪云："雪云，你把戚博士与你分别的情况说一说吧。"

张雪云在病房与戚晏容正聊天，叶枫琴进来了。戚晏容看着她，叶枫琴却低着头，说她是来接姐姐出院的。

戚晏容只是突然昏厥，检查显示身体状况良好。她写了张纸条给张雪云，让她交给屠百药。就在这时，蒋一方来了，说已经给戚晏容办好了出院手续。

张雪云在医院见过蒋一方，也大概知道他与戚晏容之间的事，担心戚晏容再度情绪失控。然而出奇的是，戚晏容不仅感谢他和叶枫琴送她到医院，还同意出院。

张雪云跟着到了医院楼下。蒋一方把戚晏容扶上一辆黑色奔驰，回头让叶枫琴照顾好张雪云。张雪云说自己不用照顾，既然你们都忙，我自己找朋友吧。

叶枫琴邀请她去公司休息，张雪云拒绝了。

其实她在北京没有朋友，只是想等他们走后好尽快与屠百药取得联系。待蒋戚叶三人走后，张雪云拿出手机给屠百药打电话，电话仍然不通。她正想该如何办，宋时鱼就找来了。

屠百药接过纸条，上面写的是叶天才的微信号。他明白戚晏容是让他找叶天才，不由得精神一振："蒋一方把戚博士接走了，而且是单独接走。你们怎么看？"

宋时鱼抚着下巴说："我看蒋一方是要逼迫戚晏容把中途岛交出来。"

爱佳点头："有可能，这位蒋先生是要继续折腾戚博士。"

屠百药看着张雪云。张雪云说："我可是亲眼所见，所以肯定老师并没有遭到胁迫，她是自愿去的。"

"问题就在这里。"屠百药说，"戚博士以前对蒋一方是畏如蛇蝎，避之不及。但听雪云所述，她当时很平静，好像非常清楚蒋一方要干什么。我与博士相处的时间长，比较了解她的性格。她平常是不轻易做决定的，但是一旦做了决定，就绝不回头。"

"绝不回头"四个字让宋孔张三人心头一沉。蒋一方并非善类，这次到底要干什么，只有天知道，但不可能是好事。可是，从他公开来接戚晏容，也并未为难戚晏容新收的徒弟来看，他不可能犯罪。通常，罪犯在作案前会尽可能消灭证据。

"我认为这是戚博士在治疗自己。"屠百药的话让三人一惊。"戚博士的心结，在于蒋一方。当然，我们不知道她跟蒋一方之间究竟发生了什么事，但是她这么优秀的心理治疗医生都无法自我救治，想必程度很深。从见到蒋一方晕倒，到平静地跟着蒋一方离开医院，戚博士已经从心理上认识到逃避只会加剧病情，所以采取了坦然面对的方式。我猜，她将与蒋先生做一次心理清算。"

张雪云说："屠老师，我总感觉戚博士在气势上输给了蒋先生。"

宋时鱼和孔爱佳没见过蒋一方，无法感知张雪云所说的气势。但是屠百药见过，他说："是的。若论气势和手段，我和时鱼都远不及蒋先生，甚至我们见过的人都不如他。戚博士早跟我谈过，这个蒋一方一半是天使，一半是魔鬼。如果戚博士能够斗败他，何以会在离开他后仍然活在他的阴影之下？"

张雪云叹息一声："那这次老师再次落入蒋先生之手，我们能否提供一点帮助？"

"帮不了。"屠百药摇摇头，"这次只能靠她自己。就算她完全没有招架之力，再次陷入精神崩溃，或者出现别的不测，都只能靠她自己。”

孔爱佳忧心地问：“我们是不是应该报警呢？”

“报警得有理由。我们说什么？说戚博士的前夫开车把她接走了，要警察帮我们找？”

“那该怎么办呢？我们不能在这里干等吧？”

“我是担心雪云，她人生地不熟的。爱佳，拜托你照顾下雪云。我和时鱼要出去行动了。”

屠百药遭逢这么大的变故，自身难保，却还挂念一个只是在医院认识的病友，怎能让她不感动？张雪云再坚强也忍不住掉了眼泪。

屠百药和宋时鱼走后，张雪云问爱佳：“孔姐姐，屠老师这么好的人，为什么他帮过的人反而会算计他？”

“雪云，这么看问题是狭隘的。这世间的所有恩怨情仇，都要在死前才能真正看得清。最好的朋友也许会成为最坏的敌人，最坏的敌人也可能成为最好的朋友。”

张雪云若有所悟。她想起了不久前还信誓旦旦要与她结婚的王臻，转眼之间就形同路人。

王臻在哪里？他此刻在做什么？自己真的完全忘记他了吗？张雪云拿出手机，给他发了个微信。

很快就收到了回复，问她怎么样。张雪云回复：现在我需要你帮我做一件事，你能答应吗？王臻回：必须答应！张雪云回：那好，我把屠老师的微信给你，你加他，他有事请你帮忙。

屠百药坐在宋时鱼的大切诺基里，与叶天才聊着微信。当叶天才得知戚医生被蒋一方控制时，不停地责怪自己，说不该为蒋一方牵线搭桥。在得知金海潮公司涉嫌金融诈骗后，叶天才发来一个大汗的表情，然后说：屠叔叔您不要着急，我这就联系与金海潮合作的那家纽约的金融公司，尽快搞清楚是怎么回事。

屠百药把这个情况告诉了宋时鱼。宋时鱼边开车边说，世间一切都有因果，戚博士当年救了叶天才，这是福报啊。屠百药并不相信这些，但认为既然叶天才曾牵线金海潮，要查他老底应该有线索。宋时鱼听完他的分析说，美国方面有叶天才当然能从根儿上了解，但是国内的情况咱们就是知道也无法拿到蒋一方诈骗的确凿证据啊。

忽然，微信响了，是一条好友添加申请，对方叫“野狼 12 号”，注明是“王臻”。屠百药通过。

王臻发语音过来：屠老师，雪云说您有事可能需要我帮忙，您是我的恩人，请您吩咐。

屠百药一时想不起有什么事这位腼腆的小伙子能帮忙。他问宋时鱼：“我认识小张的前男友，他说可以帮忙，咱们现在缺人手吗？”

“要看他是干什么的。”宋时鱼说，“少林寺出来的可以啊。”

“他是学计算机的，据说挺厉害。他在追雪云的时候，把她电脑里的资料全看了个遍。”

“赶紧跟他联系。”宋时鱼兴奋了，“我们现在最缺这样的高手。有了他，我们就增加了胜利的希望！”

戚晏容本以为蒋一方会与她纠缠。

蒋一方的手机骤然响起。他拿起来一看，黑了脸问戚晏容：“伊丽莎白，你想害死我呀！”戚晏容没回应他。蒋一方粗暴地把她的包抢过来，夺走她的手机。

“蒋一方，你这是干什么？”

“把手机打开！”蒋一方目露凶光。戚晏容打开了，蒋一方翻了她的微信、QQ 和邮件，只是一些业务上的事且很少。他狐疑地看着戚晏容：“最近你没跟叶天才联系？”

“没有。”戚晏容诚实地回答，“天才曾问我是否要跟你合作，我的回复你可以翻微信聊天记录。”

蒋一方找到戚晏容与叶天才的聊天记录。果然，历史留言还在。看完，他轻舒了口气：“伊丽莎白，你知道我为什么忘不了你吗？因为你不会害人，也不会撒谎。”

“亲爱的，我出去一下，请等我回来。”说罢，他满意地收走戚晏容的手机，拿起包，关门走了。

戚晏容坐在沙发上。屠百药已经联系上了叶天才。蒋一方刚才的举动，说明他在美国方面的同伙已经察觉叶天才开始调查他。

此时天已大亮。窗外是爬满藤蔓的围墙，绿地上有成排的银杏树，都只有七八米高。显然，这是片新建的别墅区。

她深深吸气。以前，她害怕蒋一方。现在，就算蒋一方进来杀了她，她也不再恐惧。她的心已经凉透。

所有的股东，所有的同事，到头来都……幕后的操纵人就是蒋一方。无论她在哪里，也无论她在做什么，蒋一方就如同隐身人一样在头顶看着，她躲避他有什么意义？

她决定哪儿也不去。既然蒋一方带她在这里，她就在这里，等待他出牌或者出刀子。她想到小时候看到邻居家捕了大鱼，提回来宰杀。那鱼不断扑腾，但它仍然无法躲避那致命的一刀。

她觉得现在的自己就是那条鱼。她不挣扎。

因为，就算她挣扎逃掉，也逃不掉总是不期而至的噩梦——刀锋，歹徒，酒精味，窒息感……她实在不想继续在冷汗中惊醒，然后睁眼到天明。

她必须做一个了结，一次性清算。

宋时鱼按屠百药指点的路线，到了郊区李晓荣的住所。

平房还在那里，只是门上上了锁，门口积了些灰土，显然好长时间没人住了。

屠百药让宋时鱼把车开到孙筱安的别墅前。这个地方屠百药潜入过，但现在他腿不能动，又是白天，只好打电话给孙筱安，却被提示对方不在服务区。

宋时鱼把车停在院外，拿出微型望远镜递给屠百药。屠百药接过，调好焦距，透过车窗向孙筱安的家望去。面朝马路的一边，只有一扇窗户的窗帘有一道缝儿。屠百药再调，隐约可以看到里头桌子的一角，椅背紧贴桌面。

屠百药对宋时鱼说："走，陪我去趟孙筱安的老家。"

路上收到叶天才的微信：刚才戚医生发了个微信给我。然后把截图传了过来。屠百药一看，戚晏容发的内容是：天才，你以前说的与蒋先生合作的事成了吗？蒋先生现在要收购我的公司，你知道吗？

屠百药心头一咯噔。蒋一方已经控制了戚晏容的手机？他正要回复叶天才该怎么说，又收到一张截图：戚医生，我在巴黎开会。我不知道收购的事，但只要价格合适就应该考虑。

屠百药发过去一个大拇指。叶天才真是个机灵孩子。

戚晏容正想起来活动一下身体，蒋一方回来了。

他进门时的脸色还有些沉重，但在看见戚晏容的瞬间就变成了笑脸："对不起。我去给你做早餐吧。"说罢，到一层的厨房去了。

戚晏容说了声"谢谢"，坐着没动。

蒋一方做饭很快，不一会儿就摆好食物，摘掉围裙，请戚晏容就餐，还很绅士地给她拉开高背椅子。戚晏容配合。

早餐有煮燕麦、煎土豆饼、牛角包、香肠、煎鸡蛋、牛奶、胡萝卜苹果汁。

"谢谢杰克逊。你做饭的水平越来越高了。"

蒋一方坐在她对面，微笑地指着胡萝卜苹果汁："这还是从你们中途岛学来的。"

"现在好像不是'你们中途岛'，是'杰克逊的中途岛'吧？"

蒋一方放下叉子："伊丽莎白，你真的以为我在乎中途岛？中途岛真的值 1.6 亿？我要剖开我的心你才相信吗？我根本不在乎什么公司、事业，我在乎的是你！"

"我们已经离婚了。"戚晏容倒了杯牛奶，慢慢喝。

"离婚是我错了，我已道歉，并且可以一直向你道歉。离婚是可以复婚的，当年是我错了，请你给我改过的机会吧。不好吗？"

"杰克逊，你成功了，巨大的成功，我很敬佩你，但我不再爱你。你在我心中已经死了，你明白吗？"

蒋一方把杯子重重磕在桌布上："那个断腿的屠百药有什么好？他哪里比得上我？长相吗，才能吗，还是资产？他什么也不是，就是个会耍嘴皮子的骗子！你相不相信，我可以像捏死一只臭虫一样捏死他？"说到最后，他健壮的手上青筋鼓起，蓝色的眸子里似要喷出火焰。

"那你就捏死他。"戚晏容没有回避他的眼神。

## 103 | 陷阱

蒋一方把情绪平静下来，耸了耸肩："伊丽莎白，你还是那个脾气。我现在是好好跟你商量。你要知道，这个世界上只有我一个人在乎你，别人都是假的，是利用你的专业！你当年说要自己创业，我不同意，并不是不让你工作，你可以工作，但是你不具备做企业领导的能量，你心太软不够狠。不过，你的专业很强，你可以做事。我把中途岛收购过来，就是给你做！你仍然可以做董事长，仍然可以继续去讲课，可是屠先生必须退出去，我讨厌这个人。"

"所以你给屠先生挖了陷阱？"

"那是他没本事。"蒋一方悠然道，"陷阱，哪里没有？只有笨蛋才自己掉进去。"

"好吧。你既然支持我做自己喜欢的事，为什么要把在深圳医院讲座的视频胡剪一通放在网上？为什么要把我讲王思甜的案例剪辑后发给她让她恨我？你究竟想做什么？"

蒋一方摊摊手："我只是想警告你一下，做任何事都有风险，你的一言一行都可能造成负面影响。你作为公司的形象和核心人物，绝不能在公司不研究、不批准的情况下擅自发表言论，否则，你的粉丝、受众和治疗对象将会抛弃你。而屠先生作为公司总经理，在叶小姐多次提示下仍然不管不顾，一意孤行。我在深圳书城听到的你的讲座，也有这样的问题，不规范，过于个人化。我是在暗中警示你，你却把它当成是害你！"

"多谢你的好意，但王思甜那个剪过的小视频，你也是在警示我吗？

如果王思甜不是因为儿子的事有求于我们，万一她情绪失控做出伤害人的事来，怎么办？”

蒋一方把双手并起，放在桌上：“伊丽莎白，你说这个太重要了！没错，从事婚姻情感治疗经常会碰到失去理智的人。如果王思甜到现场听了你讲的全部内容，她可能不会生气。但是经过我们剪辑的全是让她听了就会暴怒的内容，她有可能做出疯狂的举动，甚至造成人身伤害。所以网络平台的影响大不了是声誉的影响，而个别患者的影响有可能是生死的影响。”

“我受够你的逻辑了。”戚晏容说，“杰克逊，辩论，从来都是你赢，你从来都没有错，但是你的暴行，只有你我知道。你既然承认我的专业，那我告诉你，你患有多重的心理疾病：人格分裂综合征、妄想症、性暴力、受虐狂……你难道不知道自己是个超级变态？”

“哈哈哈。”蒋一方大笑起来，“伊丽莎白老师你真逗，我是超级变态？超级变态能迅速缔造一家伟大的企业？你去网上搜索一下‘金海潮’，看看中国人是多么欢迎我！我能让他们赚到钱，获得财务自由，你呢？你和屠先生还真把自己当成了上帝，救苦救难，多么伟大！但是你看看你，穿得像个村姑，吃得如同农夫，住的房像个鸽子笼。我不知道你这样的人生有什么意义！”

“你的伟大功绩，你刚才放给我看了，我也不想知道你究竟有多伟大，但是我不相信一个人不靠勤奋努力只靠投机就能做成真正的事业。”

蒋一方摇摇头说：“伊丽莎白，你真的要好好接受我的培训，你的思维还处于中国古老的农耕时代，这在新时代是绝对不行的……”话未说完，他的手机响了起来。他拿起来用英语说了几句，脸色微微一变。

他站起身来说：“伊丽莎白，请等我回来再讨论好吗？当然，你要走，我也不拦你。”

戚晏容继续吃着早餐：“你忙去吧，我会在这里等你。好像，我也只能在这里等你，对吧？”

蒋一方的蓝眼睛转动了一下，在关门的时候说："伊丽莎白，你真的越来越聪明了。"

戚晏容慢慢吃完早餐，把餐具、剩饭收拾了，到一楼的厨房清洗。

收拾完，她参观了一下这座小别墅。一楼是会客厅、开放式厨房、洗手间、健身房、储物室；二层是起居室、小餐厅、洗手间、工作间；三层的楼梯尽头是一道厚重的上漆铁门，锁死了。整栋别墅门窗紧闭，装了新风系统感觉不到空气污浊。就连那琉璃都是特殊材质，恐怕连大锤都无法砸坏。

这是一座精心设计的全密封"监狱"，到处都是隐藏的摄像头，甚至无法与外界联系。戚晏容上完洗手间，脱了鞋，往沙发上一躺，闭目养神。

屠百药和宋时鱼终于赶到孙筱安老家，原先烧毁的房屋已焕然一新，里头俨然一幅祥和的家庭生活画卷。王丽在院子里喂一群刚孵出来的小鸡，孙刚则坐在另一头打磨一把小椅子。堂屋的门开着，孙小平与李晓荣陪着一个两三岁的男孩在地上拣黑豆 。

屠百药在宋时鱼的搀扶下下了车。李晓荣跑出来，略带惊喜的表情："屠大哥，您怎么来了？"说着便不容分说，硬是把打着石膏的屠百药背进屋里。

其余人也跟上前打招呼，王丽问："屠老师，怎么把腿摔了？"

屠百药介绍宋时鱼："这是我的司机小宋。"宋时鱼颔首点头。

"屠老师是越干越大啊，都配司机了。"孙刚的病似乎完全好了。

"孙老伯，祝贺你啊，又重新捡起家伙什了。"这一家子终于又和睦了。屠百药打心里高兴。

"屠老师，要不是你和戚博士的恩德，"孙刚咳嗽几声，接着说，"我们这个家就散了。晓荣啊，今天恩人来了，你代表咱全家给屠老师磕个头。"

考虑屠百药腿上打着石膏，宋时鱼一个箭步扶住李晓荣。

屠百药感叹道："这是要折我寿啊。多亏了你们自己，这个家才恢复和气，真心祝贺你们！"

王丽说："屠老师，上次你们走了以后，我和老头叨叨好几回，觉得错在我们，晓荣是好孩子。以前我说话不讲究，你别和我计较啊。"

这个认识在这把年纪的老人中殊为不易，但屠百药猜想肯定有孙筱安的努力。只是，今天他是来找孙筱安的，不宜点破。

屠百药笑道："牙齿和舌头还有碰着的时候，何况一大家子？二老如此明理，让小屠感动。"

孙小平抱着孩子，问："屠老师，戚博士呢？"

屠百药神情黯淡下来："博士遇到难事儿了……"

李晓荣说："屠大哥，我能帮上什么忙吗？"

孙刚也乐意出力。

屠百药摇摇头说："博士的事儿，只有你们家大女儿能帮上忙，但我联系不上她。"

此言一出，孙家人都哑巴了。

屠百药问孙刚："老伯，您知道她在哪里吗？"

"这个……不知道啊。"孙刚摸出纸烟点了一根，"哎，女儿不是孙总了，听说退了，也不回来……我们也在找她。屠老师要是联系到她，让她回来看看吧……"

屠百药知道再问下去无济于事，起身告辞。孙刚见留不住对方吃午饭，坚持让女婿将屠百药背上车。

一家人送到车前。李晓荣在抱屠百药进后座时，半截身子探进去，在他耳边轻声说："盘山脚下，碧水庄园。"

一路上，叶天才不时传来信息。与蒋一方合作的纽约新风向金融公司已经派出专员前往深圳，并冻结了准备追投的款项。原来，精通美中投资心理和运营规则的蒋一方，煞费苦心编制了一套无懈可击的投资报告，投资标的为五十亿美元。金海潮旗下控制或已签订合作意向的金融、教育、医疗、房产、科技、饰品、物流等公司业绩优良，其中就有谢雯的珠宝公司、牛兴的地产公司、荣坤的物流公司、张志钢夫妇的建材公司和中途岛婚姻治疗机构。叶天才说，这份英文报告有八百二十一页，材料翔实，制作精良，图文并茂，连戚博士讲座的图文、节目收视率和点击率以及拥有的粉丝群都有截图和数据，其中金海潮与中途岛、荣晟等已签订合作意向书并盖了公章。

屠百药震动非常。这位蒋先生当真是商业奇才。他回想起叶枫琴曾经向他提出的发展计划，看来也是在蒋先生的授意下完成的。蒋一方在下一盘大棋，中途岛不过是一枚小棋子。

他当即把自己的邮箱发给叶天才，问能不能把这份报告发给自己一份，叶天才说，他因是中间人看到了电子扫描件，但是也仅看到与中途岛相关的小部分，直接发给他人不合规矩，除非有证据证明蒋先生涉嫌犯罪。

屠百药表示理解，说自己尽可能提供相应证据，请他密切关注。

宋时鱼驱车赶到盘山，已是下午。来不及吃饭，直接问到了“碧水庄园”，竟然是个大院落，其间有数十座小屋，青砖红瓦，苍松绿草，很是舒适。宋时鱼问了门卫，查到孙筱安在庄园靠山的地方，一座叫“如意”的独栋木屋。车开到屋前，屋内传来古琴声。

琴声如流泉漫过碎石。宋时鱼把轮椅弄好，扶屠百药坐稳，回到车里。他知道像孙筱安这样的人与屠百药谈事，他不宜旁听。

屠百药转动了几下轮子，又停下。他不懂琴，但这没有烟火气的琴声，让他着迷。心中的烦躁和不平，竟然在琴声中如烟云般飞走了。他听得痴了，忘记了腿上的伤，也忘记了此行的目的。

琴声逐渐变小，最后如游丝般消失。但屠百药仍然陶醉，没有动。

过了一会儿，门被推开，身着麻布衣服的孙筱安走了出来。

屠百药击掌道：“孙总高人啊！我不通音律，但刚才听痴了，好像回到了小时候。”

孙筱安微笑道：“弹得还行？”

“太行了。”

孙筱安看了眼车里：“你怎么不请你的朋友一起进来？”

“他只是我的司机。”

“屠总，你真是越来越搞笑了。”孙筱安笑得爽朗，走到车前，对宋时鱼说：“宋先生，请下车进屋品茶。”

宋时鱼只好下来，伸手与孙筱安相握：“孙总大名，我是早有耳闻……”

孙筱安打断他：“你别捧杀我了。我倒是早听人说，有个宋半仙，厉害得很。哈哈，都是老朋友，请进。”

“孙总，好像您没见过时鱼啊，难道您真是仙？”

“这个很简单，你进屋就知道了。”

屋里很凉爽。屠百药进屋之后，一眼就看到堂屋中间有个檀木案儿，上面摆了一架古琴，棕色的圆垫上坐着一个身着白衣的美人。白净。

孙筱安请宋时鱼坐下，进厨房弄茶去了。

“净净……你怎么会在这里？”屠百药很吃惊，原来是白净在抚琴，透过窗玻璃看到了他和宋时鱼。她在中途岛时见过宋时鱼，也知道他是干什么的。

“屠大哥，我难道被限制自由了吗？”白净起身，走到他身旁，轻轻敲了一下他的腿，“疼不疼？”

“现在是痒。”屠百药嗅到她身上有檀香味儿，看来她是真的在清修。

“痒是一种享受啊。”白净微笑道，“我猜，你来找孙姐姐，是有事相求吧？”

“是啊，不但要求她，还得求你。”屠百药叹了口气，“我现在是掉井里了，你是伸绳子还是扔石头？”

茶香四溢。

听完屠百药和宋时鱼讲了前因后果，孙筱安问：“你们现在想怎么办？”

“我们束手无策。按照规则，就算我和戚博士投反对票，中途岛也难逃被收购的命运。”

“收购对你有什么坏处？你虽然只有6.5%的股份，但如能变现也是个可观的数字，拿上钱干点别的不行吗？”

“原有的公司章程明确五年内不变现。如果被收购后再改章程，我恐怕五年后也拿不到。关键不在我能得多少钱，而是戚博士的前夫有大问题。金海潮就是个洗钱的机构，上百亿的钱，可不是小数字。”

“屠老师，现在的问题是你拿不出证据。金潮海做这么大，必有他的手段。就算你能找到证据，我已经退出媒体圈，也无力帮你啊。”

宋时鱼接过话茬说：“蒋一方再厉害，也会有漏洞。如果我们找到证据，孙总不方便直接帮忙，能否帮我们联系媒体曝光此事？”

“宋先生，仅有证据也不行，总得有个由头。如果你是受害方，可以连带起诉，但是你们跟金海潮没有任何瓜葛啊。”

“金海潮现在要恶意收购中途岛，我们就有关联了。”屠百药说。

孙筱安摇摇头：“如果你们说的是实情，那么无法证明金海潮恶意收购。蒋一方用溢价的方式收购，只要中途岛股东按公司章程批准同意，就是合法的。”

屠百药说：“孙总，回到股东投票上，如果谢雯谢总不支持蒋一方，或弃权，金海潮就无法完成收购。”

孙筱安看着屠百药：“屠总，你真以为我的话谢雯会言听计从？我在职时她是用得着我，也不过是业务关系，你可是救过她命的人啊。”

一直在倾听的白净插话说：“其实，我们的思维好像出了点问题。我们都想着如何揭露蒋先生，如何对股东施加影响不让他们投票，但屠老师想没想过，出现这种状况的原因是什么？”

屠宋孙三人都看着她。

## 104 | 乱局

白净慢悠悠地喝着清茶："别人我不了解，但是我了解牛兴。这个人好色，但更爱钱。屠老师可能也会想，我受过你的恩惠，我与他还没离婚，我可以劝他不投这个票。但这种思路是中国式思路，总想托人办事。我当然可以逼迫牛兴不投这个票，不然我就强行跟他分财产，相比之下他掏的钱更多。"

三人都听着，没打岔。屠百药发现，当一个人真正走出自我为中心的境地，头脑会变得异常灵敏。白净的转变和状态令他吃惊。

"同样，我也可以向谢雯姐求情，毕竟我们在一个宿舍待过，也常有联系。但是，就算这两个人答应了我，也不是内心的真实诉求。听你和宋总讲的情况，我觉得参与投票的每个人都是经过深思熟虑的，绝不是一时冲动。"

屠百药点头。这每一步，其实都有痕迹。怨只怨自己太过大意，没有提前预防。

"我从峨眉到盘山，也是雯姐的介绍，让我来找孙姐姐的。"白净看着屠百药，"你怎么知道雯姐不知道你会来找我们？也许正是她料到你一定会来找我们，才让我过来也说不定。毕竟她还没有投票。万事不能看表面，要看到实质。"

屠百药真诚地说："谢谢净净指点。那么，你认为这里头的实质究竟是什么？"

"你先回答我，我学跳舞、学弹琴的实质是什么？"

屠百药竟然被问住了。

“难道只是为了混饭吃，或者我真的喜欢自娱自乐，或者为了取悦他人？最近我一直思考这个问题。”白净抿了一口茶，顿了顿，“刚才，我在弹这把古琴。这是我第三次弹。第一次弹是试琴，调没走，但心走了；第二次弹，是孙姐姐坐一旁听，她不懂琴，听着而已；第三次弹，恰巧门外来了一辆车，车上下来一个坐轮椅的人，我从窗户里看到他满面愁容，我觉得我可以给他传递一种心境，于是弹了这一曲。我弹着弹着，发现他转动轮子的手定在那儿，神情发生了变化。隔着窗玻璃，我能感觉到他喧闹的心渐渐静下来……屠大哥，我没有出来迎接，并非是我无礼，是我突然被自己感动了，我要享受这种感觉。进一步说，我找到了学琴的实质：让自己有价值——能让屠大哥焦灼的心情舒缓下来，此曲已经有了价值。”

屠百药深呼了一口气，双手合十：“谢谢净净，你也是我的老师。”

白净也合十回礼：“雯姐也好，牛兴也好，张志钢夫妻也好，他们做经营的实质是什么？我认为就是利益。包括叶枫琴，你以为她是你的徒弟，就应该维护你和戚博士，但是荣坤借给她首付款买了房，你描述的愿景就显得苍白无力。因此，所有的股东都不过是为了利益。这是实质，也是真相。”

屠百药叹息道：“是的。商场是逐利的，但是，他们，难道只有这一条路吗？”

“他们无法选择别的道路了。”白净表情仍然平淡，“蒋先生与戚博士的婚姻问题恐怕比想象的还要严重；屠大哥急于证明自己而不愿去想与你思维相左的问题；股东们根本无人真想做婚姻治疗，除了你和戚博士。”

白净短短三句话，道出了问题的实质。每个人的立场和目的不同，思考的方向不同。屠百药想通过中途岛东山再起好让前妻阳柳重新认可他；戚晏容想通过治疗别人医治自己；谢雯、荣坤、张志钢夫妇、张五洲等出钱的股东是想成倍套现；叶枫琴、刘刚、赵娟等“干股”持有者是想改善生活状况。如此而已。

怎么还是会犯天真的错误呢？屠百药想通了这些，展颜笑了："是的，我的确给不了他们实际的利益，而蒋一方能给。"

白净摇摇头："我看也不一定能给。"

三人都将目光投向她。

"我不懂企业，也不懂经营，更不懂金融。但我认为蒋先生也处在危险当中。"

宋时鱼忍不住问："你凭什么判断？"

"很简单，他的盖子捂不住了。从宋总讲的情况来看，他在大量购进实体项目，如果金海潮的基金和培训项目能够持续，来钱又那么快，他为什么要找实体项目？这是因为他的风险前所未有的大，所以除了买楼买房，还要找中途岛这样的新兴项目继续做他的杠杆。现在的楼市在下行，传统经济也在下行，而投资界对新兴项目感兴趣。别看他出了1.6个亿，如果顺利过手后可能再翻倍。"

屠百药赞叹道："净净，你要做生意，肯定比牛总厉害！"本来，他不想把叶天才查到的情况说出来，但白净的推测完全吻合，于是就把大致情况讲了。

白净一惊："看来，老牛也被忽悠进去了！"

直到这时，宋时鱼才说："白女士，其实牛总的公司，包括荣总的公司，都是资不抵债……中途岛扩容时我退股，是因为我受人委托，开始调查金海潮。"

孙筱安一直在听，此时才说："如果你们讲的这些有确切的证据，倒不失为一个大新闻……我知道屠总来找我是什么意思，但我既已决心退下来，就是真退。"

屠百药知道她不想再过问这些事，只好说："孙总，您无论是社会阅历还是个人智慧，都比我们高太多。我是真没招了，还请您帮忙想个招。"

孙筱安沉吟半晌，看着白净说："找我不如找她。"

屠百药的眼睛亮了亮。

北京建国饭店。谢雯匆匆进入咖啡厅。阳柳坐在角落里，似乎在沉思。

“怎么样？”谢雯坐下。

“蒋一方有所察觉。”阳柳说，“他刚找过我，怀疑美国方面的投资要出问题。现在，他的钱全押在实体项目上，金海潮是个空壳，急需美国新风向的钱进来。如果三个月不能进钱，他就捂不住了。”

“屠总那边怎么样？”谢雯比较担心。

“有宋时鱼陪着他，正按计划进行，没事。”

谢雯叹了口气：“阳姐，你真是太用心了。不过，屠总也值得你这样做！”

阳柳没有回应。

“有一点我不明白：老屠跳楼，你为什么没去看他？”

“你认为他从十来米高的地方跳下去会死？”阳柳看着谢雯，“在特种部队时，他跳过二十多米高。当年在云南边境的凶险环境中，他身中三枪都能一人逃出十公里以外，这点事算什么？”

“可是他想引起你的注意呀。”谢雯再次叹息，“他哪里知道，从他离开深圳，你就一直在关注他……”

“他这个人其实挺傻的，必须得长记性。”阳柳冷冷地说，“他以为找个事儿做，成功了，我会高看他。这么多年，他还是自以为是，所以还得让他栽跟头。”

“阳姐苦心，让我敬佩！”谢雯把咖啡杯举了一下以示相敬。“但是要让蒋一方相信你，很难，你是怎么做到的？”

“蒋一方从未相信过任何人，他只相信钱。”阳柳从包里取出一个牛皮纸袋，“谢总，我先给孙总爆料，再去报案。戚博士面临危险，地址已经发您微信上了。余下的事，拜托了！”

她走了出去。

看着她消失在旋转门外，谢雯没有动。她知道，阳柳这一年多来根本没做珠宝生意，全给蒋一方“跑腿”了，当然也收了蒋一方很多钱，掌握了很多机密。她去报案，意味着她要把所有的事情说清楚，包括她已经到手的一切利益。

谢雯突然感到一阵空落。没错，她比阳柳有钱，也比阳柳长得漂亮，但她承认，自己的情感世界乏善可陈。如果此生有一个值得自己为之付出一切的男人，她也会像阳柳那样义无反顾。

天已黄昏。

荣坤没料到白净会突然给他打电话。

“怎么了,嫂子？”荣坤说,“回来了？在哪儿呢？见着我胖哥没有？”

“我想跟你单独见面，不要告诉牛兴。”白净说，“我就在你家前面不远的那个凤鸣轩茶楼3楼3号房。记住，不要告诉牛兴。”

荣坤顿了一下，随即说：“好，我一会儿就到。”

屠百药坐在包间里，说：“净净，你说只要跟荣坤打电话，牛兴就一定会来，有把握？”

“当然有把握。”白净说，“我了解这两个人。荣坤看似老谋深算，但仰仗老牛的地方多。荣坤极为好色,不过从来不敢打我的主意。我要‘单独’约他,他必然会把牛兴找来免得误会。当然,他会先到,牛兴再装作‘刚好碰到’的样子，随后就来。这样，我们一箭双雕，免得多跑路费事儿。”

看着她成竹在胸的样子，宋时鱼心想，一个觉醒的女人智商、情商高到令人心惊!

四十分钟后，荣坤来到了包间。推门见了屠宋白三人，有些吃惊。但马上换上笑脸：“哎呀，屠总，你可想死兄弟了！腿怎么成这样儿了呢？”

屠百药请他坐下：“荣总，你就别一惊一乍的了。我跳楼的事，全体股东谁不知道？今天请你来，有重要事情相商。实话实说，你可能没料到问题会有多严重！”

荣坤见屠百药如此直白，只好说：“屠总，上次开会投票，兄弟不是要排挤你，兄弟……兄弟也有难言之隐。”

“这些都不说了。荣总，你帮过我，也帮过小叶，老屠难道是忘恩负义的人吗？我今天告诉你的事情，你除了净净的老公，谁也不能说。”

这句话的意思，把牛兴也圈进来了。荣坤暗自流汗，看来自己是无法借口通知牛兴不要来了。

屠百药把手中的 iPad 打开，递给荣坤。

荣坤接过，慢慢划拉着页面看。看着看着，他的脸色变了。

这些内容，屠百药在路上时已经看过。是王臻按照宋时鱼提供的线索，找到了蒋一方在深圳、上海、北京的 IP 地址，费了半天工夫，潜入蒋一方的电脑，发现了大量的机密资料，不过绝大多数都是英文的，王臻翻译了一些摘要，有几条让人惊心：一，金海潮学员中已经有三人因财富投资失败欠巨额款项自杀，蒋一方已命他的团队作了“妥善处理”；二，已列出的二十一家企业的并购方案，其中就有中途岛以及荣坤、牛兴的公司，不过这些并购是为了壮大金海潮的“实力”，再去吸引投资和抵押借贷；三，所有金海潮真正购置的地产、实物全是蒋一方个人名义，并不是公司网站上所说的公司资产；四，金海潮旗下各种银行贷款超过四百亿元；五，金海潮已向合作伙伴——美国新风向金融公司提交了融资报告，标的为五十亿美元。

荣坤冷汗滚滚而下。后面附上的英文资料他看不懂，但那些加了逗号的数字让他心跳加速。

“屠总，这是真的？从哪儿弄来的？”

“荣总啊，我的英文水平跟你一样，难道是我编的？我有一位兄弟是个黑客，你可以不相信我，但你是个老商人，你想想，中途岛值 1.6 亿吗？可能将来值，但现在值八千万都顶天了。你当时一方面确实为了治病，一方面就是受了蒋一方的委托才来中途岛的。不过你是商人，这个不怪你，包括帮小叶买房都是好事儿。但是我们相交一场，我知道点内幕不告诉你，是我不够意思。”

荣坤紧紧握着屠百药的手：“屠总，屠兄，您大度！兄弟该死！不过……这美国金融公司的事儿，我怎么感觉有点像编的？没别的意思哈，我不懂国际业务，但是按现在的人民币兑换美元，怎么的也是三百多个亿啊，人家老美傻啊，会与骗子公司合作还要投巨资？”

屠百药没说话，拿出手机，把叶天才发来的信息给他看了，再对着手机说：“天才，我正在跟你的荣叔叔，就是上次一起吃烤鸭的那位做物流的老总，一起吃饭。他想知道你正在调查的事靠不靠谱。”

荣坤有些紧张，但他仍然抱着侥幸心理。不多时，叶天才语音回复：“荣叔叔好，我是叶天才，现在正在新风向公司。金海潮公司涉嫌金融诈骗已经在美国立案，具体情况有待国内的调查结果，但新风向公司已确定取消五十亿美元投资。”

荣坤的脸色一下变得苍黄。他放下手机，怔在那里。没错，微信里是叶天才的声音，看来自己真的中招儿了！这两年想傍美国大款，花费不少……他一拍大腿，叫道：“是我贪心贪的啊，差一点点就签字落定了。中途岛还好说，荣晟公司可是我身家性命！哎呀，牛兴怎么还不来？他也一样……”

正在这时，牛兴推门进来了，嘴巴张了一下，赶紧换成弥勒脸。

荣坤起身拉住他，说：“牛哥，大事不好了，咱俩被蒋一方这个王八犊子给涮了！”

## 105 | 内幕里的叶枫琴

孙筱安在盘山下的居所收到了屠百药发来的邮件。精通英语的她看后坐不住了。特别是那一串串有各种联系方式的名单中，有的还是退休职工，把养老的钱全拿出来了。

但是，作为老媒体人，她不能用一封邮件作依据。况且她已经辞职退隐。然而，她又不能做到真正地放下。

她踱着步子，犹豫不决。

随后，屠百药又将美国方面的信息在微信上告诉了她。现在，美国新风向金融公司已经冻结投资并派人员到中国调查。孙筱安感觉事态严重。

手机响了起来，是个陌生号码。孙筱安的手机号是新换的，知道的人极少。

接通后，电话里传来一个温柔的女声："孙老师您好。我是谢雯的朋友，同时也是金海潮公司的参与者。"

孙筱安觉得好戏来了。她冷静地问："你给我打电话的意思是放了金海潮？"

"孙老师，您误解了。"对方平静地说，"我知道您在新闻界的影响。我手头掌握了大量的关于金海潮公司犯罪的证据，我想在报警之前当面提交给您。"

"你叫什么名字？"

"我叫阳柳。我除了是谢雯的朋友、金海潮的合伙人，还是屠百药的前妻。"

孙筱安当即说道："我马上回京，咱们约个地方见见……"

戚晏容在沙发上居然睡得很香，一直睡到下午。

醒来后，连她自己都觉得不可思议。她以前是那么害怕蒋一方。在中途岛总部会议室猛然见到他时，还晕了过去。

可是当蒋一方来医院接她到别墅之后，她害怕的程度逐渐减退。睡过一觉，感觉浑身充满了精力。

"大不了是个死。"

此刻，在她心中，所谓事业、名声，都不再重要。股东们的意志如此，自己无能为力。她本就不想做大中途岛，她只是一个医生，只想做点力所能及的事。在不断的锤炼之下，上电视节目和做地面活动虽然有了进步，但是她并不喜欢。她以前这样做，很大程度是为了屠百药。

屠百药是她生命中的贵人。他尽了全力帮助自己。他没有多少利益诉求，否则不会只占 6.5% 的股份。他的需求只是要证明自己，在精神上战胜自己，通过经营中途岛找回自信，从而医治自己的创伤，挽回自己的情感——他愧对阳柳，也深爱阳柳。这种爱，在他失去家庭后尤为强烈。

没有人比戚晏容更清楚这一点。

但是，屠百药苦心筑就的巢，被一只外来的鸟给占了。这只鸟就是前夫蒋一方。

这些事看起来是巧合，其实一点都不巧。蒋一方在她开心理诊所时就已经盯上她。或者说，蒋一方像影子一样，一直没有放弃对她的跟踪。

这是为什么？不是她是国色天香，在他心中无人可以替代。这只是一个心结，一个只有他俩才知道的秘密。

她下到一楼的厨房，开火煮了些吃的。

她在等蒋一方回来。她要做一次决断。

叶枫琴接到荣坤的电话，开着红色奥迪赶往通州中途岛。

在路上，她感到十分疲惫，也有几分自责。戚晏容和屠百药真心待她，她比谁都清楚。但是，随着时间的推移，她越来越感到没有钱的恐惧。

她认为自己对中途岛的付出并不比屠戚二人少，但是得到的总是那么少。荣坤带她去看房，并爽快地借钱为她垫付了首付款。她当天晚上没法入睡。她年届三十，没有房子，没有钱，没有确定结婚的对象，亲戚朋友们的压力让她喘不过气来。她表面说不在乎，其实非常在乎。她缺什么？有文凭，有能力，有容貌，凭什么不该有钱？那些有钱人比她多长几个脑袋？年龄越大，她的耐性越来越差。她终于明白那些在电视上、网上传播正能量的主持人、明星为什么纷纷嫁给了有钱人。

没有钱，哪有尊严？

她曾是单纯的姑娘，讲义气，重感情，可以跟着本身也很清贫的戚晏容。在中途岛创业初期，她把所有的时间用在工作上，一个人干几个人的活儿。她那时很崇拜屠百药，总想跟他在一起，好多学些东西，她觉得这个男人身上有谜一样的吸引力。可是屠百药对她的情感没有做出任何回应，平时只安排她干这干那。她是个可以称作“老姑娘”的人了，她有情感需求，她除了需要工作上的关心，更需要那种实实在在的爱。屠百药这个老男人，没钱，还端着，不给面子，颐指气使。在没有条件接触别的男人之时，她尚可忍受。自从跟随张志钢去了一趟爱琴海，她的心开始动摇。张志钢是个好色之人，但他至少懂得尊重和爱怜，而且他有钱。自然，叶枫琴知道张志钢有刘成双在紧盯着，但她知道像李莉那样的女人几乎都可以控制他，自己更是没问题。这事的确是个业务，后来的结局看起来皆大欢喜，但叶枫琴从张志钢的眼神里读到，只要她老远向他勾起一根指头，张志钢就会像饿犬般扑过来。她有这个自信。

对于荣坤，叶枫琴对他的长相实在提不起兴趣，但这个人的做事风格令她欣赏。自从住进中途岛，他一有空就找她聊。她看得出，荣坤没有那种意思，完全是出于对她才华的欣赏。荣坤总是说，屠百药是有能力，但不懂医；戚博士懂医，但不懂经管。只有叶总你才是既懂专业又懂管理，而且年轻美丽，是罕见的人物！叶枫琴刚开始听了，只是一笑而过。时间长了，她深信不疑。年前回家，荣坤给她在微信上发了个红包。她打开一看，是八元钱，心头无比生气，心想荣总你是在打发要饭的啊！然而她还是回了感谢话，并祝荣总新年快乐。随即，一阵红包雨唰刷砸下，荣坤竟然发来总共两万九千元，并附言：祝叶总两万九千岁！叶枫琴当时就蒙了，这是她当时扣完税后差不多三个月的工资！

以后，她陆陆续续在荣坤那里得到好处。以她的聪明，这个荣老板不打她美色的主意，当然另有目的。有次，屠戚二人都不在，荣坤约她吃饭，直接讲了他的想法：要把中途岛做大，让她来当总经理！她当时觉得自己兴奋的表情无法掩饰。

在荣坤为她搞定房子之后，好事又来了。已经跟刘成双“和好如初”的张志钢约她出来，委婉地告诉她，他实在忘不了她。叶枫琴在实际的工作中已经锻炼出了不少本领，她现在在任何人面前都不会把话说死，只是拿工作忙和“刘姐对你好”等话来搪塞。张志钢说他今生唯一的爱情就是爱琴海之行，不管真假，他都无法忘却。叶枫琴没有拒绝也没有答应，只说咱们还是朋友相处的好。过了几天，张志钢开了一辆红色的奥迪来，说看你上班坐地铁心疼，这车你就先用着，别说是我给你弄的，行驶证是我一朋友的，你就用吧。叶枫琴推辞了几下，也就接了钥匙。不过，她一开始不敢开着上班，放在闺蜜闫兰那里，但是有空就开着到处兜风。后来就经常开了。屠百药经常不在，也没有发现这些细微变化。

谢雯在中途岛时就私下接触过她，陆续给她转了将近五万元的款，不过谢雯没有像荣坤那样表现明显，只是经常问她一些中途岛的事，包括在调查谢雯案时的种种细节。在运作戚晏容成名的项目里，谢雯与她紧密接触，给她换了行头，还送了她 LV 包和几件价值过万的首饰。叶枫琴搞不懂谢雯为什么对她这么好，有一次问起，谢雯就说，妹妹你是我们的希望，公司老总得收拾得光彩照人才行。

最不可思议的是，荣坤在一个深夜约她见了蒋一方。蒋一方没有过多的客套，直接讲了要收购中途岛的事情，要叶枫琴全力协助。在叶枫琴没有开口之前，他就讲了六点：一，谢总已经没有异议；二，荣总、牛总已经同意；三，除戚晏容、屠百药外的股东要她搞定；四，叶枫琴在公司并购后出任总经理；五，继续推戚晏容，她仍然是公司的灵魂；六，只要完成股东决议和公司并购交割，蒋一方直接给她一百万元酬劳，月薪从现在的两万元直接升到八万元；七，屠百药必须出局！

那一晚，叶枫琴不知道自己是怎么回宿舍的。她的脑子里几个声音都很强势，相互争吵。她上网搜索了“金海潮”，脑袋就晕了。几百亿的财富，几百亿的老板，刚才就坐在对面！这个人提供的机会和诱惑是前所未有的，不管他是不是戚晏容的前夫，况且戚晏容并不会因此出局，是前夫要与她重归于好也说不定呢！但是，这样做有违本心，会不会让别人在背后戳脊梁骨？最终，她还是向荣坤发了一条微信征求意见。荣坤只回复了一句话：屠百药是你什么人？

这句话彻底打消了叶枫琴的顾虑。屠百药确实不是自己什么人！

她约见了张志钢。张志钢了解情况后出了一招：如果让刘成双同意，必须要让她见到蒋先生，因为现在的地产市场不好，建材市场连带萎缩，刘成双正脑袋大。叶枫琴只得向荣坤汇报。荣坤说，妹子，你干吗不直接约蒋总呢？叶枫琴有些忐忑地发了个微信，讲了这个意思。蒋一方在第二天回复：一定要见见。

见面那天，叶枫琴带着蒋一方参观了几处刘张夫妇的建材市场。刘成双想尽早甩掉鸡肋业务，因此陪得极其尽力，招待也出了血本。蒋一方最后说，现在建材行情不好，如果我要收购你们的企业，你们想要多少钱？刘成双有些胆怯地报了一亿，蒋一方直摇头，说如果可以再议请找叶小姐，就同叶枫琴走了。在车上，蒋一方告诉叶枫琴，我把人情留给你做，六千万是可以的。叶枫琴心头有了底，就两边做工作，最后以七千万达成合作意向，不过要等中途岛股东完成决议后再签正式转让协议。

对张五洲夫妇，就更简单了，几个电话就搞定；刘刚本来就是荣坤的人，彼此早已心照不宣，麻烦一点的还就是赵娟。她的那一股是戚晏容赠予，但她一票决胜负！

刘刚告诉她，最近好像赵娟和陈让有些暧昧。叶枫琴让他盯着点，拍点照片发给她。但是刘刚没有拍到，赵娟和陈让白天在众人面前毫无异样。终于有一晚，刘刚路过食堂时见微亮着灯，陈让抱着赵娟结结巴巴说着什么。刘刚拍了一张，照片很模糊，但依稀可辨是他俩。叶枫琴次日就回通州，把两人叫到办公室，关起门来，把照片展示了，说你们的事不是一天两天了，我都知道，我得告诉屠总。两人吓得要死，赶紧认错。叶枫琴让陈让走了，单攻赵娟，直接承诺只要听自己的，不但不会把他俩的事说出去，将来还要给她涨工资，接着在微信上给她转了一万元，说明公司要升级，但屠总思维保守不愿转让，所以必须股东投票，就差你一个了。赵娟虽然不愿背叛屠百药，不过想想自己也没有退路，只得同意。

当叶枫琴做通了每个人的工作后，她在蒋一方准备的金海潮与中途岛的《合作意向书》上盖了公章。

现在的叶枫琴，有房，有车，有形象，有权力，有憧憬。甚至，她已经不太想理张志钢。一个在蒋一方面前畏畏缩缩的男人，能有什么出息？现在，她心中的英雄是蒋一方。

这并不是说她喜欢蒋一方，但是这个男人的出现，让谢、荣、牛、张、刘等人对他唯马首是瞻，甚至有些唯唯诺诺，只要自己做了新公司的总经理，钱算什么问题？爱情算什么问题？就算蒋一方霸道一点、冷酷一点又有什么关系？他带来了实实在在的好处，就已经足够！

想到这些，她觉得这个夏天虽忙，但却是她生命中最丰盛的夏天。

她把车开到院门口，按了几声喇叭。

刘刚出来开门。她连招呼都没打，就呼的一声直接把车开到了老办公室门口，连车门都没锁，就推门而入。

屋子里挤满了人：屠百药、宋时鱼、牛兴、荣坤、刘成双、白净、赵娟，还有一个不认识的三十来岁的男子。

叶枫琴觉得有些眩晕。

## 106 | 颠覆

屠百药不待她打招呼，先开口说话："枫琴，荣总打电话紧急找你回来，是有特别紧急的事儿。"

叶枫琴何等聪明？既然这些人事先没有丝毫透露，问题一定很严重。她坐下，看着屠百药："屠总，腿好点了吗？"

"谢谢枫琴关心，过两天就能拄拐了。既然是荣总召集的人，就请荣总介绍一下情况吧。"

荣坤简要讲了金海潮涉嫌资金诈骗的事。叶枫琴越听越心惊，越听越惭愧。她不敢看屠百药的表情。

屠百药一脸平静："各位投票的事，不用再提了。如果真能获得高额融资，或是对中途岛发展有利的收购，我愿意自行退出。但是现在我仍然是中途岛总经理，我必须履行我的职责。"

刘成双肠子都悔青了，说："屠总，没说的，我和我家志钢听您的。"

"在枫琴来之前，我已与未到场的股东包括谢总通了电话，他们没有异议。今晚我要宣布三件事：第一件，我们无论如何都要在天明以前找到戚博士，她的安危是第一位的，她如有任何闪失，中途岛将一钱不值；第二件，把咱们掌握的所有证据和依据整理出来，全部提交给媒体；第三件，免去叶枫琴执行总经理的职务，即刻生效，股东身份照常。"

叶枫琴浑身一激灵，终于明白，惹恼了屠夫，就是这个下场。她抬眼向荣坤看去。荣坤把目光移向墙角。

叶枫琴艰难地站起来，向众人鞠了一躬，默默地走了出去。

众人都没有说话。屠百药说："事态紧急，关系各位的利益，所以，咱们现在要在网络高手王臻先生的指导下开始工作……”

叶枫琴艰难地迈着步子，好像是挣扎着进了车里。

她发动车子，绕过假山，驶向大门。电动门关着，树荫下的刘刚闪了出来。她看了一眼刘刚，觉得平时待他不错，他至少会安慰几句。但是刘刚说：“叶医生，请把车钥匙给我吧。”

“为什么？”叶枫琴快要疯了，“这是我的车，不是你的！”

“是张总要的。”刘刚冷冷地说。

“那让他来取啊！”若不是怕声音大让不远处办公室的人听到，她真想大吼。

“我在这里。”树下的黑暗处一个声音传来，随即张志钢走了过来。

叶枫琴感到一阵悲凉。她没有熄火，拉了手刹，推开车门，从电动门旁的人行过道走了出去。

她沿着长街疾走，不知不觉间，走进了大运河森林公园。

路灯幽暗。走得累了，她找了块石头坐下来。成群的蚊子嗡嗡叫着过来咬她。她浑然不觉。

她不想回到刚刚搬进去的房子。她知道，如果现在荣坤要她还款，她只能把房子设法卖出去，哪怕是降价甩卖。当时荣坤给她签字的借条上明确写着，若荣坤需要她还钱，必须在一周内返还全部金额，否则按每日千分之五收取滞纳金。当时她急于用钱，认为只要自己能当上中途岛总经理，这点钱很快可以还上。

她抚摸着怀里的LV包，疯了似的笑起来。就连这包也是谢雯送的。

“我叶枫琴到底有什么？”她问自己。车、房、工作，一下全失去了。至于中途岛的股份，她心头最清楚，不过是一个纸上的数字。

她实在不明白半个小时前还志得意满的自己，怎么突然变得像个笑话？所有的人，怎么都变得翻脸无情？

她终于呜呜地哭出声来。

哭累了，她看看表，快十二点了。她不能在这阴森的河边公园过夜。突然，电话响了，是闫兰打来的，问她在哪儿。她说在外面。闫兰说自己怀孕了，张五洲的爷爷去世，他回家奔丧了，她一个人在家害怕，问叶枫琴能不能过去陪她两天？叶枫琴想都没想就说好。

她叫了滴滴快车，缓慢地走向公园门口。

夜半，蒋一方回来了，脸色并不好。

他在戚晏容对面坐下，沉声说："伊丽莎白，你考虑好没有？是我们一起合作，还是你仍然一意孤行？"

"我根本就没考虑过。"戚晏容说，"认识你本来就是个错误，我们已经结束了这种错误，怎么可能让这种错误继续延续下去呢？"

蒋一方站起："你不要敬酒……敬你酒不吃……"

戚晏容纠正他："是'敬酒不吃吃罚酒'，Mr. Jiang."

蒋一方口水溅了出来："管你什么酒，让你吃你就吃！没错，我们是离了婚，但是离婚结婚是中国人的观念，我无所谓。只要你跟我在一起，我都无所谓。"

戚晏容把身子向前倾了倾，平静地说："杰克逊，我们能好好谈谈吗？"

蒋一方一愣，随即摊手道："我本来就是要好好跟你谈啊。伊丽莎白，你是我的最爱，无论你怎么看、怎么想，都改变不了这个事实。"

"好，那你稍等一下，我去厨房弄点吃的，咱们边吃边谈。"

蒋一方笑了："伊丽莎白，这才是和解的态度嘛。我有一些不对的地方，但是我没有一天忘记你。我只是想让你知道，这个世界上只有我最爱你！"

戚晏容起身，绕过桌子吻了他一下。蒋一方伸手拥紧了她，感到她身体在战栗。

一种久远的来自心底的冲动涌起，让蒋一方呼吸有些紧促。他紧紧抱着她，不想放手。戚晏容保持镇定，在他耳边温柔地说："你我都饿了，等会儿好吗？”

蒋一方放开她，放心地在沙发上坐下来，等戚晏容去弄吃的。他要在补充体力后，迎接他生命中最无法割舍的东西……

蒋一方洗完澡出来，戚晏容已备好饭菜。

戚晏容做西餐的水平当然不比蒋一方低。她煎的牛排让他赞不绝口。他在餐桌上又变回绅士。他不停地夸赞她。

她今晚也喝酒，一杯杯敬他。蒋一方喝着喝着突然流了泪，说想妈妈了。他的妈妈在他们结婚的第二年患癌去世。他说自己是一个孤儿，只有戚晏容这个亲人，请她不要抛弃他。

他哭得像个孩子。戚晏容知道，他不是在表演。他的经历把他塑造成这样的人：单纯时是个孩子，复杂时是个骗子；情绪平静时是位绅士，情绪失控时是条恶棍；有时软弱得像个婴儿，有时坚强得如同钢铁侠。她曾尝试治疗他，但是每治疗一次，他对她的伤害就加重一次。

今晚的戚晏容不会再动摇。她已经清楚地知道，世间的精神疾病如同生理疾患一样也有绝症。蒋一方已病入膏肓，无法治疗。

她现在只有面对他，面对一场即将发生的灾难。

只是，在灾难发生前，她要趁蒋一方尚有理智时把话说清楚。

“杰克逊，你的妈妈已经走了，你的爸爸也走了，但是你无法克制你心中的魔鬼。你小时候跟着你爸爸长大，他酗酒、打架、强奸和伤害别人，这些如果都只是他一个人的行为倒是可以理解，但是他没有回避你，你看着，你一直看着，你无法走出这种阴影……”

“别说了！”蒋一方把红酒杯重重磕在桌沿上，杯子碎了。

“你妈妈受过你爸爸的伤害，你既想保护她，又想伤害她。”戚晏容摇了摇头，没理会他的愤怒，“从心理上，你妈妈嫁给你爸爸就是一场噩梦，她无法面对他，她又只能面对失去父亲的你。她对你付出了全部心血，但是你心灵上的毒素已扩散到每一个细胞，你妈妈失望之极，得了肝癌……这些事情，你是一清二楚的，可是你不愿意承认。”

“这是我的私事，你要是再提，我就杀了你！”蒋一方蓝色的眸子里似要喷出灼人的火焰。

“好吧。”戚晏容给他换了一个酒杯，倒上酒，“我最后一次问你，你想不想治疗自己的病？”

蒋一方接过酒，一饮而尽。“伊丽莎白，你真的好搞笑。你连自己的病都治不了，怎么可能治好我的病？”

“我有什么病？”戚晏容没有回避他的眼神。

“你怕我，所以你选择了躲避。”蒋一方的眼神逐渐变得有些淫邪，“我们刚结婚的时候，你不是这样的。那时，你挺享受，你喜欢我们的游戏。后来，你又很自责，觉得不应该这样，你选择逃避。可是伊丽莎白，你其实最清楚，生活就是一场游戏，只有游戏种类的差别，并没有游戏的高低之分。你一开始喜欢这种游戏，只是后来你古板陈旧的中国思维在作怪，你选择退出。但是，就跟任何游戏一样，一旦加入，你不可能真正退出。所以你只是在欺骗自己。欺骗自己，就是一种病；怕我，也是一种病。”

戚晏容平静地说：“杰克逊，你说的并不是完全没有道理。是的，我怕你，我也欺骗过自己，是因为我担心我会失去——失去信念，失去廉耻，失去安全感，甚至失去生命。现在，我已经不在乎这些。我不再骗自己，也不再害怕。”

蒋一方看着她，从她眼里看到的是平静。这是他从来没有看到过的。他突然笑了：“伊丽莎白，你知道我为什么那么爱你吗？因为你是一个纯洁的人，你没有野心，没有心计，没有恶意，甚至没有反抗的意识。你对我的成长作了分析，我也分析一下你。你从小没有父亲，你渴望安全，渴望得到男人的爱，但你又把这种渴望深深掩埋。其实你的内心深处，渴望被撕裂，渴望被占有，更渴望被控制！你想把自己真正解放出来，但是你是一个传统的中国女人，你不敢，你需要外部的侵犯力量！”

戚晏容听他讲完，居然承认了：“是的。”

蒋一方哈哈大笑：“然而那个屠先生，冒充什么专家，他哪里知道这个秘密？如果他知道，他在一年多的时间里有无数机会征服你！可是他不懂女人，不懂得真正的征服绝不是靠讲道理，而是必须有实质的行为，甚至是粗暴的行为！”

戚晏容没有反驳，接着承认：“是的。”

蒋一方站起来，舒活了一下四肢：“世界上的事很简单：你不征服别人，就会被别人征服。这中间根本没有选择！”

“是的。但是你从来不让我征服你，你只是自私地征服我。杰克逊，这不公平。”

蒋一方挥舞着手，几乎是在喊：“你从来都没有想征服我啊！你只要想，我愿意让你征服！”

戚晏容咬了咬牙：“我想，就……现在！”

蒋一方突然把雪白的衬衣撕开，露出了坚实的胸膛。然后，他把自己脱个精光。

灯光下，一丝不挂的他皮肤呈现出柔和的光泽，身上没有一丝赘肉，但是他的背上、肚子上、大腿上，都是累累伤痕。

他披头散发，冲进里屋，取出早就备好的绳子、皮带、剪刀等物件，强行塞进戚晏容手里，眼里燃烧着欲望，几乎是在呼喊：“伊丽莎白，求求你，征服我吧，好吗……Come on，baby，yeah.”

戚晏容觉得胃里一阵抽搐，无数的画面从思维的深处涌出来：她拿着棍子打他，拿着皮鞭抽他，拿着刀子刺伤他……前夫蒋一方是个性欲旺盛的男人，最初她以为不过是闺房情趣，身心曾经都被征服，不料蒋一方婚后寻求更多花样，变本加厉，开始对自己施虐，并要求她也虐待自己，只有这样他才能达到高潮……如果戚晏容不听他的，不虐待他，他就会下手虐待戚晏容，用极其残忍的手段弄伤她的胸部和下体……

现在，她看着这个可恶又可怜的前夫，她决心不再错过机会。这是仅有的机会，也是她最后的一搏！但她的手还是有些僵硬。她强忍住恶心，终于站起身，拿起绳子，先把他的手反剪过来拴成死结，再把他的脚也捆上。

蒋一方的喉头发出呼噜呼噜的呻吟，口水直接淌在胸脯上。

他在等待戚晏容的下一步动作，但是戚晏容没有再按他的意思进行下去。

“快！伊丽莎白，Come on！你快打我！”蒋一方的面色变成了紫色，浑身开始颤抖。

戚晏容本想往他脸上吐口水，但她忍住了。她从口袋里摸出一盒火柴，冷冷地说：“蒋一方先生，我们结束了！”

躺在地毯上的蒋一方惊喜地抬起头：“Cool！……伊丽莎白，来吧，你想干什么就干吧！”

“呵呵，你太投入了，没有注意到你这密不透风的房子里有什么变化吗？”戚晏容此时非常镇定，脸色变得铁青。

蒋一方狠狠地吸了几下鼻子。的确，空气里有一丝煤气的味道。

“做完饭后，我把煤气管直接拔下来，然后打开了阀门，再把房间关死。”戚晏容说，“现在，厨房里只需要一点火星，这座房子就会爆炸。”

蒋一方一下子呆住，猛然清醒过来，说：“伊丽莎白，你是在跟我开玩笑？”

戚晏容冷声道：“我与你认识本来就像玩笑，谁有心情再跟你开玩笑？别了，杰克逊，或者蒋一方。”说完，她缓缓向楼梯走去。

蒋一方的瞳孔突然收缩，发狂似的大喊：“戚晏容，你疯了！求你了，别点火，我输了……Oh，baby，no，no，no...”

戚晏容看着他。此时的他，眼里盛满了恐惧。戚晏容这边做了个擦火的假动作，蒋一方就爆发出绝望的长鸣。

戚晏容送给他一个冷笑。然而，她迈开步子，向楼梯走去。身后的蒋一方发出绝望的哀号。

突然，紧闭的房门被大力撞开，几名身着制服的警察冲了进来，迅速上了二楼。刚刚步下几级楼梯的戚晏容看见，客厅里有几个熟悉的身影。屠百药坐在轮椅上，身后站着宋时鱼、谢雯和刘刚，谢雯捂着嘴巴，面露忧色。

# 107 | 最后一课

叶枫琴关掉手机，在闫兰家的次卧昏睡了两天。

她感觉太累了，感觉自中途岛成立以来，她没有睡过一个好觉。

黄昏时分，窗外雨停日出，耀眼的强光透过灰色的窗帘打在她脸上。她感觉四肢百骸像被打散了一样疼。

她挣扎着爬起来，拉开窗帘。视线的尽头，是两道绚丽的彩虹，中间还有一个已经不太清晰的“佛光”。

她当然知道所谓“佛光”不过是一种自然现象，但此刻她相信那就是佛，是心灵的指引。

泪水沁出眼眶。她忽然明白，为什么白净要去修行。当所有的疏解都不能使心灵真正平静，只有去寻求神的指引。

门被轻轻敲了几下。她说了声“请进”，就见闫兰走进来，再把门关上。

闫兰端着一个托盘，上面放了一杯冰柠檬水。她接过，感激地看着这位发小。

“睡得还好？”

“嗯，把下半生的觉都睡了。”叶枫琴喝着冰凉的水，才感觉自己的口气很重。她把杯子放在床头柜上，去卫生间洗漱。

闫兰把窗户打开，把雨后的清新空气放进来。

叶枫琴洗完出来，说：“兰兰，谢谢你提供了一个休息的地方。我打算离开北京。”

“想去哪儿？”闫兰眨巴着大眼睛问。

“一个流浪的女孩，在混不下去时该去哪儿？”叶枫琴笑了笑，“当然是回家。”

“你不是刚买了房吗？再说你干得挺好的，为什么要放弃呢？”

“不是我要放弃，是别人要放弃我。”叶枫琴淡淡地说，“其实我也想通了，是我自己不好。”

“就你们那点破事儿呀，我都知道了。”闫兰的表情很轻松，“你没看微信吧？我分享了好几个链接给你。”

叶枫琴从包里找出手机，开机后几个未接电话跳出来，她没看。她点开微信，打开闫兰发来的几条链接。

这几条新闻或者说是长篇报道，果真如屠百药所说的那样，蒋一方的金海潮是个圈钱的骗子公司，蒋一方现已因涉嫌诈骗被拘押。

她只觉得脑子一片空白，一屁股坐在床沿上，再仔细一条一条地读着。

几大门户网站都转载了来源于“安华传媒”的几篇报道。报道采访了参与金海潮各种培训和集资活动的成员，其中有三位自杀成员的家属，一个老母亲悲痛欲绝的照片刊登在文中。其中一篇报道中，在美国的叶天才向媒体披露了金海潮借用美国公司的“内幕”，并刊登了新风向公司的声明。

蒋一方的照片在几篇文章中都有。他的样子仍然是那样孤傲。接着叶枫琴看到一篇独家专访，“金海潮合伙人揭底‘财富骗局’”的大标题下面，居然是阳柳的照片。叶枫琴草草扫了一眼内容，虽然内文中只称她为“阳女士”，但断定她就是阳柳。

照片上看不出她个子多高，偏瘦，长发，瓜子脸，杏眼樱唇，略显羞涩。

看了这张照片，叶枫琴明白了，屠百药既不会喜欢自己，也不会喜欢戚晏容。这个娇小羞涩的女人，说不上是美女，但她身上那种惹人怜爱的气质和坚毅的眼神让人过目难忘。

这篇文章的浏览量已经超过三百万次，评论达六千条。叶枫琴注意到，所有文章都只有这篇最受关注，因为阳柳提供了别人无法提供的内幕。

难道三年前，阳柳加入金海潮时就是屠百药安排的？或者这对夫妻离异只是掩人耳目？这一切原本就是一个精心布置的局？

一瞬间，叶枫琴否定了这种看法。共事一年多来，她自认为还是了解屠夫的。足智多谋的他表面看上去很凶，实际上，他的内心非常柔弱，手段也不黑。他不可能做这么大的局。

那是什么原因？她眼睛盯着手机，越想越清晰。

屠夫所做的一切，他认为阳柳不知道，其实前妻了如指掌。就连谢雯前来中途岛求治，也是她建议的。谢雯与阳柳是最好的姐妹，所以她才会在最危急的时候留遗书请屠百药经营她的公司。当时，叶枫琴心生嫉妒闹辞职，却不知纵使谢雯有点喜欢屠百药也不会越界，因为谢雯知道阳柳仍然深爱屠百药！

可是谢雯为何在股东投票上支持出让中途岛？为什么明确表示支持自己？但是，谢雯签字了吗？她没有。她就算口头答应，只要她不签字，都不作数，保不准还是将计就计，促使蒋一方露面。她玩命支持中途岛，与叶枫琴紧密合作把戚晏容推红，实际上就是在回报屠夫和帮助她的好朋友阳柳！因为，谢雯和阳柳都知道，屠百药的心病若要好，只有按照他的意愿把中途岛做起来。

叶枫琴暗自叹息。她认识到自己真的好幼稚。是的，她承认自己有私心，喜欢钱，也喜欢权力，但是与这些老江湖比起来，就是一个稚童。

想通了这一点，她感觉无比轻松，嘿嘿笑了起来，把坐在一旁的闫兰吓了一大跳。

“你没疯吧？”闫兰嗔怪道，“一会儿皱眉，一会儿傻笑。”

“我觉得挺搞笑的。”叶枫琴收起手机，几乎是跳了起来，“兰兰，我饿死了，有没有吃的？”

“把我房间弄得像个猫窝！”闫兰笑骂道，“你去桌上看看有什么吃的吧。叶小姐，我就不陪你了，我要收拾猫窝。”

叶枫琴光着脚开了房门，走向客厅东侧的餐厅。

一个男人坐在餐桌边的轮椅上削苹果。是屠百药。

屠百药把削好的苹果用五根手指托起，说："枫琴，你们女人聊天真是啰唆。我都削到第六个苹果，你才出来。好吧，咱们一人三个，必须吃完，不然要被氧化了。"

叶枫琴差点哭出来。不知为什么，她在决定回家之后，非常想见屠百药一面，哪怕只是看一眼。因为，这个人从来没有骗过她……

她慢慢地走过去，坐在他的对面，接过苹果就啃，边啃边流泪。

屠百药哭笑不得地问："我们的小叶子这是怎么啦？眼泪下的苹果味道很好吗？"

她不回应，越哭越凶。

屠百药递来纸巾，说："周五晚上，我撤销了你的职务，让闫兰把你请到这里来休息两天，事先没有说明，我向你道歉。"

叶枫琴擦着眼泪："你厉害嘛，你想干什么就干什么……"

屠百药说："你想不通我是理解的，但是这两天很凶险，我不想让你再卷入其中。妹子啊，我是想保护你。无论怎么样，你都是我的徒弟，这一点我从来没有忘记。"

叶枫琴被他一说，眼泪流得更多。

屠百药没有打扰她哭。这是屠百药与别人不一样的地方。有人哭，他不打断。

叶枫琴哭够了，红着眼睛问："这两天究竟发生了什么事？"

"结果，或者说阶段性结果，你刚才都看过了。"屠百药叹息道，"如果不是……不是阳柳及时报警，我和谢总及时赶到，戚博士……戚博士可能已经不在人世了。"

叶枫琴吓得差点跳起来，眼泪全止住了。她睁大眼睛问："究竟是怎么回事？那个蒋一方，真的要杀害晏容姐吗？"

"不是蒋一方要杀害你晏容姐，是你晏容姐要杀害蒋一方。"

叶枫琴感觉脑子不够用。这怎么可能？

“这事看似复杂，其实就是心理问题，也是婚姻问题。你将来要独立面对很多情况，所以今天我专门读读这个案例。

“你晏容姐的情况，你是了解的。从小失去父爱，总是觉得不安全，需要强有力的男人来保护她。她在美国留学时，经华人协会的人介绍认识了蒋一方妈妈，蒋妈妈带她回家作客，她几乎与浑身肌肉、才华横溢的蒋一方一见钟情，不久就结婚了。婚后，戚博士发现一个严重的问题，就是蒋一方和他父亲一样沉迷于性虐待游戏，戚博士积极想办法配合他治疗，包括心理和药物治疗，都没有什么效果。蒋妈妈知道后气倒了，而蒋一方无法克制，蒋妈妈终于一病不起，患癌离世。之后，蒋一方变本加厉，你晏容姐不虐他，就要被他虐，给你晏容姐造成了极其严重的身心伤害。最终，他们离了婚。”

叶枫琴听得心头发紧，她说：“这么看来，白净的事比起晏容姐，算是轻的了。”

屠百药点点头：“是的。牛兴毕竟只是单一的行为，但蒋先生是多种症状叠加。你跟你晏容姐那么久，你可见过她穿过短袖还是短裤？或者跟她一起洗过澡？”

叶枫琴摇摇头：“她好像一直都捂着，像个修女。”

屠百药叹息道：“她身上到处都是伤痕，有的连医生都不忍直视……”

屠百药继续说：“你听到这里可能会想，这个蒋一方是个天杀的魔鬼。当年蒋妈妈也是被蒋爸爸的英俊潇洒所迷惑，跟他去了美国。但这个男人在贫民区长大，什么坏习惯都有。蒋妈妈实在受不了才离婚，蒋一方判给了蒋爸爸，所以他是在看爸爸做各种见不得人的事的糟糕环境里长大的。后来蒋爸爸被枪杀，蒋妈妈成了监护人，拼尽全力想感化儿子，教他中国功夫和汉语，教他如何成为一个文明的男人。所以，蒋一方身上有两种特质，两种文化，但他始终是混乱的，人格是分裂的。他也是一个受害者……”

叶枫琴托着脸继续听着。等屠百药说完，她才问：“难道就没有办法治疗好他的病吗？”

屠百药摇摇头：“除非他能自治，否则就是绝症。精神疾病与身体疾病一样，也有绝症。戚博士早就明白了这一点，所以她选择放弃和逃避，期望通过自己的实际工作治疗好自己。但是，她的那种刻骨的恐惧并不会因为离婚和远离就减轻，所以这些年她一直活在噩梦之中。”

“是。也难怪那天晚上在公司会议室，她一看到蒋先生就昏了过去。”

“昏倒是一个节点，表明她的恐惧达到极点。之后，蒋一方和你来接她出院，她已经清楚地知道，任何问题都无法回避，只能面对。所以她的恐惧感降低，在想办法与蒋一方周旋。蒋一方把戚博士带到他的别墅里，他以为可以完全控制戚博士，就连外界的联系都屏蔽了。然而他做梦也没料到，戚博士毕竟有很多成功的心理治疗案例，她已不再是那条被恐惧笼罩、任人宰割的鱼。她根本没有反抗，运用心理诱导让蒋先生‘毒瘾’再犯，轻易就将强壮的他捆了起来。当蒋一方以为戚博士要重玩当年的游戏而兴奋得发抖时，戚博士却向一楼的厨房走去。她已经在那个密封的房子里放满了煤气，只要一点火星，他俩和那座小别墅就会化为灰烬……”

叶枫琴听得冷汗直冒。她不敢相信，一向柔弱的姐姐会如此刚烈和决绝！

屠百药看着她发白的脸，说：“枫琴，我最后再教你一条，请牢记：无论何时，无论何地，一定要注意最弱小的东西。最弱小的东西，一旦积聚力量，就会无坚不摧！”

叶枫琴狠命点头。

她来不及想他说的“最后一条”是什么含义，她现在着急想知道，戚晏容是否真的点燃了煤气。

屠百药知道她想要问什么，直接告诉她：“正在这时，我们带着警察用特殊开门器材撞开了房门。”

“可是，阳柳……阳柳姐姐是怎么知道的呢？”

屠百药转头看着窗外，眼里有了泪光，“我不知道她，她知道我。就算我对不起她一千万次，她还是会在我最危急的时候出现。她越是这样，我越是难过……但是，我已经在这次事件中治疗好了我自己。”

叶枫琴没有听懂。

屠百药沉默良久，才回过头来看着她：“枫琴，你和戚博士都非常优秀，你们的才华都让我敬佩。我以能与你们共事为荣。”

叶枫琴觉得屠夫的话越来越没有逻辑性。

“我原本想让她瞧得起我，所以想做大，结果失败了；后来我遇到戚博士和你，我还是想把事业做大，让她瞧得起我，我又失败了……现在看来，我完全是错的！我无论做得好不好，哪怕是把儿子弄丢了，她都没有瞧不起我。她本身参与了金海潮的运作，但为了揭露蒋一方这个疯子，为了帮助更多的受骗者，她把自己放在风口浪尖，完全不顾自身的危险……她并不止是在帮我，而是怀有慈悲之心，她是一位有社会道义的人。”

叶枫琴眼里是无限的尊敬。她问：“她现在在哪里？”

“我跟你知道的一样多，就是媒体上那些报道。她或许在配合警察调查，或许已经回到深圳。她是个做事不声不响的人，这次能在媒体上露面，是一种勇气。”

“那晏容姐在哪儿？”

“她在等你回去。”屠百药说，“枫琴，你过来。”

叶枫琴听话地走过去，半蹲下身子，以便与他的眼睛平视。

屠百药看着她，问："你还认我这个师傅吗？"

叶枫琴含泪点头。

"那现在师傅让你做两件小事，你必须服从，可以吗？"

"一切遵照师傅指示！"

屠百药摸出一把车钥匙塞在她手里："一会儿，你开我的车回通州咱们那个小院。以后，这辆车就是你的代步工具了。你不要嫌它是旧车，它的性能很好。"

叶枫琴摇摇头："我……我不能要。"

屠百药面有愠色："我刚才说的话是放屁吗？"

叶枫琴只好点头，鼻子又开始发酸。

屠百药又摸出一张银行卡交给她："这是一百二十万，有我的工资，还有我借来的，是你的首付款，你拿到卡后就还给荣坤，咱们不欠他的。"

叶枫琴哭得蹲下身去："师傅，我绝对不能要……"

"就当我借你的吧。"屠百药轻轻拍了拍她的肩，"你都三十岁了，应该有套房子。但是我们不能要别人的钱。都怪我无能，其实刚刚搬到运河边上时，我就想过，一定要帮你买一套房子。"

叶枫琴知道再推托就违背了老师的好意，只得颤抖着手收下。

"好，你去和闫老师告个别，我们就回去吧。"屠百药显然有些累了。

叶枫琴突然扑到他身上，哇哇大哭，边哭边说："你为什么不骂我，还要对我这么好？"

被哭声惊动的闫兰推门出来，杵在那儿发呆。

五天后。运河畔，中途岛。

股东大会在食堂里进行。全体股东到场，无人缺席。

董事会秘书叶枫琴宣布了本次股东会会议议程：一，鉴于公司扩容后盈利有限，按公司章程，股东所持股权三分之二以上表决通过，可以批准提出退股的股东，在配合办理完工商登记后予以原款退还；二，鉴于东方新天地租金过高，为省下费用，配合北京通州行政副中心建设，将在运河核心区租赁新的办公楼；三，选出新的董事长和总经理。

事前，荣坤、牛兴、张志钢提出退股，其他股东没有退股的意愿。叶枫琴心头清楚，这三个人本就不看好婚姻治疗，无非想浑水摸鱼赚取利益，眼看金海潮被查封，希望成了泡影，能拿回原有资本就是大幸。但是刘成双死活不退，她最近不太理张志钢，怀孕的事也搁置不提。刘刚找屠百药谈过，决定留在中途岛，与荣坤决裂；鉴于他在宋时鱼的劝说下弃暗投明，屠百药仍然委任他为训练总监并加薪。赵娟和陈让只是暧昧，远未发展到要结婚的地步，经屠百药调停，并把陈让派往昌平治疗基地隔离，没有危及邱大成的家庭。所以，开会无非走个形式，提前都已沟通好了。

于是就第一项投票。全票通过。荣、牛、张三人在投票结果出来后起身告辞。

屠百药换了双拐，当即起身拄拐送他们仨到食堂门口，被牛胖子拦住。牛兴说："屠总，我们仨其实都不想退股，但是不退我们内心有愧，实在汗颜。我们祝中途岛前程似锦！"

于是三人跟屠百药和送出来的戚晏容握了手，离开了。

会议接着开。三人退出的股份叠加在一起是 27.5%，屠百药和戚晏容没有能力吃下，谢雯当即表示自己全部以原价受让。谢雯增持的股份至此已达 52.5%。

第二项议题其实是由谢雯提出来的。她认为婚姻治疗不必一味追求高大上，还是以实际需求和良好服务为主，网络时代在哪里办公是次要的，关键是能切实提供服务。而通州在北京市政府搬过来后，将会成为京津冀协同发展的中枢，比上海浦东的发展更具有战略意义。她首先赞扬了屠百药的眼光，再请张五洲做好网络技术，尽早实现婚姻治疗通过立体影像直接进入家庭。

在场的人都给谢雯鼓掌。

第三项议题，全体股东推举谢雯为董事长。谢雯推辞不过，只好谢谢大家信任。接下来的总经理人选，谢雯提议仍然由屠百药担任。屠百药却提出让叶枫琴担任。他说，在他与戚博士外出期间，叶枫琴殚精竭虑，显示了经管才能，她是合格的总经理。另外，他声明自己的股份并没有实际出资，所以要把 6.5% 的股份一分为三，分别转让给戚晏容（2.5%）、叶枫琴（2%）和张雪云（2%）。他还把张雪云此次联合前男友王臻帮了中途岛大忙的事讲了，并说宋时鱼、张雪云都是难得的人才，对未来中途岛发展将起到积极的推动作用。

众人都没搞清楚屠百药想干什么，因为这个议题没有提前商议过。他这样将自己完全摘干净，难道他要放弃中途岛？这可是他的心血呀。果然，屠百药对大家说："你们都看到了，我今天是神采奕奕，四十多年来从未有过这等畅快。为什么？因为我的心病不治自愈，我要去找阿诚的妈妈，无论她接不接受，我都赖着不走了！"

在座的所有人都知道这次与蒋一方的战争，阳柳起到了关键作用，想必她会接受屠百药。但是阿诚却永远回不来了。于是都低头默哀。赵娟、叶枫琴流下了泪水。

谢雯的情绪很稳定。她说，既然屠老师要回深圳，我们阻拦他就不好了。真正的情谊，是要尊重对方的意愿。屠老师多年心结得以解开，是天大的喜事，我们不应该悲伤，而是应当祝贺。

屠百药拄起双拐，站直身子，向谢雯深深鞠了一躬。他什么也没有说，所有的心意都蕴含在肢体语言中。

傍晚。宋时鱼家。

孔爱佳今天烧了八个菜。宋时鱼在一旁打杂，时不时被爱佳呼喝。

坐在厅中的戚晏容与屠百药对望一眼。王臻和张雪云也对望一眼。

夫妻厨房交响曲，是多少对夫妻追求和向往的美事呢！

酒菜上齐，爱佳作为强势的女主人致辞，主要是为屠百药饯行。她说：“回到深圳后，如果嫂子还是不理你，你就回来。”

屠百药笑笑说：“我以前脸皮不够厚，所以才费了这么多周折。”

爱佳看着宋时鱼：“老宋，你脸皮厚吗？”

坐在宋时鱼左边小椅子上的小毓晴做着妈妈平时教的“羞羞”动作，坐在爱佳旁边自己喝奶的宋毓川也跟着用指头抠抠小脸。看到这一幕，众人都笑了。

爱佳给已经能扶墙走路的张雪云夹了筷子菜，有些不舍地说：“雪云妹妹，我真的是舍不得你。这样吧，等你从美国回来，还来我家住，好不好？”

张雪云笑着说：“好的。爱佳姐姐，您就是一本婚姻家庭的教科书，我一定要来学的。”

屠百药问戚晏容：“叶天才在那边已经联系好了？”

“好了，只是他要发函，雪云要办签证，这些都费时间。”戚晏容说，“再说，雪云的事也不是绝对有把握，只是美国做这样的手术成功案例多一些。既然雪云愿意试，我觉得还是要抱希望。”

张雪云平静地说：“我最幸福的事就是遇到戚老师、屠老师、爱佳姐姐、宋总和谢总。至于结果怎么样，又何必想得太多呢？”

爱佳看了一眼默默吃饭的王臻：“那王兄弟呢？妹妹遇到他不幸福？”

张雪云笑道：“他也挺幸福，因为他可以到中途岛上班了。”

爱佳撇撇嘴：“避实就虚。得了，我也不逼你。王臻，说实话，你这个人有点肉，得好好锻炼，多向屠老师请教……哎，还说这个做什么，人都要走了……”说着，脸上尽是惋惜与不舍。

吃过饭，屠百药说有事要与戚晏容聊聊。大家都明白，这对搭档要单独告别。

屠百药拄着双拐，一步一步向小区深处走。戚晏容跟在他后面，没说话。

走到小区中心花坛边，屠百药在大理石砌成的坛沿坐下来，说："晏容，你还有什么事要交代的？"

"我没有，你恐怕有事交代吧？"

"嗯，枫琴还没有成熟，要多体谅她，同时也要经常纠正她。陈让现在躲着我，他是觉得无脸见我，其实谁不会犯点小错误呢？你找时间明确告诉他中途岛离不开他就行了。赵娟开始打扮和有欲望挣钱是好现象，但仍然需要保持质朴的本质，她的知识结构只到这里，要告诉她本事这东西不像草木说长就长；刘刚潜力大一些，做体能训练绰绰有余，但是要教会他守本分，房子的事早晚会有的，他才多大，急什么？雪云是你的徒弟，前程不可限量，将来成就必在枫琴之上，需要好好引导，严格管教，我预祝她手术成功；至于王臻，他的病主要是心理性阳痿，你就可以治好他，他是一个不可多得的人才，你需要特别重视未来科技，那才是真正的竞争力。"

戚晏容转头看着他："你怎么不谈谈谢雯？"

"没法谈。"屠百药摇摇头，"谢雯这样的女人，不是我能看得透的。与这样的人合作，只能遵守规则，没有别的办法。"

戚晏容沉默半晌，说："如果那天晚上，我真的划了火柴，你会怎么看我？"

"你会永远活在我的心里。"屠百药不假思索。

"现在呢？"

"现在也一样。"屠百药没有回避，"你是我见过的最勇敢、最耐心、最聪明、最优秀的婚姻治疗师！"

月光下，戚晏容呆了半晌，轻轻拭去眼角的泪水。

"你记不记得，说要一直陪着我？"

"记得。但是现在你已经战胜了自己。"

"也许我不该问，但我一直很想知道，在深圳的那一晚，你为什么要跳下去？”

屠百药沉默了一下：“其实没为什么。当晚我出去了，见到了当时阿诚遇难时的场景，想起阳柳在边境救我的往事，浑身有些虚脱，回来后我打开窗户站在小露台上，觉得自己像一片羽毛，想飘落……其实你知道这种感觉，就是幻灭感，也可以称为解脱感……”

“我猜，其实你知道从那里跳下去并不能致命。”

“也许吧。当时没想那么多。”屠百药望着天上，“若是在清醒时，再高一点可能也没问题。”

“那我最后问你：婚姻治疗的要义是什么？”

“帮助别人战胜自己。”屠百药说，“你帮助很多人战胜了自己，包括我。”

“难道你没有帮助我战胜自己？”

“你是个例外，你是自己战胜了自己。当你能够设计让蒋先生动弹不得，你已经战胜了自己。你不会真的划火柴。”

“是的。当我看着他眼里的恐惧，我的恐惧就完全消失了，这几天晚上睡得很香，没有再做噩梦。但是，恐惧消失后，是无尽的空虚。”

“这个你得自己想办法。”屠百药笑道，“也许，你会遇到让你充实的情感，答案只能交给明天。”

“也许吧。”戚晏容叹息一声，“现在我只知道，明天要去送你。”

北京西站。

屠百药穿着一身迷彩服，拄着双拐，肩膀上挂着一个小迷彩包，像一个退役的伤兵。

前来送别屠百药的人有戚晏容、叶枫琴、谢雯、白净、刘成双、刘刚、陈让、宋时鱼、孔爱佳、赵娟、闫兰、王臻。张雪云要送，屠百药不让。

刘刚要给屠百药提包。屠百药说：“自己的包自己提，我过了检票口谁给我提呢？”

刘成双上前拥抱了他一下："屠总，好好的飞机不坐，为什么要挤火车呢？"

屠百药看着大家，说："坐火车时间长，我好在车上慢慢想你们。"

叶枫琴说："屠老师啊，都分别了，你还要让我们流泪吗？时间到了，赶紧检票吧。现在地球就是个村子，我们会到深圳找你玩儿的。"

屠百药慢慢走向检票口。检票人员吆喝别人给他让让路。白净看着他好像被人群推着一般慢慢消失在拐角处，对众人说："他怎么没有回头呢？"

陈让结结巴巴地说："你当，他是，小孩啊，回、回、回啥头？"

众人想笑，又笑不出来。

屠百药好不容易上了G79次车。车上有服务员把他的包放在架上，扶他坐下。

屠百药把双拐放在座位下，想闭目养神时，眼角扫到了一个熟悉的身影。原来是孙筱安。她已经放好行李，坐在前排左侧。

屠百药喊了她一声。

孙筱安起身走过来说："你也是这班车？"

屠百药说："怎么，您也要去深圳？"

孙筱安笑道："我退休了，想去哪儿就去哪儿。倒是你去深圳，行迹极为可疑。"

屠百药只好老实回答："我是去找我前妻请罪的。虽然希望渺茫，但我还是一定要去！"

孙筱安伸手拍了拍前面的座位靠背。

一个娇小的女人站起。屠百药只看她的背影，就已知道是阳柳。

阳柳转过身，脸上盛开温暖的笑意。

第二部完

**图书在版编目（CIP）数据**

婚姻治疗师．第2部／怀旧船长著．－－杭州：浙江文艺出版社，2017.3

ISBN 978-7-5339-4762-0

Ⅰ．①婚… Ⅱ．①怀… Ⅲ．①长篇小说－中国－当代 Ⅳ．①I247.5

中国版本图书馆CIP数据核字（2017）第025122号

**策 划 人** 金马洛
**责任编辑** 瞿昌林
**装帧设计** 所以設計館
**排版制作** 思 颖
**责任印制** 朱毅平

# 婚姻治疗师·第2部

怀旧船长 著

**出版发行** 浙江文艺出版社
**网 址** www.zjwycbs.cn
**联系电话** 0571-85152727（发行部）
**经 销** 浙江省新华书店集团有限公司
**印 刷** 浙江新华数码印务有限公司
**开 本** 920毫米×1260毫米 1/32
**字 数** 310千字
**印 张** 12
**版 次** 2017年3月第1版 2017年3月第1次印刷
**书 号** ISBN 978-7-5339-4762-0
**定 价** 36.00元

# 中产、土豪、高知人群悬疑婚案揭秘录

## ——长篇小说《婚姻治疗师》IP 火爆全网

比《离婚律师》路子野，比《绝望主妇》案子奇！

燃爆天涯网超热门治愈系小说！1000 万 + 点击，30 万 + 回复，100 万 + 网友受益。

爱情从来不知避险，婚姻从来都很危险！

翻开本书，直面中国婚姻治疗者与被治疗者惊心案例，审视情感风险，自诊婚姻难题！

同名电视剧立案筹拍，几十家影视公司正在争夺电影、网络剧改编权！

留美心理学博士戚晏容离异后归国，在京创办中途岛婚姻治疗中心，美女医生叶枫琴、前霸道总裁屠百药先后加盟。“中途岛”口碑日盛，中产、土豪、高知人群携“非正常”悬难婚案接踵而至，“铁三角”见招拆招。对诗、远方和狗血早已见怪不怪的铁三角，渐渐陷入奇怪旋涡，难关丛生、危机四伏。当中途岛被一个婚姻和资本的双重险局锁定，一个风暴般的男人，悄无声息地又一次将女主戚晏容操控于股掌，风暴中心，戚晏容绝地反击……

爱情从来不知避险，婚姻从来都很危险！谁，才是最好的婚姻治疗师？谁，才是最好的情感风险管理者？翻开《婚姻治疗师》，直面中国婚姻治疗者与被治疗者惊心案例，审视情感风险，自诊婚姻难题！

长篇小说《婚姻治疗师》是天涯首发、高点击、高回复的婚姻情感题材小说 IP，具有独特而强烈的悬疑质感和温暖底色，一经发布，人气持续高涨。读者群体横扫一二三线城市，小至十六七岁、大至五六十岁的男女，皆被小说迷住，长期追帖跟读，